剑光瓷影

JIANGUANG CIYING

艾其来　应锦帆／著

中国出版集团
中国民主法制出版社
全国百佳图书出版单位

图书在版编目（CIP）数据

剑光瓷影 / 艾其来，应锦帆著．—北京：中国民主法制出版社，2019.1

ISBN 978-7-5162-1963-8

Ⅰ．①剑…　Ⅱ．①艾…　②应…　Ⅲ．①中篇小说－中国－当代　Ⅳ．①I247.5

中国版本图书馆 CIP 数据核字（2019）第 008795 号

图书出品人 / 刘海涛
出版统筹 / 乔先彪
责任编辑 / 梁　惠　黄宝强

书名 / 剑光瓷影
作者 / 艾其来　应锦帆　著

出版·发行 / 中国民主法制出版社
地址 / 北京市丰台区右安门外玉林里 7 号（100069）
电话 /（010）63292534　63057714（营销中心）　63055259（总编室）
传真 /（010）63055259
http: //www.npcpub.com
E-mail: mzfz@npcpub.com
经销 / 新华书店
开本 / 16 开　710 毫米 ×1000 毫米
印张 / 14.5
字数 / 225 千字
版本 / 2019 年 3 月第 1 版　　2019 年 3 月第 1 次印刷
印刷 / 北京中兴印刷有限公司

书号 / ISBN 978-7-5162-1963-8
定价 / 38.00 元

目录

第一章　往事历历在心头　山雨欲来风满楼　001

第二章　阴差阳错成侥幸　排兵布阵潜流涌　005

第三章　百般头绪一线牵　费尽心机为剑忙　010

第四章　身在曹营心在汉　斗智斗勇为哪般　017

第五章　有心栽花花难开　无心插柳柳成荫　023

第六章　地下组织遭重创　患难之交取舍难　029

第七章　廊桥勾起往事梦　弄巧成拙落池中　035

第八章　相知相遇不相识　相识相知不相容　040

第九章　战友情不言自明　三七开两遭暗算　046

第十章　青梅竹马不相识　共同目标互不知　054

第十一章　中枪弹叛徒脱逃　解密码绞尽脑汁　060

第十二章　山外青山楼外楼　心结未解添忧愁　066

第十三章　掠资源来者不善　守基业藏而不露　075

第十四章　巧跟踪打探无果　落陷阱苦战脱险　085

第十五章　诗情画意传真情　寻根问底探究竟　095

第十六章　借刀杀人为自保　谈天说地显才华　106

第十七章　巧周旋藏而不露　费思量迷雾难解　119

第十八章　精心策划劫人质　得而复失又成谜　126

第十九章　敌猖狂再次得手　设计谋酒后起底　133

第二十章　徐泽祥刚出狼窝　骰子王又入虎口　139
第二十一章　心相印羞口难开　迎考验生死度外　147
第二十二章　周昌渝陷入虎口　李芙贞挺身相救　155
第二十三章　精心设计捉放曹　未雨绸缪巧安排　162
第二十四章　番薯苗复仇寻主　变节者自食其果　168
第二十五章　受考验内心挣扎　再寻仇老板跳楼　176
第二十六章　巧应对智送情报　刘慧芸虎口脱险　184
第二十七章　排隐患智送情报　巧处置痕迹不留　191
第二十八章　螳螂捕蝉雀在后　是奸是忠难定论　198
第二十九章　搜宝贝物归原主　炸军火酝酿计划　206
第三十章　递情报少慧捐躯　炸军火奋不顾身　213
第三十一章　有情人未成眷属　旷世缘可遇难求　220

第一章 往事历历在心头 山雨欲来风满楼

浙江大学博物馆古剑厅。

国家非物质文化遗产保护法起草小组成员一行，在龙泉宝剑锻制技艺国家级项目代表性传承人的陪同下，正在馆内参观陈列的龙泉剑。

当须眉交白的老人周昌渝站在古龙泉剑陈列柜前，望着柜内那把龙泉剑时，竟情不自禁地伸出左手触摸着玻璃。他对这把剑是那样地触景生情、依依不舍，只见他手指颤抖、眉宇倒竖、注目凝视、眼球微凸。良久，又移步看柜内陈列的其他剑：倚天剑、淑女剑、凝碧剑、白龙剑、金蛇剑……一件件仔细端详、喃喃自语。

参观结束，一行人在馆长的陪同下，走进博物馆会议室。馆长向大家介绍了国家非物质文化遗产保护法起草小组成员，在欢迎的掌声结束之后，起草小组负责人简要说明了来意："1972 年联合国教科文组织向全世界提出要保护自然和文化遗产；1998 年 10 月联合国教科文组织通过了《人类口头和非物质遗产代表作条例》；2003 年联合国教科文组织第 32 届大会正式通过了《保护非物质文化遗产公约》，明确提出要保护以传统、口头表述、节庆礼仪、手工技能、音乐、舞蹈等为代表的非物质文化遗产。我国于 2004 年 8 月加入了该公约。"

负责人呷了一口茶水继续说道："国家历来高度重视对民间文化的保护与抢救，明确地提出了'保护为主，抢救第一，合理利用，继承发展'的方针。当前，随着全球经济一体化和现代化，随着我国经济社会快速发展，非物质文化遗产依存的社会环境日益恶化，许多珍贵的非物质文化遗产濒临消亡，大量具有历史、文学、艺术、科学价值的珍贵实物加速流失，立法加强非物质文化遗产保护的工作迫在眉睫。"

说到此，负责人环顾了一下会场，只见与会人员有的不住地微微点头，有的交头接耳、窃窃私语。

负责人继续介绍说：“非物质文化遗产保护法立项后，全国人大常委会指派全国人大教科文卫委员会和民族委员会负责，吸收相关部门的专家参加，组成了非物质文化遗产保护法起草小组。考虑到非物质文化遗产的多样性和丰富性，我们在立法思路上将采取以全方位、多层次的方式来反映和保护。在立法工作开展的前期，重点要对非物质文化遗产分布状况和保护工作，特别是田野考察、采集、立档、保存、研究等抢救性保护，以及整体性保护、生产性保护情况进行调研，以确保立法工作更有针对性、有效性和可操作性。这里特别要强调的是，非物质文化遗产是中华民族巨大的精神财富，对它的传承和保护一直存在，并且有时还是十分艰难，甚至是惊心动魄的。为了增强大家的感性认识，今天我们有幸请来了龙泉宝剑锻制技艺国家级项目代表性传承人周昌渝老先生，下面我们就把时间交给周老先生。”

一阵热烈的掌声之后，一贯沉默寡言的周昌渝老人，此时显得特别激动，他呷了一口茶开始侃侃而谈。随着他的讲述，一段尘封多年的抗战往事被揭开……

那是在一九四一年的早春。

东京陆军参谋本部三号会议室里，对着大门的墙壁上挂有日本昭和天皇的肖像。一身戎装的天皇，手执佩剑，冷眼注视着会议室。长条形会议桌上铺着米黄色桌布，与会日军高官早已到齐分坐两边。这次会议是为细化研究部署龙泉剑计划而召集，为保密起见，该行动定名为C计划。这项计划是日本侵华战争中同步实施的一项文化侵略，旨在实现军事侵略后的文化侵占。会议最后将任命大野松夫为日本驻浙江处州商会会长，具体负责行动计划的实施。

会场气氛肃穆阴森，与会高官神情诡异。只见大野松夫一手攥着笔，两眼紧盯投影机，再三打量着投放到白色幕布上的地图，那是一幅中国东北战略图。

随着一声“福田汕尾阁下到”的通报声，与会日军高官“唰”的一声全体起立，只见主持会议的参谋本部第二（情报）部部长陆军中将福田汕尾缓步走来，带着白色手套的双手轻轻一摆，示意大家坐下，然后摘去手套在会议桌正中坐下。

会议一开始，福田汕尾中将手执指挥棒，转过身指了一下战略图上的一处红色标记，然后猛地一挥指挥棒，只听投影机“咔嚓”一声，白色幕布上的画面瞬时转为中国浙南地图和一把龙泉剑的图案。中将再把指挥棒移到处州区域猛地点击着龙泉剑图案并环视所有人员，顿时“唰”的一声全体人员起立，齐声说道：“龙泉剑！”

中将面色冷峻、微微点头，继而缓步走向窗前，推开窗户挥手示意诸位往窗外看。众人缓缓移步到窗边，只见窗外六个武士右手紧握龙泉剑，对峙着六个手中紧握指挥刀的日军士兵。中将挥手示意格斗开始，只见六个武士与六个日军士兵立时奋不顾身地同对方拼杀起来。大野松夫神色紧张，似乎想到了什么。武士和士兵的格斗越来越激烈，只见龙泉剑与指挥刀你来我往，刀光剑影，不一会儿突然“哐当”一声，一把指挥刀被砍断成两截！断刀的那个士兵随后退出格斗的方阵。

另一个士兵见此情形，嘴里发出“哇呀呀”的声音，挥着指挥刀凶猛地砍向对方。手持龙泉剑的武士挥剑奋力抵挡，剑刃撞击，顿时火星迸出，再听得“哐当”一声，又一把指挥刀断开，落在地上。

此时的陆军中将双眉紧锁，神情凝重地低头转身。大野松夫和一众人等也随之转身，窗户“啪”地被关上。大野松夫等人随着中将神情沮丧地回到座位坐下后，再次把脸转向幕布。

投影机射出的光落在幕布上：那是十几把造型、尺寸各异的龙泉剑。

陆军中将干咳了一声，示意大野松夫向各位介绍龙泉剑的来龙去脉。

龙泉剑是邻国的古代名剑，最初名为龙渊剑，距今有2000多年的历史，传说是由春秋时代的欧冶子和干将两大铸剑师联手铸造而成。相传两人为铸此剑，曾凿开茨山，引山中溪水至铸剑炉旁呈北斗七星状分列的七个池中。因剑成之后，俯视剑身，如临高山而望深渊，深邃缥缈间有如巨龙盘卧，故名“七星龙渊剑”，简称“龙渊剑”。至唐时因避高祖李渊讳，改称“七星龙泉剑”，即“龙泉剑”。

上好的龙泉剑须陨铁、寒泉和亮石，打造七七四十九天而成。宝剑出鞘时，剑刃、剑端如空中闪电，光芒四射，寒气嗖嗖，世间罕见；剑身纹饰巧致，刻有青龙、白虎、朱雀、玄武黄道四象，镶嵌北斗七星图。此宝剑坚韧锋利，刚柔并寓，寒光逼人，斩铜如纸，削铁如泥。

崇尚武士道精神的日本军人历来对龙泉古剑敬重有加，大野松夫在介绍龙泉古剑的历史时，他们眼中除了崇拜的眼神更夹杂着贪婪的目光。

大野松夫介绍完龙泉剑之后，只听得福田汕尾中将“啪啪”两声双掌轻击，一队身着和服的日本美女手执托盘飘逸而至。每个托盘内都放置着一件精美瓷器，有八角把杯、立瓜卧壶、菊花瓣洗、烛台、佛像、鸡首壶、莲瓣碗等。只见那一件件上品青瓷，釉层饱满莹洁，与釉面纹片相映，更显古朴、典雅，堪称瓷中珍品，顿时赚得会场一片称赞。

随着中将的挥手示意，会场顿时寂静下来，大野松夫接着又向各位详细介绍了龙泉青瓷。

龙泉青瓷产于中国的龙泉，有哥窑与弟窑之分，始于五代。釉面开片的黑胎青瓷为哥窑，白胎和朱砂胎青瓷为弟窑。

哥窑特点是“胎薄如纸，釉厚如玉，釉面布满纹片，紫口铁足，胎色灰黑”。哥窑以瑰丽古朴的纹片为装饰手段，如冰裂纹、蟹爪纹、牛毛纹、流水纹、鱼子纹、鳝血纹、百圾碎等，以造型、釉色及釉面开片取胜。

弟窑则胎白釉青，釉色以粉青、梅子青为最，豆青次之，被誉为民窑之巨擘。弟窑青瓷釉层丰润，釉色青碧，光泽柔和，晶莹滋润，胜似翡翠。

龙泉青瓷的烧制，在宋元之际进入鼎盛时期，这一时期烧制的龙泉青瓷，青如玉、明如镜、声如磬。南宋时期烧制出晶莹如玉的粉青釉和梅子青釉，属于龙泉青瓷发展的登峰造极阶段。明中后期，随着中国皇室品味的改变以及禁海对外销瓷的限制，龙泉青瓷逐步走向衰落。到了 20 世纪初，龙泉青瓷窑火奄奄一息，昔日繁华的窑址群已渐渐沦为荒丘，只留下遍地的碎瓷片，见证着曾经的辉煌。也正因为如此，上好的龙泉青瓷如今可谓一件难求。

说者津津乐道、摇头晃脑，听者聚精会神、喃喃自语。大野松夫介绍完龙泉青瓷后，只听福田汕尾中将清了清喉嗓，全场顿时鸦雀无声：“今天请诸位来，不是搞古玩鉴赏的，也不是专门来教诸位如何鉴别龙泉剑和龙泉青瓷的，我们是要讨论和完善一项重要而又秘密的计划，要部署和完成一项光荣而又艰巨的任务。诸位作为我们大日本帝国的精英，必须要清醒地意识到，文化在国家管理和国民统治中的重要地位和作用。文化，看似无形无象、虚无缥缈，实则是一个国家、一个民族的魂。我们进入一个国家、管制一片区域，当然离不开武力，但要实现长久统治、民族和顺则更需要文化。龙泉剑和龙泉青瓷是中国的两大国宝，更是浙江的两大名片。为此，陆军参谋本部命令你们，”福田汕尾说到此处，全场立即起立，“要不惜一切地将龙泉剑和龙泉青瓷移植到我大日本帝国来，要竭尽全力掌握龙泉剑的锻造工艺秘诀、龙泉青瓷的烧制工艺配方。”

紧接着，中将拿起一份委任状双手递给站在左手一侧的大野松夫：“大野松夫君，陆军参谋本部任命你为日本驻处州商会会长，全权负责 C 计划的实施。”

“哈伊！”大野松夫立正鞠躬，双手接过委任状。

第二章　阴差阳错成侥幸　排兵布阵潜流涌

处州长途汽车站。周昌渝，这位当地知名的仕女画艺人，实际上则是地道的龙泉剑传人。此次，他带着中共杭州联络站情报员刘慧芸，从杭州坐长途汽车来处州。刘慧芸今年30岁，中等身材，皮肤白皙，长相可人，与周昌渝同年但要比他大6个月，所以一路走来两人都是以姐弟相称。

同车的日本商人河堤三郎，一路从东京乘船到上海，再换乘长途汽车经杭州至处州。旅途的劳顿，臃肿的身材，使得他看上去一副懒散样，看完报纸后他随手往旁边一扔。邻座的周昌渝顺手拾起报纸，一看要闻顿时一愣：国民党闽浙赣三省边区绥靖指挥部由福建建阳迁驻龙泉城镇北河街，中将指挥官陈式正坐镇指挥清剿共产党。特殊的身份使得周昌渝对这则消息特别敏感，他顺手把那份报纸塞入了行囊。

55岁的日军处州宪兵司令部司令佐藤次郎，给表侄女日本陆军省情报部的李芙贞弄了个中国公民身份，再安置到处州教会医院任外科主任医师。李芙贞明的是在教会医院当外科医生，暗里是中佐军衔的特务。但就连佐藤次郎也不知道的是，李芙贞竟然还是苏联红军远东情报部的特工。

此时，李芙贞正陪同戴着金丝草帽的闺密栗河惠子，来到处州长途汽车站，为的是要接栗河惠子的恋人日本商人河堤三郎。李芙贞今年26岁，与栗河惠子同年同月生。李芙贞大眼睛、小鼻子、小下巴、颧骨微突、脸颊略窄，一副灿烂的笑容挂在脸上，身材既不胖也不瘦。栗河惠子也是典型的东方美女长相，只不过与李芙贞在一起要稍打折扣。两人是中学时就在一起的要好同学。

周昌渝和刘慧芸下车一走出车站，就看到“哥弟帮”头领王立宇带领几个弟兄，举着枪舞着剑冲上前来，他们是受人雇用前来刺杀戴着金丝草帽的一位日本女子。混战中，迎接河堤三郎的栗河惠子，被冲上前来的哥弟帮弟兄连开三枪，但由于哥弟帮的几位杀手枪法太差，栗河惠子毫发无伤。此时人群大乱，人们四处逃散。栗河惠子趁乱扔掉手中的鲜花，扭头迅速跑向停车场，一头钻进来时乘坐的那辆奥斯汀轿车内，取出放在车内的枪，摇下车窗玻璃，举枪还击，但没过多久就被一颗子弹击中前胸瘫倒而亡，杀手见得手后就立马撤退。

周昌渝指着吆喝撤退的人告诉刘慧芸，那个领头的人就是王立宇。

此时，化装成淑女陪同栗河惠子接站的李芙贞，也躲在奥斯汀轿车内举枪还击，无意中竟击毙了撤退中的一个哥弟帮成员。后来得知，那人就是军统安插在哥弟帮的曹剑青。同伙中有人中弹倒下，增援的日本宪兵也赶到现场，哥弟帮一伙人见状无心恋战，四散溃逃。

日本商人河堤三郎刚到处州，就亲眼看到情人栗河惠子在自己的面前倒下，这使他既痛心疾首又心惊肉跳。眼看着活蹦乱跳的栗河惠子一步步朝他走来，突然间生命就戛然而止，河堤三郎无论如何也接受不了这个现实，眼里噙满泪水的他，呆呆地站立在路中央。

李芙贞掏出相机分别拍摄了栗河惠子和曹剑青的尸体，推开人群后悄然离去。当她驾车进入教会医院时，看到了正在医院焦急等待的院长温特纳。

离开车站的周昌渝，刚抵达周氏渊剑堂后门，就看到有不祥标志，便悄然去了另几处接头点，险些落入虎口，最终在长期接头的处州廊桥处，与隐蔽在赌场的“骰子王”钟根海用暗号接头成功。接获消息才得知，原来中共浙江省委委员、浙南游击纵队处州机关联络站长吴淑蕊已叛变，由于她的招供，中共地下党组织遭受重创，多人遭到暗中抓捕。骰子王传达浙南游击纵队政委陈裕树的指示，要刘慧芸先回她外婆老家云和暂避，周昌渝回龙泉老家暂避，然后再带他表弟黄敬丰到处州来充实古玩斋联络点。

回到医院的李芙贞，将自己独自关在房间里，平复了情绪后反复思考，究竟是谁枪杀了栗河惠子？她清楚地回忆起，接站前，栗河惠子非要抢过自己出门的标配——那顶夏威夷金丝草帽。本想要给情人一个惊喜的美貌，结果却事与愿违地成了最后的诀别。此刻的李芙贞，终于清醒地意识到，如果金丝草帽是自己戴着，那躺在长途汽车站广场上的人肯定就要换成自己了。滥杀无辜，简直太可恶了！李芙贞暗下决心非要将此案查个水落石出。

此时，以川渝堂商会为幌子的军统处州站站长廖怡平，也在琢磨着这一暗杀事件。他清楚地知道，暗杀栗河惠子是哥弟帮那伙人干的，但令他始料不及的是，自己精心安插在帮里的卧底曹剑青竟然在混乱中丢了性命。尤其是，曹剑青究竟是否真的死了，还需要进一步查实，毕竟活要见人、死要见尸嘛，否则怎么好就这么贸然地向上峰报告?

眼下，廖怡平延伸到龙泉、云和、青田等区域的情报网络工作进展不大，这一情报网络是廖怡平和上司共同磋商后，才摆出的一盘棋。可现在，不仅工作起色不大，还丢了一位手下的性命。

在城里开当铺的陈掌柜，也是与周昌渝他们同车到达处州的。由于长途客车行至沦陷区交界处时，所有乘客都被日本宪兵截住检查行囊，陈掌柜随身带的那把龙泉剑，好说歹说才没被特高课课长滨野没收。这使得陈掌柜产生了某种预感，回到家后，他匆忙将几把清末民初的龙泉剑藏了起来。

翌日，陈掌柜悄悄地来到周氏渊剑堂通风报信。陈掌柜看到周昌渝的父亲龙泉剑传人周世明在家，彼此寒暄几句后，便暗示周世明要把值钱的剑藏起来。周世明是个深藏不露的人，他先表示了谢意，然后说渊剑堂根本就没有值钱的剑。

长途汽车站暗杀得手后，哥弟帮成员分散躲避了几天，见没有什么动静便又开始聚集活动了。王立宇在去哥弟帮聚会的途中，被川渝堂的军统美女特务姗妹盯上了。喜欢女人的王立宇因徐泽祥被人绑架而显得无精打采，徐泽祥是王立宇在国民革命军十九路军当兵时的长官，这还不是问题的关键。徐泽祥经商后发了大财，但他一直没忘过去跟在他手下的那帮原在十九路军后投靠哥弟帮的弟兄，成了哥弟帮的主要经济依靠。徐泽祥现在不知踪影、不见死活，王立宇顿感失去靠山一般心烦意乱，哪还有心思搭理姗妹的挑逗啊，阴差阳错地也就没有落入姗妹的圈套。心情不顺的王立宇到达聚会的秘密场所后，听到处州长途车站被枪杀的那个女人不是他们的暗杀目标，不免有些吃惊和懊恼。

廖怡平在教会医院后门与温特纳密谋，要求温特纳腾出一间闲置的病房来羁押徐泽祥。廖怡平特意提出，眼下哥弟帮四处在找这个人，可不能有一点闪失。臭味相投的这两人商定把徐泽祥秘密羁押在208病房。

李芙贞到达教会医院，宽衣解带正准备洗澡时，院长温特纳亲自上门，要她即刻去手术室，抢救日军送过来的在处州长途汽车站混战中受重伤的日军士兵。作为胸外科的主治医生，李芙贞用尽全力救活了那个士兵。刚刚摘掉橡皮手套、脱下手术外衣，这时进来一个护士，在她耳边嘀咕了几句，李芙贞明白，这是上司通知她立马去参加一个秘密会议。

会议由日本宪兵司令佐藤次郎主持。李芙贞早先就知道，在叛徒吴淑蕊的帮助下，哥弟帮幕后人物徐泽祥已被川渝堂抓获，这可是一个重磅消息，她本以为这个会主要是通报徐泽祥被抓一事的，但她却讶异地发现，会议的主题竟然是有关什么龙泉剑的事，而且还再三强调会议内容要严格保密。听佐藤次郎的口气，他刚从东京协调“龙泉剑计划”回来。由于李芙贞的迟到，前面的情况没听到，暗自揣摩的她，心中不免产生了一系列的问号，龙泉剑到底指的是什么？

龙泉剑计划已经开始在处州部署，但主角却迟迟没有登场。此时的大野松夫还待在位于东京郊外的木屋书房里，宽大的书桌上放着半截指挥刀和一把龙泉古剑，书橱里堆放着各种线装书籍，还陈列着三个不同形状的龙泉青瓷瓶。这位被派去处州担任日本驻处州商会会长的大野松夫，有着胖墩墩的身材，戴着一副金丝边眼镜，微微谢顶，面相和善，内心阴险。此刻的他，正坐在木椅上读着一本中国古代的线装书。他边翻阅边轻轻念道：“清代龙泉打铁高手郑义生用‘灌钢’传统古法（熔化生铁灌注熟铁）制作刀剑。后郑义生四代孙郑三古于咸丰五年（1855）在龙泉城镇东街天妃宫正式开设千字号剑铺。他改用土钢锻剑，沿用水淬方法，宝剑坚硬锋利。剑身长度是鲁班尺16至24寸，剑基宽1.3寸，剑质上乘，宜于挥舞。装潢上，从嵌铜发展到镶铜，剑面镶铜七星，自成特色，声名鹊起。”

大野松夫读书十分入神，连夫人进来也丝毫没有察觉。只见夫人把一碗参汤放到桌上，双手递上电报，轻声低语：“松夫君，龙泉那边催您早日到达。”

大野松夫放下线装书，欠身端起参汤，冷冰冰地回答说：“别理他！龙泉剑和龙泉青瓷没研究透，即使我到了处州，还不照样如同白痴一般？！”

处州日本宪兵司令部司令办公室，特高课课长滨野向宪兵司令佐藤次郎报告：“东京回电，大野松夫将军由于公务繁忙，无法脱身，来中国的行程将稍稍推迟。”

人称中国通的佐藤次郎，抬起头随口骂道：“混账东西！C计划当中他是主角，等着他唱戏，亮相锣鼓都敲了半天，他人却迟迟不登场，成何体统？！”

滨野很无奈地站在大班桌前等待下文。佐藤次郎拿起钢笔亲自起草电文：“松夫君，C计划是您在东京时定下的，此事关系重大，您要亲自到处州来掌控这件大事才是。您到达后鄙人将鼎力相助。佐藤次郎。”

佐藤次郎随手把写完的电文递给滨野。滨野肃然道：“我马上发东京。”

佐藤次郎哪里知道，大野松夫待在东京，就是为了关门落闩地捧着线装书，潜心研究龙泉剑和龙泉青瓷。大野松夫想的是，你佐藤次郎是宪兵司令，军事大权在握，手下一帮人马，除了特高课由你直接掌控调遣，还有一个文武双全的侄女在辅佐你。我大野松夫呢？不仅这些都没有，而且我顶的“帽子”又是商会会长，没有相关的知识准备，去了也是瞎耽误工夫。

一心想要将处州车站暗杀事件查个水落石出的李芙贞，又一次来到日军特高课停尸房。在滨野的陪同下，她详细勘查了曹剑青和栗河惠子的遗体，从各种角度拍摄了照片，然后没再搭理滨野便自行走了。滨野不免感到有些怅然，总觉得李芙贞有着不同寻常的背景，虽然对她的底牌无法了解，更无法拿到她的真实档案，但隐约中总感到李芙贞身份不一般！

夜深了，滨野还在翻阅着李芙贞不同年龄段的照片。

第三章 百般头绪一线牵 费尽心机为剑忙

樱花会馆正在为河堤三郎举行欢迎宴会。河堤三郎被处州城有名的交际花郑菲娜妩媚的神情、娇柔的语言搅得不能自持，不由自主地多喝了几杯。当他看到李芙贞去走廊透风时，就跟出去想同李芙贞套近乎。而此时的李芙贞，也一直在记忆中苦苦地搜索着这个似曾相识的日本商人。当她脑海中浮现出小时候祸害自己父亲的那个日本商人，身边常带着一个小男孩时，猛然间意识到，没错，那个小男孩长大了！

河堤三郎在月光下看到李芙贞递过来的栗河惠子遗照，又一次处于极度悲痛之中，口中喃喃低语："怎么会这样？怎么会这样？！"想到来龙泉本是为了龙泉剑的生意，可眼下生意一笔没做却搭上了情人，悲痛欲绝的河堤三郎再三恳求李芙贞，务必帮他查明暗杀栗河惠子的凶手，好尽快为她报仇。

教会医院院长办公室的耶稣像前，院长温特纳在虔诚地忏悔着。暗杀李芙贞，温特纳托的是阿聿，阿聿出钱把这桩事交给了王立宇去执行。最后阴差阳错地杀了栗河惠子，温特纳失望之中不免夹杂着忏悔。

日本商会会长大野松夫终于从东京上任来了。郑菲娜打扮得花枝招展，也夹杂在专程到杭州迎接他的人群中。

翌日，大野松夫召见了宪兵司令佐藤次郎的侄女李芙贞。彼此寒暄后，大野松夫又详细询问了李芙贞在教会医院的工作生活情况。李芙贞谨慎回答之余，也不忘关切地询问大野松夫能否适应处州的天气和生活，但始终也未能从上司口中套出"龙泉剑"的真相。

苏联红军远东情报局特工倪少慧收到电报，获悉大野松夫抵达处州。倪少慧把这个解密后的密电，告诉了同为苏联红军远东情报局特工的郑单鹏。郑单鹏猜测，大野松夫此行可能是因龙泉山区发现金矿而专程赶来，如果不是因为金矿的话，那十有八九就是奔着龙泉剑来的。

周昌渝抵达杏仁巷宅邸书房，把大野松夫抵达处州的事告诉了刘慧芸。两人反复探讨，大野松夫来处州的真正目的是什么？琢磨半天还是理不出头绪。

河堤三郎对情人的死心有不甘，提着重礼又一次来到教会医院阁楼的寝室找李芙贞。谨慎的李芙贞没让河堤三郎进寝室，她心里其实早已明白河堤三郎要说的话，无非就是要李芙贞替他查清暗杀栗河惠子的幕后凶手。两人来到回廊，河堤三郎果然是说这件事，他越说越激动。不管李芙贞怎样安慰，已经处在疯癫状态的河堤三郎就差没有哭出声来而已，对李芙贞的各种劝言一概听不进去，他那满含愤怒的双眼一次次冒出冲动的火花。

交谈中，李芙贞了解到河堤三郎到处州，主要是来做龙泉剑生意的。从河堤三郎的话语中，李芙贞了解到，日本各地都有龙泉剑剑铺，龙泉剑由处州运到东京，一下子就成了抢手货。河堤三郎反复表示，自己初来乍到，一事无成便失去了心爱之人。往后，自己如果不能在生意上来个大翻身，就连惠子小姐也对不起了。

把龙泉剑从处州贩运到东京，河堤三郎的介绍又一次激起了李芙贞的回忆。当年自己的父亲在上海，曾被河堤三郎的父亲骗走了十几箱上好的龙泉剑。她从河堤三郎的外貌长相上，想起了自己六岁时曾见过的那个祸害自己父亲的日本商人。李芙贞暗下决心，一定要把这个河堤三郎的家庭背景摸清楚。

川渝堂办公室里，廖怡平正在翻阅曹剑青的案卷。有几页案卷中，夹放着曹剑青身穿国军少尉军装的照片，但一些细节档案里则没有记载。

此时，桌上的电话铃响了，是郑菲娜打来的："你知道吗？陈式正中将要坐镇北河街，清剿共产党了。"

廖怡平不屑一顾地回答："这都是过时的黄历了，有其他情报吗？"

郑菲娜也不是好惹的，随口说一声："阿聿可能藏有龙泉古剑。哦，对不起，有客人来了，我先挂了。"

廖怡平放下受话器从烟盒里取出香烟点燃，深深地吸了一口，然后吐出烟圈，连续几个烟圈在空中飘浮转动着。突然间他猛地想起什么，拿起笔在纸上写下"阿聿"两个字。他在大班桌边来回踱步，猛然又拿起笔在"阿聿"两个字上画了两个大大的叉。廖怡平似乎想到了什么，重回大班桌边拿起笔，又写上"阿聿"两个字，在那两个字后面再打了个大大的问号。随后，又走到铁柜前，打开铁门取出阿聿的案卷。

带有阿聿照片的案卷被廖怡平扔在大班桌上。

羁押在教会医院208病房的徐泽祥，仍处在深度的昏迷之中。廖怡平等人想尽办法要让徐泽祥苏醒过来：姗妹不时地摇晃着徐泽祥；廖怡平对着徐泽祥的耳朵轻声呼唤龙泉剑在哪里；看守阿三在用酒抹徐泽祥的嘴和鼻孔，但徐泽祥对这一切均毫无反应。护士小张在门外偷听着里面的声音，见没多大动静就走了，而她的脚步声使看守更加警惕。小张不甘心，又来到院子里观望208病房的窗口，用小石头扔窗户来试探里面是否有人。这一切都被看守看到和记录了下来。

坐镇龙泉北河街的陈式正中将，截获了日本军方给处州驻军的秘密电文，陈式正吩咐副官派人去上海找破译专家，专家翌日回复此密电无法解码。

陈式正沉思后告诉副官："我有预感，日本人是冲着龙泉剑来的。我现在命令警备部队和情报处的要员要随时掌握龙泉剑买家的情况，逐一查清真名实姓。"

副官记下陈式正的指令后，转身走了。处在困惑中的陈式正，打电话给处州军统头目廖怡平，廖怡平说："我的电台也截获了日本军方给处州驻军的电文，日方采用的是一次性解码系统，我及部下均无法解码。"

就在陈式正在电话里准备指责廖怡平时，廖怡平颇为得意地告诉陈式正："报告长官，您的清剿共党行动，我先给您添彩了，哥弟帮首脑吴淑蕊被我抓获，已经是我的人了。从吴淑蕊口中我又把哥弟帮的老巢给捅乱了，哥弟帮资金支持人徐泽祥也被我逮着了，现正秘密地羁押着，目前哥弟帮已处在树倒猢狲散的状态。"

听到这一情况，陈式正当即夸赞了廖怡平，并说来龙泉我犒劳你。

廖怡平客气地回复说："中将阁下，这要归功于您坐镇龙泉指挥有方，抓住徐泽祥是您的指示，我无非是具体行动而已。"放下电话后廖怡平揶揄地一笑："还犒劳我？你们这些高官放个屁，我们这些干事的都要忙得吐血！"

脸上蒙着黑布只露出两眼的滨野，双手戴着帆布手套攀上墙头。背着背包的滨野像猫那样跃起身双手攀住树枝，整个身体悬空。滨野的脚勾住树干，手突然伸向另一根树枝并紧紧攥住，然后轻声落入院中。摸进房屋的滨野，在当铺的灶头间，先把陈夫人用蒙汗药迷倒，然后到房间里又迷倒了陈掌柜。随后四处乱翻一气，共劫走了当铺里的三把带鞘龙泉剑。

近来处州发生的一连串暗杀、盗窃等诡异事件，隐约中都有着龙泉剑的影子，看来惦记着龙泉剑的大有人在，切不可大意失荆州啊。想到此，周昌渝来到狐尾岙深宅大院，找到自己的父亲。这位年近花甲的老人，尽管眉毛胡子都花白了，仍是红光满面，身穿崭新的青布棉袄棉裤，显得神采奕奕。此时的他正在铸剑工场，拿起一把半成品的龙泉剑仔细端详着。见此情形，周昌渝联想起了自己父亲说的话，只有按铸剑始祖欧冶子流传下来的锻制技艺，才能打造出上等的龙泉宝剑。剑本身的锻打不说，即使剑的蘸火也有诀窍，如果蘸火的程序和火候稍有差池，就无法打造出一流的宝剑。

周昌渝见到父亲，嘘寒问暖一番后，便将来意详细地告诉了父亲。周世明看到自己的儿子观察分析问题越来越深刻，考虑处置问题越来越成熟，脸上露出一丝放心的微笑。父子俩简短交流后，周昌渝便匆匆告辞。

按照既定安排，周昌渝来到龙泉上垟镇源底村暂避风头，一进村口就遇见了陶阿秀。当年，周昌渝离开源底村时，陶阿秀才八岁。这次周昌渝与她再次相逢时，陶阿秀已是二十岁的大姑娘了。陶阿秀特能磨人，她嫁给周昌渝的心愿一直深深地埋藏在心里。

陶阿秀问周昌渝："你现在还在铸剑吗？"

周昌渝一时不知从何讲起，便答非所问地告诉对方："剑，父亲还在经营。"

聊天中，周昌渝还说了一大堆不再铸剑的原因。其实，周昌渝没好掏出心里话，因为龙泉剑铸造的秘诀是祖传的，不可轻易外露，特别是在眼下多路人马都在盯着龙泉剑的非常时刻，更不好轻易露出底牌。

聪明的陶阿秀见此情形，立马换了个话题，她忽闪着明亮的眼睛含蓄地问："哥，你曾给我看过的那张廊桥合影的照片，那个叫阿囡的女孩你找到了没有？"

周昌渝一听说到阿囡，顿时面露惆怅，随口说："那个阿囡如果活着的话，也早该嫁人了。"

陶阿秀俏皮地笑道："我想阿囡也嫁人了，那你也不会想她了，我就嫁给你吧。"

周昌渝突然哈哈大笑："我跟你年龄相差这么多，你娘会同意吗？再说我这么多年漂泊在外，也根本不了解你啊。"

陶阿秀听周昌渝这么一说，一时竟不知如何回应是好。眼看着话题就这么给周昌渝聊死了，陶阿秀眼里露出失望的眼神，悻悻然地走了。

周昌渝来到姨母家，看到她正在阁楼上整理着珍藏的几十把龙泉剑，姨母边用抹布擦桌子边埋怨："你看你这些年尽干了些什么？去上海当兵姨也不能说什么，转眼成了仕女画家，祖传的铸剑手艺就这么丢了？再说都三十岁的人了，还不赶快找个女人成家，你不急姨急得头发都白了。更何况你又不缺钱，处州城里又有房子，你还等啥呀！"

此时的周昌渝似乎根本就没有听进姨母的唠叨，他正全神贯注地欣赏着这些龙泉剑。他不断地用衣袖在这些剑上擦拭，放下一把又拿起另一把，边擦剑边欣赏着，口中还不由自主地念叨着：“也多亏父亲留了一个心眼，把这些上好的剑藏了起来。”

歇了一会儿，周昌渝又问：“我堂叔过年时来过这里吗？”

姨母一听，似乎有些气不顺：“你说的是周氏渊剑堂的周浩臣？只听说生意不错，他哪有闲暇来看我们啊！”

周昌渝一听话中有话就赶忙解释：“我爹要去狐尾岙铸剑工场执掌铸剑工艺，周氏渊剑堂便由堂叔接手，也多亏这个堂叔把剑铺支撑起来了，咱们要心存感激才是啊。”

姨母一听更不乐意了：“支撑？那店都成了人家的了！”

周昌渝赶忙解释道：“姨，周氏渊剑堂的实际所有人还是我们，这对外人可是保密的哦。”

说到这份上姨母才明白过来，坦言道：“财不露白，露白就出脚。何况处州还是东洋人当家呢！”

周昌渝赞同道：“是啊，我们的生意也是在刀尖上做的。”

在源底村没待几天，陈裕树便委托黄敬丰传过话来，有人约周昌渝有事相商。听到传话后，周昌渝立即来到村口赴约。

村口小树林里，周昌渝一看，原来是陈裕树亲自来了。陈裕树要他速回处州，根据地电台截获了日本军方给处州驻军的密电，日方采用的是一次性解码系统，我方几个破译专家都无法解码。另一件事是商讨营救徐泽祥和清除叛徒吴淑蕊的方案。

考虑到处州这支哥弟帮队伍大都是原十九路军情报处下属特务营的士兵，是一条条爱国的铁汉子，延安早有指示：争取他们、联合他们、改造他们，把他们拉过来，成为我们党的武装力量。这次是个机会，所以党组织想解救徐泽祥先生，联手清除叛徒，并在这次行动中让周昌渝和刘慧芸从幕后打进去，做深入细致的工作，努力把这支哥弟帮队伍拉过来，成为处州浙南游击纵队的一支别动队！

周昌渝曾是徐泽祥下属特务营的连长，徐泽祥一直很器重周昌渝。周昌渝简单介绍了哥弟帮里的几个骨干并告诉陈裕树：“王立宇人称‘毒蝎子’，不太好拉拢，我只能用变通的方法把哥弟帮掌握在我们的手里。”

要营救徐泽祥但又不知道他被羁押在哪里，这就像大海里捞针一样。栗河惠子被枪杀，目的是什么？动机又是什么？到底是哪帮人干的？是否有哥弟帮的人参与？死的那个穿黑纱褂的男人又是谁？哥弟帮成员到底是哪个失踪了？在陈裕树和周昌渝的面前，有着太多的问号，他俩不停地反复研究着。

周昌渝说，他没亲眼看到王立宇及手下几个人枪杀栗河惠子。他还表示，很难处理自己和哥弟帮的关系，更何况陈裕树要他在幕后控制哥弟帮。总不能还没拉住哥弟帮，就要先把他们的头头给揪出来吧。周昌渝的心里如同一团乱麻，一时半会儿根本还理不出个头绪来。

周昌渝听到陈裕树说晚上就要回处州，猛地一愣：处州是沦陷区，日本特高课活动猖獗，万一有什么闪失，那对于我党的地下组织工作将是一次难以想象的重创，想到此周昌渝心里不禁为陈裕树捏了一把汗。

这边，陈裕树和周昌渝等人正在商讨着营救徐泽祥的方案，那边，羁押在教会医院208病房的徐泽祥正在遭受着折磨。姗妹认为，按剂量注射的麻醉剂没错，但按目前的状况来看，徐泽祥应当是因被注射了过期的麻醉剂而中毒。廖怡平不停地对着徐泽祥的耳朵轻声呼唤："龙泉剑藏哪儿了？"徐泽祥的整个状态始终是没有任何意识。姗妹向前来探视的廖怡平汇报了徐泽祥的病情和病房周围的环境，特别是昨夜还有人在208病房窃听并到后院向窗口扔石头的情况。

廖怡平要军医出身的姗妹随时记录徐泽祥的反应。姗妹承诺，徐泽祥的事一定会尽心。廖怡平和姗妹还同时都对后院的花匠产生了怀疑，姗妹说随后她要详细了解那个花匠的来历。

姗妹心里明白，廖怡平这是一箭双雕。羁押徐泽祥，他想的首先是以此来瓦解哥弟帮，再就是要趁机弄来徐泽祥藏着的那把上等龙泉剑。事关重大，不可有任何闪失。廖怡平提醒姗妹，以后进出教会医院后门要注意服饰，尽量回避医生和护士的目光。小心驶得万年船嘛，更何况处州毕竟是沦陷区，不是在国军而是在日军的控制之下，一旦有突发事件恐将难以掌控。

处州城的夜晚，路上灯火昏暗，来往行人稀少。特高课办公室内，滨野和郑菲娜正在欣赏着从当铺打劫来的三把带鞘的龙泉剑。滨野认为那三把剑是中档艺人锻造的。郑菲娜示意让大野松夫鉴赏一下，滨野委婉地表示："暂不要惊动大野松夫，这只是你我之间的秘密嘛！"

老街陈掌柜当铺遭打劫，三把带鞘的龙泉剑被人抢走一事，闹得满城风雨，整个古城顿时谈剑色变。

周氏渊剑堂里，周世明在请郑菲娜喝茶。郑菲娜表面上是来拜访渊剑堂的，关心了解渊剑堂是否受到什么牵连，会不会像老街当铺那样也有什么损失，实际上是来踩点的。恰好周昌渝的父亲周世明回店里来了，郑菲娜话里有话地多次套周世明的口风，但周世明总是滴水不漏地敷衍着。情急之下郑菲娜不惜施展美色引诱，无奈老艺人还是不为所动，眼见无计可施，郑菲娜只好假惺惺地和老人握手告辞，回去复命。

特高课加紧活动，川渝堂也没闲着。川渝堂办公室里，姗妹告知廖怡平，温特纳把输液的药剂给她了，不给徐泽祥注射葡萄糖怕他的身体扛不住。廖怡平似乎对她所说的没太在意，只是清晰地告诉姗妹："徐泽祥的羁押处，绝不能告诉吴淑蕊，这个人既然能背叛共党，同样也有可能会再背叛我们。"

第四章　身在曹营心在汉　斗智斗勇为哪般

周昌渝送陈裕树到村口岔道边，陈裕树反复叮嘱，一定要把处州长途汽车站枪杀事件弄清查实，这使得周昌渝的脑海里又一次浮现出那天长途汽车站各方交火的场面。他没再多说什么，只是表示这事等自己到处州后再查，随后便与陈裕树分手道别了。

周昌渝到源底村，主要是来避风头的，顺带处理一些家族事务，有些事难以向陶阿秀作具体解释，至于他的去向更无法向陶阿秀透露。但一想到自己的突然离开，肯定会使陶阿秀失望。放不下陶阿秀的周昌渝，面带窘色地草草整理好行李后，又匆忙地写了一封信交给姨母，要姨母一定要把信亲自交到陶阿秀手中。交代好后，便带上表弟黄敬丰离开源底村来到处州城里。

心底里深爱着周昌渝的陶阿秀，还像往常一样去黄敬丰家找周昌渝。听敬丰娘说，“昌渝是突然要走的，村里来了个陌生人，也不知跟他说了什么他就突然走了。我儿敬丰一心想到处州城里去，这次终于被他表哥带走了。”敬丰娘说完，把周昌渝的那封信交给了陶阿秀。

深深牵挂着周昌渝的陶阿秀，只好闷闷不乐地揣上那封信回家了。途中，想起她跟周昌渝从儿时无忌的青涩，到这次短暂相处的甜蜜，不时面露复杂的神色。回到家她迫不及待地拆开那封信，没想到信中只有冷冰冰的寥寥数语，顿时潸然泪下。

心有不甘的陶阿秀，简单收拾一下后，便追到处州古玩斋来找周昌渝。黄敬丰是个谨慎的人，尽管他一直唯唯诺诺且热情地接待着陶阿秀，却始终不透露周昌渝去了哪里。古玩斋楼上就有客房，但大掌柜周昌渝没说能留客，所以黄敬丰也就没叫陶阿秀到楼上歇脚。

晚上，黄敬丰安排陶阿秀吃了晚饭。饭后陶阿秀见主人没有丝毫留客的意思，只好悻悻而去。

陶阿秀也不是等闲之辈，找到客栈住下后就到古城到处找铺面。她发现车马店里一堆人围着八仙桌就进去看，原来是骰子王钟根海在表演各种高超的骰子技法，这位乡下妹子不多会儿就被骰子王精彩的表演震撼了。当她不由自主地跟着喝彩时，没想到被一旁的王立宇盯上了。王立宇试图用花言巧语勾引陶阿秀，在上海滩多少也曾见过世面的陶阿秀，最终还是没有上当，不露声色地甩袖而去。

陶阿秀怎么知道，此时的周昌渝哪还有心思待在古玩斋啊。徐泽祥失踪多日、生死不明，不要说营救了，就连被羁押在哪里都无从知晓。

徐泽祥的羁押地点隐秘，羁押他的人更是极为谨慎，找不到羁押徐泽祥地点的蛛丝马迹当然也就不奇怪了。由于有了教会医院后门的钥匙，姗妹进出208病房就更加轻车熟路了，她的任务是警惕地守着被秘密羁押在208病房的徐泽祥。走在教会医院防火楼梯上，姗妹刚上二楼就发现护士小张的背影，如果被小张看到，那她去208病房的事可就露馅了。姗妹心里有了不祥的前兆，更加戒备与小心。她还将羁押徐泽祥以来所发生的一些异常情况，立马打电话告诉了廖怡平。

龙泉北河街公寓里，陈式正中将在电话里询问徐泽祥伤势如何，川渝堂的廖怡平编了个谎话来搪塞。放下电话后，副官告诉陈式正，他听县政府的人说徐泽祥有把龙泉古剑，陈式正要副官查清是否确有此事。

川渝堂里，廖怡平和姗妹也在议论那把龙泉古剑。姗妹出主意，只要等徐泽祥醒来，用美女诱惑准能得到这把龙泉古剑。

周昌渝跑了多处哥弟帮聚点，向多人作了打探，结果也没有任何徐泽祥的消息，不免神情有些沮丧。看来徐泽祥被绑架，确实是对手下了一招狠棋，冥冥中有点捏住了哥弟帮七寸的味道。四处打探无果的周昌渝人疲马乏地回到古玩斋。

晚上，黄敬丰把白天陶阿秀来古玩斋的事原原本本地叙述了一遍，刘慧芸和周昌渝边吃饭边议论，陶阿秀是否晚上还会回来。这陶阿秀明摆着是冲周昌渝来的，在城里也没有其他亲戚，总不能眼睁睁看着她无处栖身、流落街头吧。为此，周昌渝打算安排刘慧芸去杏仁巷宅邸去住，在古玩斋收拾一间屋子暂时给陶阿秀住，这个想法立即得到了刘慧芸的赞同。正当周昌渝感激地望着刘慧芸，谢谢她的理解时，突然想起刘慧芸一路上呕吐的事，便关心地问：“你身体哪里不舒服？要不要看郎中？”

刘慧芸解释说：“不碍事的，呕吐是坐车引起的，没啥大事。”

周昌渝听她这么一说才有所放心，接着便把四处打探徐泽祥消息无果的情况向刘慧芸叙述了一遍，两人都有一筹莫展的感觉。

费心营救徐祥泽的还大有人在。李芙贞接到郑单鹏的电话，才知之前同在德国留学的同学郑单鹏已到处州，她第一反应是担心郑单鹏会不会是追上门来了。而郑单鹏却没有说别的，只是问她，怎样才能营救徐泽祥。这个电话使李芙贞感到意外，因为郑单鹏说他要通过私人关系营救徐祥泽，这说明他已在处州站住了脚。

郑单鹏的出现，使李芙贞联想起去德国读书的事。李芙贞读的专业是胸外科，并从柏林医科大学获得了硕士学位。可连她的叔叔佐藤次郎也不曾想到的是，自己的侄女竟然是苏联红军情报部的特工。柏林读书期间，一次偶然的机会，李芙贞与苏联红军情报部的上线同学郑单鹏邂逅，李芙贞起初认为这个英俊的郑单鹏是在想方设法地追她，后来郑单鹏叫她参加一些沙龙聚会，渐渐地才知道郑单鹏是苏共党员。他把各种进步刊物和宣传马列主义的书籍借给李芙贞，李芙贞渐渐对这些政治书籍感了兴趣，一年后秘密加入了苏联红军情报部。李芙贞在个人问题上对郑单鹏根本没有任何想法，而在慢慢相处中，郑单鹏对她却越来越有感觉。他觉得眼前这个才貌双全、三观一致的美女李芙贞，就是自己要找的终身伴侣。而李芙贞却是毫不来电，总是找各种借口回避与他单独在一起。

对共产主义充满信仰的郑单鹏陷入了爱恋的痛苦旋涡中。女人和事业摆放在他的面前，最终他选择了实现共产主义理想的事业而将自己对李芙贞的感情埋藏在了心里。尽管郑单鹏对李芙贞似乎很了解，但他就是有一点怎么也不明白，李芙贞为什么在没人时会发疯般地吹一支铜哨？

李芙贞从柏林医科大学毕业时，郑单鹏找她秘密谈了一次话，内容是你已是苏联红军远东情报部的特工，但务必不能暴露自己真实的身份，要想办法潜伏到日本的情报部门去。

信仰共产主义的李芙贞对自己的学业孜孜不倦，就在她立志要把胸外科作为终生职业时，收到了佐藤次郎的信函。信函内容是："毕业即回国，已给你安排好了工作。"就这样，由于佐藤次郎的一手安排，李芙贞回到日本后，先是被安排在东京的医院里工作，后来又作为陆军情报部的中佐情报员潜伏到处州教会医院，而她作为苏联红军远东情报部的特工身份却无人知晓。

李芙贞感到，自己昔日的同学、现今的领导郑单鹏亲自上门来联系她，商量如何营救徐泽祥，可见此事事关重大，但即便她这个神通广大的双面特工，也同样是没有打探到任何线索。

姗妹从208病房来到川渝堂，正要汇报徐泽祥病情的事，突然桌上的电话铃响了。电话是陈式正打来的，问的是阿聿的情况。廖怡平向陈式正禀报，他已搜集了阿聿的档案资料，下一步准备通过阿聿这条线索，揭开龙泉古剑的神秘面纱。放下电话后，廖怡平告诉姗妹："陈式正也怀疑阿聿藏有龙泉古剑，究竟阿聿知不知道那把龙泉古剑，是件谁也说不准的事。"

姗妹附和着廖怡平："可不是嘛，这种捕风捉影的事谁都不好说。"

廖怡平来回踱着步，想了半天总还是觉得这一推测没有多大的把握，情急之下索性从酒柜取出一瓶白兰地，倒了两杯，同姗妹一起喝上了闷酒。

周昌渝想通过黑帮头目老乡阿聿了解徐泽祥的羁押处，阿聿趁机要手段提出要一张《出水芙蓉》仕女画，周昌渝沉吟片刻拍拍阿聿的肩膀，两人就成交了。周昌渝也知道阿聿在做剑和青瓷的买卖，作为龙泉剑的秘密传人，周昌渝从不外露，也不轻易跟人谈论龙泉剑的事。其实阿聿也知道，你周昌渝明的是仕女画艺人，暗里还是龙泉剑的传人，无非就是不给你挑明罢了。周昌渝从阿聿的口中获悉，特高课的特务正在收集龙泉剑和龙泉青瓷的情报，两人相视会意地一笑，虽没有说什么，但彼此心照不宣，那眼神已清晰无误地表明：想从我们身上得到龙泉剑和龙泉青瓷的秘诀，那是没门！

阿聿告辞后不久，周昌渝就接到阿聿家用人送来的纸条。周昌渝草草化装后，就起身准备去杜鹃花舞厅找舞女王丽珊。

李芙贞获得的情报和周昌渝获得的情报几乎一样，那个吴淑蕊知道徐泽祥的羁押处。他们同时到达了杜鹃花舞厅。化过装的周昌渝脸上贴着小胡子，讲一口杭州话。周昌渝和李芙贞竟在舞厅碰上了，并交谈了起来，周昌渝知道她叫李芙贞，是教会医院的外科医生，这个李芙贞还邀请他跳了舞。但一曲终了，一眨眼小胡子就不见了。

李芙贞找到楼上房间，亲眼看到小胡子正操着一口杭州话在训斥舞女王丽珊，李芙贞在窗外窃听到，这个讲杭州话的男人其实也是在打探徐泽祥的羁押处。这个人到底是谁？想到此，李芙贞连忙跟踪这个讲杭州话的人。很显然这个人并非等闲之辈，反侦查能力极强，走到春雨茶馆就甩掉了尾巴。

周昌渝专程去渊剑堂告诉堂叔，千万别上任何人的当，凡有人问起，就说我们周氏家族是中间商，所卖的龙泉剑全都不是自己打造的。

周昌渝的堂叔也是聪明人，生怕祖传的铸造龙泉剑的秘诀泄露，从不张扬在龙泉老家山沟里还有铸造龙泉剑的作坊。周昌渝临走时吩咐堂叔："有人来问周氏渊剑堂的历史，你就说根本不知道，我们只是同姓。千万别把我周昌渝扯进去。”堂叔点头应诺。

周昌渝从渊剑堂回到了杏仁巷 391 号。正担心着周昌渝的刘慧芸看到他平安回来，那颗悬着的心也终于落地。周昌渝安慰了刘慧芸后，又把从杜鹃花舞厅缴获的那把手枪送给了刘慧芸。他告诉刘慧芸，从王丽珊口中获取的信息是，徐泽祥被羁押在龙泉教会医院。又说要和骰子王接头后秘密去一趟龙泉。为安全起见，周昌渝还与刘慧芸约定了杏仁巷 391 号宅邸进出门的暗号。

龙泉教会医院后门，姗妹与温特纳商量怎样才能让徐泽祥苏醒。温特纳表示，已经与上海联系有关解毒针剂了。而姗妹似乎更为关心的是，208 是不是走漏了风声？温特纳告诉姗妹 208 病房以前是个凶宅，没有人会去注意这间闲置的病房，并再三叮嘱姗妹要从防火梯的小门进出。

那夜，208 病房外，姗妹发现护士小张竟然趴在门边窃听，姗妹随即在楼梯口装鬼吓得小张滚下楼梯受伤。此事恰巧被路过的温特纳偷看到，暗地里偷着乐的温特纳这才安心地睡觉去了。

护士小张受伤后虽没大碍，但 208 病房外“闹鬼”还是引起了护士们的恐慌。闹鬼的事发生后，李芙贞碰到小张还没来得及开口问起，小张便一股脑地说了出来，李芙贞也觉得这事特别蹊跷，表面上安慰着小张，暗地里心中盘算着对策。

就在李芙贞准备去 208 病房探个究竟时，廖怡平抢先一步，把徐泽祥从教会医院后门秘密转移走了。李芙贞去 208 病房自然什么也没发现。正当她要转身离开时，发现温特纳竟然悄然无息地站在了 208 病房门口，他用鄙视的目光看着李芙贞，并说柏林来的人不会怕鬼吧。李芙贞回到房间即打电话给郑单鹏，提出要马上见面，郑单鹏认为这违反了组织纪律，气得李芙贞摔掉了受话器。

新亚洲洋行的门被李芙贞一脚踹开，她责问郑单鹏：“徐泽祥曾经羁押在教会医院 208 病房，你为什么要私下营救徐泽祥？”郑单鹏对此事避而不谈，两人针锋相对起来，空气中也渐渐有了点火药味。见此，郑单鹏干脆来了个缓兵之计，他转移话题告诉李芙贞，上海托运过来的信鸽死了。听到他这样一说，李芙贞干脆也就借坡下驴，就在李芙贞走向鸽笼查看时，郑单鹏突然冷不丁地问她：“你了解龙泉剑吗？”

“哦？你到处州的目的也是龙泉剑吗？”李芙贞立马接茬问道。

为剑而忙的人可真多呀。周昌渝按事先约定到骰子王家接头。周昌渝脸上蒙着黑布，只露一双眼睛，疾步来到骰子王钟根海家的老宅，动作稳练地翻进围墙。走到木窗边轻轻敲了敲木窗后，慢慢推开柴间窗户，警惕地左右一看，然后轻声地翻了进去，还没站稳脚步，眼前的一幕不禁使他凉气倒吸，原来姗妹已领着人捷足先登了。此时，姗妹正伸手摘下墙上挂着的一把剑，然后抓住剑柄将剑从剑鞘里抽出来，举起剑将剑锋渐渐移到嘴边吹一口气，立时传出一阵清脆的金属振动声。周昌渝窥见了姗妹的一举一动，见自己寡不敌众，便迅捷推开柴间的后窗，正要跃出，身后枪声就响了。此时的姗妹也举着剑往周昌渝方向冲来，周昌渝看到无路可逃，只好硬着头皮与姗妹格斗。

赤手空拳的周昌渝与手握龙泉剑的姗妹对打起来，这使特务们不敢开枪。最终周昌渝一脚踢在姗妹握剑的手臂上，那把剑飞出去的瞬间被飞身一跃的周昌渝捏住剑柄接到手中，这下姗妹再举枪已经来不及了，只能跃窗而逃。持枪的三个特务分开行动，姗妹示意他们守住院门。特务 B 奋不顾身地冲进柴间，周昌渝挥起剑与其搏斗，特务 B 武功不错，周昌渝几次被他的拳脚击中。姗妹在院门边举着手枪寻找开枪的机会。周昌渝故意退让找出空间反击，突然一剑刺中特务 B 的前胸，特务 B 中剑倒在草垛上。特务 C 正举枪瞄准周昌渝时，周昌渝转身飞起一脚踢在特务 C 的手腕上，特务 C 的手枪腾空飞出去，吓得他转身就往外跑，哆嗦着告诉姗妹："我眼睛没看花，是个武林高手。"

姗妹转身看到周昌渝随手接住那把即将落地的手枪时，吓得脸色惨白，连忙大喊："撤！"

本来是要接头的周昌渝，却差点陷入早已布置好的、明摆着要守株待兔的魔窟，好在是身手不凡，否则后果不堪设想。想到此，周昌渝突然冒出个念头：这个骰子王钟根海是否已背叛组织了？

第五章　有心栽花花难开　无心插柳柳成荫

川渝堂办公室里，廖怡平正在大发雷霆："看来这个骰子王已早有防范，人没抓住反倒丢了条命，你们是干什么吃的，几个人还擒不住一个赤手空拳的人?!"

姗妹汇报完情况，被廖怡平狠狠地训了一顿，蔫头耷脑地待在一边。廖怡平转而又问吴淑蕊："那个讲杭州方言的男人你有印象吗？"

吴淑蕊避而不答，只是说："你问王丽珊吧。"

"你立马把王丽珊和那个男人叫过来。"廖怡平吩咐道。

不一会儿工夫，吴淑蕊领着王丽珊和一个男人来了。刚一见面，廖怡平就一巴掌甩在那个男人的脸上，大声责问："手枪是从哪里来的？"那男人交代了他与王丽珊想敲诈讲杭州话的男人的事，又被廖怡平给暴揍了一顿。

廖怡平接着又不依不饶地追究吴淑蕊，他要搞清楚讲杭州话的男人为什么在寻找徐泽祥的下落。廖怡平还故意要吴淑蕊寻找羁押徐泽祥的新地址，并吩咐吴淑蕊派人去监视古玩斋，因为骰子王曾去过古玩斋。吴淑蕊认为，古玩斋做的就是龙泉剑和龙泉青瓷的买卖，谁进去都不奇怪，一句话竟说得廖怡平哑口无言。

和姗妹一伙过招后，周昌渝带着刚缴获的那把带鞘的剑，坐着黄包车去杏仁巷。路过街面时，看到小酒店里陶阿秀正在和王立宇吃饭，周昌渝连忙下车偷偷观察。他不免暗暗地为陶阿秀担忧，心想这下陶阿秀可踩上地雷了，迟早会被炸得粉身碎骨的。但他也只能是放在心里这么想一想而已，真要上去阻止的话，你周昌渝还真的是咸吃萝卜淡操心，陶阿秀是你什么人啊，你凭哪门子管人家陶阿秀啊！周昌渝无可奈何地摇摇头走了。

周昌渝到达杏仁巷宅邸后，匆匆地往楼上走，刘慧芸见周昌渝阴沉着脸，怕是有什么不好的事，于是赶忙问道："怎么了，昌渝？什么事让你心情这么沉重啊，满脸乌云密布似的！"

周昌渝摇了摇头："没什么，我是怕有人对你下手。"

没等刘慧芸再问，周昌渝已独自走进书房沉思：骰子王是不是叛变了？心情烦乱的周昌渝，突然想起自己刚缴获的那把龙泉剑，就情不自禁地取出观赏琢磨起来，还不住地点头赞许。少顷，心有不甘的周昌渝把剑收起藏好。是福不是祸，是祸躲不过，想到此，周昌渝要再探老院宅，再找骰子王！

周昌渝离开古玩斋前，把手枪裹在小腿肚上，习惯性地推开二楼的窗户向外瞭望，发现果然有陌生男人躲在古玩斋对面监视着店铺。

骰子王潜回自己的老宅一看，发现了院内院外一片打斗过的痕迹，立马清醒地意识到，麻烦终于找上门来了，老宅真的没法再待了。临出门前骰子王将一些资料投入火盆中焚烧，他还把吴淑蕊留下的衣服也抱出来烧了，似乎要以火划界线，一烧消烦恼。

等周昌渝摸到骰子王的老屋时，看到的只是铜脸盆里的星火残末，他知道骰子王意识到自己处在危险的边缘，已经转移了。不甘心的周昌渝又去了骰子王另外的活动据点，也还是不见他的踪影。

嗅出危险气息的还有西街口杂货店的高远财。真实身份是浙南游击纵队的物资供货员，此时正在库房里烧毁各种账本和相关材料，只留下一本需要保存的线装账本塞在了地板下匿藏起来。

同一天夜晚，吴淑蕊为了保护自己的相好、舞厅小白脸葛祥龙，就恳求廖怡平，不要再追究出卖她的葛祥龙。廖怡平若有所思地点了点头，但马上明确提出要求，必须尽快除掉共党嫌疑人高远财，这件事由姗妹具体执行。

一早，陈掌柜来到高远财的杂货店，聊起自己当铺遭窃的事。高远财问起失窃的三把剑，陈掌柜怀疑这些强盗是阿聿的手下。后悔莫及的陈掌柜与高远财聊了剑又聊瓷，高远财告诉陈掌柜，城里专门有人在找龙泉剑和龙泉青瓷。聊着聊着，陈掌柜又提起了滨野，还说滨野没像传说中的那么坏。正当两人聊得起劲时，姗妹借买烟踩点来了。

姗妹往柜台边一站，口里吆喝一声："老板，来包三杯牌香烟。"随即两眼便贼溜溜地四处瞟，后来还干脆朝柜台内走去，东看看西摸摸。可惜的是，姗妹的这种反常举动没有引起两人足够的警觉。

沦陷区搞暗杀已不再是什么新鲜的事。当天，郑单鹏驾车护送一位胸部中弹的女人倪少慧到达教会医院，指名要李芙贞操刀抢救。手术后，郑单鹏和李芙贞碰到一起，两人都急切地问及对方，李芙贞问的是谁开的枪，郑单鹏反问的是子弹型号。她说是德国 M1924 式 7.92 毫米毛瑟步骑枪子弹。郑单鹏一愣，因为他清楚，该枪在处州属于最新型的步枪。在郑单鹏临走时李芙贞告诉他，M1924特高课有。

这个受枪伤的女人是谁呢？李芙贞正想张口问时，郑单鹏告诉她，教会医院是公共场所，我不可能就这么直截了当暴露她的真实身份，但你不必担心，那个女人叫倪少慧，是新亚洲洋行的。李芙贞又问怎么受伤的，郑单鹏示意，就别再打破砂锅问到底了。

李芙贞晚上巡房时，走到倪少慧住的病房时突然愣住了，那个受枪伤的倪少慧已不见了，她猜测是被郑单鹏转移了。能公开送到教会医院来，估计那一枪也不是很神秘。但问题是开枪的人是谁？郑单鹏哪来的那么大能耐，能把那个受枪伤的女人光明正大地转移到另一个地方疗伤？李芙贞想起栗河惠子倒下的情形，不禁微微一颤。

查房后，李芙贞回到寝室。她打开了热水龙头，任热水顺着头往下淋洒着，仿佛要用热水冲刷走自己那挥之不去的烦恼和幽思：了解金丝草帽是自己出门标配的只有教会医院的同人，数来数去温特纳嫌疑最大，那温特纳为什么要设下陷阱除掉她？思考再三，她还是没有找到能使自己信服的理由。处州长途汽车站事件后，李芙贞做事更加谨慎，连到伙房去吃饭都会想是否餐中有毒，但我李芙贞总不能一直就在这种担忧中过日子吧。还有那个周昌渝，他到底是什么背景，怎么一看到他就想起儿时的小阿咪哥哥？能不能下次见到他就直接向他挑明呢？否则，总不能就一直这么猜哑谜似的吧。

龙泉天主教堂里，陈式正找到神父，向他打探周昌渝的身份背景。这位来华传教多年，看着周昌渝长大的神父，详细介绍了周昌渝的家庭背景及成为龙泉剑传人的历程。至此，陈式正对周昌渝有了基本的了解。

陈式正没闲着，川渝堂更是没闲着。此时，川渝堂里的廖怡平正为了徐泽祥长期昏迷的事而烦恼，在他看来，你陈式正关心徐泽祥，无非也就是为了那把龙泉古剑而已。

就在廖怡平和姗妹担心时间长了陈式正会不会插手徐泽祥事件，要把徐泽祥转移到龙泉去的时候，陈式正也正在教堂里与神父探讨着川渝堂廖怡平的为人。神父借修女之口说，绑架徐泽祥引起了阿聿的愤怒。没等神父再往下说，陈式正似乎想起了什么，又突然提起处州新亚洲洋行上海淑女中弹倒下的事，想知道是谁开的枪，无所不知的神父此时也茫然地摇了摇头。

“没想到会是这样！”樱花会馆里，河堤三郎无可奈何地摇着头，向郑菲娜讲述了他去见滨野的囧事。河堤三郎端起酒杯和郑菲娜碰了一下，然后一仰脖把杯里啤酒一口灌下。那是河堤三郎从上海带过来的日本太阳牌啤酒，喝啤酒是幌子，河堤三郎告诉郑菲娜，他去找过滨野，滨野说你有什么见面礼？这里不是菜市场谁都能进出的，最后话不投机竟然还把他赶出来了。

郑菲娜嘲笑河堤三郎："栗河惠子被杀事件滨野还在调查呢，你以为这么简单啊，我们到处州来，每个脚印处州人都在算计，你做事必须步步为营。"

河堤三郎听后心存感激："是啊是啊，况且我是个商人，有的规矩还真的不懂，请您多多关照。"

郑菲娜："我今晚给你介绍一个知音吧，他叫条西，北海道人。他在处州混得很熟，有个叫阿聿的掌门人都是他的朋友。"

河堤三郎顿时兴致来了，伸手操起酒瓶往两个空酒杯里倒酒。郑菲娜要了个手腕："我还有个约会，等条西到了我就走，你们两个慢慢聊。"

不一会儿，条西稳步走进来，见到郑菲娜先礼貌地行了个礼。

郑菲娜："条西君，来来来，坐坐坐，这位就是河堤三郎君，我的半个情人。"郑菲娜说着，朝河堤三郎挤了挤眼。

河堤三郎连忙心领神会地应和着："没错，没错。"然后走到条西面前施以日本礼节。在"请多关照"的唱喏声中，河堤三郎客气地将条西让到皮椅上坐下，两人仿佛成了多年未见的老朋友。

跛扈的滨野此时也正坐在皮椅上，扬着个头，一手提着那支德国M1924式7.92毫米毛瑟步骑枪，另一手握着受话器在听电话："谢谢您，院长，这个上海女人我只是先警告了她一下，从您医院转移，也是我特意放了她一马。具体情况我与您见面时细说。"

原来温特纳也是个两面三刀的人物，他当面说好话，暗地里使阴招。他为人处世的原则是，你做事别让我为难，上帝才会保佑你。

滨野放下受话器，把那支德国M1924式7.92毫米毛瑟步骑枪挂到墙上，转身拿起放在办公桌上的倪少慧案卷。一手把档案袋拉开，桌上呈现六七份案卷，第一份案卷上有一张黑白照片，是烫着上海时髦女人发型的倪少慧。那张黑白照片与倪少慧本人稍有差异，照片显得更年轻更妖艳。这时滨野接到一个电话，对方称自己是做剑的。

胸部中枪的倪少慧被郑单鹏藏匿在教会医院302房间疗伤，护士还在给倪少慧挂着滴流。郑单鹏在照顾倪少慧，能在教会医院里随心所欲地隐藏患者，看来神通广大的郑单鹏真的已在处州站稳了脚跟。

在处州还没落下脚的陶阿秀正在四处寻找门面，偶然看见王立宇的身影，陶阿秀就开始盯梢，她要弄清楚王立宇到底在干什么。王立宇走进金蝴蝶饭店，最终陶阿秀还是窃听到王立宇与郑菲娜在房间约会时肉麻的对话。陶阿秀顿时明白了，你王立宇原来是个吃着碗里的瞧着锅里的人。从今以后，陶阿秀留了一手，那一手就是决不能让王立宇得逞，想让我陶阿秀轻易失身？别做梦了！

陶阿秀的防线刀枪不入，这是王立宇没有想到的，握住了把柄便开始折磨他更是王立宇始料不及的。陶阿秀由于有了王立宇的把柄，就开始折磨王立宇了。她公开揭穿了金蝴蝶饭店事件，使王立宇猝不及防，一个二十岁的女人居然抓住了自己的把柄，从而悄然无声地征服了哥弟帮的大掌柜，尽管听起来有点不可思议，但却是真实发生的事情。

陶阿秀一直没有与周昌渝正面接触，她突然想到，凡是男人都会抛出各种理由欺骗她。难道周昌渝也会是这样的人吗？心有不甘的陶阿秀还是从香菇客栈客房起身，打扮完毕后又去了古玩斋，她想干脆来个守株待兔，我就在古玩斋住下来，不信你周昌渝不回来，回来了看你怎么见我，又如何打发我？！

陶阿秀的到来使黄敬丰又惊又喜，惊的是，哎呀，这个女人真的不好对付，好不容易打发走了，这不，一晃眼就又来了。喜的是，陶阿秀本来就长得一副水灵样，拧一下胳膊，都能出水。再加上她到城里待了一阵子后，城里人见过世面的那种气质悄悄地爬上了脸，如果说以前的陶阿秀哪儿哪儿都好，就是土气了一点的话，现在一下子变得无可挑剔了，有这么个美女作伴，你说他黄敬丰能不开心吗？

陶阿秀笑盈盈地和黄敬丰打着招呼，然后又没话找话地问这问那，可不管陶阿秀咋问，黄敬丰始终就是不吐露周昌渝在哪里。眼看这天都聊死了，老死缠烂打也不是个事啊，想到这儿，陶阿秀叹了口气说她累了，于是便告别了黄敬丰回自己的房间了。周昌渝在外面是不是有女人了？没女人为什么不回店里来睡觉呢？至少他在其他地方肯定还有住的地方！想到这儿，陶阿秀躺在床上瞪圆了眼睛久久难以入睡。

陶阿秀哪里知道，周昌渝这几天一直在为情事突变，与下线骰子王接头不顺而着急上火呢。此时，两人约好，正要在接头点廊桥联系。骰子王来到廊桥，焦急地等待接头人的出现。他感到特别纳闷也特别委屈，由于他的情人吴淑蕊的叛变，使他背上了黑锅，这种微妙的感觉说不明道不白，就像鞋子挤不挤脚只有脚指头知道那般。等待半天一直不见来人，骰子王只好悻悻而去，再次隐蔽起来。

周昌渝按约定时间没有在廊桥现身是刻意而为。其实他人去了，只是隐藏在一边，暗地观察着骰子王的举动，这种防范意识是他早在特务营时就养成的。

深夜，周昌渝回到杏仁巷宅邸，他告诉刘慧芸，廊桥接头是很危险的，如果遭到敌人伏击，便会死无葬身之地。刘慧芸深为周昌渝的安全担忧着，提出要周昌渝换地方接头，周昌渝说还没找到更合适的地方。

下半夜，刘慧芸又一次剧烈地呕吐起来，只见她头上扎着条白毛巾，躺在床上侧着身子朝床头边放着的一个洗脸盆里呕吐着。周昌渝闻声赶来，坐在刘慧芸的床边，一边拍着她的背，一边关切地问："怎么样？要不要送你去医院？"刘慧芸伸手轻轻地推了一下周昌渝："不碍事的，吐干了，没得吐了就好了。"说话时，两眼深情地望着周昌渝。

正当陶阿秀在为一直等不到周昌渝着急上火时，王立宇找来了，他约陶阿秀在春雨茶馆约会喝茶。在王立宇的花言巧语下，陶阿秀虽有警惕性，但在谈话中得知王立宇也认识周昌渝，他说的关于周昌渝的情况没有一点对不上，陶阿秀便放松了警惕。在她的潜意识中，周昌渝的朋友，一般都是靠谱的。王立宇说周昌渝是他十九路军特务营的战友，这是他百试不爽的经典手段。果不其然，听王立宇这么一说，陶阿秀内心感到，她和王立宇有着共同的朋友，彼此的心一下子就无形中拉近了似的。见到陶阿秀紧锁的眉头终于舒展开了，王立宇心里暗自高兴。

当然，等待王立宇的，也不尽是开心事。夜晚，河堤三郎约来李芙贞在金蝴蝶饭店酒吧小聚。河堤三郎显摆地透露出，他从条西那里得知，枪杀栗河惠子的凶手就是哥弟帮的掌柜王立宇。这下子终于摸到底牌了，看我下一步怎么来收拾王立宇那小子吧！李芙贞听后特意奉承："条西这个人的消息太灵了，你和他成了朋友，不亚于身边多了个顺风耳。"

被人一吹捧，河堤三郎嘴就更没边了，一会儿说条西这几天就要带他去拜访处州的黑老大阿聿，一会儿又说阿聿能帮他打开日货市场，他情场失意必须要在生意场上大显身手扳回来。

这次小聚，李芙贞的最大收获是河堤三郎酒后的漏嘴。条西告诉河堤三郎，据郑菲娜说徐泽祥被羁押在一个私人医院里。李芙贞听后为之一怔，自己要的情报不正是徐泽祥的羁押处吗？真是踏破铁鞋无觅处，得来全不费工夫啊！

第六章　地下组织遭重创　患难之交取舍难

周昌渝和陈裕树在土地庙秘密接头。陈裕树告诉周昌渝，吴淑蕊是不会把钟根海送上断头台的，因为钟根海跟吴淑蕊曾经是情人关系。尤其是，不是钟根海追求吴淑蕊，而是吴淑蕊死皮赖脸地缠着钟根海，为了牢牢地拴住他，吴淑蕊才把钟根海介绍入党的。在她看来，只有这样，共同的话题才会更多，共事的机会也会更多。后来，吴淑蕊到处州来工作，也就把骰子王带到这儿来了。尽管这种判断不无道理，但考虑到情况复杂、世事难料，为安全起见，组织上还是暗示钟根海先临时离开处州。

周昌渝向陈裕树汇报了那天夜里廊桥接头不成的事。陈裕树认为，这一决定是果断的，必要的防范意识什么时候都要有。周昌渝还向陈裕树说出刘慧芸身体的种种迹象和去医院的事，他告诉陈裕树："看来刘慧芸确实是怀孕了。"

陈裕树听后表示："看样子刘慧芸应当还不知道她丈夫已经牺牲了。"

周昌渝疑惑地摇摇头："种种迹象表明，刘慧芸应当是已经知道自己的丈夫牺牲了。"

陈裕树不同意周昌渝的看法："组织上对她丈夫牺牲的消息一直保密，没人会告诉她呀！"

周昌渝若有所思地说："我对人的神态关注得非常细腻，从刘慧芸眼神中透出的光，就能分析出她欲哭无泪的心理。"

陈裕树最后还是接受了这种看法，他要周昌渝多关心她，同时也提醒周昌渝："绝不能主动告诉她丈夫牺牲的事，对一个孕妇来说，不能再承受这样的沉重打击。"

说罢，陈裕树从口袋里取出一张黑白照片，递给周昌渝，告诉他必要时可与照片上的这个人联系。周昌渝接过照片一看愣住了，原来那是一张他父亲的老照片。陈裕树要回照片后，放在供台蜡烛上点着了，火舌慢慢舔着照片，一点点地将照片上的人物隐去。

山道岔路口，周昌渝临走前问陈裕树："您还有什么指示？"

陈裕树把底牌摊给周昌渝说："吴淑蕊这个女人凶残得很，不光出卖了我们纵队的五个情报员，使他们在抓捕中因奋力反击，全部牺牲。她还出卖了与我们党联系的中华民族革命同盟成员徐泽祥。问题是我们到现在还不掌握徐泽祥的关押地点，这件事让我难以入眠。"

陈裕树最后又提起哥弟帮经费短缺的事，周昌渝表示自己已经把五十块大洋通过钟根海给哥弟帮发生活费了。陈裕树感叹地说了一句："这不是个小数，大寒索裘终究也不是长算远略啊。"

周昌渝从怀里掏出怀表看了一眼时间。陈裕树明白对方这是要赶时间回去了，便说："那好吧，有事下次再约时间。你要照顾好刘慧芸，这件事拜托你了。"

周昌渝与陈裕树，两个身处险境的战友紧紧握手、依依惜别。

周昌渝到达龙泉教会医院，经过摸底没有发现徐泽祥的影子，便又折回周氏渊剑堂。他从后门悄然进入，发现父亲正在送西街口杂货店的高远财。等周世明关门落闩后，周昌渝上前一步抱住父亲，脱口说道："爸爸，儿子晓得您老是谁了。"

周昌渝还告诉父亲："刘慧芸的身份证件已托阿聿改成了周昌芸，周昌芸就是您的女儿了。"接着，父子俩互相统一了相关信息口径，细密地填补了刘慧芸的信息纰漏。

吴淑蕊的名声看来在哪里都不是太好，陈式正和副官此时也在谈论吴淑蕊。副官告诉陈式正，这个吴淑蕊认贼作父且又心狠手辣，已经成了廖怡平的干妹。陈式正认为，吴淑蕊会背叛共党同样也会背叛党国，他甚至怀疑吴淑蕊是个变色龙。陈式正提示副官要好好研究一下吴淑蕊的案卷。

半夜时分，吴淑蕊被噩梦惊醒，她的惨叫引得廖怡平前来敲门。原来是吴淑蕊梦见骰子王持枪来杀她，还说她出卖的西街口杂货店的高远财也在窗外要责问她。廖怡平心想，你吴淑蕊在王丽珊那里差点丢了命，躲在这里还哆哆嗦嗦，至于吗？于是便随口安慰她："日有所思夜有所梦，你就把那个小白脸找来压压惊吧。"

吴淑蕊所梦见的暗杀果然应验了，但不过被杀者另有其人。大清早，西街口杂货店老板高远财在卸排门，廖怡平手下的姗妹早已布下了血网。姗妹进店就掏出手枪对准高远财连开两枪，然后便迅疾地逃之夭夭。

王立宇听到枪声后询问邮差，邮差不想多管闲事，只说好像在西街口。

周昌渝也问刘慧芸："你听到枪声了吗？"刘慧芸正在灶头间忙碌，应声说自己担心的是骰子王，并要周昌渝今天别出门。周昌渝还是要去古玩斋，顺便带点菜回来。

周昌渝来到古玩斋，黄敬丰告诉他，陶阿秀昨夜就住在这里，行李都搬进来了。

周昌渝问他听到枪声了吗，黄敬丰却说："那枪不是朝你开的吧？"

周昌渝用教训的口气对黄敬丰说："你别杯弓蛇影了！"

黄敬丰还是说出实话："听到枪声我首先就想到你。"

周昌渝心头为之一热，毕竟是自己的表弟啊，亲不亲兄弟情，打断骨头连着筋。转而周昌渝又问："现在陶阿秀的人呢？"

黄敬丰说："她刚出门我就听到枪声了。"

周昌渝从古玩斋出来，顺便在路边的小摊上买了点菜，刘慧芸妊娠反应厉害，饮食上得添加点营养。回到杏仁巷宅邸后，刚一进门周昌渝看到刘慧芸在研究陈式正的有关资料，就问："那张报纸你还在琢磨啊？"

刘慧芸告诉周昌渝："我在宁波甬江女中读书时，有个女同学是陈式正的亲戚，那时我就知道陈式正是奉化溪口剡岙人。陈式正的父亲是陈泉卿，辛亥革命时期的革命家。"

周昌渝遗憾地说："那陈式正还坐镇龙泉来清剿共产党？"

刘慧芸反而很理智："估计陈式正也很无奈，因为他是蒋介石的嫡系。"

滨野和女扮男装的郑菲娜，在西街口杂货店勘查高远财被枪杀现场。戴着口罩的郑菲娜拿着相机，从不同角度给高远财的遗体拍照。而路过的吴淑蕊的小白脸葛祥龙歇步想看，被滨野赶走，于是他便在远处看着，直到滨野和郑菲娜坐着三轮摩托车远去。

葛祥龙到达军统站办公室，把滨野和郑菲娜在杂货店勘查一事告诉了吴淑蕊和廖怡平。廖怡平吩咐葛祥龙："你住在这儿要给我递送情报。做这事就是要行走在刀尖上，你有没有这个胆？"

葛祥龙表示，为了吴淑蕊的安全，他愿意付出。为此，吴淑蕊答应葛祥龙把行囊搬到川渝堂来，并要他来回都坐黄包车，葛祥龙笑纳。

从古玩斋出来，王立宇提出要请陶阿秀吃饭。等了一整天都没见到周昌渝人影的陶阿秀，茶不思、饭不想，躺在床上瞪着眼睛浮想联翩、难以入眠。熬了一整夜的她，此时经王立宇这么一说，还真的感到有点饥肠辘辘了，说话间两人来到一家饭店，点了几个特色小菜，陶阿秀便狼吞虎咽地吃将起来。席间，陶阿秀吞吞吐吐地提出想开家"天蝉旗袍店"。王立宇想泡上陶阿秀，正愁没由头献殷勤呢，便立马若有所思地点点头："想要个店面？""嗯。"陶阿秀羞涩地点点头。

没两天，王立宇果然就告诉陶阿秀，在西街租下了铺面。陶阿秀看到鹅石街的店面后很满意，这店面稍加装修便会很理想，尤其是位置好。陶阿秀兴冲冲地往木楼梯上跑，二楼的整个布局更是令她十分满意，乐得合不拢嘴，高兴得整个脸庞犹如绽放的莲花，青涩中透露着妩媚。见此情景，王立宇心想，这下你陶阿秀还有跑？想到此暗自偷着乐，简直比得到铺面的陶阿秀还开心。

故作镇静的王立宇，发现陶阿秀非常喜欢这个店面，就走过去微笑着说："你再到房间看一下吧。"

陶阿秀看了两个房间后反而不说话了。王立宇跟在她后面，心里在犯嘀咕，她是不是不喜欢这房间呢？这房间可是以后我要和她温存的地方呢，她怎么什么都没说突然就走了呢？想到此，王立宇一时傻愣着不知所措了。

王立宇哪里知道，陶阿秀真的是对这个店面称心如意，她想到自己在周昌渝那里老是这么硬撑着，总是这么热脸贴冷屁股也不是事，不如干脆一门心思投到旗袍店里，把旗袍业务搞起来。主意已定便不再犹豫，陶阿秀来到古玩斋，告诉黄敬丰，自己的旗袍店门面已经找好了，店面装修后就要搬走了。她想让周昌渝给写"天蝉旗袍"四个字作为匾牌。黄敬丰把此事牢牢记在心里，他很清楚陶阿秀的脾气，她交代的事是不好有闪失的。

廖怡平听了葛祥龙的汇报，获悉了王立宇在"天蝉旗袍店"门口帮忙的消息。虽然这是个很有含金量的情报，但一想起徐泽祥的事，他还是坚持认为，徐泽祥醒不过来是姗妹用的药剂过量。少顷，他对吴淑蕊说："我们还没处理完徐泽祥，就像吃葡萄，一串葡萄不可能一口气咽下去，你懂我的意思吧？"

吴淑蕊说："我明白了，哥弟帮就是一串葡萄，只能一颗一颗地吞进肚里。"

廖怡平诙谐地一笑："我在琢磨，你离开哥弟帮了，哥弟帮经济上的支撑也被我拿下了，那现在谁在支撑着那顶破雨伞呢？"接着，他又对小白脸葛祥龙的表现作了首肯："嗯，葛祥龙开始能刺探某种情报了。"廖怡平脸上露出了少见的笑容。

周昌渝买了一只鸡回到杏仁巷宅邸，刘慧芸见了为之心头一热。两人聊起西街口杂货店枪杀事件，周昌渝认为杂货店没什么钱，这肯定是蓄谋已久的一次谋杀。受此启发，刘慧芸将高远财被枪杀的事与钟根海联系起来，怀疑是钟根海出卖了高远财。周昌渝沉思了许久，先是微微地点头，又犹疑地摇头，总感到左右不是，定论难下。最后似乎突然想起了什么，他告诉刘慧芸，自己要去趟狐尾岙。刘慧芸没问原因，只是独自坐在灶洞前默默地沉思着，眼角闪现出泪花。

徐泽祥已被秘密转移到老街西药店楼上库房。姗妹在夜里还待在徐泽祥身边，她在盘问看守白天楼下棺材店的情况。当姗妹发现看守被褥里有一坛酒时，立马发怒了："半夜喝酒是要误事的，知道吗？！"看守自知理亏，没敢说什么。姗妹没收了那坛酒，又吩咐看守，如有意外情况就先下手为强，并要求看守按规定的时间往窗外窥视，要注意观察来人的身份，对哥弟帮的人要警惕，对日本人也不要放松。

姗妹回到川渝堂汇报新羁押处的情况，廖怡平知道库房楼下是棺材店就警觉起来，提出了严格的防范要求。姗妹提出："徐泽祥心脏和脉搏都很正常，他是不是在等待营救机会？"这一说提醒了廖怡平，使他想到，哥弟帮可能也不是豆腐架子。他赞同姗妹的说法：对哥弟帮和日本人同样都不能掉以轻心。

条西和河堤三郎到阿聿家拜访来了，经条西介绍，河堤三郎跟阿聿交上了朋友。河堤三郎告诉阿聿，自己要离开处州去上海公司了。为此，阿聿设家宴，宴请河堤与条西。表面看来是送行宴请，其实阿聿不经意间就和河堤做成了一笔剑和青瓷生意，阿聿已答应把古玩斋的周昌渝介绍给河堤三郎，这样一来阿聿坐在家里就能获利一成。

造访阿聿，河堤三郎还有一大收获，他被阿聿家客堂里悬挂的《梅娇杏俏》那幅仕女画迷住了。经二姨太介绍，才知道是周昌渝画的，河堤三郎赞叹不已："周昌渝真不愧是处州的才子啊，这仕女画画得，简直就是呼之欲出！"嘴上这么说，心里想的就更多了：要是能请到这个人以惠子为原型，创作一幅仕女画，那自己就能和惠子朝夕相处了。听说这个周昌渝为人还挺仗义，门路也多，看来是自己下一步拓展中国市场不可多得的铺路石。

周昌渝在画室里写完"天蝉旗袍"四个字后，又去了杏仁巷宅邸。周昌渝提出的营救徐泽祥计划，被刘慧芸否定了，她认为徐泽祥下落不明，什么计划都是纸上谈兵。正当周昌渝一人独自在书房，双手伏在写字台上沉思时，刘慧芸悄声走来，正准备问他有什么心思，只听周昌渝自责道："我这么轻易地为惜护一个女人就答应她到处州来，现在才感到实在是太不妥了。"

刘慧芸回应说："像你这个年龄，再不成家立业反而会影响工作。"

周昌渝还是说："陶阿秀是个好女人，但我帮不上她的忙，只能到开业那天去贺个喜而已。"

刘慧芸体贴地回应："是我拖累了你。你不要自责了，你一自责我就难受。"

周昌渝听后深情地说："慧芸，我能说心里话的也就只有你一个人了。"

刘慧芸听了为之动容，双目盈起泪花："我听你说，陶阿秀是很优秀的女子啊。"

周昌渝答非所问地回应："我在上海当过兵，我知道的，闯荡过上海滩的女人，软的时候像块糖，硬的时候像块铁。"

刘慧芸提示周昌渝："你如果爱她，就跟她明说嘛。"

周昌渝若有所思地回答说："我只能忍痛割爱了！"

陶阿秀取来题字，王立宇请人将"天蝉旗袍"四个字刻在匾上，正当要往字上涂金时，凑巧周昌渝路过。王立宇不想把陶阿秀开"天蝉旗袍店"的事告诉周昌渝，周昌渝也只听黄敬丰说陶阿秀已找到了裁缝店的铺面，但没听说是谁在帮陶阿秀。周昌渝也没有时间去过问这件事，但他知道，王立宇盯上陶阿秀就不会放过的，十九路军特务营有如此传统，毒蝎子王立宇更是有如此秉性。

龙泉的陈式正也在研究十九路军特务营的案卷，但抓不住周昌渝的把柄，只能把周昌渝和王立宇的案卷摆在左右。副官告诉陈式正，处州今天又有枪击案。这件事陈式正已经接到报告，但廖怡平留了一手，只在电话里说西街口杂货店发生枪击案，具体内情还没调查清楚。

第七章　廊桥勾起往事梦　弄巧成拙落池中

李芙贞驾车来到处州廊桥，具体地说叫作安仁镇永和桥。她凝视着廊桥，往事一幕一幕在脑海里浮现。

六岁的阿囡与十岁的阿咪在桥上合影，阿囡的父亲举着照相机提示他们："把头靠近一点。""咔嚓" 一声，阿囡和阿咪高兴地笑了。那画面如同断掉的胶卷一般，多次在李芙贞眼前晃动。

廊桥的另一桥墩处，路过的周昌渝也在注视着廊桥。不一会儿，周昌渝踩上廊桥的台阶，径直来到桥上，然后停顿了片刻，望着前方空旷的廊桥，再一步一步走过。周昌渝在数栏杆的木柱，看来送来的情报就在某根木柱下，数到最后一根柱子时，周昌渝见没人就从那根木柱朝外的缝隙里取出一张折叠的纸条。周昌渝把纸条塞入怀里后似乎突然想到了什么，转身就走下台阶。

就在周昌渝走下台阶时，李芙贞踩上廊桥的台阶，缓步往桥面走去，走到廊桥的中间趴在桥栏上，望着潺潺而流的溪水和远去的马车，她伸手取出挂在脖子下的铜哨子，含在嘴里发疯般地吹着。

此时的周昌渝已坐上马车离开廊桥，往处州城方向而去。由于风向关系，马车上的周昌渝竟然没能听到那凄凉的哨子声。

周昌渝取来情报后才知，钟根海躲在车马店厢房。周昌渝立即赶到那里，映入眼帘的是一位老态龙钟的老头，那就是化装后的钟根海。

钟根海说："我现在暂时只能潜伏了，我的下线现在能告诉你了，他就是西街口杂货店的高远财，已经牺牲了。我想这会不会是我在什么时候出现过纰漏，被吴淑蕊发现了。你要向上司禀报，我钟根海绝不会出卖任何人。"

周昌渝告诉钟根海："那张纸条我烧了，营救徐泽祥的方案你策划得不错，我原来策划的营救方案被组织上否定了。"

钟根海嘿嘿一笑说："你不方便，我去踩点，先把营救徐泽祥的 A、B、C 方案磋商一下。”

周昌渝回到杏仁巷 391 号，天已快亮了，刘慧芸熬好粥在等待周昌渝。

周昌渝告诉刘慧芸：“骰子王跟吴淑蕊一起时，交谈中曾不经意出现过纰漏，是吴淑蕊抓住这个破绽出卖了高远财。”

刘慧芸却若有所思地说：“他们不留活口套取口供，反而就地枪毙，问题看来也没那么简单！”

刘慧芸接着看了那份营救计划，认为那份营救徐泽祥的方案，同样是纸上谈兵。周昌渝追问她还有什么要补充的吗？刘慧芸毫不含糊地说：“在徐泽祥生死不明、下落不明的情况下，这营救方案能有多少分量？！”

谈起钟根海化装成老态龙钟的老头一事，周昌渝说：“现在没人知道他叫钟根海。”

刘慧芸听后坦言：“钟根海把老底都透给你了，这么说骰子王没有叛变。”

周昌渝还是有些担心，因为陈裕树曾担心钟根海对吴淑蕊用情太深，这也不是没有道理的。

老街西药店库房，廖怡平还是习惯性地用手指翻徐泽祥的眼帘，然后又问看守学会换药了吗？并要他尽量戒酒。听到看守曾擅自离开过现场，廖怡平一怒之下挥手扇了看守一个耳光。看守承诺以后绝不离开一步。

黎明时分，姗妹回到川渝堂，廖怡平告诉她，看守曾擅自离开徐泽祥去后街饭店吃饭，嗜好喝酒的看守这顿饭没有一个钟点是不可能回来的。徐泽祥神志不清，如果是装的，那一个钟点人早就不见了。姗妹听后表示，只要徐泽祥不死，那把龙泉古剑你肯定能拿到手。廖怡平想起绑架徐泽祥那天，虽然在他的公司上上下下都搜查过，但看来还是遗漏了某个地方。说到此处，两人决定今夜一起再去搜查徐泽祥的公司。

为使行动万无一失，廖怡平找来吴淑蕊，随即又从办公桌抽屉里找出文件夹递给吴淑蕊，吴淑蕊确认这就是她绘制的房屋平面图，那是徐泽祥公司的室内格局。廖怡平就着房屋平面图，详细地询问了吴淑蕊一番，确认对那里的情况已心中有底后，敷衍地夸了吴淑蕊心细后就打发她走了，他不想让吴淑蕊知道自己的阴谋。

河堤三郎也在打着龙泉剑的主意，但他最想办的事首先还是要为栗河惠子报仇。此刻，河堤三郎正跪在滨野面前，他想借助特高课的势力尽快查清并惩办凶手。滨野见状呵斥道：“河堤君，你还是个男人吗？为了给栗河惠子报仇，就跪在我面前？男人膝下有黄金啊！”

河堤三郎听后连忙爬起来立正站着。滨野岔开话题询问阿聿的事，河堤三郎告诉滨野，阿聿答应给他弄到三千把剑，大阪的下家也联系好了。滨野心里偷着乐，连忙吩咐：“生意上的事等会儿再说，阿聿家是个窝点。你做生意只是个幌子，你要深入虎穴，给我搞到第一手的情报，我就帮你查实枪杀栗河惠子的凶手。”

滨野转身从办公桌上取来案卷，从案卷中取出一张照片让河堤三郎看。河堤三郎问：“这人头发怎么梳成这样？”

滨野把那张照片放入案卷的大信封，嘿嘿一笑转过身来：“那张脸记住了吗？”

“你叫我跟他去做生意？”河堤三郎不解地问。

滨野用鄙视的目光死死盯着河堤三郎。

河堤三郎不解：“他不是做龙泉剑生意的吗？我东京的朋友要龙泉剑呢。”

滨野揶揄地一笑：“你忘了我跟你说的？做生意的事等会儿再说。”

“那你给我介绍这个朋友干什么？”河堤三郎似乎更有点云里雾里了。

滨野点拨道：“你在从事情报工作时，这个人会配合你，这是他的电话。”说着随手递过一张纸片，接着又问：“这里的电话你记住了吗？”

河堤三郎点点头。滨野再次吩咐：“你打电话时要用日语。”

“哈伊！”河堤三郎双腿并拢点头称是，然后告辞。

滨野等河堤三郎走后立即给大野松夫打电话，禀报河堤三郎已订购了三千把剑，大阪的下家也联系好了。大野松夫不仅没有赞许反而责怪道：“看来你还没把握龙泉剑的真谛！”

滨野放下电话，感到有点茫然，既很无奈也很委屈。就在这时郑菲娜前来报信，她刺探到一个情报，徐泽祥被羁押在教会医院。滨野一听顿时来了情绪，没想到郑菲娜紧接着又说，教会医院闹鬼后徐泽祥就被转移了，滨野听闻后顿时又满脸的失望。郑菲娜还表示，她正在寻找新的羁押点。滨野有点自责地说：“问题是谁绑架了徐泽祥？在我们的眼皮底下搞出这么大的动静，我们竟然还一无所知！你说是川渝堂绑架的，那至今也没有确凿证据呀？”

河堤三郎终于通过阿聿结识了周昌渝。河堤三郎指着阿聿客厅里挂着的那幅《轻罗小扇扑流萤》仕女画对周昌渝说：“周先生能否给我画一幅穿着和服的仕女画？初次结识就冒昧地求画，实在是不情之请了！”周昌渝豪爽地应道：“没问题，我也很喜欢交各种各样的朋友。”

酒足饭饱后，河堤三郎把钱包中的栗河惠子照片递给了周昌渝。周昌渝笑着奉承道："现在是东洋人的天下，生意难做着呢，我也很高兴能结识你。"就这么一来二往地，最后在阿聿的斡旋下，周昌渝竟然很快就跟河堤三郎做成了一笔三千把龙泉剑的生意。

特高课办公室里的电话机铃声响了。滨野伸手拿起受话器，是河堤三郎用日语打来的。此时的他还在阿聿家："已完成您安排的任务，现在正与古玩斋的周昌渝洽谈日货在处州销售的事宜，另外龙泉剑销往日本市场的事也正在做方案。"滨野听后阴险地笑了。

放下电话，滨野接着与郑菲娜聊他们的事："我问手下了，听说徐泽祥对麻醉药剂过敏，所以目前一直处在昏迷的状态。"

郑菲娜追问："如果徐泽祥成了植物人呢？"

滨野没有正面回答而是皱起了眉头。

周昌渝走进杏仁巷391号书房，取出阿聿送来的已改名为周昌芸的身份证件，递给刘慧芸并告诉她，徐泽祥羁押在哪里连阿聿都不知道。刘慧芸还是认为营救方案是纸上谈兵。周昌渝仍然坚持："你也看过A、B、C营救方案，只要确定徐泽祥羁押在哪里，我们无论如何也要把徐泽祥救出来。"

刘慧芸认为这种重要的行动方案必须要等上级批示，周昌渝认可刘慧芸的意见。周昌渝又说起与河堤三郎做生意的事："中间人是阿聿，三千把龙泉剑价格都谈妥了，我要回趟店里，去库房整理一下那些剑，不够的话我还要到几个剑铺去收购。这笔生意做成了，徐泽祥资金的窟窿就能弥补，这样哥弟帮的兄弟们养家糊口的钱也就有着落了。"

说话间，刘慧芸不小心把手里端着的一碗热粥泼在脚面上烫伤了脚，周昌渝赶忙抢步上前精心呵护。刘慧芸被周昌渝的一举一动所感动，听到周昌渝还为她买了桂圆和红糖脸上竟然泛起了一片羞涩的红云。周昌渝见此情形忙解释："你是孕妇，我不照顾你谁照顾你？"接着又说："长期在白色恐怖下开展工作，既要面对日本人，又要面对川渝堂，徐泽祥下落不明，你又有孕在身，千头万绪难免心烦意乱，就连陈裕树最近也有些心急步乱呢。"

周昌渝告别刘慧芸后回到了古玩斋。黄敬丰告诉周昌渝，陶阿秀送来旗袍店开业的请帖，是初八开业。周昌渝在店里泡了杯茶边喝边盘算着，他突然想起河堤三郎给他的那张栗河惠子照片，要打入敌方，必须把第一张牌打好。周昌渝上楼来到画室，摊开宣纸砚墨、梳理毛笔，然后不厌其烦地精心绘制栗河惠子的仕女画。

同样的夜晚，廖怡平和姗妹拿着房屋平面图，在徐泽祥公司的储藏室里翻箱倒柜，见没发现什么东西就拿着木梯爬上阁楼再次搜查。两人爬进布满蜘蛛网的阁楼，廖怡平发现板壁上贴着财神像，感到有些可疑，他顺手揭下财神像，里面果然是道移门。廖怡平爬进移门后，用手电一照，竟然看到了一把布满灰尘的剑鞘。处在亢奋之中的他不假思索立马爬了过去，没想到突然间“轰”的一声，廖怡平的整个身体顿时从腐朽的木板上塌了下去，随木板一起坠落在院子的储水池里，廖怡平拼命地挣扎着。只见他用手扳住布满青苔的水池边，由于水池边太滑，无论他怎样用力，整个身体还是往水里滑，他使劲挥着手伸出头吐出一大口水。

姗妹在阁楼内匆忙之中摔伤了右腿，但她还是忍着痛往回廊走来，奔着水池走去，想要去营救廖怡平。她几次营救无果，最后用绳子绑住廖怡平才把他从死亡线上救过来。

廖怡平和姗妹到达川渝堂后，虽然两人都已受伤，但还是惦记着那把剑。协商后两人决定还是先去教会医院把伤口处理一下，明天姗妹再去取那把剑。睡在露台卧室的葛祥龙上厕所时看到了他俩狼狈的样子，葛祥龙马上就告诉了吴淑蕊，说他听到廖怡平找到了龙泉古剑，吴淑蕊顿时大惊失色。

第八章　相知相遇不相识　相识相知不相容

入夜，周昌渝看到金蝴蝶饭店房间外的暗号，前去找陈裕树碰头。

周昌渝把向河堤三郎卖剑的情况跟陈裕树作了汇报，陈裕树认为这是打入日方的重要切口，必须拢住河堤三郎，以获取日方情报。他告诉周昌渝："高远财是秘密联络员，但名册里没有他。"周昌渝说："不管是谁杀了高远财，为什么不抓他？不要他的口供便就地两枪把他解决了，这不是鬼子的手段，也不是军统的路子，这事没理出个头绪我的心就一直悬着。"

令他俩没想到的是，裹着头巾戴着大口罩的李芙贞正在房门口贴耳屏息静听。李芙贞从窃听中得知，周昌渝想从日方口中获悉徐泽祥到底羁押在哪里，为什么这个周昌渝也在到处打探徐泽祥的羁押地？他究竟是什么来头？李芙贞心里不免打上了一个大大的问号。

李芙贞回到教会医院阁楼宿舍连忙化好装并套上头罩。她对西街口杂货店案琢磨了很久也没能理清个思路，不能给自己一个合理的解释，遂决定亲自去一趟案发现场一探究竟。到达杂货店后，没想到正巧遇上了化了装、持着枪的周昌渝，两个高手都想探究杂货店的内幕。还是李芙贞抢先一步取到屋梁上的一本线装账本。经过一番格斗，周昌渝侥幸地把账本撕来一半。李芙贞戴着头套，周昌渝也化了装并用黑布裹着眼睛以下的部位，双方折腾了半天都不知对方是谁，最后只好各奔东西。

李芙贞回到医院后在房间案桌前审阅那半本线装的账本。小张来敲门告诉她，外科有急诊。李芙贞到达诊断室发现是胸口有瘀血的廖怡平和右腿受伤的姗妹。诊断后李芙贞要廖怡平明天一早拍 X 光片。

事后，李芙贞越想越纳闷，总感到廖怡平胸口的伤很蹊跷。躺在床上的李芙贞想，这对狗男女肯定干了什么不可告人的卑鄙勾当。想着想着，劳累了一天的李芙贞渐渐进入了梦乡。入梦之际，李芙贞想起童年时与阿咪在廊桥上嬉戏的景象。醒来后，李芙贞抓住挂在床边用红线串着的铜哨想入非非。

幸灾乐祸的吴淑蕊听到葛祥龙说廖怡平胸口伤得不轻，也在猜测这肯定是他俩在寻找那把龙泉古剑时落下的。联想到廖怡平之前要找徐泽祥公司的平面图，吴淑蕊已猜测到他们是去哪里寻找那把剑了。为了打探究竟，吴淑蕊来到川渝堂办公室。见廖怡平在喝中药，吴淑蕊趁机与廖怡平套近乎。

廖怡平见到吴淑蕊寒暄几句后，忙问道：“骰子王为什么不去杂货店踩点？”

吴淑蕊说：“也许他知道高远财死了。”

廖怡平又问：“骰子王还有手下？听你口气他不止高远财一个下线呢。”

吴淑蕊一听这话很难接茬，只好说：“骰子王听到风声就躲起来了。”

廖怡平和吴淑蕊都在琢磨，骰子王到底躲在哪儿，琢磨了半天也没个结果。最后，廖怡平咬着牙恶狠狠地说：“就算骰子王是只鸟，我也要把所有的鸟巢都捅掉，让他无处藏身！”

他俩还聊起了郑单鹏，吴淑蕊说她已派人跟踪了，没发现什么线索。

廖怡平说：“郑单鹏是军统国际部驻处州的要员，他公开的身份是新亚洲洋行经理。”但廖怡平没想到，郑单鹏是苏联红军远东情报局潜伏在军统队伍的卧底。

吴淑蕊取出日军通缉陈裕树的通缉令递给廖怡平。廖怡平不屑一顾地说：“这种通缉令就像茅坑的手纸。”

吴淑蕊说：“通缉令上的照片是十几年前的。”这下提醒了廖怡平：“怪不得这条老泥鳅溜了！”

吴淑蕊走后，廖怡平在琢磨那柄剑鞘，姗妹进来就问：“什么时候去打捞那把剑？现在你我可都是带伤的人了。”廖怡平没想那么多，他考虑的是，都午餐时间了，谁去送饭给看守吃。协商后，决定还是姗妹到饭店买饭送给西药店库房里的看守。

同是午餐时间，饥肠辘辘的王立宇顾不得吃饭，眼瞅着陶阿秀的旗袍店就要装修好了，旗袍店一开张手头就有钱了，可最后的装修款还有点窟窿，活人总不能让尿给憋死！王立宇想办法在家里翻出三个玉手镯，准备到当铺去抵押换钱。你拿着宝贝来，当铺总会说那宝贝不值几个钱，这样才好杀价，这是开当铺的惯用手法。眼下，开当铺的陈掌柜也不例外，他几乎没用正眼看玉手镯，却问道：“你手头有古剑吗？”王立宇虽听说过古剑，就是所谓的龙泉剑，但那也只是传说而已。王立宇告诉陈掌柜：“我要有那把龙泉剑，早就跑到上海去出售了！”

说良心话，这事也不能全怪陈掌柜。王立宇倒是有只上等的玉手镯，但没舍得拿出来。他要到阿聿那里去借钱，想把那只玉手镯当作敲门砖，所以只拿出了三个品相一般的玉手镯，在精明的陈掌柜面前，显然也榨不出什么油来。

王立宇见三个手镯没当出好价钱，最后只好还是去找阿聿。想不到阿聿正到处在找王立宇，原来中将指挥官陈式正要花一条“小黄鱼”叫阿聿办了大港头的一个“那摩温”。那个“那摩温”同样也是阿聿想要除掉的人，因为他曾抢了阿聿在大港头的生意。阿聿看到王立宇来了格外高兴，马上安排酒席。

阿聿从口袋里摸出红绸包着的东西，“啪”地往餐桌上一拍，告诉王立宇：“那个人的地址及活动范围都在里面。”

从阿聿拍下去的声音，王立宇就知道那是一条“小黄鱼”。正为装修资金发愁的王立宇，此时听到这一声“啪”的声音，好似瞌睡碰枕头，接下来的事没谈就已知道大概的结果了。

河堤三郎握着枪也在准备搞暗杀，此刻他要暗杀的对象是郑单鹏的手下“三七开”。三七开骑着自行车是去送情报的，没想到凑巧碰到暗杀高远财的姗妹。正当河堤三郎举枪对准三七开时，姗妹喊了一声，就这一声喊，使得三七开不由自主地循着声音望过去，身子一偏没有中弹。三七开侥幸逃命，河堤三郎见状立马往弄堂飞奔，逃之夭夭了。

回到特高课总部复命的河堤三郎，被滨野狠狠地训斥了一番。滨野责问他，为什么不打死三七开，河堤三郎强辩：“我是个商人，下不了狠手。再加上他命大，开枪时有人喊了他一声，他身子一偏躲过了子弹。”

滨野余怒未平：“你知道这儿是什么地方吗？你想投奔我决不能心慈手软！再这样下去你就滚蛋！”

河堤三郎被一顿劈头盖脸的训斥骂得大汗淋漓、难以招架，只得两只脚后跟一靠，一个立正，口中不住地“哈伊、哈伊”了事。

逃过一命的三七开，抵达古玩斋后，从口袋里拿出火柴盒划火点烟，与黄敬丰聊了几句无关紧要的话后就转身走了。已被周昌渝培训过的黄敬丰是个敏感的小伙子，三七开一走黄敬丰马上把他遗忘的火柴盒取来放进抽屉。

周昌渝回来后，黄敬丰赶紧把那个火柴盒递给他。周昌渝把那盒火柴拿到二楼画室，倒出火柴梗，火柴盒经过药水处理后，出现两行字迹：“暂时封杀骰子王，建筑隔火墙。大港头大掌柜。”周昌渝看到这个情报脑海中立马浮现出一个强烈的疑问：钟根海是否背叛了？这道坎周昌渝有点过不去，于是急忙收拾收拾找刘慧芸商量去了。

怀里揣着“小黄鱼”的王立宇，在回旗袍店的途中绕近路走小巷。拐弯时王立宇看到在路灯下周昌渝和一个长身玉立的女人打着招呼，然后又往另一条小弄堂走去，王立宇悄悄跟了上去。周昌渝不时回头看，王立宇一次次在回避。王立宇还算成功，他记下了周昌渝来到的杏仁巷宅邸门牌。

杏仁巷宅邸里，周昌渝和刘慧芸在研究那半本线装账本，看了账本全明白了，高远财是共产党的秘密联络员。周昌渝要把这半本账本交给陈裕树，让高远财在九泉之下瞑目。

盯梢归来的王立宇回到旗袍店，看到陶阿秀正在洗澡，感到机会到了，便悄悄地从旁窥视。陶阿秀发现王立宇在偷看她洗澡，立马把王立宇责骂了一顿，被抓现行的王立宇只好唯唯诺诺地点头认错。

余怒未消的陶阿秀，一不做二不休干脆把话跟王立宇挑明：“实话告诉你，我爱的人是周昌渝，你还是死了这条心吧！”

王立宇为了赢得陶阿秀的芳心，不惜变卖藏宝、举借债务，甚至去杀人，既然走到这一步就什么也不说了，谁叫自己好这一口呢？偷看洗澡被劈头盖脸地骂一顿也无话可说，谁叫自己被抓到了短处呢？可陶阿秀竟然直白地说她爱的人是周昌渝，还干脆叫他死了这条心。这是他无论如何也无法接受的，为此两人激烈地争吵起来。陶阿秀一怒之下竟然把化妆的小圆镜砸在了王立宇身上，王立宇见强攻不下干脆跪下祈求陶阿秀原谅他，陶阿秀昂着头始终不答应。王立宇见状起身去搂陶阿秀，陶阿秀扇了他一个耳光后，愤而离开了旗袍店。

心有不甘的王立宇赶忙追了出去。他清醒地意识到，自己和陶阿秀之所以走不到一起，关键是中间隔着个周昌渝，不搬走这个障碍，无论自己多努力也是一场空，于是他在哄劝陶阿秀之际，趁机挑拨她与周昌渝的关系。陶阿秀不信王立宇的话，要带着王立宇亲自去古玩斋对质。王立宇却带着陶阿秀到杏仁巷 391 号的石库门前，告诉陶阿秀，这儿才是周昌渝的家。陶阿秀点点头就伸手拍门环，门内无人应答。

院门打开了，周昌渝看到的是王立宇，正当诧异之时，陶阿秀突然从王立宇身后窜出来，刘慧芸站在门槛内淡然地望着陶阿秀。陶阿秀可不是个省油的灯，立马用刻薄的语言讽刺周昌渝。周昌渝为了证实刘慧芸是他姐，便叫刘慧芸去拿身份证件。

陶阿秀口无遮拦地讽刺周昌渝：“哈哈，源底村的周昌渝你听着，我陶阿秀还不了解？你掏出良心在月光下照照，你周昌渝什么时候有姐姐了？”

陶阿秀打开身份证件看到“周昌芸”的姓名和那张黑白照片，仰脸再看一眼刘慧芸，然后把身份证件递给王立宇。王立宇轻声对陶阿秀说：“这证件是真的，这种事是瞒不过我的。”

陶阿秀一下子蒙了，脚步下意识地跨上几步去看刘慧芸。想起自己亲眼见过这个女人去过妇科门诊，一下又火了：“是姐姐吗？我看啊，这个姐姐要大上四五岁，你就认了吧，你是周昌渝的女人！”

刘慧芸微笑着说：“你怎么想是你的事，你要嫁给周昌渝，别这么着急嘛。”

陶阿秀一听这话，被戳到了伤心处：“我着急还是你着急！你们都睡在一起了我怎么还不着急？”说罢，伸手打了周昌渝一个耳光转身就走。

周昌渝被这一巴掌给激怒了：“是我女人怎么了！”

陶阿秀转身盈着泪：“我就知道你会说出这句话，你所谓的姐就是你养的女人！”

周昌渝恢复了平静：“让你看到了我也就不多说什么了，我是什么样的人你以后会知道的。”

陶阿秀讥笑地说：“还用以后吗？现在就知道了，你心这么坏，花言巧语骗我，我以为到了处州有个靠山，想不到是冰山，没等太阳出来就融化了。”

周昌渝无奈之下只好规劝道：“别为我磨蹭时间了，阿秀，我希望你能找个好男人。”

王立宇似乎与这起突发的争执没有任何关系，转身在另一个门道边点火抽着烟。

陶阿秀抽抽搭搭地哭着：“你气死我了，周昌渝！我这么真心地对你，想不到你却如此无情！我真的想打你呢！”

周昌渝一听此话也不含糊地回应道：“那是，你想打就打吧，你想出气就出气吧，我对不起你，好了吧。”说完，周昌渝转身想进门槛。

气头上的陶阿秀被这么一激，还真的就跨步上前伸手又捶了周昌渝一拳转身就走了。

周昌渝关上院门拴上门闩。刘慧芸说出心里话：“你怎么不说呢，昌渝？我可以搬到其他地方去住的。”她想到为了自己周昌渝把婚姻大事耽误了，很是内疚。她特别了解周昌渝的性格，别以为他只会拿毛笔画仕女画，在她眼中周昌渝是一流的血性汉子。

周昌渝挥手一拳敲在院门上。他心里明白，这一幕王立宇是背后的策划者，好在王立宇不认识刘慧芸，只知道刘慧芸是自己包养的女人，虽然冤枉，但没暴露刘慧芸是浙南游击纵队的情报员，那也是不幸中的万幸。

西药店楼上库房里，徐泽祥还在输液。廖怡平询问看守房内是否有什么异常情况。看守告诉廖怡平，从地板的缝隙能看到楼下的棺材店，并说阿聿也常到棺材店来喝茶，还看到有个叫王立宇的人来过，身上还带着枪呢。廖怡平警觉地再三追问，看守告诉廖怡平："王立宇看起来似乎是老板的靠山。"

廖怡平叮嘱道："你要随时记下棺材店的客人，他们的一举一动你都要记下来。"吩咐完毕，廖怡平和姗妹一行去了徐泽祥的公司。

徐泽祥公司院子的储水池里，一群人正在忙碌，雇来的渔民在储水池里潜水寻剑。廖怡平和姗妹站在平台上等待渔民的喜讯。储水池上方的阁楼里，葛祥龙趴在窗口正在偷窥这帮人的活动。渔民潜水上来说找到了那把剑。葛祥龙看到渔民把一把锈迹斑斑的剑递给廖怡平后，把头缩进阁楼，一不留神碰到了什么东西。只听"扑通"一声，一只罐子从半空落到水池里，见状廖怡平等人立刻仰脸看向阁楼。廖怡平怀疑阁楼有人，就和姗妹去寻找，葛祥龙早已逃之夭夭。

葛祥龙把在徐泽祥家阁楼上看到的储水池的情况告诉了吴淑蕊，吴淑蕊立马断定，廖怡平已经找到了龙泉剑。吴淑蕊与葛祥龙密谋后，指使葛祥龙溜进特高课，把这个情况向滨野报告。滨野知道详情后夸奖了葛祥龙。葛祥龙从此成了特高课的眼线。

从徐泽祥家出来后，廖怡平把那把剑带到当铺咨询陈掌柜。陈掌柜将那把剑拿到里间，让早已联系好的周昌渝鉴定。周昌渝发现这把剑是民国八年锻造的，有千字号剑铺的戳，只是那个戳因腐蚀变得模糊不清了而已。陈掌柜没跟廖怡平说实话，只说是把古剑。廖怡平接过剑，看来这番苦吃得到底还是值了，想到此，脸上终于露出了一丝不易察觉的笑意。

第九章　战友情不言自明　三七开两遭暗算

天蝉旗袍店终于轰轰烈烈地开业了。自打到处州城以来，陶阿秀吃了不少苦，受了不少气，天蝉旗袍店的隆重开业，使她看到了未来的希望，心中积下的那些苦和气，似乎都被眼前的热闹非凡一扫而光。陶阿秀忙前跑后地招呼着，热情地为宾客讲解着各式旗袍的样式、面料和特点，引得听众频频点头，脸上充满了崇拜的神色。

忙碌中的陶阿秀哪里知道，为了使天蝉旗袍店有这样的盛大开业场面，王立宇可没少费心思，可谓做足了功课。来人中，有近八成都是王立宇的弟兄，处州混了这么些年，就赚下这么多人气，眼下差不多都来捧场了。来人心里都明白，这个天蝉旗袍店明里是陶阿秀在打理，可真正的老板不是王立宇还能有谁？所以来人几乎都朝王立宇拱手作揖，恭喜他发大财，有不知情的还直夸王立宇有眼光，娶了这么个能干的媳妇，乐得王立宇直合不拢嘴。

黄敬丰代表周昌渝也来送了贺礼。见周昌渝没来，陶阿秀难以掩饰地耷拉下了脸，一旁的王立宇见状，趁机上前低声安慰、真情表白。不说还好，一说陶阿秀竟来劲了，她嗔怪地轻声说道："王立宇，你别乘虚而入。周昌渝要是答应跟我结婚，你为旗袍店投入的钱，我会一笔不少地还你。"王立宇听后，直愣得一句话也说不出。

黄昏，周昌渝匆匆来到智渊斋青瓷店柜台边打电话，铃声响了半天后没人接，他神情沮丧地放下受话器，转身向罗老板表示感谢后离开了。

路边，周昌渝招招手唤来一辆黄包车，跃上黄包车，一路来到天蝉旗袍店。周昌渝跃下黄包车，示意车夫稍等就往旗袍店走去。周昌渝看到店堂内陶阿秀在桌板边忙碌，不由得想起：人家陶阿秀到处州是冲着我来的，我答应给她开旗袍店，我都没做到，还真有点亏欠她呢。想到此周昌渝转身悻悻地踩上黄包车，刚一坐下车夫拔脚就走。

陶阿秀端着垃圾桶出门，看到坐在黄包车上的周昌渝背影就蒙了。

周昌渝坐着黄包车路过渊剑堂时，不由得朝着里面瞥了一眼，若有所思地想到了什么，便赶忙喊黄包车停下。

此时，周氏渊剑堂内，穿着拖鞋的刘慧芸双手端着铜脸盆正准备走时，顿感肚子阵痛。正当她要把铜脸盆放回灶头时滑了一跤，铜脸盆落地，一盆热水全洒在地上。

周昌渝步履匆匆地来到渊剑堂偏门，迅速关上门后，往客堂间走去。周昌渝见没人就走到刘慧芸的房间门口，伸手轻轻敲门。

刘慧芸说："昌渝，我起不来，你自己进来吧。"

周昌渝推开房门呆住了，床单上一片殷红。刘慧芸躺在床上嗫嚅着："你送我去教会医院吧。"

妇产科的医生告诉周昌渝："我们能保胎的措施都用了，很不幸，你的太太还是流产了。"

进来的护士看到一愣："那不是古玩斋的周老板嘛。"

周昌渝走到病床边，看到泪流满面的刘慧芸就伸手拿起干毛巾，替刘慧芸抹着泪水。刘慧芸说："孩子太懂事了，他知道如果来到这个世界，没有爸爸那他多孤单啊。"

周昌渝惊叹："怎么会没有爸爸？"

刘慧芸说："昌渝，你们不要再瞒我了，其实你带我离开杭州时，我就已经知道我的丈夫早被鬼子的宪兵秘密杀害了。"

周昌渝想，自己的预感果然没错，刘慧芸确实早就知道了这件事，他握住刘慧芸的一只手安慰道："慧芸，你太坚强了，我们一定会给你的丈夫和孩子报仇的。"

刘慧芸的脸上，一股泪水情不自禁地流了出来。

就在周昌渝准备转身去缴费窗口付款时，迎面碰到了李芙贞。看来李芙贞已经知道病人刘慧芸的事了，她对周昌渝苦涩地一笑。

出了医院大门的李芙贞，驾着奥斯汀轿车路过周氏渊剑堂，她推开车门下车仰脸望着二楼。

周世明看到客户来了就一脸笑容地出来迎接，但没想到李芙贞只是礼貌地一笑后又转身上车，关上车门后驾车而去。她的眼前闪现出自己六岁时的画面：那是冯霞囡独自坐在楼梯上哭泣，十岁的阿咪跑上楼梯一只膝盖跪在台阶上微嗔着哄劝阿囡。

回到教会医院食堂，李芙贞和小张边吃饭边聊周昌渝的事。小张说，周昌渝是龙泉剑的传人这才是实情，其他都是忽悠别人的，并告诉李芙贞周昌渝至今单身。小张的述说，越发拨动了李芙贞的心弦，周昌渝的身影在李芙贞的脑海里越发挥之不去了。

那一夜，周昌渝一直陪在刘慧芸身边。李芙贞下半夜来妇科病房两次，第一次悄悄地把一包红糖塞在刘慧芸的枕头边。第二次呆呆地看着周昌渝坐在刘慧芸床边的木椅上打瞌睡。两次李芙贞都没打扰他们，而是轻手轻脚地来回。

李芙贞挥之不去的是儿时回忆中的小阿咪和成年汉子周昌渝，廖怡平挥之不去的则是自己刚弄到手的那把古剑。此刻的川渝堂起坐间，廖怡平正一边喝着汤药，一边研究着自己顺手牵羊从徐泽祥家抄来的那本《敌见心寒龙泉剑》。书中记载："宝剑不但能斩金切玉，而且本身就是'武'的象征。书房中悬一柄龙泉剑，或者诗文中点缀'剑'的意象，都是尚武精神的体现。有的还要在剑身上镂刻铭言，用以激励或抒发自己的豪情壮志。如'七星宝剑出鞘成功''壮士出山剑气如虹''神锋三尺无敌天下'等。故古人有诗云，'故人赠宝剑，镂以瑶华文。'位于龙泉的'铸剑一条街'，始建于民国初年的龙泉永字号剑铺所制的剑，剑身上就镂刻有'敌见心寒'四字。"

姗妹进来告诉廖怡平，说她已找到了一个藏匿点，并绘制了周围环境。廖怡平表示，还是要亲自去踩看一下。姗妹告诉廖怡平："如能尽快定下的话，今晚就从药店转移徐泽祥。我估计徐泽祥还藏匿着龙泉剑。"

廖怡平要求给个理由。

姗妹的理由是，他既然有明末清初的古剑，肯定就还有其他的剑。廖怡平听了觉得有道理，当场表示："找机会我们再到储水池去搜寻一番。不过，事先要再确认一下到手的这把剑到底是怎么回事，那天陈掌柜怎么进屋后出来吞吞吐吐地就说是把古剑，好像其他都还没说。"

"这事好办，你就等着听下文吧。"姗妹胸有成竹地应答着。

入夜，姗妹溜进陈掌柜的当铺，用枪戳着陈掌柜的头喝问："那天来的人是谁？"

陈掌柜以为是来窃财的，没想到对方是来问那把剑是谁鉴定的，立马松了一口气，便一股脑地把实情道了出来。姗妹得知内情后饶了陈掌柜一命，条件是不能泄露她来过这里的消息。根据陈掌柜的交代，那天他请的鉴定人是渊剑堂的周昌渝，廖怡平手中的那把剑产自民国八年，是千字号剑铺所锻制。姗妹听后便扬长而去回川渝堂复命。

天蝉旗袍店开业后生意出奇的好，本来处州有钱人家的大小姐和少奶奶想穿上旗袍还真有点费事，近则上杭州，远则跑上海。这下可好了，可以来天蝉旗袍店，任你挑啊选啊、量啊比啊地折腾个够，加上那个陶阿秀嘴甜手巧，来订旗袍的客户，多数给哄得高兴而来、满意而归。生意一好，陶阿秀的心情也渐好，心情一好，又总念着周昌渝的好来。这不，她又来到渊剑堂，想问问周昌渝的父亲周世明，周昌芸到底是谁？周世明何等人士啊，这点小弯弯绕哪能绕得住他？只见他不动声色坦然应对，陶阿秀见无缝隙好钻，只好悻悻然道别了周世明。

陶阿秀回到天蝉旗袍店，王立宇本以为这个窟窿填平了，陶阿秀心结解除了，自己也就可以顺水推舟地得到陶阿秀的心，哪承想陶阿秀回到自己的房间关门落闩哭泣起来。王立宇看到这个状况，心想又没谱了，闷闷不乐的他独自离开天蝉旗袍店去小酒店喝酒解闷，谁知遇上了早已在此处盯梢的姗妹。

午夜时分，陶阿秀犹豫片刻后提起包走出天蝉旗袍店再去古玩斋。途中看到王立宇在西街口与姗妹调情，陶阿秀悄悄跟在后面听姗妹和王立宇打情骂俏。王立宇想拉姗妹去客栈开房没得逞，他俩的磨蹭都被陶阿秀尽收眼底。姗妹独自走了，王立宇羊肉没吃成惹得一身骚味，他的所作所为这下又被陶阿秀抓住了把柄。

这一打岔、一耽搁，陶阿秀就再没心思去古玩斋了，干脆回旗袍店。一路上，陶阿秀边走边想，她看清了王立宇的禽兽本质，庆幸自己没有失身。

川渝堂办公室里，廖怡平正在因重庆方面的瞎指挥而发着牢骚。吴淑蕊叨唠个不停，无非就是说徐泽祥醒不过来了，并责怪姗妹。廖怡平要吴淑蕊早点回去，吴淑蕊说她在等葛祥龙。就在这时葛祥龙回来了，他来报告说，晚上在街上看到姗妹了，好像她盯上王立宇了。吴淑蕊怕姗妹被王立宇拿下，廖怡平接过话便说："跟姗妹比，王立宇这小子差得远了。"说着便情不自禁地朝姗妹的房间走去。

姗妹没想到这么晚了廖怡平还会来敲她卧室的门。廖怡平责问她跟谁去喝酒了？姗妹说："我去找藏匿点的路上，碰到王立宇喝了点小酒，然后就去办事了，徐泽祥的事我还惦记着呢。"

廖怡平见事情也不像葛祥龙讲的那样复杂，便轻描淡写地应付着："你选的点我也去看了，主要是没有后门，这就意味着在紧急情况下没有退路。"

姗妹一听，廖怡平是关心徐泽祥转移的事，也就没再往心里去，附和着说："这倒也是，那我再去找找。"

心事重重的陶阿秀一夜未合眼，天一亮就来到古玩斋后轻敲排门。睡眼蒙眬的黄敬丰打开耳门看到是陶阿秀，以为是周昌渝叫她来的，就脱口说出：“你也在教会医院啊。”

陶阿秀打了周昌渝耳光后老是放心不下，这次是专门来道歉的。没想到没见到周昌渝，却知道他这时就在教会医院，立马转身就走。黄敬丰被有心计的陶阿秀套出周昌渝的下落，后悔得直跺脚。

陶阿秀赶到教会医院，找到了病房里的刘慧芸。陶阿秀没惊动坐在刘慧芸床边正在安慰她的周昌渝，而是在门外屏息静听他俩的谈话。陶阿秀这才知道周昌渝的人品，也清楚了刘慧芸是怎样的女人。噙着泪水的陶阿秀转身悄悄走了。回到天蝉旗袍店，陶阿秀根本没有一丝睡意，拿起竹篮要去早市，打开门时发现王立宇醉醺醺地蹲在门口。陶阿秀指责王立宇，并巨细无遗地说出他与姗妹在西街口打情骂俏的来龙去脉。王立宇还想问个究竟，可陶阿秀却不再搭理他，头也不回地径直朝早市走去。

心情不好的王立宇确实喝高了，从自己房间出来后下楼梯时滑了一跤，滚下楼梯。此时正在灶头间炖鸡的陶阿秀，闻声走出灶头间去扶趴在楼梯下的王立宇。陶阿秀没说好话，摔了一跤的王立宇不断埋怨陶阿秀，为此两人大吵一场，吵的还是天蝉旗袍店的租金和装修花费。

陶阿秀气愤地说：“我向周昌渝去借钱，钱借来你就滚蛋。”

王立宇露出真面目：“我不爱的女人早被我杀了。”

陶阿秀不感到惊奇：“没死在你刀下算我万幸。”

天亮时，陶阿秀提着一罐鸡汤来到教会医院妇科病房，没等周昌渝问清缘由，陶阿秀把那罐鸡汤放在床头柜上就盈着泪转身走了，刘慧芸也感到蹊跷。

值夜班的李芙贞此时也来到病房门口，悄悄看着周昌渝拿调羹在喂刘慧芸鸡汤。李芙贞已知刘慧芸不是周昌渝的太太，但还是在琢磨他们到底是什么关系。

喂完鸡汤后，周昌渝叫来黄包车直接把刘慧芸拉到古玩斋二楼去休息。刘慧芸的出现，使黄敬丰惘然若失。看到周昌渝把煲好的汤亲自端到楼上去，黄敬丰只是傻乎乎地仰脸望着楼梯。中午陶阿秀提着一篮鸡蛋走进古玩斋，把鸡蛋放在柜台上就走了。黄敬丰这回似乎明白了，陶阿秀是吃醋了，刘慧芸才是表哥的女人。

一大清早，河堤三郎就在新亚洲洋行附近晃悠着，看到三七开推着自行车出了门。这回河堤三郎可记住了上次的教训，赶忙拔出手枪咬着牙朝三七开开了一枪就跑。三七开右臂中弹，他连忙拿左手去捂，鲜血顺着左手指缝直往下流。

河堤三郎回到特高课，向滨野报告："刚开枪打中了三七开。"河堤三郎还表示，自己实在不习惯舞刀弄枪，恳求滨野给他布置其他任务。

滨野却平静地回答："这事已有人打电话给我了。万事开头难，你以后慢慢会习惯的。"

同一时间，李芙贞在手术室里把一颗子弹头从三七开右臂枪伤处取出来。三七开愤愤不平地说："我又不是财神，这地方的土匪怎么这么猖獗？！"

三七开又遭暗杀引起了不小的震动。新亚洲洋行里，郑单鹏和倪少慧更加警觉了，他们在转移电台，把电台放到更隐蔽的房间去。倪少慧在猜测三七开右臂上的这一枪是谁开的。郑单鹏坦言："你的一枪和阿开的一枪都是鬼子干的，是鬼子的敲门砖，砸砸门想赶我们走。"

倪少慧还是担心宪兵来抄洋行。郑单鹏说："我们的洋行进来的货，一半以上都是提供给日军的，所以日军不会把我们掐死在商界。日军宪兵司令部所有的高档办公用品都是你从上海进的货，日军虽然自己有军需通道，但毕竟这里是我们中国人的地盘啊，吃喝拉撒不可能都从日本带过来吧。"

对话中倪少慧突然想起了什么，立马告诉郑单鹏："昨天有一个叫条西的日本人从上海打来电话，我已经记不起这个条西长得什么样了，他说在上海的时候认识我。条西说在处州他有个朋友叫河堤三郎，开了家河堤株式会社，这事我怎么处理？"

郑单鹏说："河堤三郎我知道，他在跟周昌渝做买卖，我们不要插手。"

倪少慧掏出心里话："我在想，我们为什么要跟周昌渝隔一层玻璃？"

郑单鹏解释道："你是揣着明白装糊涂。远东情报局别说在处州，即使在上海也是非常隐蔽的，我们只能悄悄地把该做的事做完，把要协助的事协助好，但我们不需要邀功领赏，而是按我们的信仰去做。"

倪少慧表示："我明白了。条西如果再打电话来，我就说有机会再跟河堤三郎合作吧。"

郑单鹏说："好吧，我去三楼瞭望一下，阿开已经第二次遭人暗算了。"

旭日东升，朝霞照在廊桥上。从桥面的木凳下滚出一个沉甸甸的麻袋。麻袋被一双手揭开了，露出化装得老态龙钟的钟根海。他把套在下半身的麻袋取掉，打了个喷嚏："阿欠，老子还活着呢！"

化装成乞丐老太太的骰子王来到古玩斋，向周昌渝禀报了王立宇不告而辞的消息，他连说话的声音都是女声，这使得周昌渝在心里暗暗佩服。周昌渝点头表示知道了，又委婉地提醒他：“哥弟帮不是每天都有行动，何况目前形势特别紧张，你要多注意安全，没大事也少到我的店里来。”

黄敬丰等骰子王走了还没认出来这个人就是钟根海。周昌渝告诉黄敬丰，以后凡是这种人，你别被他套出任何事，包括我的去向。但周昌渝没泄露刚才那个乞丐老太太就是骰子王。周昌渝其实还是很担心，他的担心是有依据的，那个依据就是陈裕树告诉他的“暂时封杀骰子王，设立隔火墙”。周昌渝还联想到，钟根海跟吴淑蕊原来是情人，如果这个骰子王真的是两面派呢？那最危险的就是我周昌渝了。

周昌渝走进二楼房间，告诉了刘慧芸骰子王的详细情况。刘慧芸生怕骰子王背叛投靠了日军。周昌渝否定了，理由是骰子王手上有东洋人的血，他不会这么傻。刘慧芸又表示担心徐泽祥，认为如果徐泽祥背叛了，那哥弟帮就会像整串的葡萄，掉在地上四分五裂。

川渝堂的办公室里，葛祥龙在向廖怡平汇报他目睹三七开中弹的过程。廖怡平要葛祥龙描述杀手的形象，姗妹却接过话说，她上次看到的那个杀手，就是个业余的。

葛祥龙按照廖怡平的要求，把看到的杀手画到纸上，在场的人都觉得，画出来的人物有点像河堤三郎。廖怡平挥手示意珊妹和葛祥龙没事了，可以先走了。他们走后，吴淑蕊看过素描像后说：“这个人是东洋鬼子。”并说她要化装去王丽珊家：“你不是喜欢正宗的龙泉剑嘛，我听说王丽珊的舞伴有把七星剑。”

廖怡平闻声露出笑脸说：“好，这件事才是大事呢。”

周昌渝接到钟根海的情报后，立即到莲花酒店找到陈裕树，向他汇报了王立宇神秘失踪的事，陈裕树没吱声。周昌渝又忍不住把刘慧芸流产的事婉转地告诉了陈裕树，陈裕树很惋惜地说：“不是做男人的心狠，刘慧芸流产，是坏事也是好事。她的丈夫牺牲了，如果遗腹子再生下来，那真的是苦难等着那个孩子呢！”

陈裕树吩咐周昌渝：“你要好好照顾刘慧芸，她绝对是你的得力臂膀。”

说话间，正遇上河堤三郎和郑菲娜带着任务到酒店来查房，周昌渝用婉转的手段应付着自己的生意伙伴，而这时陈裕树正握着手枪躲在卫生间门后。

河堤三郎和郑菲娜走后，周昌渝和陈裕树还是在谈论王立宇。陈裕树说：“这应当是冰冻三尺非一日之寒。”

周昌渝突然悟出了什么：这王立宇肯定是干私活去了，天蝉旗袍店从租房子到装修及开业花了不少钱，这个缺口需要填补的呀。

莲花酒店后门，管家告诉周昌渝：“刚才那对男女是公开的特务，女的听老板说是樱花会馆的。”管家还埋怨周昌渝，“你怎么会跟日本特务做生意呢？”

周昌渝笑而未答。为了感谢管家暗地里协助陈裕树，周昌渝塞给管家小费后与陈裕树一起坐黄包车离开。

第十章　青梅竹马不相识　共同目标互不知

天蝉旗袍店内，陶阿秀在忙着做旗袍。周昌渝骑着自行车路过时，下意识地歇脚看一眼，还是感到自己的承诺没有实现，面见陶阿秀不免会内疚。当他正准备骑车离去时，陶阿秀远远看到周昌渝就跑了出来，似乎什么事都没发生过地问道："周昌渝，你姐咋回事呢，我问过护士了，你姐怀孕三个多月了，怎么会突然流产？你也不告诉我一声，你姐夫怎么也不露面？瞧你这个傻弟弟当的，真的是整个处州都找不出第二个！"

周昌渝听到陶阿秀这么一说，心里顿时热乎乎的，也回应了几句内疚的话，这下可把陶阿秀感动了。陶阿秀非要拉着周昌渝上楼看看，周昌渝不想上楼。陶阿秀直说："你是怕撞上王立宇吧，我跟他没有任何关系。你上楼去看他的房间和我的房间，你看过心里疙瘩就解开了。"

周昌渝只能搪塞陶阿秀说："我还有事，先走了。你有什么事只管来找我。"

陶阿秀干脆向周昌渝摊牌了："我想向你借点钱，这钱是还给王立宇的。"

周昌渝没问借多少钱，只是说："我早给你备好了几块大洋，你来古玩斋吧，我人如果不在，你向黄敬丰要好了。"陶阿秀突然想到，这么说周昌渝早把钱放在黄敬丰那里了？望着周昌渝踩着自行车远去的背影，陶阿秀纳闷了，他为什么不提我打他耳光的事呢？

周昌渝回到古玩斋后，在灶头间发现从医院病房里拿回来的那包有嫌疑的红糖不见了，盘问后得知原来是黄敬丰拿去泡糖水喝了。看到黄敬丰没事，周昌渝才知道那包红糖没放毒，或许是哪位好心人塞在刘慧芸枕头下的。

值夜班的李芙贞，下班前把那包红糖悄悄塞在刘慧芸枕头下，便回到了卧室。她没有像往日那般宽衣解带，洗漱冲澡，然后蒙头盖脸地睡上一大觉，起来再美美地吃一顿。今天的她一反常态地在卧室里画起画来，画中一位女性躺在床上，一位男子趴在床边……这时，忽听电台召唤的信号声传来，李芙贞连忙戴上耳机与对方联络，并在白纸上记录对方的摩斯电码。然后她又把那些排列好的摩斯电码重新拆解，用笔再注上德文。这时她才自言：“难道是欧冶子铸剑技艺？那前后也对不上号啊？”

处理完电文，李芙贞睡意全无，又跑到阁楼里翻阅前几天偷拍的那些照片。令人不解的是，在那张茶楼里拍到的照片中，沦落到茶楼做管家的骰子王钟根海摸出一盒火柴给周昌渝点烟，但画面上周昌渝只有一个侧影，钟根海的脸却是正面的，这个露出侧影的男人到底是谁？骰子王为什么恭恭敬敬地为他点烟？后来李芙贞把侧影男人的照片交给她的画家朋友去临摹时，画家朋友立马认出，这个男人就是画家周昌渝。此时的李芙贞反复地看着照片，回味着那天在西街口杂货店与蒙面男人格斗的情景，那半本线装的账本又浮现在眼前。难道那个蒙面男人就是周昌渝？太像了，绝对是！李芙贞眯着眼动作轻微然而又十分坚毅肯定地点着头。

心中装着太多疑问的李芙贞，干脆来到古玩斋想一探究竟，周昌渝很有礼貌地接待了她。李芙贞这回见到周昌渝时，立马有一种一见如故、一见倾心的感觉，就连她自己也不免有点感到出乎意料，这可能与她已从侧面了解到，那个流产的刘慧芸不是周昌渝的太太多少也有点关系。而周昌渝的言行举止却非常慎重，这使李芙贞不免又感到有些困惑。闲聊中，李芙贞还是问起刘慧芸，周昌渝坦率告诉李芙贞：“她是我姐，命苦，我姐夫在杭州不幸被流弹击中身亡，我姐又不小心流产，我不照顾谁照顾？”

李芙贞点点头：“嗯，你本来就很会体贴人。”

在回教会医院的路上，李芙贞还是在想，周昌渝怎么处事那么冷静和应对自如？会不会是军统的人，要不就是浙南游击纵队的情报员？在西街口书店公用电话处，李芙贞把认识周昌渝的事打电话告诉了郑单鹏，郑单鹏表示请李芙贞吃饭时面谈。

餐桌上，郑单鹏听完李芙贞的话后内心很不平静，她的话给出了明显的信号，那就是她已春心萌动了。想到自己千里迢迢来处州，不就是为她而来吗？可眼看着她就要有所归属了，自己还蒙在鼓里，还在不温不火地与她相处，这样下去自己早晚就要追悔莫及！但理智告诉他，千万要克制，决不能失态，否则会被她瞧不起的。于是，郑单鹏冷静地对她说：“我来处州是为了你。”

李芙贞听到“为了你”就明白了郑单鹏想要表达的意思，但情感这东西，还真是说不清道不明的事。郑单鹏确实很优秀，但在她的心目中，他是她的政治向导，她崇敬他，但绝没有爱他的意思。想到此，李芙贞再次委婉而明确地拒绝了郑单鹏的求爱。

李芙贞爱的是周昌渝，但她万万没有想到，这个周昌渝就是她儿时的阿咪。使她困惑的是，郑单鹏为什么不告诉她，周昌渝是何方人物？看来自己也不好哪壶不开提哪壶了，于是李芙贞换了个话题对郑单鹏说："那个受枪伤的女人你擅自转移太冒险了，生命是不能开玩笑的，能告诉我她目前的康复情况吗？"

郑单鹏只说了一句，她不在处州的医院。李芙贞心里明白，那个女人不是一般人物。她的伤是胸口伤，不可能转移去异地。

李芙贞只知道郑单鹏在新亚洲洋行上班，但他具体做什么却不清楚，问他哥弟帮的事，更是一问三不知。也许是搞间谍的，不想暴露自己的真实身份。但李芙贞早就知道郑单鹏是苏联红军远东情报局潜入军统的人，就像自己潜入日军陆军省情报部一样。

郑单鹏非常遗憾地告诉李芙贞，他从上海带来的四只信鸽只养了一天都发病死了："估计是有人在途中给信鸽下了毒手。"

李芙贞问："你手下的人可靠吗？"

郑单鹏点点头又说："在柏林时，信鸽是传递情报最佳的助手，你在处州和龙泉两个教会医院来回穿梭，如果给你一对信鸽，那我们联系就方便了。"

郑单鹏表示还要想办法从上海高价再买四只信鸽过来。

分手前，李芙贞告诉郑单鹏："我要去龙泉给病人动个手术。"

郑单鹏若有所思地点点头，然后低声地说："我知道了，路上你要多加小心，注意安全。"说完他深情地望着李芙贞，一股难舍难分的神态自然流露了出来。

两人说话间，只见对面西药店来了辆插着太阳旗的三轮摩托车，滨野驾着摩托，郑菲娜坐在车斗里，两人是来西药店例行检查的。

西药店楼上库房，正在观察徐泽祥病情的廖怡平听到楼下有摩托车声，敏感的他当即吩咐看守把徐泽祥转移到棺材店去。看守刚把徐泽祥背进棺材店，滨野和郑菲娜就走进了院子。廖怡平从露天楼梯上下来，看到药店老板慌张的神态反而平静地说："库房的药我看了，川渝堂是做买卖的，你的价格高了一点，下次再聊吧。"这次搪塞没有任何纰漏，药店老板心领神会地直点头，滨野和郑菲娜听了更是不明就里。

从西药店出来，廖怡平径直回到川渝堂。办公室里，廖怡平一边翻看着《敌见心寒龙泉剑》，一边喝着治胸前伤口的汤药。看到姗妹急匆匆地跑了进来，正想要问时，姗妹却先开了腔："刚才徐泽祥在棺材里差点被闷死了。"

廖怡平一听，慌了神："你别兜圈子了，我要的是结果。"

姗妹说开始时为应付日本人的检查，她把徐泽祥转移到隔壁棺材店，把他暂放在一个棺材里，再盖上盖。日本人一走，打开棺材盖一看，徐泽祥差点就被闷死了。赶紧把他再转移到应氏诊所阁楼上，那里不仅环境比较隐蔽，就诊也方便。姗妹把前后的过程详细作了汇报，廖怡平心里的一块石头顿时落了地，他夸姗妹办事利落，表示晚上要亲自去看徐泽祥羁押处的周围环境。

应氏诊所楼上，廖怡平在检查着窗帘。廖怡平转身望着徐泽祥问道："我们说话他听得见吗？"

姗妹说："他目前比植物人稍强一点，即使能听到我们说话也没关系，如果他醒过来了也会记不起我们说的话。"

廖怡平问："他的病情报告你写完了吗？"

姗妹说："上海的大夫到了后，要再与我一起磋商，电话里我已经跟上海的大夫沟通了，他来时会随身带来法国的针剂，这种针剂注射下去，徐泽祥还是醒不过来，那就只能处理掉了。"

廖怡平伸手做了个手势："愿上帝保佑他，让我也好解脱。"

姗妹回应："是啊，你就像上牙还没补好，下牙又丢了一颗。"

廖怡平恨恨地说："说起下牙，这个吴淑蕊不知道躲藏在哪里了？算了，这个事不扯了。这里的事谁失守，谁掉脑袋。"

廖怡平沉默了好一会儿，说出了自己对吴淑蕊的芥蒂："吴淑蕊两个礼拜天连续到徐泽祥的公司去踩点，我总怀疑她是不是想近水楼台先得月？"

姗妹附和着说："吴淑蕊有可能是想找到古剑给东洋人作见面礼。"

两人你来我往，越说疑点越多。姗妹提议趁吴淑蕊不在房间去翻吴淑蕊的行囊。在吴淑蕊房中，除了有张骰子王和吴淑蕊的合影外，也没有找到龙泉剑。

当天晚上，廖怡平又去了趟徐泽祥的公司，发现储水池口边的青苔都已经脱落，乱七八糟的脚印更使廖怡平产生了怀疑。

要说廖怡平与姗妹的怀疑也不完全是空穴来风。此时的葛祥龙正按照吴淑蕊的授意，到滨野处递消息，说王丽珊的舞伴有把七星剑。滨野一听立马详细地追问下去，葛祥龙说他从吴淑蕊口中得知，藏有七星剑的人是老街当铺的陈掌柜。滨野十分高兴地表扬了葛祥龙，还奖励了他一杯洋酒，得意忘形的葛祥龙接着又告诉滨野："杜鹃花舞厅有个常客叫郑菲娜，她有固定舞伴，那个舞伴叫徐泽祥。"

滨野听后板着面孔指责葛祥龙："徐泽祥早已在吴淑蕊的策划下被绑架走了，你竟然还过来忽悠我，什么意思？"

葛祥龙听后顿时吓得脸色惨白，最后只好叫上郑菲娜，领着滨野来到徐泽祥公司的储水池。葛祥龙和滨野从木梯爬上平台，正在说水池里可能有剑时，郑菲娜爬的木梯突然断裂，人被重重地摔到青石板上。在葛祥龙的帮助下，郑菲娜将左臂缠上绷带，再往台阶上去。滨野把另一架移动木梯拿过来示意郑菲娜离开，然后从风衣口袋里取出小型的手雷绑在已生锈凝住的水龙头上。郑菲娜走到屋檐下望着动作敏捷的滨野，滨野把手雷的引线一拉并迅速跑开。储水池底部的水龙头"嘣"一声，水刹那间汩汩而出。水流得差不多后，滨野急不可耐地往水池底部看，郑菲娜先发现一把剑。滨野笑盈盈地说水还没流完，我也看到剑的柄了。等水池中的水流尽后，滨野又看到一把剑。郑菲娜和滨野两人兴奋不已。

李芙贞在龙泉教会医院给患者动了手术。手术的顺利使她心情大好、胃口大开，她换下手术服，梳洗打扮了一番后，一个人遛上街去吃米粉。偶然间，她看到英国军事代表团的车辆在北河街边卸货，李芙贞发现这是一辆吉普车。李芙贞随意打听后得知，英国军事代表团在龙泉县设立了代表组，组长是兰斯德中校。

坐镇龙泉的中将指挥官陈式正早已知道兰斯德要抵达龙泉，就吩咐副官随时注意兰斯德中校。这个英国人带着一帮人，是不是也冲着日军莫名其妙的龙泉剑密电来的？这龙泉剑真正的含义还没解密，英国人竟然为这件事还到龙泉来设立代表组？副官告诉陈式正，兰斯德中校已经抵达龙泉，这个英国人只拜访了龙泉县长后，就脱掉军装换上便服在龙泉消失了。

其实兰斯德中校是个摄影爱好者，他在上海时就听说处州安仁镇有座廊桥，到了龙泉才知这个安仁镇是龙泉管辖。兰斯德中校喜欢冒险，刚到不久就迫不及待地换上便服揣着相机，在龙泉向导的带领下抵达永和桥。看到雄伟壮观的廊桥，他惊叹不已，从各种角度拍摄着廊桥照片。

那天，恰好李芙贞也去安仁镇给一位患病的天主教教徒看病，那位教徒胸部被牛角顶撞了。给教徒治疗后，李芙贞就揣着相机也到廊桥拍照留念来了。

李芙贞看到有个洋人在拍照，就请他帮她自己拍几张。

兰斯德中校歆羡的目光早已看到李芙贞，心甘情愿地接过李芙贞的相机，替李芙贞在廊桥上留影。兰斯德中校提出要用自己的相机给李芙贞拍几张艺术风景照，李芙贞笑纳。兰斯德和蔼地问李芙贞："你过去来过廊桥吗？"

李芙贞含着笑告诉兰斯德："你要给我保密，我就告诉你，我外婆就是安仁镇人。所以我喜欢廊桥，我刚会走路时，我外婆就牵着我的手走过廊桥。”

兰斯德被李芙贞的美貌吸引，两人遂成了朋友。

廊桥别过后，兰斯德当晚又到龙泉教会医院拜访了李芙贞，并请李芙贞到他的驻地共进晚餐，李芙贞也想趁机了解英国军事代表团在龙泉县设立代表组的目的。闲聊了半天，李芙贞还是没能从兰斯德口中套出龙泉剑是什么。兰斯德中校似乎第一次听到龙泉剑，对龙泉剑一无所知。

第十一章　中枪弹叛徒脱逃　解密码绞尽脑汁

周昌渝带着黄敬丰，第一次到龙泉县城郊来执行任务。周昌渝要黄敬丰辨别方向，黄敬丰很自信地说："这不是问题，我小时候就跟我妈走过这条路。"

周昌渝问他："那你知道带你来是干什么的吗？"

见黄敬丰迷茫地摇摇头，周昌渝便告诉黄敬丰："带你来是让你锻炼一下，让你学会给我打掩护的。"

黄敬丰走后，周昌渝与陈裕树在山洞里接头。陈裕树指示周昌渝，尽快组织人马务必除掉吴淑蕊。周昌渝领着重要任务，心事重重地返回处州。

同样的夜晚，安仁镇鱼头馆里，李芙贞在请兰斯德吃安仁鱼头。

两人聊起了龙泉剑。兰斯德对龙泉剑一无所知，话题逐步转移到李芙贞身上。

李芙贞笑着说："我想问你一下，你为什么对我这么感兴趣？"

兰斯德幽默地说："说出来怕你有失落感。"

李芙贞反诘："失落感？我的心态很平衡，绝不会有失落感的。"

兰斯德说："我刚到上海的时候，在酒吧遇到了一个美女，但是她不告诉我名字，我只知道她姓冯，因为别人叫她冯小姐。"

李芙贞听到冯小姐顿时一愣，欲言又止。在她的模糊记忆里，自己有个孪生妹妹，只比她晚出生 16 分钟。自己这次来处州也正想找妹妹呢，莫非兰斯德看到的这人就是自己的妹妹？哪能那么巧呢？正在这时，兰斯德说了实话："对，李小姐，我在廊桥上碰到你，我以为上海的冯小姐也到这儿了，我这么热情与你交往，真实目的是试探你究竟是不是那个冯小姐。"

李芙贞问："跟我长相体型都一模一样？"

兰斯德回答："是的，我在上海邂逅她，虽然只跟她见过一次面，但我特别想结识她，只是没有冯小姐的联系地址。问酒吧的老板，老板也说这个美女只是偶然来过一次酒吧。听到这个消息我特别失落，因为我就要离开上海来龙泉了。"

看到兰斯德那依恋的神态，李芙贞低头沉思。

兰斯德接着说："凭我的感觉，那个冯小姐和你是孪生姐妹。"

兰斯德的话使李芙贞陷入了沉思，她的脑海里又一次浮现出孩提时代和妹妹一道与小阿咪嬉戏的情景。

周昌渝来到杏仁巷宅邸，边和刘慧芸一起做菜，边告诉她自己做了大量的外围工作，准备在幕后指挥哥弟帮除掉吴淑蕊。

刘慧芸说："军统荷枪实弹地保护着吴淑蕊，我们从哪里下手呢？"

周昌渝说出了自己的策略。刘慧芸说："这倒是可以考验骰子王了。"

周昌渝透露他已派人去廊桥与骰子王接头。

失去了原来的政委吴淑蕊，哥弟帮头领王立宇对幕后指挥的人物采取爱搭不理的态度。因内部矛盾重重，使得在处州除掉吴淑蕊的行动多次受阻。

周昌渝到大港头深山的草寮与陈裕树接头。周昌渝告诉他，已与骰子王取得联系。陈裕树再次下达命令，务必尽快除掉吴淑蕊。

郑单鹏收到苏联红军远东情报局的密电，也加入这次除掉吴淑蕊的行动中。郑单鹏与李芙贞协商此事，要她暗中参与这次行动。但吴淑蕊下榻地的不断转移，给任务的完成增加了难度和变数。

李芙贞通过樱花会馆特务组织的线索，再次获取了吴淑蕊的躲藏处。

李芙贞打电话给郑单鹏，郑单鹏叫她把这个情报送到古玩斋。

情报是派三七开送的。一大早，三七开就骑着自行车来到古玩斋，与周昌渝接头后，借口去画室看仕女画便上了二楼。少顷，周昌渝取出化学试剂往三七开的手臂上一喷，隐形的情报即刻就显现出来了，周昌渝赶忙用笔记下了内容。由于情报送达的隐秘性，周昌渝不知这机密情报就是出自李芙贞之手，反而去教会医院偷偷调查这个叫李芙贞的外科大夫。

廖怡平采用调虎离山计把吴淑蕊先安排到龙泉县，其实这是为了掩人耳目。当周昌渝他们拟订好行动计划后，廖怡平破解了苏联红军远东情报局的一个电台频率，告诉吴淑蕊："你现在已经成了国际靶子。"

吴淑蕊猛然感到红军远东情报局也要杀她，便立刻折回处州，躲在廖怡平秘密的住处斜杏弄 24 号宅邸。

周昌渝和刘慧芸勘察到吴淑蕊隐藏在斜杏弄 24 号宅邸，便重新布置了锄奸行动。

周昌渝在枪杀吴淑蕊的行动中留了一手，那一手就是找到钟根海后，要钟根海参加这次锄奸行动。钟根海听到要除掉吴淑蕊，神情非常激动。这下周昌渝犹豫了，故意把行动的时间推后了一天，目的是派黄敬丰跟踪这个骰子王。黄敬丰回来向周昌渝汇报跟踪情况，周昌渝才相信钟根海没有背叛。

锄奸行动事先就作出了妥善安排，借用鞭炮店的鞭炮掩盖了枪声。廖怡平送吴淑蕊出门后发现情况不妙，连忙躲进斜杏弄24号宅邸并关上大门。躲进宅邸的廖怡平也没闲着，举着卡宾枪在窗口开冷枪。

躺在应氏诊所楼上的徐泽祥被夹杂着枪声的鞭炮声惊醒，他用眼扫视了四周后连忙又闭上眼睛。这一细微的动作没有被正往窗外看的看守发现，看守对这鞭炮声中夹杂的枪声感到蹊跷。

早已停在巷口的黄包车上，藏匿着十几把龙泉剑。行动信号发出后，哥弟帮的兄弟们瞬间从黄包车上抽出龙泉剑参与锄奸行动。在钟根海、刘慧芸的协助下，周昌渝从楼顶的阳台上举起步枪朝吴淑蕊射击。吴淑蕊屁股中了一枪，仓皇地往弄堂逃。李芙贞早已安排樱花会馆的手下躲在合适的地方拍摄了各种照片。

锄奸行动中，站在明处的王立宇却不幸在混战中右腿中弹，他当即在同伙的协助下逃脱了。骰子王钟根海持枪去追吴淑蕊，在另一弄堂口持枪守候的刘慧芸，亲眼看见钟根海被川渝堂的廖怡平及手下特务夹在中间差点丧命，好在骰子王动作利索翻墙逃走。屁股中枪的吴淑蕊一手握着枪一手捂住伤口艰难地逃出弄堂，被大野松夫埋伏的手下救走了。

李芙贞在教会医院回廊接到樱花会馆手下打来的电话，已证实钟根海就是哥弟帮成员，这下骰子王就充分暴露了。长期以来，他的化装掩盖了他的真实身份。

斜杏弄24号宅邸对面木楼，周昌渝和刘慧芸见战斗已近尾声，便溜出门道各自选择不同的巷子撤退。

而就在这时，已回到特高课的滨野接到佐藤次郎的电话，滨野灵机一动忽悠宪兵司令，边脱风衣边说："我上平台去瞭望了，司令阁下，这是早已预谋的事件，敌人用鞭炮声来忽悠我们的耳朵。我已经派人去案发地了。"

佐藤次郎说："我要结果，你要亲临现场。"

滨野一副敷衍的神态说："哈伊！"

刚冲洗好照片的李芙贞，听到电话铃声就拿起电话。电话是大野松夫打来的。他说："川渝堂的老大是否有预谋，那张吴淑蕊的牌是不是廖怡平不用了摊在桌上，你手下在斜杏弄保护吴淑蕊的两个女特工就像纸上的美人，你知道吗？"

李芙贞禀告大野松夫：“将军阁下，您也许搞错了，我手下不可能这么无能，请您打电话给郑菲娜，她会详细向您禀报。”

大野松夫问：“郑菲娜怎么跟廖怡平搞在一起了？川渝堂居然利用我们日本女人当保镖，郑菲娜这婊子做事太过分了！你手下的人员有刺探到这次行动吗？”

李芙贞只能敷衍：“我没有哥弟帮的内线，无非是碰运气偶然撞上了哥弟帮准备暗杀吴淑蕊的那帮人，我的计划是鹬蚌相争，渔翁得利。”

李芙贞只听到对方撂掉电话的声音，她憋着气把受话器搁在电话机上。

川渝堂里，廖怡平问姗妹：“你搞到大野松夫的办公室电话了吗？”

姗妹示意：“我把电话号码写在你的备忘录上了。”

廖怡平示意姗妹没事可以走了。姗妹还是说了句：“我在想，东洋人是劫持人质呢，还是在救吴淑蕊？”

廖怡平说：“东洋人也需要吴淑蕊，因为这个女人现在还有价值。”

姗妹走后，廖怡平立即给大野松夫打电话。廖怡平假惺惺地说：“会长先生，我是谁不重要，重要的是谢谢您救了吴淑蕊。”

大野松夫呵呵一笑：“这说明你还是有眼线的，吴淑蕊经过我们军医抢救后，现在已脱离危险。你会主动打电话给我，这说明川渝堂的工作已经做到家了，我的办公室电话你居然也能搞到，不愧是川渝堂的老大啊。”

廖怡平一手拿着受话器，另一手划着火柴点上一支烟吸了一口说：“我在您的地盘，目的就是剿灭共党，这也是您要做的事，是我主动给您打电话，您如果需要，或者方便的话，我想我们洽谈一次，也许是双赢。”

大野松夫表示：“你主动要携手合作，鄙人肯定给你面子。”

廖怡平说：“好，会长先生，您是商界的首领，我虽然不是买卖的高手，但我也经营着小小的公司，虽然惨淡，口袋还是叮当响的。”

大野松夫开门见山：“还是说主题吧，关于吴淑蕊，我是听到枪声才派人去看案发现场的情况，他们在光天化日之下拔枪交战，我肯定要处理这件事。这个吴淑蕊我看出眉目了，她本身没什么价值但也决不能让她死在路上。”

廖怡平还是吐出心言：“会长先生，您救吴淑蕊也是为了龙泉剑的事吧？”

大野松夫装糊涂：“龙泉剑？这么说你冒险住在处州是为了搞清龙泉剑的事？那我先问你，龙泉剑到底是怎么一回事？”

廖怡平只能搪塞：“呵呵，我也是听说而已。”

浙南游击纵队电台和军统电台、潜伏在洋行里的郑单鹏电台都截获了日本军方密电，密电是采用一次性解码系统，唯一能猜测的内容还是“龙泉剑”三个字。

周昌渝去大港头深山草棠向陈裕树汇报劫狱行动，由于中途打斗失败，周昌渝认为是自己失职。陈裕树还知道王立宇右腿中弹后失踪了，两人都担心，王立宇要是落在鬼子手中就麻烦了。陈裕树提醒周昌渝首先要注意自身安全，同时要严密监视下一步的动向。

周昌渝回到杏仁巷宅邸后，与刘慧芸聊起去大港头汇报的事。周昌渝提出，要避风头可暂时去云和。两人在收拾去云和行囊时，又讨论起徐泽祥的羁押地点。

李芙贞也惦记着周昌渝，在教会医院食堂与王小菊吃饭时打听起周昌渝的过去。听到了一些线索后她马上赶去周氏渊剑堂，想从周世明口中了解周昌渝。李芙贞想要打听的过去和现在都没着落。周世明以为李芙贞是来买剑的，拿出各种剑让李芙贞选。李芙贞问龙泉的铸剑师是不是都姓周？周世明敷敷衍衍，李芙贞半天没打探出任何有价值的信息，心想百年老店无非也是混口饭吃，失落的她只好悻悻而去。

周昌渝没想到李芙贞也在调查他。李芙贞约周昌渝去喝早茶，周昌渝故意迟到为难她，李芙贞却非常温顺地与周昌渝一起进入茶馆。河堤三郎看到他俩愣住了。

李芙贞坐黄包车回教会医院的途中，另一辆黄包车追上她，她看到坐在车上的是郑单鹏，便下车坐上郑单鹏的那辆黄包车。郑单鹏把日本军方密电塞在李芙贞的手上，要她解码电文的全部内容。

桌子上放着红笔、蓝笔和钢笔，旁边是七八张涂得乱七八糟的白纸。李芙贞拿起剪刀，把其中几张白纸上已编码的数字分段剪下来，再把那些剪下来的碎片一一放在桌子上。那些碎纸片经重新排列，放好后还是令人不解其意。李芙贞从抽屉里取出一本陈旧的书籍，翻到其中一页仔细阅读，再把已排列好的纸片重新调整。

李芙贞在德国留学期间，曾以学生的身份到过布莱切利庄园进修。布莱切利庄园又称“X电台”，位于英格兰米尔顿凯恩斯市布莱切利镇内的宅邸，其秘密名称叫“政府密码学校”，真实身份在第二次世界大战后期才向世界披露，这就是闻名遐迩的战时英国情报破译中心。在短短的三个月里，李芙贞学到的只是九牛一毛，尽管在她后来的间谍生涯中难以运用自如，但毕竟是一次极其珍贵的学习机会。李芙贞到达教会医院阁楼后，昼夜研究解码电文，但由于当初学习时间太短，加之电文解码的技术发展速度又快，所以很多密码对她来说总是似曾相识、一知半解，这使得自尊心极强的李芙贞感到挫败。由于工作不顺，她脸色有点不悦，凌晨喝酒后才入睡。

第十二章　山外青山楼外楼　心结未解添忧愁

坐镇龙泉的中将指挥官陈式正，正在埋怨英国军事代表团龙泉代表组组长兰斯德中校。他对副官说："不就是一个中校军官嘛，架子比我中将还大？我等了他几天，他居然一直不来拜访我。"

副官对陈式正禀报："我去过兰斯德的驻地了，就几个英国人，没发现兰斯德中校。我从伺候代表团的厨师口中套出，兰斯德中校到达龙泉后一直在独自行动，连副官都不带，据说兰斯德嗜好摄影，经常是半夜才回来。"

陈式正却认为，兰斯德中校一定是在搜集某种情报。难道兰斯德还是在调查龙泉剑这个模糊的日军密电的真相？想到此，陈式正连忙吩咐副官派人跟踪兰斯德中校。

说曹操曹操到，门卫前来报告，兰斯德中校前来拜见。兰斯德中校突然到达北河街公寓来拜访陈式正，几乎挂不住脸的陈式正便趁机借坡下驴，忙吩咐道："快请进！"

兰斯德往沙发里一坐，还没端起茶杯，就先从皮包里取出一个硬封面的信封。陈式正以为是什么文件，就注视着兰斯德。兰斯德伸手从信封里取出二十几张风景照，这些照片多半是安仁镇廊桥的风景照，他把那些照片递给陈式正。

没等陈式正开口，兰斯德就介绍："将军阁下，我知道您喜欢风景照，这些照片是我到龙泉后跋山涉水拍摄的龙泉周围的风光美景，您如果喜欢收藏，一定会越看越喜欢。"

陈式正感到蹊跷："我以为你不懂汉语，看来盟军人才不少啊。"

兰斯德示意陈式正先看照片。陈式正边瞄照片边把那些照片一张一张放在茶几上。那些照片全摊在茶几上时，真的有点令人眼花缭乱了，原来每张照片的角度和背景都有所不同，单是廊桥那些照片，由于拍摄的角度和光线不同，就显得十分别致多彩。陈式正说："这么说你对龙泉已经十分熟悉了，你知道龙泉剑吗？"

兰斯德故意回避此事就敷衍对方："龙泉剑？龙泉的剑，知道啊，我去了七八家做剑的铺子。"

陈式正显得有点失望："哦，喜欢哪家的剑？"

兰斯德却说："货比三家，我得观望一段时间。"

陈式正还是想套话："龙泉剑，你以前听说过吗？"

兰斯德边喝茶边随便聊："我在上海就听说过龙泉剑，古董店的老板说，关于这把剑的传说各种版本都有，但谁都没见过这把龙泉剑。"

半天的闲聊中，陈式正被兰斯德中校那幽默的汉语表达迷住了，但他始终未能从兰斯德中校口中套出那个龙泉剑的真相。

陈式正呵呵一笑示意喝茶聊点正事吧。兰斯德说："我来正是要向您汇报工作的。"

……

李芙贞来到古玩斋没见到周昌渝未免有点失望，突然间她发现黄敬丰正在看《周公解梦》。黄敬丰合上书告诉李芙贞，大掌柜去外地收购古青瓷了。就在黄敬丰去沏茶时，陶阿秀提着帆布手袋走进店堂，黄敬丰端茶过来时，陶阿秀不问缘由就端起来喝。陶阿秀这种反客为主的举动令李芙贞十分不爽，当即与陶阿秀争风吃醋打起嘴仗来。双方唇枪舌剑、用刻薄的语言攻击对方，把黄敬丰活生生地夹在中间，左右不是、十分尴尬。打嘴仗陶阿秀哪里是李芙贞的对手，几个回合下来便只有招架之势没有还手之力，情急之下陶阿秀挥手一个巴掌扇过来，李芙贞一闪，那巴掌便扇在黄敬丰的脸上，李芙贞见状转身就走了。

陶阿秀忙对黄敬丰说："对不起，对不起，也怪我太冲动了。"

黄敬丰却说："还好，还好，这一巴掌要是扇在李大夫脸上，那结果就难以想象了。"

古玩斋灶头间，陶阿秀一边炒菜，一边向黄敬丰讲述了三弯巷那边汉奸和抗日武装交火的事，还说了王立宇右腿中弹的事。谈吐中透露出，想要周昌渝帮助打听王立宇是否被日本人抓走了。

此时的周昌渝正送刘慧芸回云和外婆家疗养。外婆误把周昌渝当成了外孙女的未来丈夫，不但热情接待，还唠唠叨叨地总说些劝周昌渝和刘慧芸赶快成亲的事，刘慧芸越要打断，外婆越是说得直白。

安顿好后，晚上刘慧芸也是依依不舍地与周昌渝闲聊，周昌渝心里明白，刘慧芸是无奈之中才住在云和的。

翌日清晨，刘慧芸执意要去送周昌渝，周昌渝从眼神中已看出刘慧芸那依恋的目光，周昌渝怕影响自己返回的路程，只是紧紧握了下刘慧芸的手就转身疾步走了。走了一段路后，周昌渝转身发现，刘慧芸还是站在岔道口瞭望着。这时周昌渝也一阵心酸，转身挥手示意刘慧芸回去。

一手拿着雨伞的周昌渝，踩上廊桥的台阶，径直走向桥面。周昌渝望着空旷的廊桥一步一步地走，他在数栏杆的木柱，看来送来的情报就在某根木柱下。一直数到最后一根木柱，周昌渝见没人就从那根木柱朝外的缝隙里，取出一张折叠的纸条。他把纸条塞入怀里后，转身走下台阶。

周昌渝回到古玩斋关上画室的门，把暖瓶放在角落，脱掉鞋子，从鞋子里取出廊桥木柱里取来的纸条。打开纸条，上面只画了一个鸟蛋。周昌渝把那张纸条放入玻璃杯里，然后从糖瓶里夹出一块冰糖放了进去。再取来暖瓶，拔掉盖子就往玻璃杯倒热水。玻璃杯里的那张纸条浮了起来，那块冰糖也渐渐融化了。

周昌渝用镊子夹起那张纸条，纸条上的那只鸟蛋不见了，显影出一个辣椒。会不会是温州那边出事了？周昌渝顿时有一种不祥的预感，他随手撕掉了那张湿漉漉的纸条。

周昌渝去灶头间时，黄敬丰就把陶阿秀和李芙贞干仗的事，一五一十地学给他听。周昌渝哪还有心思再过问这种鸡毛蒜皮的事啊，锄奸吴淑蕊不成功，营救徐泽祥没头绪，性格刚烈的周昌渝眼睛简直快要冒火了。

周昌渝在古玩斋起坐间吃完饭，望着黄敬丰收拾餐桌，吩咐道：“陶阿秀估计还会来打听王立宇的事，这件事比较棘手，你干脆就闭口不谈。”

周昌渝还是决定去河堤三郎的株式会社，至少能从河堤三郎的神态中猜测出一些端倪。周昌渝拿着那卷仕女画，撑起雨伞离开古玩斋，坐上黄包车直奔河堤株式会社。

廖怡平手下的特务早已盯上了周昌渝，周昌渝一眼猜测出那个戴鸭舌帽的男人就是特务。他明知身后有尾巴，仍胸有成竹地去河堤株式会社。他在想，有尾巴跟着也好，让他去汇报我周昌渝是在跟谁来往，这样至少能摆起迷魂阵。想到此，他叫黄包车夫慢慢赶路，黄包车夫也是明白人，能与日本人交往的人可不能得罪。

黄包车抵达河堤株式会社，周昌渝下车后付了车钱，转身看一下那个尾巴是不是还在，但已没再见到那个戴鸭舌帽的男人。周昌渝心想，那个尾巴看来是躲起来了，于是便登门拜访河堤三郎。

株式会社里，河堤三郎就像遇见了久别重逢的老友那样，拉着周昌渝的手问寒问暖。周昌渝也像老朋友那样应付河堤三郎的热情，河堤三郎看到周昌渝手中拿着卷轴，就知道那幅仕女画完成了。但他还是要等周昌渝把卷轴摊开，这种求人的事，心里再急也不好表露出来啊，于是他干脆忙着沏茶倒水。周昌渝没等坐下，就把卷轴递给河堤三郎，这时河堤三郎才迫不及待地摊开卷轴。

河堤三郎看到那副仕女画，和栗河惠子几乎是一个模子倒出来的，不由得连连称赞。

周昌渝同河堤三郎聊了半天，听河堤三郎说阿聿早已先到一步，便走进旁边的榻榻米房间，看到阿聿和二姨太已坐在矮木桌前。

周昌渝对着阿聿拱手作揖："我在跟河堤君谈事，怠慢你们了。"

相互寒暄后，周昌渝就坐下喝茶，等待主人河堤三郎拿酒来。二姨太说起河堤三郎推销各种日货的事，引得阿聿有点反感。阿聿故意岔开话题说："我租给王立宇一辆吉普车，这个混账东西，租金不付倒算了，开了我的吉普车居然去打劫。"

周昌渝故意问王立宇在哪里打劫，正在这时河堤三郎提着清酒进来了，在座的人连忙转移话题。

应氏诊所楼上，看守搂住徐泽祥，把他从病床上拖起来，先掀起他的内衣，看看腹部有没有褥疮，再看看背部是不是有情况。背着帆布包的姗妹随手关上门并锁上。看守用热毛巾在给徐泽祥擦身。姗妹说胳膊下也要擦，这种犄角旮旯的地方最容易生褥疮。

看守双手搂着徐泽祥，让他徐徐躺下。姗妹在铜脸盆里搓洗毛巾然后拧干递给看守，看守捏着热毛巾反复给徐泽祥擦身，脸部虚肿的徐泽祥似乎有所反应。姗妹问："你半夜输液有过停息吗？"

看守说："停了两个钟点，我拿着药剂一直坐在他床边。"

姗妹说："好，你发现异常就要马上输液。"

姗妹走到窗口，拉开窗帘揭起一个缝隙往外看。这家诊所生意挺好的，进出的女人尤其多。看守伸手指向地板缝隙，姗妹走到缝隙边蹲下身，往下偷窥。只见王丽珊挽着葛祥龙的胳膊，似乎一对情侣般走进门诊科。姗妹把耳朵贴近缝隙，听到下面在议论着什么。

王丽珊："李大夫看上了周昌渝。"

应大夫："周昌渝藏有几把价值连城的万字号七星剑。"

王丽珊反诘:“如果是万字号七星剑，也就值几块大洋。你有没有听说龙泉剑?”

应大夫摇摇头:“龙泉剑? 啥年代的?”

姗妹起身吩咐看守:“这个妇科病房都在议论剑，你闲下来就要注意楼下，这里边大有文章，你要随时记下来。”

这时，只见挽着坤包的王丽珊，走出应氏诊所门诊科，看到老街当铺的陈夫人也来了就挥手示意。

陈夫人微笑着奚落王小姐:“难得碰面。你的笑是很值钱的哦。”

这一下可捅了马蜂窝，王丽珊与陈夫人立时相互冷嘲热讽起来，陈夫人说:“你是山城的万人迷，你能说说当铺被劫的三把剑在哪里吗? 我翠菊立马奖励提供线索的人，估计这笔赏金要给你了。”

王丽珊恶语伤人:“我是无功不受禄，但我听说你那夜被打劫的人睡了，挺爽吧?”

陈夫人挥起手一个耳光打在了王丽珊的脸上。王丽珊冲上去伸手抓住陈夫人的头发，挥拳使劲揍她。陈夫人突然躬身来个大背包，把王丽珊四仰八叉地摔到地上。

王丽珊“哎哟”一声瘫在地上，陈夫人也没搭理匆匆跑出来的应大夫就走了。应大夫连忙扶起脸色苍白的王丽珊安慰道:“她可是老街出名的悍妇，连她丈夫都怕她三分。”

王丽珊恶狠狠地从牙齿缝里冒出一句:“看我怎么收拾她!”

楼下打得热火朝天，楼上看得聚精会神。姗妹和看守在应氏诊所楼上房间把楼下发生的事看得个一清二楚。下面不打了，上面也就不看了。此时的姗妹，在翻看看守的笔记。无意中看到笔记中有“二姨太迫切想怀孕”的记载，便向看守多问了几句。这一问看守来劲了，绘声绘色地将二姨太的美貌描绘了一番，末了竟然还来了这么一句:“二姨太要是让我去睡一夜，我立马乐颠颠地就跑去。”

一句话引得了姗妹的反诘:“那你就会出卖我们喽?”看守一听连忙辩解撇清。

姗妹接下来又看到，笔记上记载着日本人跟二姨太都在做剑的生意，就问看守具体情况。看守告诉姗妹，这些都是地板缝隙里窃听到的只言片语，虽然确切，但不详细。姗妹一听也是有理，便叮嘱看守:“继续仔细观察、记好日记，老板绝不会亏待你的。”说完便回川渝堂复命去了。

川渝堂办公室里，廖怡平听到周昌渝手中拿着一卷画时，猛地把手中的香烟掐在烟缸里。姗妹说:“周昌渝坐上黄包车后，我们的人就一直在远处紧跟盯着他。这个周昌渝不是一般的人，反侦查能力特强，从古玩斋到河堤株式会社的路上，周昌渝至少有八次回眸。”

廖怡平问：“周昌渝怎么会跟河堤三郎缠到一起了？”

姗妹茫然地摇了摇头，紧接着又说她去莲花酒店踩点时，见史老板进了一卡车日本太阳啤酒，一问说是河堤三郎和周昌渝做的买卖。

“周昌渝怎么还做这种买卖？”廖怡平预测，“周昌渝准是醉翁之意不在酒。”

姗妹接着又说：“那天我看到李芙贞去了渊剑堂。”

廖怡平自言自语：“这么说李芙贞对龙泉剑也有兴趣？”

姗妹一看廖怡平有兴趣，顿时来劲了：“渊剑堂的老板叫周浩臣，我调查了一下，这个周浩臣是周昌渝的堂叔。但听街坊邻居说，周昌渝好像跟周浩臣有过节，听说是财产之争。”

廖怡平心无旁骛地说：“我现在想知道的是，周昌渝究竟是不是龙泉剑的传人？”

姗妹说：“我知道这件事的重要性，但至今为止，还没有把握肯定周昌渝是龙泉剑的传人。”

廖怡平若有所思地点点头：“只要徐泽祥醒来，他肯定会知道周昌渝的底细。”

川渝堂餐厅里，廖怡平和姗妹边吃着饭还在聊着周昌渝的事。两人嫉妒周昌渝与河堤三郎做生意，甚至怀疑周昌渝是汉奸。姗妹提起郑菲娜，她先诬陷周昌渝跟郑菲娜有一腿，后又否定此事，再后来又扯出李芙贞跟周昌渝的事。

姗妹再次提起李芙贞跟周昌渝的事，引起了廖怡平的警觉，他要求姗妹把李芙贞暗恋周昌渝的事形成文字交给他。接着他又问及了王立宇的下落。姗妹回答说：“别说王立宇了，整个哥弟帮在处州都好像人间蒸发了一般。”

廖怡平还是不甘心。姗妹承诺：“只要你站长说谁是哥弟帮，我就会把这个人像西街口杂货店的高远财那样处理掉。”

廖怡平自诩：“我杀高远财的目的，是要把这个军需站捣毁，这样浙南游击纵队至少断了一条补给线。共产党目前的势力越来越弱，想再建一个军需站又谈何容易！”

姗妹连忙表态：“站长，我们人手还是不够，我在想，这个葛祥龙也神秘消失了，这人又不是一只老鼠，怎么会找不到呢？”

廖怡平说：“别以为处州只有巴掌那么大，你爬到山顶俯瞰一下就会发现，这个古城名宅林林总总、高楼鳞次栉比，别说几个人找不到，几十个人照样会找不到。我想，当务之急是要尽快摸清周昌渝的底牌，这事已到火烧眉毛的时候了。”

姗妹听闻后，若有所悟地点了点头。

河堤三郎自打收到周昌渝的仕女画后，越发觉得能交上这样的朋友太值了。空闲下来就径直来到古玩斋考察，看了古玩斋的各种藏品，使他对周昌渝更敬佩了。

河堤三郎与周昌渝交朋友是各有所图。河堤三郎希望通过周昌渝的襄助，能尽快打开市场，把想要的浙江宝贝弄到手，把日货推销到浙江。而周昌渝则是想通过河堤三郎这块垫脚石，撬开日本特务机关的门。其实他早已得到情报，河堤三郎是特高课的特务。他是为了开拓工作、收集情报而帮助河堤三郎做生意的。周昌渝在浙南地域人缘好，生意做得很顺利，因而两人之间的合作对双方皆有利。河堤三郎赚到了钱，对周昌渝也更加有好感了。

河堤三郎把自己与周昌渝的合作情况向大野松夫作了禀报。大野松夫谨慎持重地认为，日本国要在浙江区域站住脚，必须依靠类似汉奸的商人，周昌渝是个候选人之一。大野松夫早就把周昌渝列入龙泉剑的传人之一，他不轻易地相信任何一个中国人，他早在琢磨周昌渝这个所谓的仕女画艺人。周昌渝在龙泉铸剑行业中的传说，他也了如指掌。大野松夫想在周昌渝身上下功夫，弄几把名家锻造的龙泉剑回日本。要想得到名家锻造的剑，只有到龙泉才有可能。河堤三郎在谈话中透露，他已经叫周昌渝协调剑铺的剑，意思是告诉大野松夫，我不单要做青瓷的买卖，也要做龙泉剑的大生意。大野松夫对此表示赞赏。

得到了大野松夫的首肯，河堤三郎脊梁骨挺得更直了，与周昌渝的交往也就更频繁。即使是去医院看病，他也每每是先去古玩斋，然后再去医院。

这天，河堤三郎去教会医院看完病后，仍坐在李芙贞诊桌边的凳子上不走。李芙贞问："你认为周昌渝是个纯粹的商人吗？"

河堤三郎说："我几乎天天跟他打交道，这个周昌渝除了倒卖古青瓷、龙泉剑，就是画仕女画，在百忙之中还帮我卖点日货，你可能不太相信吧？"

河堤三郎从包里取出一本货物清单，递给李芙贞。李芙贞伸手接过那本货物清单翻看着。看完清单后问道："你生意已经做到青瓷和剑了？"

河堤三郎说："大生意还在后面呢，我是商人出身，一手交钱一手交货，你如果赊账，就没有诚信度了，也就是说后路堵住了。"

李芙贞把货物清单还给河堤三郎，示意："门口有患者等着检查心脏呢，我明天到你会社去再聊吧。"

河堤三郎走了。李芙贞在想，周昌渝这个人就摸不透了，他帮抗日武装哥弟帮的目的是什么？周昌渝与河堤三郎的交往也是为了刺探"龙泉剑"吗？

带着诸多的问号，李芙贞下班也去了古玩斋。黄敬丰见到李芙贞就说："我表哥不在，这会儿去外地淘宝了。"

李芙贞微笑着问："也许去寻找过去的龙泉剑吧？"

黄敬丰用手指着木格子说："也有这个可能，这儿放的两把清代的龙泉剑，就是我老板从偏僻的山沟里收来的。"

黄敬丰准备沏茶。李芙贞示意自己是路过，转身就走了。

李芙贞哪能找到周昌渝？此时的他正在去云和的路上。刘慧芸见到周昌渝开心极了，以为终于来接她了。周昌渝赶忙解释说，本来是要去温州的，由于出了点意外没去成，他是绕道去宁波天主教堂的。

刘慧芸一听，知道周昌渝这是去找修女安珍，只有安珍才能把日军的密电解码。

刘慧芸猜得没错，周昌渝去宁波确实是为了破译日方的密电。一次性解码系统只有宁波药行街天主教堂修女安珍能破。安珍在二十世纪三十年代就留学欧洲，曾在英国科学家阿伦·图灵的工作室学习，欧洲各国的密码与密码文件，一般都会送到那里进行译码。志愿者们夜以继日地工作，截获、整理、破译各国尤其是德国的军事情报，其中主要是从空中监听到的无线电通讯密码，并把破译的情报直接报送给英国最高指挥部门。安珍的导师阿伦·图灵通过仿造的波兰解密机"炸弹机"，运用一连串的电子逻辑演绎器件成功破解了恩尼格玛密码。安珍断断续续地学到了一点，这次终于用上了。

案桌前的安珍举起双手打了个哈欠。

神态疲惫的安珍望着摊在桌上的七八张画得一塌糊涂的白纸，白纸上写满希腊数字和英文及阿拉伯数字，断断续续都没成文。安珍试图把那些剪刀剪过的白纸重新进行编排，似乎要将它们理顺。

最终安珍成功了。解密的密电内容是："探寻龙泉剑的锻造方法及龙泉青瓷的制作工艺。"安珍把其中一张白纸拿起来，如释重负的周昌渝边吃馄饨边望着安珍。

安珍告诉周昌渝：另外一份密电是德文的。内容是："温特纳，德国在浙江的贸易本身就是商业机密，李芙贞在刺探德方在宁波港口的货运量，这肯定是受苏联红军情报局的委托而为。此人曾在我国留学，估计已被苏联间谍拉下水，熟悉我国情况，留着后患无穷，要想办法除掉那个外科大夫李芙贞，但决不能让她死在教会医院里。"

周昌渝一愣，把手中的调羹放在了碗里。

安珍说出德方发电报的时间。周昌渝算了下日子顿时醒悟了：那天处州长途车站被枪杀的应该是李芙贞，上级叫我查为什么要暗杀栗河惠子的事，现在看来谜底在这儿。

周昌渝获得另几份密电的解码后，即用暗语打电话给古玩斋店员黄敬丰，让他去报社刊登广告。翌日，处州的报纸刊登了出售仿哥窑观音菩萨座像的广告。

陈裕树看到报纸上的广告就明白了，牵在他心头的那几份截获的日军密电终于解码了。

穿着睡衣脖子上系着铜哨子的李芙贞，在地道里爬行着，遇到武夫打扮的周昌渝，拿着龙泉剑朝她走来；李芙贞把铜哨子塞入口中，拼命地吹着；周昌渝挥起那把剑，割掉铜哨子上的红线，与李芙贞格斗，要置她于死地。“啊”的一声，李芙贞从噩梦中醒来。

李芙贞在想，看来这个周昌渝，已经深深地融入自己的内心世界，挥之不去、赶之不走了。既来之则安之，不如干脆主动出击找他去。想到此，李芙贞当即就去了古玩斋，但还是没能见到周昌渝，她总感到周昌渝是个神秘人物。李芙贞想跟黄敬丰说，但又没说出口，犹豫之后还是走了。少顷，重新又折回古玩斋的李芙贞，向黄敬丰问道：“还在研究《周公解梦》吗？”

第十三章　掠资源来者不善　守基业藏而不露

李芙贞在古玩斋里要黄敬丰解梦。黄敬丰坦言，病人梦见自己钻进地道里，病会成为不治之症。一堆的解梦把李芙贞侃得云里雾里、不知所措，不仅没能打开心结反而加重了精神负担。黄敬丰一看，自己这个半吊子，释梦不仅没有对人有所裨益，反而是越释越悬、越讲越乱，最后只好劝李芙贞："什么都是假的，与人为善、做好自己就好。你看人家陶阿秀，吵归吵闹归闹，可最后还不是自己把旗袍店开起来了，现在火得不得了，好多过去根本看不起她的人，都对她刮目相看了。"李芙贞被这番好言规劝弄得莫名其妙，只好悻悻然告辞。

天蝉旗袍店的生意确实很火红，忙得不可开交的陶阿秀又收了一个女徒弟。这天，陶阿秀打开《处州日报》，发现有人为天蝉旗袍店做了黄金版面的广告。她感到十分蹊跷，难道是王立宇失踪前给报馆支付了广告费？

黄金版面的广告使天蝉旗袍店在处州这个古城更加走红了，好多名流淑女都慕名来到天蝉旗袍店，有的还趁机量身订下了旗袍，连云和、龙泉、青田有钱的女人也都想方设法地要来一趟天蝉旗袍店，陶阿秀和女徒弟忙得晚上点灯加班。

就连应氏诊所楼上，姗妹与看守也听到楼下诊所有人在议论陶阿秀旗袍店登广告的事，有的还提到王立宇有枪的事。姗妹认为王立宇虽然表面失踪了，但暗地里仍扶持天蝉旗袍店，这本来就不值得大惊小怪嘛，这帮娘们怎么这么关心他？

更有甚者，两个自称是王立宇朋友的男人，在店门屋檐下悬挂起了两只大红灯笼，旗袍店顿添双喜临门的喜庆气氛！

李芙贞在教会医院阁楼上，把《处州日报》上黄金版面的天蝉旗袍店广告从报纸上剪下来，贴在墙上照片的旁边，她要弄清那个陶阿秀的后台到底是谁。墙上比比皆是的照片中，哪一个人跟陶阿秀的关系最密切呢？她仔细揣摩着墙上一张一张的照片。当看到河堤三郎的照片时，李芙贞又一次想起六岁时在东京与父亲一起落魄的惨景，就更加恨河堤三郎。

一直在做剑和青瓷生意的河堤三郎看到新的商机，便在天蝉旗袍店街对面，托阿聿的手下租赁了一间较大的铺面，装修后取名叫东亚绸缎行。河堤三郎打的如意算盘是，你天蝉旗袍店生意这么好，有顾客看到我的东亚绸缎行，就会过来选绸缎做旗袍。但河堤三郎的算盘没打准，东亚绸缎行开业后不知怎的总是事与愿违、生意清淡。河堤三郎顿时感到有点内外交困，东亚绸缎行不说，尤其是他签下的一单日本太阳啤酒也销路不畅，啤酒不像绸缎，是有保质期的，他为此烦恼不已。

俗话说树大招风，河堤三郎生意不顺归不顺，但他在处州搞得动静越大越容易引起别人的注意。这天，郑单鹏约李芙贞在金蝴蝶饭店酒吧喝咖啡。郑单鹏刚落座就问李芙贞："你知道河堤三郎最近到处在收购龙泉剑和龙泉青瓷吗？"

李芙贞感到有些奇怪："这事对你有这么重要吗？"

郑单鹏敏锐地指出："这说明大野松夫手中有一盘棋。"

李芙贞喝了口咖啡诘问："你准备把他的那盘棋搅乱？"

郑单鹏解释说："日本人往处州这个山城派来这么一个会长，这说明日本人看上了龙泉的剑和青瓷。现在还只是开始，不信你看着，大野松夫的手会越伸越长。"

李芙贞肯定对方的判断："看来你还是挺有远见的。龙泉剑和龙泉青瓷是中国的文化遗产，日本人看来是想掠夺资源、探寻秘方。"

郑单鹏赞同李芙贞："我们别让日军密电所说的表面词语给迷糊了，我看啊，这醉翁之意不在酒。苏联红军远东情报局已来电提醒我们，要注意这个大野松夫的动向。"

李芙贞指出："那古玩斋的大掌柜也在张罗剑和青瓷，据说把剑和青瓷倒卖给河堤三郎了。这个你知道吗？"

郑单鹏说："据我的情报，周昌渝是在浑水摸鱼，他不会把精品的剑和青瓷拱手给河堤三郎的。周昌渝自己开着古玩斋，他太懂行了。你别以为他是仕女画家，这无非是隐藏自己的真实身份。"

李芙贞若有所悟地问道："你的意思是要我了解周昌渝？"

郑单鹏说："有的事你自己看着办吧。"

周昌渝从宁波回到处州大港头，在木材货栈仓库，把安珍已解码的五份日军密电用密电号发回根据地。

发完电报的周昌渝去东亚绸缎行拜访河堤三郎，河堤三郎见到周昌渝就连声叹苦。两人聊起各种生意，河堤三郎从谈话中听出，周昌渝能再次帮他生意上的事，顿时感到欣慰。

聊到兴头，河堤三郎拿出一把剑让周昌渝鉴定，河堤三郎想要知道那把剑的价值。周昌渝只是说龙泉剑不是一家独创的，也不是一户遗传的，名家云集各有千秋。河堤三郎听了这话后才知，原来龙泉剑剑道很深呢。

从东亚绸缎行出来，周昌渝就进了天蝉旗袍店，陶阿秀见到就奚落他。其实周昌渝跨进东亚绸缎行的大门时，就被陶阿秀看到了，她见周昌渝和河堤三郎非常熟络地交往就一肚子气，认为周昌渝就是挂着古玩斋的牌子在做汉奸的勾当。陶阿秀指责周昌渝："你生意只管做，但不要出卖祖宗。"一句话说得周昌渝百口莫辩、满脸通红。

争吵归争吵，陶阿秀还是留周昌渝吃饭。两人聊起失踪的王立宇也聊起刘慧芸，周昌渝只能说他姐姐去外地求医了。陶阿秀说她欠了王立宇的人情，现在不仅人找不到了，连个死活也不知道。几番话说得周昌渝心里热乎乎的，认为陶阿秀还蛮有人情味的。

周昌渝终于成功地把河堤三郎积压的太阳牌啤酒推销给了莲花酒店的老板。河堤三郎出自内心感激，送了周昌渝一匹上品绢并要请他吃饭，被他婉言拒绝。但周昌渝却爽快地答应了李芙贞吃饭的约请。

席间，李芙贞把一份报纸摊在桌上，那是1941年4月16日的《处州日报》，上面的文章证实，日军进不了龙泉就派飞机轰炸县城。

周昌渝看到日军战机轰炸龙泉县城，3人被炸伤，县简易师范学校图书室、食堂和部分教师宿舍被炸毁。周昌渝放下报纸沉默得一句话没说。

李芙贞看到周昌渝没什么反应，就闷头吃饭。李芙贞的钱包顺手放在餐桌上，只要周昌渝翻开钱包看一眼，那他和这个外科大夫童年的青梅竹马时光就会立时呈现在眼前。

正在吃饭的李芙贞示意周昌渝再翻一下报纸，周昌渝顺手一翻，只见另外一版报纸的头条标题《火红的天蝉旗袍店毁于一旦》。周昌渝正准备细阅报纸内容时，李芙贞注视着周昌渝的神态说："这是陶阿秀的天蝉旗袍店，也被用心不良的人在下半夜放火烧了。"

周昌渝顿时感到陶阿秀这下惨了，想起这个清纯而又任性的姑娘，心里不免有点怜惜。

就在他俩用餐时，郑单鹏凑巧走进酒店，他看到周昌渝和李芙贞愣了一下。

周昌渝不认识郑单鹏。李芙贞看到郑单鹏也故意装作不认识，吃自己的饭。

当天晚上，李芙贞就接到郑单鹏的电话，李芙贞提前封他的口，使他没能提吃饭的事。电话的内容是暗语，主要是龙泉剑的事。另一件事就是要暗杀将要回处州的吴淑蕊。李芙贞告诉郑单鹏，河堤三郎已知王立宇是枪杀栗河惠子的凶手。郑单鹏却直言不讳地说："我的重点是龙泉剑，你有情报即转告我。"

周昌渝在与李芙贞共进晚餐后的第二天就被陈裕树约去了温州。

温州海边土码头旁停泊着几艘货船，其中有一艘货船的桅杆中段悬挂着一条男人裤衩，在海风轻轻吹拂下不停地摇曳着。从船舱里钻出一个穿粗布衫的黑黝黝的年轻人，年轻人向海面环视后又看看陆地，然后踮起脚伸手把那条男人裤衩摘下来。

年轻人钻进船舱，关上舱门。这年轻人是货船望风的，由于船舱内陈裕树正与周昌渝研究布置工作，他就把那条男人的裤衩摘下来拿进船舱。

海鸥在几艘货船的桅杆上盘旋，发出"咕咕"的叫声。

靠码头最近的货船正在卸货，坐在码头边放着的汽车轮胎上的那摩温，叼着烟盯着甲板上正在吃力地背货的码头工人，小轮船的汽笛声像哀乐般地鸣叫着。

货船船舱内，周昌渝向窗外瞭望片刻，然后拉上遮盖船窗的黑布。

陈裕树问："没什么情况吧？"

那个年轻人说："货船在卸货，那条船我很熟悉，好像远处看到有日本人的汽艇。"

陈裕树用手暗示那个年轻人，那个年轻人从船舱另一个出口出去，伸手关上舱门。周昌渝见舱门关上就说："我说一下河堤三郎的事吧。"

周昌渝把结交河堤三郎的事向陈裕树作了汇报。

陈裕树沉思片刻后作出指示："你打入日方是非常危险的事，但你首先要打好那张牌，这张牌就是仕女画。日本人相信的是阿聿，对你逐渐要起疑心的。"

周昌渝还是忍不住说出王立宇带哥弟帮几个兄弟，在处州长途汽车站枪杀栗河惠子的事，并描述了穿黑纱褂的男人被日本人的子弹击中倒地的情节。

周昌渝把栗河惠子的照片放在桌上。陈裕树拿起那张照片凝视着。

周昌渝说："这就是栗河惠子。"

因为周昌渝已详细汇报了认识河堤三郎的过程，所以陈裕树也知道这张照片的来历。陈裕树放下照片说："你要把那张仕女画画好，有时候一张仕女画就是一把刀。"

周昌渝说：“就是没有在汽车站被枪杀的那个男人的照片，失踪的曹剑青我们有照片吗？”

陈裕树取出曹剑青类似身份证件上的照片，递给周昌渝看。

周昌渝把照片还给陈裕树说：“那天中弹的男人戴着礼帽，我根本看不清他的脸，何况双方枪战动作迅速他又站得远，再说又是在傍晚，所以不能确定是照片上那个人倒地。”

陈裕树说：“哥弟帮的那个曹剑青神秘失踪了，他是被暗杀了还是投敌了都是个谜。”他要周昌渝调查王立宇是受谁的指使暗杀栗河惠子的。

周昌渝自己揽来的活只能自己去完成，他答应陈裕树把这件事查清楚。

陈裕树说：“哥弟帮如果收取其他帮派的贿赂去杀人，那王立宇就不是抗日分子了。”陈裕树想了想又开口：“栗河惠子是樱花会馆的特工，哥弟帮杀日本人也没错啊，问题是这次行动是受谁指使的呢？这件事要是徐泽祥没被绑架的话，就根本不是个问题了。”

周昌渝赞同地点点头，眼里闪现出一丝难以被觉察的内疚。

一艘日本人的汽艇在海面上巡逻，由于这海面还是中方控制着，所以小鬼子不敢挂太阳旗，巡逻也不是公开的，日军似乎像观光那样站在甲板上。一个颏唇沟有一撮胡子的日本人，一只手扶着船舷，朝周昌渝的那条货船方向看。

货船船舱内，举着望远镜的周昌渝，看到了这个日本人，马上把望远镜递给陈裕树说：“手扶着船舷的那个日本人就是那天处州长途汽车站枪杀栗河惠子时，与王立宇枪战的其中一个。”

陈裕树举着望远镜看了看那个日本人，然后把望远镜放在桌上，另一只手拉上船窗的黑布，用手指敲敲桌面说：“昌渝啊，电台在这儿，我怀疑日本汽艇上有测试电台信号的设备，他们在处州市区找不到我们的电台，就到温州海域来找了。”

说完，陈裕树又揭开船窗的黑布，举着望远镜往外看。

周昌渝心里明白，陈裕树对这艘设有电台的货船开始担心了。

周昌渝随后又问起钟根海，陈裕树苦涩地一笑：“你单线联系的人断线了？”

周昌渝坦言：“能找的地方我都去找了，这个骰子王太神出鬼没了。”

陈裕树笑着告诉周昌渝：“你怎么不看看报纸？”

周昌渝丈二和尚摸不着头脑地愣住了。陈裕树告诉周昌渝：“钟根海在龙泉与曾姓工商大地主玩骰盅赌博，赢了曾先生八千元，龙泉警察局局长派人在搜捕他呢。坏事又是好事，好事是钟根海是个赌棍，这样他的外衣就厚实了，我估计谁也不会怀疑钟根海是我党的秘密党员。”

周昌渝在临走前又问起徐泽祥，陈裕树双眉紧皱的无奈神态已经告诉周昌渝了：徐泽祥到底被谁羁押及羁押地在哪里，至今还是谜。周昌渝也没向陈裕树承诺去寻找徐泽祥。但陈裕树已明白周昌渝的意思，不找到徐泽祥的下落，他周昌渝是绝不会善罢甘休的。

此时的徐泽祥还在应氏诊所楼上遭罪。姗妹拍拍徐泽祥的脸，徐泽祥似乎没有感觉。姗妹说：“你多遭罪呀，你能醒来就把龙泉剑藏在哪里告诉我，我就立马让你远走高飞。”

姗妹转身吩咐看守：“半夜他尿急的时候人有动静，那时你就在他耳边叨咕龙泉剑的事。”

接着姗妹又问：“你没听到楼下妇科有人在议论天蝉旗袍店着火的事吗？”

看守说：“我记下来了，说这把火是冲着王立宇来的。”

姗妹问后才知到，原来是王丽珊这个大嘴巴又来了。姗妹认为这个妇科门诊真的是流言蜚语的中转站。看守说：“这帮女人在说，日本人和川渝堂都在找王立宇茬，王立宇躲起来了。又说王立宇把陶阿秀睡了后又有相好了。有个舞女说，王立宇被人打了一枪，受伤后躲起来了。各种版本都有，你看我笔记本吧。”

姗妹仔细翻看了看守的笔记后，突然又问：“你认识河堤三郎吗？”

看守说：“我认识他，他不认识我。但我知道这个日本人在跟周昌渝做剑的生意。”

姗妹说：“周昌渝一手捣鼓着龙泉青瓷，一手挥舞着龙泉剑，别以为他是仕女画家，那是个披着画家外衣的不法商人。”

看守却表示，他打听来的可不是这样，并说站长跟他看法一样。看守把笔记本递给姗妹。姗妹正准备翻笔记本时，徐泽祥在病床上翻身了。姗妹连忙走到病床前去观察徐泽祥的脸，期盼着徐泽祥尽快醒来。

闭着双眼脸部虚肿的徐泽祥躺在病床上。

姗妹在应氏诊所楼上房间里踱步并吩咐看守：“按我写的时间准时给他输葡萄糖，这药剂我已经加了。”

看守表示我有做笔记的习惯，您放心。

姗妹走到窗口边揭起窗帘习惯性地往外看了看，说道：“楼下的诊所是流言蜚语的传播站，我们要从他们的话中筛选出能用的东西。这帮来看妇科的女人，接触的可都不是一般的男人，枕头风有时对我们来说就是重要的情报。”

看守说：“凡是牵扯到剑的，我都一一记下了。”

姗妹还是认为，观察徐泽祥是第一，趴在地板上往缝隙看是第二，不能颠倒。

看守频频点头称是。

周昌渝从温州海边土码头回来的路上，反复地在思考，究竟徐泽祥被关押到什么地方了呢，怎么一点风声也打探不到？一路上的思考始终也理不出个头绪，周昌渝闷闷不乐地回到古玩斋，发现黄敬丰和陶阿秀在起坐间吃饭。黄敬丰看到周昌渝十分尴尬，连忙解释。周昌渝微笑着说：“别解释，别解释，我也没吃呢。”

黄敬丰连忙把餐具摆好，转身又盛了一碗饭放到桌子上。周昌渝坐下后拿起筷子刚扒一口饭，突然发现陶阿秀手中的筷子僵直了，泪水啪嗒啪嗒地流了下来。

周昌渝安慰陶阿秀，坦言自己已从报纸上知道情况了。陶阿秀哭哭啼啼地说：“天蝉旗袍店被河堤三郎派人秘密放火烧了，定做的那些旗袍都拿了顾客的订金，这下在处州可无法见人了。”

周昌渝提醒陶阿秀，说话要有把柄，没等他再说下去，陶阿秀无奈之下说出放火的事，王立宇已经调查得很清楚，不会诬陷河堤三郎的。周昌渝接过话题说，王立宇这个男人不靠谱，你要处处当心。周昌渝这么一说，更刺伤了陶阿秀的心，她责怪周昌渝：“你还跟河堤三郎做什么太阳牌啤酒生意、龙泉剑和青瓷生意，你为什么要跟日本人搞得这么热络？”

周昌渝不能明说只能敷衍。陶阿秀也坦言，已经几天没见王立宇了，这死鬼不知去哪儿了，自己是走投无路了才到古玩斋来歇脚的。周昌渝也说出了心里话，他安慰陶阿秀就在这里吃住吧，无非多一双筷子。楼上客房有两间闲着，喜欢哪一间，就叫黄敬丰收拾一下。

陶阿秀被坦荡大度的周昌渝感动了，反而自己感到非常内疚。

晚饭后，周昌渝回到自己的房间，坐在案桌前在看线装书。黄敬丰见房门半掩着就走进来说：“表哥，你看的那本书我都会背了。”

周昌渝说：“你不是在研究《周公解梦》吗？怎么对这本书也感兴趣？”

黄敬丰点头认可，我都能背了。周昌渝示意黄敬丰背：“相传铸剑大师欧冶子的名声传到楚国后，楚王羡慕不已。当时越王为联楚攻吴，作为交换条件，就派欧冶子为楚王铸剑。为寻访铸剑圣地，欧冶子遍访江南名山大川，经江西、福建来到浙江龙泉境内……”背了一半卡住了。

周昌渝就接上去：“见秦溪山郁郁葱葱，有井七口排列如北斗七星之状，泉水甘寒清冽，旁有湖十数亩，又无鸡啼犬吠，环境幽静，甚宜铸剑。”

黄敬丰伸手挠挠头皮，一下子哑舌了。周昌渝说：“你不是说能背吗？”

黄敬丰羞涩地解释说：“说实话，见到你心就慌，一下子全忘了。”

周昌渝接着背下去：“于是欧冶子在此搭寮筑炉，采铁英，铸成了龙渊、泰阿、工布三把名剑。吴越之剑称名天下，其设计合理，剑锋犀利，剑相高贵。在古人眼里，铸一把好剑，是日月山川精华蕴育的结果。”

黄敬丰突然问：“吴、越两国为什么能出那么多名剑？”

周昌渝亲切地解释：“一是军事的需要，促进了铸剑技术的进步；二是有欧冶子那样的能工巧匠；有较丰富的原材料和优良适宜的自然地理条件，则是另一个重要的因素。”

黄敬丰才感到不好意思：“我真的是在关公面前耍大刀了。”

同样的夜晚，日本驻处州商会内灯火通明，会长大野松夫正在琢磨龙泉剑与龙泉青瓷。大野松夫似乎想到了什么，转身就往大班桌走去，在软椅上坐下后就翻开放在桌上的文件夹，能看到起草的龙泉剑铸造研究科目及龙泉青瓷秘诀获取方案。

夹着坤包的郑菲娜敲一下敞开的门，微笑着在等待。大野松夫示意郑菲娜进来。

大野松夫从软椅上离身往沙发的位置走来，示意郑菲娜坐。

大野松夫说：“你晚上能过来，肯定有好消息带来了。”

郑菲娜从坤包里取出笔记本，翻到其中一页。大野松夫示意，你先读给我听听。

郑菲娜点头：“我把千字号剑的情况大概地向您禀报。”

大野松夫也在侧面的沙发坐下，示意继续。郑菲娜即读：“清光绪初，有周国华、周国荣（乳名五儿）、周国贵（乳名老九）兄弟三人拜千字号剑铺郑文轩为师，学习铸剑技艺。两年半后满师，周国华就在千字号剑铺的隔壁，另立门户开设万字号剑铺。”

大野松夫起身责问：“为什么取名为万字号？”

郑菲娜细心地解读：“据我的细致调查，周家传统习惯以个、十、百、千、万为序，有万字号技术传承自千字号的意思。不能理解为‘万’比‘千’大。至于两家剑铺相邻，因周国华当时刚出师，如遇有技术难题，随时向师父请教。”

大野松夫若有所悟地点了点头，接着说道：“我找不到书籍中记载的铸剑的原料是什么成分，所以我要找到真正的古剑，送到东京三菱钢铁株式会社去分析。”

郑菲娜回答：“我寻觅来的秘诀是，制剑的原料为‘处铁建钢’。”

大野松夫怀疑地说："处铁建钢？这么简单的秘诀？"

郑菲娜再三解释："'处铁建钢'就是云和的毛铁和福建的草钢。毛铁多杂质，须久炼成钢，锻造好后，还需要在精选的磨石上开刃。"

郑菲娜接着又介绍了剑鞘及剑上镂刻的龙凤、七星图，还有八宝、八仙或八瑞兽等，这些都是取吉祥之意。为使刻图标准、美观，万字号首创印版技术，将标准图案先制成雕版，印在棉纸上，然后将印有图案的棉纸贴在剑身上，按图镂刻，又快又美观。大野松夫认为："这种技术，我们大和民族很多人都会。制作一把剑要多少天，你调查出来了吗？"

郑菲娜脱口而出："少则三四天，多则六七天。"

大野松夫听后赞赏道："你的确下了功夫。"

郑菲娜为此自夸："上帝赋予我的容貌，让我在人间开辟了一条捷径。"然后郑菲娜介绍："由于万字号铸剑技艺出自名师，且精益求精，名闻海内外，好剑者趋之若鹜，故而万字号曾为陈诚、宣铁吾、黄绍竑等人铸过剑。宣铁吾还曾派人送来亲笔题写的'古今流芳'木制匾额。"

大野松夫想起书中看过这几个名人正想问时，听到郑菲娜说："龙泉天主教堂的洋人也常去订剑购剑。"

大野松夫顿时警觉起来："这帮传教的，早把手伸到龙泉了，据我所知，他们还大量收购龙泉青瓷卖到欧洲，有的还陈列在博物馆。"

郑菲娜提醒对方："龙泉青瓷的事河堤三郎正在奔波，他会来向您禀报。"

大野松夫扯开话题："周氏家族你调查清楚了吗？"

郑菲娜按笔记本上阐述："调查了，周国华有三子，周陈旺、周陈旗（周子望）、周陈清，均随父亲学铸剑。其中周子望十七岁就开始学艺，技艺最精。"

大野松夫追问："那周浩臣和周昌渝是周氏哪家门派的？"

郑菲娜答应："尚需继续调查，请您稍加等待。"

……

大野松夫等郑菲娜走后，拿起受话器，摇了下电话手柄，吩咐接线员接河堤株式会社的电话。河堤三郎接到电话后，连忙拿起梳子整理下头发，匆匆赶往大野松夫的办公室。大野松夫拍拍河堤三郎的肩并示意对方："去把门关上。"

河堤三郎敏感地联想到，商会会长肯定有重要的任务要向自己交代。果然，正是为龙泉青瓷的事。河堤三郎对龙泉剑早有觊觎，他边聊天边在想，大野松夫为什么不把找剑的任务安排给我呢？

……

龙泉剑和龙泉青瓷是大野松夫处州之行的主要目标。为实现这一目标他的打算是，内部尽快完善机构，责任落实到人；外部严密管控，盯紧关键人物。连日来，在日军的严控下，周昌渝的活动必须更加谨慎，不能有丝毫的闪失。这一天，周昌渝在古玩斋里等待上级党组织派来的人，但一直不见来人，这使他焦急万分。于是他又通过各种关系联络陈裕树，仍没联系上。周昌渝也没有心思出去，想起来了就到二楼画室去画仕女画，只要拿起毛笔，他的心就静了下来，可以勉强地支撑着画下去。

午饭时分，黄敬丰喊周昌渝吃饭，周昌渝匆匆下楼发现黄敬丰笔记本上写着“军统”两个字，后面还打了个问号。黄敬丰不好意思地合上笔记本。周昌渝微笑着问，怎么还在研究军统？黄敬丰坦言，其实自己对军统什么也不了解。

周昌渝说，军统原来是复兴社，说起来话就长了。黄敬丰说：“表哥，你能告诉我的就告诉我吧。”

周昌渝详细阐述：“军统的暗杀对象多为日伪以及一些军阀头目，对投靠日本人的一些卖国汉奸，更是毫不手软。早在 1933 年戴笠就组织了对北洋军阀张敬尧的暗杀。此时军统尚未成立，正式组织者是他领导的复兴社特务处。”

黄敬丰还是处在迷糊之中，忍不住又问。

周昌渝拍一下黄敬丰的肩：“记住哦，1938 年 4 月，复兴社特务处改组为军事委员会调查统计局，军统其实是简称。”

黄敬丰注视着周昌渝，随口又问：“那军统到底是好的还是坏的？”

周昌渝简要回答后扯开话题，再三强调要黄敬丰记住，他周昌渝不是龙泉剑的传人。黄敬丰明白了周昌渝的意思，然后就去库房整理那些龙泉剑了。

等不来上级党组织派来的人，周昌渝情急之下去了大港头深山草寮，见草寮已荒弃就又绕道去云和，见到刘慧芸外婆才知刘慧芸几天前就外出了，但也不知道去了哪儿。

第十四章　巧跟踪打探无果　落陷阱苦战脱险

李芙贞回到阁楼房间，想起古玩斋画室砚台边的那张小纸条上还有“林景”两个字，就联想到温州港口的大掌柜林景泉。李芙贞找个理由推迟了已约定的患者手术，向温特纳请假去了温州。

周昌渝到温州林景泉公馆去找林景泉，没想到一路上被李芙贞盯梢。李芙贞一直跟踪到温州林景泉公馆并偷拍到他俩的照片。只见两人边喝酒边聊，谈到日本零散人员、浪人及特工，一般不敢单独公开出现在龙泉和云和，否则国军的防守部队和警察就会找理由把他们扣起来。

当谈到关于龙泉剑的日本密电时，林景泉也同样表示怀疑，他说日本人的机密电报也常常放烟幕弹。林景泉还担心徐泽祥熬不过酷刑，出卖朋友。周昌渝暗自分析：是啊，如果徐泽祥背叛了呢？那哥弟帮就真的像豆腐架子落地，无法收场了。

周昌渝根本没有想到在这个远离处州的林景泉公馆，窗外有一双女人的眼睛正在偷窥他的一举一动，他俩所有的对话都被窗外的李芙贞窃听到了。李芙贞这才明白，日方的龙泉剑行动原来主要是冲着龙泉剑和龙泉青瓷来的！

周昌渝还聊起卖给河堤三郎的那些剑，他说出了真相：“这些都是赝品，无非是给日本人充充数做点生意赚点钱。”

李芙贞听到，一把极品的龙泉剑，单是剑鞘制作也要一个礼拜。当林景泉问起“那些生意都是大掌柜在把舵吧”的时候，窗外的李芙贞就是猜不出大掌柜是哪位。李芙贞猫着腰离开公馆时，被园丁发现了，园丁一见到这个神秘兮兮的女人后，就匆匆来汇报，说见到一个陌生的年轻女人从耳门溜出去。林景泉以为园丁是想女人想花了眼，害得他赶忙又绘声绘色地说了一遍。这下周昌渝清醒了，他放下酒杯从腰间拔出手枪追了出去。

周昌渝追了一段路，还是没见女人的踪影。周昌渝顿时想到自己来温州，还是被敌方跟踪了。那是谁呢？会不会是川渝堂的人？这帮人明里是做买卖的商人，暗里全是些胆大心细、心狠手辣的亡命之徒，盯梢、绑架、杀人得心应手。想到此，周昌渝不禁剑眉紧锁。

此时，川渝堂控制下的徐泽祥还躺在应氏诊所楼上的房间里遭着罪。姗妹认为，徐泽祥如果死在我手里，我就成了千古罪人。看守的一句话“龙泉剑在郑菲娜手中，因为郑菲娜是徐泽祥的情人”，使得姗妹如坐云雾，半天也理不出个头绪来。

姗妹驾着吉普车去接刚从重庆开会回来的廖怡平。国共实现了第二次合作后，迫于多重压力，国民党军统也接受了“打倒日本，抗战到底”的口号。但上海军统组织的所谓专家，还没有破译出日军的密码，因此军统头子戴笠要求廖怡平必须要调查清楚日本人的阴谋。

车上，廖怡平和姗妹聊起了日军的密电。两人都认为可信度较高的密电，每次都是烟幕弹。而廖怡平也说，上海的专家至今也没能破译出日军的密码。姗妹的一个新发现引起廖怡平的注意，那就是车马店。姗妹承诺将对车马店设桩跟踪。

廖怡平问：“徐泽祥还没醒过来？”

姗妹想起上海医生来诊断徐泽祥的病情。上海医生说，这种针剂只能打一次，何况进口的东西在国内都没有试验过，尤其是用的是过期的针剂，这个患者没死掉就算运气很好了。姗妹告诉上海医生，他比过去更严重了，您要走了，我无法交代。上海医生却说，这我没办法帮你，你只能打份电报如实向重庆报告。

廖怡平指责姗妹：“这么重要的事你居然会忘，好在重庆方面一时没问起徐泽祥。”

姗妹只能认错：“对不起，站长，后悔药不可能重新吃。我将功补过吧。”

廖怡平心情沉闷：“先开你的车吧，不要一个没注意，再把我葬身在山坳里了。”

行驶的吉普车里，姗妹看到土道中央有个女人在拦车。来人正是背着沉甸甸帆布包的李芙贞，她在沟壑中间的土道上行走着，虽然非常疲惫，但还是快步往前。正当她背起帆布包往前方赶路时，忽然看到汽车的灯光射来，就往土道奔去，挥手示意想搭车。

吉普车停下，姗妹扭头用目光请示廖怡平。廖怡平没说什么就推开车门下车。

李芙贞看到廖怡平往前走来就迎上去：“先生，我迷路了，能不能搭您的车去处州。”

廖怡平放下手电筒故意问："是李大夫吗？"

李芙贞应答后，廖怡平请她上车。

在车上，由于李芙贞行囊里有个青瓷罐，廖怡平便和李芙贞聊起龙泉青瓷和龙泉剑。李芙贞问廖怡平："你对龙泉剑也有嗜好？"

廖怡平机智地回答："男人都喜欢剑。"

李芙贞趁机试探廖怡平的川渝堂。李芙贞问："看挂的牌匾，是四川的帮会吧？"

廖怡平难堪地说："你怎么会想到是帮会呢？"

两人由帮会的话题聊起了袍哥会，没想到李芙贞对袍哥会的了解比廖怡平还专业，这使廖怡平很感意外。

回到川渝堂后，廖怡平跳下车，示意姗妹停好车就上办公室来。姗妹把车停好又到四周打探了一番后才来到办公室。她进门就说："我兜了两圈，没发现任何情况。新亚洲洋行电话没人接，郑单鹏也不知道去哪儿了。"

廖怡平坐下后，姗妹把反馈来的情报作了汇报："我派手下监视古玩斋，发现李芙贞爱上了周昌渝。"

廖怡平说："李芙贞坐我们的车来，这么近距离接触都没有获得任何情报。这个李芙贞半夜三更会待在风雨亭，这本身就是一件蹊跷的事。"

"李芙贞对川渝堂的背景这么熟，故意透露袍哥帮会的事，那是在揭你的丑。"姗妹哪壶不开提哪壶。

廖怡平示意："我打电话问了，李芙贞的确去过成都，帮袍哥大掌柜动过心脏手术。"

姗妹接着问道："我都不了解袍哥是什么帮会？你是否透露一下？"

廖怡平："在四川的哥老会成员被称为袍哥，有两种解释，一说是取《诗经·无衣》'与子同袍' 之义，表示是同一袍色之哥弟；另一说是袍与胞谐音，表示有如同胞之哥弟。两种解释意思大致相同。"

姗妹原以为川渝堂是袍哥组织的支线，没想到廖怡平的一句"我是挂羊头卖狗肉"，一下点醒了姗妹。

廖怡平接着补充道："这是重庆的意思。我们川渝堂借用了袍哥的名气。"

廖怡平简单地介绍："袍哥会是清末时期四川盛行的一种民间帮会组织的名称，在其他地区被称为哥老会。"

姗妹却说："李芙贞她不单喜欢青瓷还喜欢龙泉剑呢。"

“这是事件的前兆，你还是要注意周氏渊剑堂，说不定是什么联络站呢。没有无缘无故的爱。”廖怡平终于发现了某种线索。

姗妹否定李芙贞是某个情报机关的间谍：“间谍不可能跟周昌渝谈恋爱啊。”

廖怡平说：“我在重庆机要室里查到了日军陆军总部李芙贞的部分档案，但无法查明她的真实身份。问题是日本人最会造假，何况上面又没有李芙贞的照片，也许是同名同姓呢。”

姗妹怀疑地说：“那她到这里来，是不是为了探究龙泉剑和青瓷的源头呢？”

廖怡平醒悟：“周昌渝是倒腾龙泉剑和古青瓷的，是不是他俩就是一伙的？嗯，万物一理，溯本求源！”

“溯本求源？嗯，这个想法很好，请继续！”大野松夫听郑菲娜这么一说，大为赏识，示意郑菲娜接着说下去。

郑菲娜摊开那本线装《龙泉县志》：“会长，您看，欧冶子制剑之业在龙泉递代相袭，素以出名匠、名剑而闻名。”

大野松夫一到晚上眼睛就疲劳，于是便要郑菲娜念给他听：“清乾隆十三年……”

大野松夫闭起眼睛计算后说：“那是1748年。”

郑菲娜接着念道：“铁匠郑义生于城镇东街开设剑铺，招徒授艺，所炼刀剑不易生锈，剑刃锋利。清道光年间……”

大野松夫插嘴：“那是1830年前后吧。”

郑菲娜奉承大野松夫：“会长真的是神算呀。”

大野松夫得意地说：“不把中国的历史研究透，来当商会会长能站得住脚吗？”说完他端起青瓷茶杯，呷了一口茶水，示意我听着呢……

郑菲娜继续说：“龙泉廖太和剑铺精于镂刻工艺，继承战国时期装饰风格，名噪一时。后千字号剑铺、万字号剑铺相继开设。清末民国初期，县城沿溪北岸天妃宫至官仓巷口，剑铺相连，铁锤叮当之声昼夜不绝。”

大野松夫插嘴：“嘿嘿，剑铺有千字号、万字号、壬字号（沈广隆）、金字号、永字号、禾字号、周国贵七家，有‘宝剑一条街’之称。”

“会长，其实您都知道了，那我就不要再念了。”郑菲娜放下那本县志想休息。

大野松夫还是示意，我听着呢，你接着念。

郑菲娜：“各家剑铺除炼剑有专门技师之外，还聘请装潢师镂刻剑身图案，制作剑柄、剑鞘，使宝剑从剑质到外形相得益彰。至民国二十年……”

大野松夫起身："哦，1931 年，念下去。"

郑菲娜边踱步边念："剑铺又增至十一家，新增徐振昌、何同兴、茂字号、徐显庆，制剑业步入鼎盛期。"

大野松夫取来一把龙泉剑，呵呵一笑说："你要细致调查新增的徐振昌、何同兴、茂字号、徐显庆。铸剑的不止周氏、沈氏，把他们的底细要给我全部摸清。"

和郑菲娜交谈后，大野松夫又叫来李芙贞。李芙贞把邂逅周昌渝的事告诉了大野松夫。

对龙泉剑及青瓷有嗜好的大野松夫狡黠地一笑："你对仕女画家有疑心也是对的，用我们的目光看路上行人都是共产党，但共产党没这么多啊。"

大野松夫把收藏的处州地区老地图交给李芙贞，并告诉她："这张处州地图是 1932 年德国传教士勃罗森亲自派人测绘后画的，勃罗森是德国派到中国的第一任间谍。他把原处州市警察局所辖之警察总队、侦缉队、士教练所，以及下辖区县分局、各乡镇警署的所在地，都用红点和中德双语标明了。另一张处州地区老地图，他采用另一种测绘手法，没有注明区镇的具体名称，而是把处州各区县镇都改成拉丁字母 ABCD，我复制了一张，这地图对我们的工作特别有用。"

李芙贞双手恭恭敬敬地接过地图，脸上露出一丝不易察觉的得意。

那天夜里，李芙贞按约定到车马店厢房与郑单鹏接头。

李芙贞看到郑单鹏手中提着一把剑就问对方，郑单鹏说："是草垛里找出来的，剑上还刻着一个骰字。"接着郑单鹏又说："信鸽还没到达，心烦找你聊聊。"

李芙贞把那份复制的地图递给郑单鹏，郑单鹏兴奋地接过这张沉甸甸的密图，然后又从皮鞋里抽出电文纸递给李芙贞。郑单鹏获取的这份密电其实就是安珍解密后发给上海地下党的，上海党组织用变通方式告诉了苏联红军远东情报局。

李芙贞打开电文纸时，郑单鹏用手电筒照着那张纸。能看到电文纸上的中文字：解密的密电内容是务必要破解龙泉剑的锻造秘方和掌握龙泉青瓷的烧制秘诀。李芙贞看完说："这份电文不是远东情报局破译的。我已经明白，除远东情报局外还有一个支线。"

就在这时，外面突然传来一阵动静，李芙贞走到花格木窗前往外看。只见远处一个脸上裹着黑布只露一双眼睛的女人正沿着树枝慢慢往下爬，轻轻落地然后便轻手轻脚地打开院门，随后一个胖乎乎的男人也翻过墙头提着手枪走进院子，来人正是郑菲娜和河堤三郎。

只见郑菲娜挥手示意，河堤三郎蹑手蹑脚地朝郑菲娜方向走来。

郑单鹏趴在花格木窗前往外看。两人没看清是谁，想走又怕引起他们注意就先待着。但没想到弄堂口还停着一辆三轮摩托车，车后座坐着持枪的特务。滨野边抽烟边提着带鞘的军刀踱步像等待着什么。李芙贞和郑单鹏顿时明白了，是日本特高课来车马店夜间搜查来了。既然遇到了劲敌，敌我力量又过分悬殊，还是以躲避为主，尽量不要正面冲突为好。

河堤三郎和郑菲娜在车马店楼上搜查一番后蹑手蹑脚地下了楼。

车马店厢房里，躲在一旁的郑单鹏还在疑惑："日方不可能自己解密类似电文吧？"

李芙贞暗示："这个你就不需要再问了。"

郑单鹏还是怀疑李芙贞收到了远东情报局的密电。而李芙贞却问："这事廖怡平也知道了？"

郑单鹏说："廖怡平手伸得再长我也不会告诉他的。"

见搜查的人远去，两人蹲下身又轻声交换了和情报相关的问题，李芙贞关心的是军统是否也要插手龙泉剑和龙泉青瓷，而郑单鹏关心的则是日军的列车。

李芙贞说："就算是辆军列，处州也没有铁路，这种事以后再说吧。"说罢她从花格木窗往外看，见没有人影就示意撤，郑单鹏正准备拉门发现院里有人。握着手枪的郑菲娜走到院子仰脸看着黑黑的天空自言："连只猫都没有，眼线的情报真是错得离谱。"

河堤三郎用手指戳着嘴唇嘘了一声。

郑菲娜点头示意，连忙把手枪举起来。河堤三郎轻步走到厢房花格窗户前屏息静听。李芙贞和郑单鹏各自拿着手枪隐蔽在两边墙角。花格窗户上有个人影在晃动。李芙贞示意郑单鹏，郑单鹏伸手点一下窗口。只见郑菲娜示意河堤三郎，让他进来，而她自己则在门口守着。河堤三郎有点胆怯地提起枪。李芙贞从裤兜里摸出头套戴上后示意动手。

郑单鹏也从西装内袋里取出头套戴上，举着手枪点点头。

河堤三郎抬起脚踢开门就进来。郑单鹏举着手枪砸在河堤三郎头上，河堤三郎"哎哟"一声就倒地了，郑菲娜举着手枪在门槛前连开两枪。

院外的滨野听到枪声，立马从刀鞘里拔出军刀，挥手示意往车马店冲。弄堂口那辆三轮摩托车后座上的持枪特务，也下车往车马店方向跑。滨野握着军刀疾步前冲。

李芙贞与郑菲娜在车马店院子里，赤手空拳地对打。郑菲娜飞起一脚欲踢李芙贞的腹部，李芙贞闪身一个扫堂腿把郑菲娜踢倒。郑菲娜屁股落地刹那间一个后空翻并摇摇晃晃地站了起来，继续与李芙贞搏斗。李芙贞跃身站到石磨上，同一瞬间郑菲娜拿起墙边的锄头朝李芙贞砸来，李芙贞一闪用手握着锄柄再用力一甩，利用惯性将郑菲娜重重地撞到石磨上。

厢房里，河堤三郎已被绑了起来，郑单鹏将抹布塞到他的嘴里。郑单鹏把对方的手枪卸下揣到怀里，然后搜查河堤三郎衣袋里的东西，把他的钱包证件一股脑地掏出，塞入自己的裤兜，走到花格木窗前望着格斗中的李芙贞和郑菲娜。

右手握着军刀的滨野走进门槛，注视着正在对打的李芙贞和郑菲娜。持手枪的特务站在滨野身后，滨野挥手示意别进来。李芙贞突然往后一仰原地转身甩起一脚，踢在郑菲娜的腹部。郑菲娜双手下意识地捂住腹部，就在这一瞬间李芙贞又转身一脚踢在郑菲娜的头上，郑菲娜旋即口吐鲜血倒地。滨野阴险地哈哈一笑，刹那间挥起了军刀，李芙贞正准备转身退后时，郑单鹏手持龙泉剑推开厢房门，跃身来到滨野跟前。滨野凝视着戴着头套的郑单鹏，郑单鹏示意李芙贞闪开。滨野把军刀放在石磨上，松松筋骨挥舞一下双手，摆出一副柔道的架势，郑单鹏走几步也把龙泉剑放在石磨上。门槛边的特务举起手枪瞄准郑单鹏，李芙贞闪到一边也举起手枪对准那个举枪的特务。

特务胆怯地望着戴着头套的李芙贞，逐步往后退。

厢房里，整个身体被绳子绑住的河堤三郎，挣扎着往门槛边滚过来。他仰着脸吃力地睁眼看着外面，见没有任何人会来帮他，只好无力地垂下头等待着。

车马店院子里，滨野突然咆哮着冲向郑单鹏。郑单鹏闪身用手肘撞在滨野的腰部，然后挥拳击在滨野的脖后。滨野忍着疼刹那间转身飞脚踢过来，郑单鹏被那一脚重重地踢倒在地。还没等郑单鹏翻过身来，一只穿皮靴的脚又“啪”地踩在郑单鹏的胳膊上，正当滨野伸手要去抓郑单鹏的头套时，李芙贞转身甩起一脚踢在他的手上，由于惯性滨野差点撞在石磨上，一下子慌了神。李芙贞伸手取来放在石磨上的龙泉剑，滨野也迅速取来石磨上的军刀。特务举枪准备扣扳机时，李芙贞跃身用左脚踢在他的胸部，只见特务晃动一下就撞在门上，而这时手中的枪也响了，那颗子弹差点打在滨野身上。李芙贞举着龙泉剑与手握军刀的滨野格斗着，只见龙泉剑和指挥刀相遇，霎时间刀光剑影、上下翻飞，不时发出“哐啷哐啷”的碰撞声。

与此同时，郑单鹏也在与特务搏斗着，特务顺手拿起破板凳向郑单鹏砸来。郑单鹏伸手拽住特务的胳膊跃身一转，那把破板凳砸在滨野肩上，特务顿时惊呆了。李芙贞躬身一脚踢在破板凳上，特务摔倒在地上，手中的手枪也摔落到一边。李芙贞左手霎时接住那把手枪并再次飞脚踢在特务的脸上，特务顿时仰翻在地，头撞在石磨上鲜血直流。滨野挥着军刀向郑单鹏这边冲来，李芙贞舞着龙泉剑再次迎战，剑和刀交叉格斗、来回纠缠、游龙走蛇、难分伯仲。滨野咬着牙使劲挥军刀，龙泉剑生生地往上一抬挡住，只听"哐啷"一声，滨野手中的那把军刀突然从中间断裂落地，滨野见状顿时大惊失色、无心恋战，转身扶起满脸鲜血的郑菲娜便逃之夭夭。

郑单鹏和握着龙泉剑的李芙贞一前一后追出院子，只见滨野驾着三轮摩托车已离开弄堂口。李芙贞连忙说："我们赶快离开，滨野去召集人马了。"

郑单鹏示意，我往那边走。李芙贞挥手示意明白，转身往街对面的弄堂方向跑去。郑单鹏等李芙贞跑进弄堂了才往另外的方向疾奔。

夜已深了，安全撤回到教会医院的李芙贞，在房间里穿着睡衣拿着龙泉剑正在琢磨时，小张来敲门，告诉李芙贞有急诊。

外科急诊室门口，坐着候诊的滨野、郑菲娜、河堤三郎和一个特务，几个人面带愁容、挂伤带彩、焦头烂额、狼狈不堪。他们已经用纱布简单包扎，望着疾步而来的李芙贞，眼里放出期盼的目光。由于伤科大夫去龙泉教会医院了，只能把李芙贞叫来给这帮日本伤员治疗。

从教会医院就诊回来，滨野坐在案桌前，随手拿起那半把军刀，顿时车马店院子的格斗场面便一幕幕地映入脑海。他哀叹地摇了摇头，又拿起一位即将从关东军调到处州，来特高课报到的恭井的案卷翻阅起来。

次日上午，恭井正式来特高课报到。他看到滨野中佐办公室墙上挂着一把德国 M1924 式 7.92 毫米毛瑟步骑枪，顿时两眼放光。还是在他刚入伍不久，一次到师团长办公室送文件，见师团长的桌上正好放着这样一把德国 M1924 式 7.92 毫米毛瑟步骑枪，嗜好德国枪的他，竟情不自禁欣喜地端起那把枪欣赏起来，被恼羞成怒的师团长劈了一脑门，吓得他立马把枪放回原处，并一再为自己的冒失表示歉意，生怕被师团长拿刀劈了。这下恭井可长记性了，他微微弯着腰，恭恭敬敬地对滨野说："课长，我能欣赏一下这支枪吗？"在征得对方的同意下，恭井随手取下墙上挂着的这支毛瑟步骑枪，左看右看爱不释手。滨野见恭井如此喜欢这把枪，就上前伸手拍拍他的左肩，微笑着说："恭井君，在执行任务时，你可以用这把步枪，但用完后还是要挂在这儿。"

恭井一听顿时乐得合不拢嘴。他谢过滨野，把枪挂到墙上，接着端起杯子呷一口茶水说："昨夜我下榻在金蝴蝶饭店，这儿的水质挺不错的。"

滨野疑惑地问："你当时打电话给我，我就感到很意外，你怎么会找到金蝴蝶饭店呢？"

恭井说："我在长途车上邂逅了一个叫周昌渝的生意人，是他陪我去那家饭店的，这个人开了家古玩斋，你听说过这个人吗？"

滨野狡黠地一笑问："是他主动与你交往的？"

恭井说："不，这车老是中途停，我着急就随便问，这样就认识了。"

滨野爽朗地笑着说："太好了，我正想要你与周昌渝打交道呢。你是关东军的尖子，你来了我很高兴，这里就缺少像你这样的人才，相信你能完成好这项任务。"

第二天上午，恭井就到了古玩斋，周昌渝热情接待了他。周昌渝感到，这个讲东北话的自称叫刘恒江的哈尔滨商人，看上去挺淳厚，但他对古青瓷一味吹捧，一听就不是内行人。那他来店里就是数脚步，或刺探什么情报的。周昌渝没想到，这个自称哈尔滨商人的人，面上是日军特高课的特务，其实是日本反战同盟组织的人。寒暄后，恭井走了，周昌渝立马叮嘱表弟黄敬丰，以后这个风趣的刘先生来店时要谨慎对待，说罢也离开了古玩斋。

恭井来处州的真实目的是来找寻李芙贞的，他虽然是通过佐藤次郎从关东军调到处州的，佐藤次郎压根儿也没告诉恭井，李芙贞已在处州教会医院和龙泉教会医院来回穿梭忙碌，但有心机的恭井早在哈尔滨时就获悉李芙贞在处州，只是具体在哪个医院还不知道。处州是日本的占领区，龙泉是国统区，有时候找起人来也不是那么方便。为了找到李芙贞，恭井搜集到了处州区域所有的医院地址。

恭井从古玩斋出来回到樱花会馆，正准备整理自己的行囊，郑菲娜以借白糖为由来与恭井套近乎了，她想了解对方到处州来干什么。两人的对话被门外的滨野听得一清二楚，原来这个恭井是在寻找一个外科大夫。

郑菲娜试探恭井："你是不是专程为龙泉剑和龙泉青瓷而来？"

恭井说："我特别喜欢兵器，龙泉剑我已经欣赏过了，极品的剑价值连城，我作为一个普通的少佐，也只能欣赏欣赏。"

滨野贴在房门框边屏息静听。

郑菲娜问："你知道徐泽祥吗？"

恭井以为是自己人，他摇摇头。

郑菲娜说："你如果成了我的朋友，我就会送你一把龙泉剑。"

恭井坦率地说："我要极品的龙泉剑，据说叫七星剑。"

郑菲娜点一点头，风骚地一笑后转身走了。滨野赶忙躲到一个角落，目睹着郑菲娜渐行渐远的妖冶步态，不禁轻声地骂了一句："这婊子！"

周昌渝来到河堤株式会社，他告诉河堤三郎："太阳牌啤酒都销售完了，所以来拜访您。刚才听郑菲娜说您受伤了，咋回事呢？"

河堤三郎坦言："我遇上了劫匪，受点皮肉伤，没什么大碍，这劫匪把我的钱包盗走了，钱包里有栗河惠子的照片，这也是我珍藏的唯一的栗河惠子照片，为此我伤心了几天。"

周昌渝问："在哪里遇上劫匪的？"

河堤三郎说："您听我慢慢说。"

……

新亚洲洋行天台偏房里，郑单鹏翻开河堤三郎的钱包，把栗河惠子的照片从透明夹里抽出来递给倪少慧。倪少慧手拿栗河惠子的照片，翻来覆去仔细地琢磨着。

郑单鹏透露："栗河惠子是反战同盟的人，已经是苏联红军远东情报局策反的人员，我迟到了一步。"

倪少慧这才想到如果栗河惠子没死，那就是我们潜伏在日军中的谍报员。郑单鹏示意："你再发个电报，问一下信鸽的事怎么样了。"

倪少慧问道："嗯，关于大野松夫搜寻龙泉剑和龙泉青瓷的事，我们有进展吗？"

郑单鹏说："我做的方案放在桌子上，等你发完电报，你帮我看一下。"停顿片刻，郑单鹏又告诉对方："下午你去一趟车站，估计信鸽今天能到。"

戴着墨镜的倪少慧往长途汽车站走去。司机手提着白布裹着的木箱子从汽车的铁梯上爬下来，用警惕的目光注视着裹着头巾、戴着墨镜的倪少慧。司机把手中的那个箱子递给倪少慧，左右一看见没人就说："鸽子途中喂过了，行李有透气口，车站外有个穿草鞋的黄包车夫，左脚草鞋上扎着一根红绳子，你就上那辆黄包车。"

倪少慧点点头就提着白布裹着的木箱子走了。

第十五章　诗情画意传真情　寻根问底探究竟

倪少慧取到信鸽后，正要返回时，突然发现车站口有几个闲晃的便衣特务。她处变不惊地从滨野面前走过，上了那辆左脚草鞋上扎着一条红绳子的车夫的黄包车。

坐上黄包车后，倪少慧把行李上方的透气口抠大一点，听到信鸽在“咕咕”地叫，倪少慧欣慰地一笑，故意说去金蝴蝶饭店。滨野想起暗杀倪少慧的场景后，就尾随着黄包车跟了上来。

特务们也跟着滨野往弄堂而去。倪少慧在弄堂内机智地与滨野和特务们周旋，逃脱了他们的追踪。

李芙贞接到暗示电话，知道信鸽已到达新亚洲洋行了。李芙贞挂断电话脱下白大褂后，下楼准备去约定的地方，突然在回廊里看到周昌渝。周昌渝往内科方向走，李芙贞悄悄跟在周昌渝身后，直到周昌渝推开内科的木门进去，李芙贞才歇步。李芙贞要了解周昌渝到底患的是什么病，只能隐蔽在楼梯边的门道处。等周昌渝走后，李芙贞连忙走进内科的门道，用婉转的口气问内科大夫，刚才那个男人患了什么病。内科大夫告诉李芙贞，这个人是古玩斋的老板，喉咙发炎了，我就随手给他开了点消炎药。寒暄中，内科大夫说他家收藏的龙泉剑就是周昌渝卖给他的，并说你如果喜欢剑我可以给你写个条子去买。

李芙贞走出外科门诊还是在琢磨，那个内科大夫是否隐瞒了什么。

依约来到草药铺的后院，李芙贞看到郑单鹏正在喂两只信鸽。郑单鹏没说话，只是示意她把那两只鸽子拿去。从郑单鹏的神态中，李芙贞没发现他要问徐泽祥的事。李芙贞还是问起徐泽祥这个人究竟在哪里，郑单鹏满面愁容地望着李芙贞。从郑单鹏的眼神里，李芙贞读懂了他也不知道徐泽祥被羁押在哪里，是谁羁押徐泽祥至今也同样是个谜。他们更不知道徐泽祥因麻醉剂过敏，一直昏迷不醒。

李芙贞伸手拿起笼子，注视着里面的两只鸽子。临走前，郑单鹏把一张纸条塞在李芙贞的口袋里，里面写的是训练信鸽递送情报的方法。

此时，闭着双眼脸部虚肿的徐泽祥正躺在应氏诊所楼上房间的病床上。看守用热毛巾在擦徐泽祥的身体。姗妹站在病床边观察着他的神态，吩咐说：“你给他做运动，做几下都要记下来。唉，他如果活了，我们都累死了。”

看守出了个馊主意：“干脆写封匿名信给他太太，就说徐泽祥被我们接财神了，把龙泉剑交给我们，我们就立马放人。”

姗妹认为这个主意不错：“我跟站长说说看。”

正说着，廖怡平也来到应氏诊所楼上。姗妹边整理徐泽祥盖着的被褥，边关切地望着廖怡平。

廖怡平说：“现在几方面的人都在关注徐泽祥，今夜我使了调虎离山计。”

姗妹才想到车库里的吉普车不见了。廖怡平很自信地说：“必须要打乱寻找徐泽祥那伙人的正常思维。”

停顿了一会儿廖怡平接着又跟姗妹说：“我跟上海的专家通过电话，他还是那句话，你用过期的针剂，这个患者没死就算你运气了。”

姗妹说：“现在的问题是，徐泽祥是否牵涉龙泉剑？”

廖怡平说：“我也只是猜测。”

姗妹又汇报说：“从徐泽祥办公室抄来的材料，我都分类研究了，徐泽祥的贸易公司也在做龙泉剑和龙泉青瓷的买卖。”

李芙贞回到医院阁楼里，把装信鸽的笼子打开，让两只信鸽飞出来。两只信鸽在阁楼平台前方盘旋。李芙贞望着半空的鸽子想起在安仁鱼头馆与兰斯德吃饭时，他说起的话：“凭我的感觉，那个冯小姐和你是孪生姐妹。”

信鸽训练较为顺利，插上画有龙泉剑的旗帜，信鸽就能识别栖息的地方。倪少慧从信鸽脚套里取出试飞的纸条笑了。郑单鹏把画着一把龙泉剑的回执塞入脚套，放飞信鸽。李芙贞收到那张画有龙泉剑的回执，悬着的心也落下，又回到了密室，琢磨起她刚截获的密电。

林景泉在温州的船舶公司电台也截获了那份密电，但他的手下无法破译。

他也收到了上海邮来的挂号信，拆开信才知信内附有一封绑架徐泽祥要赎金的匿名信，信是徐泽祥太太在上海家里收到的，要林景泉与匿名信中的人联系，徐家愿意出赎金。林景泉亲自驾车到达自己的别墅，把这重要的两件事告诉了藏身仓库里的陈裕树。陈裕树感到这事很棘手，接财神的事只能自己打听。陈裕树和林景泉磋商后。认为还是得叫周昌渝去趟宁波，让修女安珍解码。

周昌渝去宁波没联系上安珍，安珍不知道去了哪儿。其实，安珍与周昌渝不巧错过而已，她已到达处州并被郑单鹏接进新亚洲洋行，解密苏联红军远东情报局发来的密电。

密电内容是要郑单鹏谨慎办事，必要时要果断处理与军统的关系。郑单鹏认为这样的密电是废纸，跨洋隔海就这么一个指示？就在郑单鹏沉思时，安珍问起徐泽祥。郑单鹏为难地解释："大家都在关心这件事，但徐泽祥似乎就在处州境内消失了一般。"

安珍说："我没见过徐泽祥，你见过吗？"

郑单鹏摇摇头表示也没见过。

周昌渝从宁波返回处州，来到鼎盛汽车修理厂，看到厂里以进口汽车配件的名义收到一部新电台，仔细打量突然发现箱子上的字是刘慧芸写的，这样看来刘慧芸就在上海了。为了掩饰，周昌渝把电台换了个木箱。在换木箱时周昌渝发现一团折叠的纸。周昌渝连忙打开纸条，看到纸条上的画和字："我办完事就回家，很想你。我听到风声，有人要窃取龙泉剑和龙泉青瓷制造秘诀。"钢笔画的是一个中国硬汉手持龙泉剑虎视眈眈地望着前方，一个头上有发髻的孩童捧着青瓷罐开心地笑着。周昌渝想起在上海古董店里手拿放大镜在鉴定一把古剑时，老板说的话："你不是军人，我还不卖给你呢。"

周昌渝问为什么？老板直言："兵荒马乱的当下，这把龙泉剑能带出上海滩吗？"

周昌渝坦然地说："我出血本收藏，绝不会把祖宗的剑遗失。"

周昌渝回到古玩斋，表弟黄敬丰就像好久未见的情人一般，一下子扑上前来，边接下周昌渝的行囊，边仔细打量、问这问那，一阵寒暄后又赶忙给周昌渝打来了一盆洗脸水，笑眯眯地对周昌渝说："昌渝哥，大老远地赶回来，累了吧，快先洗洗，我给你弄点吃的来。"

洗完饭罢，周昌渝上了二楼，准备回房间躺一会儿，突然从窗户看到李芙贞下了黄包车走进店里。她的影子突然使周昌渝想起德国情报部发给温特纳的密电。李芙贞刚到二楼就见周昌渝来迎接她，便妩媚地一笑说："你有感应吗？我之前来过几次你都不在。"

周昌渝说："我到浙西去看了几个古青瓷。"

李芙贞告诉周昌渝，她是来看仕女画的，并问最近有什么新作。周昌渝从她那含情脉脉的眼神里，早就探测到这位外科大夫已然爱上了他。但周昌渝对她仍有戒心，这戒心就是那份德国发给处州温特纳的密电解码后引起的，几年特务营的戎马生涯早已使周昌渝有了这种“免疫球蛋白”。

李芙贞在画室里流连忘返地走来走去，欣赏着挂在四周的各种仕女画。周昌渝看出李芙贞想要幅仕女画，便主动送了一幅《出水芙蓉》仕女画给她。李芙贞对这幅仕女画爱不释手，总觉得他周昌渝之所以选这幅画甚至之所以画这幅画，好像就是冲着她李芙贞来的。是啊，自己明为教会医院大夫，暗里是日本樱花会馆的特工，实际是为苏联红军情报局服务，整天忙忙碌碌、紧紧张张，有时还如履薄冰、战战兢兢，可有谁能知我李芙贞的心啊？就连我自己也难以用语言来描绘出真实的自我了，唯有眼下这幅《出水芙蓉》中的题跋“犹如郊游于池塘之上划舟多娥姿”，最能入木三分地描绘出一个真实的李芙贞！她用满怀崇拜的心情看完仕女图，又含情脉脉地望着周昌渝，顿时觉得眼前的周昌渝越发高大起来。

画仕女图的男人心细得掉根针在地上都能听到声音。此时的周昌渝，早已从李芙贞的目光中听到了她的心跳，他就像对待心爱的女朋友那样对待这个外科大夫。正在这时，周昌渝接到河堤三郎的电话，要磋商生意上的事。从接电话的话语中，李芙贞知道了周昌渝要有事了，便体贴地告辞了。

周昌渝当天下午就去了河堤株式会社。河堤三郎对周昌渝非常热情，并告诉周昌渝，那幅栗河惠子的仕女画就挂在他卧室的主要位置。

周昌渝在看那幅挂着的仕女画时，发现会客的客厅边就是河堤的书房，看来书房里没什么秘密，因为书房的门没关死。他懂得，一座宅邸如果哪间门是关死的，那这一间肯定是主人不想让客人进去的。

河堤三郎在客厅里请周昌渝喝日本太阳啤酒，还送给他美人牌香粉、便利粉、牙膏、雪花膏。河堤三郎热情地告诉他，这些商品都是自己亲自从大阪带到处州的。

周昌渝接过礼物后，向河堤三郎表示感谢，两人约定下次到古玩斋喝酒。聊得开心，河堤三郎掏出了心里话：“我特别喜欢中国的古青瓷，我在大阪自己的家里还收藏着一对中国清代的青瓷碗。”

周昌渝答应：“你如果想收藏龙泉古青瓷，我可以卖几件给你，朋友了嘛，少收你几块钱。”

周昌渝在与河堤三郎喝啤酒时，趁他不注意时动作极快地把一颗会迅速融化的泻药放入他的酒杯。河堤三郎有个习惯，就是喝酒时老看着对方的脸，但他绝对没有想到自己的酒杯里已经被人动过手脚。河堤三郎突然感到肚子不舒服，但他是个特要面子的人，去洗手间都要撒谎，只是说喝了酒冒汗要去洗个脸。

周昌渝知道自己的泻药起作用了，望着河堤三郎的背影苦涩地一笑。听到河堤三郎关上洗手间的门，周昌渝立即转身推开书房的门。他发现书房的写字台上堆放着一大摞文件和书册，便轻手轻脚地走到写字台边，伸手翻阅摆放着的文件和书册。周昌渝发现了日方精心设计的洞穴仓库，但没注明这仓库的位置。他伸手翻了一页，发现很像废弃的四等车站和弯弯曲曲的铁路，这些铁路都用日语标上了标志。这使周昌渝感到蹊跷，于是他立即取出微型相机抓紧偷拍。

周昌渝动作迅速地一张张翻阅、一张张拍摄，做这种间谍的活在周昌渝那里可是轻车熟路了。周昌渝看到画册中日本人那得意扬扬的神态，气得拿微型相机的手都在抖。该拍的照片和文字全部拍完，周昌渝小心翼翼地把画册按原来的位置放好就赶忙离开书房，把书房的门还是按原来样子半掩着，并故意走向洗手间问河堤三郎是不是头晕。河堤三郎打开洗手间的门出来，还说了一声："周先生你是不是也要洗个脸？"

周昌渝说："行啊，这么热的天。"周昌渝走进洗手间洗完脸离开回到餐桌边坐下故意说："吃的海鲜是不是有点不新鲜呢？河堤君，我肚子也有点不舒服。"

河堤三郎尴尬地笑了笑："这海鲜不可能有问题，喝酒喝酒，周先生。"

恭井在教会医院专家门诊的陈列墙上，看到外科大夫李芙贞的照片，令他吃了一惊，这不是李芙贞的照片吗？恭井欣慰地笑了："嗨，终于功夫不负有心人啊！"于是，他马上挂了号去外科室求诊，遗憾的是李芙贞大夫今天休息。他几乎有点哀求地问值班医生，医生始终没把李芙贞的寝室告诉这个自称是哈尔滨商人的刘恒江。

李芙贞坐黄包车回教会医院时，在门口正准备下车时看到恭井的侧影，她怔了一下，下车后她望着缓步而去的恭井背影，确认这个人就是在东京追她的恭井。恭井是无意还是专程到教会医院的？李芙贞猛然想到恭井八成是来找她的。

李芙贞回想起过去的岁月，那是她以优异成绩考上了柏林医科大学的时候，一直暗恋李芙贞的同学恭井终于向她表白，并怯生生地送了一支金笔给她。

李芙贞婉言拒绝并把金笔还给了他。

李芙贞通过郑菲娜获悉，恭井是一个礼拜前到特高课报到的特务，具体是负责敌特档案的机要员。这么说恭井以后还会到教会医院来的，李芙贞心里默默地掂量着。

下午，李芙贞有一台给伪政府人员的肺部手术，手术很成功，家属感恩不尽。

那个家属何太太悄悄提着礼品，来到教会医院的阁楼寝室答谢李芙贞。李芙贞趁这个机会问起徐泽祥的事，何太太说起徐泽祥就滔滔不绝，还说徐泽祥是她先生的私交。但聊了半天，李芙贞还是没能从何太太口中获悉徐泽祥人在哪里。

何太太临走时说：“徐泽祥是因为收藏一把龙泉剑而遭到黑道绑架的，徐太太从上海打来电报，托人在找被接财神的徐泽祥，说愿意出赎金赎徐泽祥。真真假假的消息也成了日本人和军统的诱饵，谁去营救徐泽祥，谁就会落入这帮人布好的陷阱。”

这不着边际的一番话反倒提醒了李芙贞。李芙贞用信鸽把这个重要情报转给了郑单鹏。郑单鹏也用信鸽传递信息，他用密码告诉李芙贞，他的手下三七开右臂中弹，凶手是川渝堂的姗妹。李芙贞获悉这个情报后就想到，这应当是郑单鹏给她下的一个行动命令。

李芙贞下午查病房时，发现一个病人由于高烧在注射室输液，经过仔细辨认，这个化名刘姗的患者就是川渝堂的姗妹。李芙贞用变通的手法趁没人时给姗妹注射了过量的麻醉剂。

姗妹昏厥了，消息传到廖怡平耳中，廖怡平找到温特纳，要求教会医院专家会诊抢救。血样化验出来了，李芙贞告诉内科大夫，这个刘姗是被人谋害了，病因是注射了过量麻醉剂。廖怡平走进温特纳的办公室，要温特纳限时破获这起蓄意谋杀的案子。

李芙贞邀请周昌渝到教会医院旁边的外婆家酒店吃饭，周昌渝欣慰地答应了她。李芙贞简单化妆后去了外婆家酒店，不巧的是郑单鹏和曾被M1924步骑枪击中胸部的那个女人也在菜馆就餐，她进退两难，最后还是决定在酒店附近等周昌渝。

周昌渝没有来，因为正赶上郑单鹏派手下突然送情报来了，上面说：“枪杀高远财及暗杀三七开未遂的凶手在教会医院被我方下毒。”看完，周昌渝把那张小纸点燃烧了。

李芙贞没等到周昌渝感到非常失落，正准备走时看到有辆黄包车来了，李芙贞故意装出生气的样子，可还没等黄包车走近的时候，她又迫不及待地招手。车在李芙贞身边停下，周昌渝示意对方上车，李芙贞坐上黄包车倚着周昌渝走了。李芙贞小声地问周昌渝：“你对我究竟有没有感觉？”

周昌渝动情地说道：“没感觉就不来了。”一听这话，李芙贞便紧紧地搂住了周昌渝。

去古玩斋的路上，李芙贞透露徐泽祥被黑道接财神，徐太太从上海打来电报托人在找被接财神的徐泽祥，说愿意出赎金赎徐泽祥。周昌渝早从陈裕树口中获悉此情况，就问："你听谁说的？"

李芙贞把何太太说的事和盘托出。周昌渝还是认为没谱，可能是敌方的烟幕弹。

到了古玩斋二楼画室，周昌渝把沏好的一杯茶递给李芙贞："约好的在外婆家吃，怎么突然换店了呢？"

李芙贞敷衍对方："我挺喜欢外婆家的菜，但我突然想换换口味。"

两人还是甜言蜜语。李芙贞侧脸时，看到一幅新画的仕女画挂在墙上。

周昌渝说画中的背景是龙泉剑池湖。李芙贞表示想听听剑池湖的故事。

周昌渝讲述道："据《重修剑池亭碑志》记载，乾隆时剑池湖已渐荒废，至同治光绪间则犁为田亩，仅余一井。辛亥革命后曾任龙泉县民事长的李为蛟先生，于民国二十五年在其《古剑池》诗中写道，'小池溷水从旁入，古剑嘉名称上流。'"

李芙贞嫣然一笑说："1936 年我还在柏林读书呢。"

周昌渝用手指点着仕女画上的题跋："水清未见波澜起，砌石偏教风景休。"

李芙贞问："这两个仕女一个是丫鬟吧？丫鬟把青瓷瓶放在石围栏上面是不是想舀水呢？"

周昌渝说："对，《重修剑池亭碑志》记载了当时因在剑池四周砌石围栏，可能影响了泉眼活水的流入，以致出现了池水浑浊的情景。故作者在诗末附记提到，'池在城南有泉澄碧，近有砌以石栏意在雅观及保其清洁，岂知天然池水反使溷浊异常，亦出人意料也。'"

李芙贞被仕女画迷住了，情不自禁地说："你画的意境全体现了。"

周昌渝转身来到画桌前揭开白布，让李芙贞看另一幅半成品的仕女画。

李芙贞看到的还是一个小姐一个丫鬟。周昌渝说："这儿的题跋是《游古剑池》的诗。"

李芙贞轻声念诗："初春日暖柳先知，款步同游古剑池。俯视小栏泉泼刺，仰观飞阁瓦参差。啸吟虎气无长铗，翠拂龙鳞有老枝。欧冶遗风今渺漠，黄龙痛饮是何时。"

周昌渝说："这个小姐还没画完，没时间画。"

"是你的诗？"

"我没有这个才气。"

"诗是谁写的？"

“诗是胡行之先生写的。”

李芙贞微微点头：“哦，难怪。”

闲聊之间，李芙贞忽然想起了什么，便对周昌渝说：“那天我坐川渝堂的吉普车回来。我故意找茬提起川渝堂是不是袍哥帮会的组织，廖怡平像吃了个苍蝇，显得特别尴尬。”

周昌渝问：“这么说你很了解袍哥组织？”

李芙贞若有所思地说：“袍哥会这种组织形式非常适合在全社会产生影响和分门别类发展成员，所以能在短短二三十年间发展壮大。辛亥革命时在同盟会鼓动下，袍哥会发起‘保路运动’，组织‘同志会’并进而发展为武装力量‘同志军’，在全川各地发动起义，是成立‘大汉四川军政府’的主要动力。”

周昌渝感到不可思议：“你是不是在德国攻读中国近代帮会史呀？”

李芙贞得意地回答：“我是在展示自己，在男人面前展示自己，是女人最得意的时候。”

听李芙贞这么一说，周昌渝也顺竿子爬了起来：“真的是太好了！给我填补一下那袍哥帮会的历史，也许能使我对川渝堂有更多了解。”

李芙贞接着说：“袍哥产生于乱世，其行动的活力也适宜于乱世。进入民国特别是抗战开始后，全川袍哥组织在社会动荡时期的活动能力凸显。”

周昌渝用敬佩的目光注视着李芙贞：“你作为胸外科专家，还在研究袍哥帮会的事，是不是在研究川渝堂呀？哎，这川渝堂我也在琢磨它，我怕它搅乱我的生意。”

……

说来也巧，此时的郑单鹏和倪少慧坐在洋行办公室的沙发上，也在聊袍哥会的事。

只听得郑单鹏在说：“袍哥其组织形式都是横向组织，其联络的聚点最初叫‘山头’‘香堂’，后来改为‘码头’。”

倪少慧不解地问：“码头？那川渝堂属于哪个档次？”

“先不说川渝堂。码头又称‘公头’‘社’，每个码头分五个堂口，其字号分别为‘仁、义、礼、智、信’，又称‘威、德、福、智、宣’。”

倪少慧惊叹：“怪不得你深更半夜在看那本线装书。”

郑单鹏进一步详细介绍：“五个堂口分别由五类性质的人参加。仁字堂成员都是社会上有地位有面子的人物，义字堂成员都是有钱的绅士商家，礼字堂是小手工业者，智字、信字两堂的成员，都是社会上最底层的劳动者。不过，卖淫、烧水烟、修足、擦背、理发诸业的从业者，以及饰演女角的男艺人是被排斥在外的。”

“国民党中央和国民政府迁都重庆，蒋介石入川后，四川算是全国比较太平的一个省，可是蒋介石也感受到了袍哥的厉害。不管党国中央发起政治、军事、经济、民主等方面的什么‘运动’，凡是得到袍哥的支持，就可以搞得成甚至搞得好，反之就在实施时障碍重重，政府甚至会遭遇巨大的阻力。”

倪少慧问：“这儿是浙江，袍哥的手脚伸得这么长呀？”

郑单鹏说：“川渝堂绝不是袍哥的组织，连件外衣都不是，廖怡平最多是狐假虎威。按道理说他是军统站的站长，但这是沦陷区，他只能挂着川渝堂商会的牌子去干该干的事。”

倪少慧担心了：“我们的洋行，滨野是不是抓住把柄了？”

郑单鹏放下筷子说：“这里是沦陷区，是日本人的天下，我们只能暂时寄人篱下地干我们的事。”

“我懂你的意思了，但这一枪我是要报复的。”

郑单鹏示意：“何止一枪，阿开也差点丢了命。”

倪少慧想到了什么：“廖怡平是否借军统站名义在打龙泉剑的主意？”

郑单鹏坦言：“不单是廖怡平在打龙泉剑的主意，大野松夫早已把网撒开了，他正在等待时机收网呢。”

“真的不想在这儿待着了，日本人的天下，我们只能蹑手蹑脚地潜伏着。”倪少慧愤愤地说。

郑单鹏纠正倪少慧的想法：“但你不能忘了我们的信仰啊。”

倪少慧怏怏不乐：“我不是软弱，我想找机会干掉滨野。”

郑单鹏露出坚毅的目光：“这个想法我也有，但要以大局为重。我们不能辜负了远东情报局寄予我们的希望。”

滨野跟踪倪少慧失败后，回到特高课办公室，气得把枪拍在案桌上：“那个女人居然有枪！”

郑菲娜说，那个箱子里肯定是古青瓷。提起古青瓷，滨野又开始抱怨大野松夫手伸得太长，两只手都不闲着，右手握着龙泉剑，左手还提溜着古青瓷。

就在郑菲娜想解释时，滨野反问她：“他来处州，你以为只是为了龙泉剑的事吗？”说完，滨野再次拿起那半把军刀在琢磨着，一边琢磨，一边不解地摇着头。

郑菲娜看到滨野困惑的神态，就提出要带他去金蝴蝶酒吧转转，理由是在这种地方才能破解军刀为什么会被龙泉剑砍断的谜团。滨野一听就换下军装，表示要去查探一下。

那天夜里，特高课特务在香菇客栈里搜出一只木箱，当场打开木箱发现了一部新电台。

在场的滨野伸手抓住胖老板的衣襟摇晃着。胖老板整张脸僵直了，双腿吓得直抖。郑菲娜挥起一巴掌拍在胖老板的脸上。

滨野喝道："人赃俱获，你还不老实交代？"

其实胖老板和茶房也不知道是谁放的电台，就诬陷电台是袍哥会洋芋奶放在客栈的。

阿聿旧洋房里，阿聿与鸟笼前喂鸟的二姨太聊起洋芋奶。阿聿骂洋芋奶："这种小赤佬，到了上海就向我借钞票，阿拉袋里不足，一搭上就缠牢阿拉，后来阿拉晓得洋芋奶是袍哥会的就给了他几块大洋。没想到昨天跑到阿拉屋里来啦。"

二姨太说："洋芋奶跟你说话鬼鬼祟祟的，少搭理他，从成都跑到这儿来没好事。"

阿聿提示："洋芋奶也是来找龙泉剑的，这把古剑不知要害了多少人。那个人就是袍哥会的狗腿子，大哥大不可能做这种差事。"

二姨太提醒："去年那个狗腿子买了三十把龙泉剑。"

阿聿却说："你不了解内幕瞎说什么，洋芋奶向我打听徐泽祥人在何方。"

二姨太吃惊了："徐泽祥的为人能影响袍哥会？"

阿聿担心哥弟帮跟袍哥会有利益关系。

杜鹃花舞厅的舞曲突然停了，正当跳舞的男女们发出抱怨声时，电灯瞬间亮了。

女扮男装的郑菲娜，右手握着手枪站在大门帘子前。王丽珊神色惊慌地望着戴墨镜的郑菲娜。帘子揭开了，先后进来五个持枪的男女特务。女特务持枪戳着茶房的腰往前而来。郑菲娜大喊："哪个是洋芋奶！马上出来，想逃是不可能的，太平门都堵住了。赶紧出来，少受皮肉之苦。"

在场的所有男女都被这个戴鸭舌帽的郑菲娜震住了。五个持枪的男女特务似乎早有计划，各自站到主要位置堵住出口。茶房眼睛滴溜溜地在找人。

葛祥龙挤到王丽珊身后，偷看着耀武扬威的郑菲娜。茶房说没有洋芋奶。

王丽珊吆喝着："哪个是洋芋奶？这里的男女舞客我都叫得出名字，您让他们一个一个出去吧，这样您就能辨认出谁是洋芋奶了。”

郑菲娜凶巴巴地说道：“你闭嘴！”

王丽珊刚说出“我是滨野课长的朋友”时，就被郑菲娜扇了一个耳光。

茶房连忙站到郑菲娜身边，准备辨认所有的人。一个持枪的女特务疾步而来，说男厕所里有动静。

男女厕所的出口都被持枪的男女特务堵住了。持着手枪的洋芋奶蹲在厕所内仰脸往上看。郑菲娜将手中的枪一挥，示意手下进去搜查。男特务持着手枪走进男厕所去搜查，门一扇一扇被打开。洋芋奶跃身攀住屋梁往隔墙走去。女特务持着手枪走进女厕所。郑菲娜在一旁等待着胜利的结果。

突然，“砰”的一声枪响。郑菲娜持枪警惕地冲入女厕所。一名女特务前胸中弹倒在地上，胸部鲜血汩汩而流。又是连续两声枪响，持枪的洋芋奶从女厕所的隔墙跃到男厕所并甩手往下开枪。

郑菲娜躲在门框边命令手下要抓活口。洋芋奶与男特务对峙着互相开枪射击，双方都没击中；洋芋奶与男特务格斗，双方不分高低。

郑菲娜一脚踩上女厕所的门框并举枪射击。洋芋奶转身飞腿一脚踢在男特务胸口，男特务随着惯性倒在地上。郑菲娜的枪口瞄准了正准备往外逃的洋芋奶，洋芋奶迎门冲出来避开了那颗子弹却被门外的女特务开枪击中。洋芋奶中弹后倒在地上，手里还紧紧握着枪。

中弹的洋芋奶躺在特高课院子的台阶边。

茶房透露，洋芋奶是来打听徐泽祥下落的。滨野闻声追问：“这么说他一直在跟你联系？”

茶房说：“洋芋奶是测字带看相。”

滨野糊涂了。茶房点头哈腰：“太君，洋芋奶的目的是测字，测字是比喻，他真正的目的是到这里来找龙泉剑的。”

滨野问：“你的，为什么不来报告？”

茶房婉言答道：“太君，您也没颁布命令说，发现谁在找龙泉剑就要向您禀报啊。”

滨野还是追问：“洋芋奶的电台你知道吗？”

茶房自卑地说：“袍哥会的人嘴像铁锁，这种事会跟我这种下三烂的茶房说吗？”

郑菲娜提醒滨野：“装电台的木箱我先检查了一下，也许在木箱上能找到破绽。”

第十六章　借刀杀人为自保　谈天说地显才华

滨野和郑菲娜在琢磨刚缴获的新电台，究竟是浙南游击纵队的还是川渝堂的，这必须要查个水落石出。按茶房的说法，是洋芋奶把电台放到这里的，那是谁来取呢？滨野感到，这个山城太神秘了，徐泽祥无影无踪，王立宇也神秘失踪，现在又莫名其妙地多出了部无人认领的电台来，会不会是哥弟帮的？但一直还没有找到蛛丝马迹。郑菲娜提出，不管怎么说，缴获了新电台也算是我们的功绩。这句话提醒了滨野，他马上告诉郑菲娜，尽快写份侦破记录禀报宪兵司令部。

廖怡平获悉此事后，打电话给坐镇龙泉的陈式正，认为新电台是浙南游击纵队的，从这点可以看出共党组织非常严谨，他们布下了网络，但只见丝网不见蜘蛛。陈式正问道："这事是不是和龙泉剑有牵连？"

廖怡平连忙禀报："四川的袍哥会来了个洋芋奶，也到处州来找龙泉剑。并说等会儿把汇总情报向您禀报。"

陈式正听后转而又岔开话题，要廖怡平再说说徐泽祥的情况。

此时，闭着双眼脸部虚肿的徐泽祥正躺在病床上。看守在摇晃着徐泽祥的胳膊。应大夫在病床边仔细观察后提醒看守，他这样长期躺在这里，人是要废掉的。看守只能说姗妹被人谋害，他自己只负责看着人，其他什么也不能决定。随后还抱怨："真弄不懂，居然教会医院也有奸细。"

应大夫说了实话："徐泽祥羁押在这里，我的头就像被别人拎着。"

看守提醒对方："您一发现风吹草动，就要来告诉我。"

应大夫拍拍徐泽祥的额头说："我正在想办法，准备把徐泽祥转移到更隐蔽的地方。"

廖怡平发出接财神信函后，至今都没有人来谈赎金的事，似乎徐泽祥的事没有发生一样。尤其是徐泽祥长时间昏迷不醒，现在姗妹又如蹈覆辙，自己好似一下子被卸掉了左膀右臂。可尽管如此，廖怡平还是认为这不失为一条妙计，至少没人再会怀疑是川渝堂羁押了徐泽祥。

教会医院里的内科大夫们，正在进行集体会诊，他们这是要抢救诊床上的姗妹。

廖怡平拐进温特纳的办公室，提起姗妹被人谋害的事，要求温特纳到药库查清是谁领了麻醉剂。温特纳心里有数，这个谋杀姗妹的人就是李芙贞，只是一时没办法抓到把柄而已。没等廖怡平再提麻醉剂的事，温特纳微笑着说："我作为院长，麻醉剂的事我会不查吗？我知道你会来，这就是这个月库房领麻醉剂的记录，上面详细记录着哪个护士给哪个患者做了注射，都有名有姓。我特意叫药剂师给你抄了一份，你拿走吧。"

廖怡平端起刚泡好的咖啡，听到这话，没有喝就又放下了杯子，目光转向温特纳手上的那份记录表。温特纳平静地说："姗妹醒了。"廖怡平一听，转身即去病房。

……

刘慧芸从上海邮寄来的电台被特高课搜走了，这使得周昌渝十分郁闷，他当即就把电台的事向陈裕树作了汇报。陈裕树认为，这不是他的责任，但鬼子肯定要从电台的木箱上找线索。周昌渝把电台的木箱换了的事告诉陈裕树，当初目的是怕出事了牵扯到上海的刘慧芸，并说电台被鬼子缴获后，他重新在找货源但一时还没有结果。陈裕树说："电台是小事，关键是你不能暴露身份。处州电器市场到处布满日伪特务，连旧货市场和走私市场敌特都设下了陷阱。"

周昌渝然后又把邂逅李芙贞的事向陈裕树吐露了一点。由于陈裕树已经知道那个外科大夫李芙贞是德国人要杀的女人，便再三吩咐周昌渝千万别暴露了自己的身份。他要周昌渝坚持在古玩斋："这个联络点不但不能撤还要加固，另外鼎盛汽车修理厂也要外松内紧。在采购汽车配件时，注意带上根据地所需要的汽配件。电台的事我会安排人叫刘慧芸在上海黑市再采购一台。"

草寮里的光线较暗，但陈裕树还是看出了周昌渝的神态，他微笑着拍拍对方的肩膀："你是不是惦记着刘慧芸呢？"

周昌渝点头承认。陈裕树还是交代："在目前的形势下，关于王立宇暗杀栗河惠子一事，还是要尽快查实。曹剑青是否就是处州长途汽车站倒下的那个男人，也要摸清。王立宇既不是国民党又不是共产党，但他抗日的行动能证明他的民族立场。王立宇身上沾满各种黑道习气，这点你比我明白，你曾是他的战友。应该说你还是哥弟帮的政委，虽然没有正式任命，但实际是哥弟帮党组织的一把手。你只能站在暗处，也可以和他面对面地单独交谈，但你要是晃在明处，古玩斋这个联络点就随时有可能被敌人摧毁。”

陈裕树和周昌渝还分析了王立宇究竟会在哪里。周昌渝认为王立宇之所以难觅踪迹，十有八九是躲在女特务家里养伤。陈裕树则否定了他的猜测。说起陶阿秀也在到处找王立宇，陈裕树提醒周昌渝：“陶阿秀的事要妥当处理，落难时你扶她一把，也许以后能帮我们处理一些事。”

周昌渝认为，王立宇受伤毕竟是为了锄奸行动，并说他也正托人在找王立宇。陈裕树还是要求重点先打探徐泽祥的下落。周昌渝说起有小乞丐把纸条塞在门缝里，内容是徐泽祥曾经被羁押在教会医院208病房。陈裕树分析，这个山城里还有知道你身份的人，估计很可能就是苏联红军远东情报局的下线。周昌渝猜测，新亚洲洋行就是远东情报局的机构，并提起三七开到古玩斋几次提供情报，但这帮人为什么又不公开支持我们呢？陈裕树说出了理由，周昌渝还是不解。

陈裕树又聊起了河堤三郎：“你要主动跟河堤三郎套近乎，他喜欢什么你尽量要满足他的要求，至少你们现在是朋友了，你要想方设法从他口中或通过他窃取到情报。”

周昌渝点头表示记住了陈裕树的吩咐。两人又寒暄了几句，周昌渝便同陈裕树握手道别了。

春雨茶馆里，周昌渝约了李芙贞喝茶吃早点。两人聊起香菇客栈胖老板，李芙贞回想起胖老板那天夜里来外科急诊室求诊，说是胸疼。后来才知胖老板刚从特高课回来，他告诉李芙贞：“客栈有人放着电台，其实是黄包车夫放的，被日本人缴获了，那就牵涉到我了，我只能借刀杀人了，客栈里住着个成都来的客人叫洋芋奶，我和茶房只能推卸责任，就说电台是洋芋奶的。”李芙贞又问：“为什么诬陷人家呢？”胖老板说：“听茶房说那个洋芋奶是四川袍哥会的黑帮。”

周昌渝目不转睛地看着对方，入神地听着。李芙贞接着又说：“胖老板说这车夫也许就是哥弟帮，远来的乌鸦不如本地的麻雀。”

周昌渝点点头。李芙贞继续说：“胖老板还说洋芋奶是到这儿来找龙泉剑的，他认为找龙泉剑的人不是好东西，于是就借刀杀人了。”

周昌渝拿起一块点心，边吃边说：“礼拜六我去外地了，当时也听到了杜鹃花舞厅擦枪走火的事。”

李芙贞也边吃边说：“特高课抓捕洋芋奶，在杜鹃花舞厅双方开火，洋芋奶死在厕所门外。”

周昌渝有点迷糊："外省人都跑到这里来找龙泉剑？"

李芙贞点点头微笑着说："看来那把龙泉剑已经誉满天下了，各路人马都想据为己有。"

周昌渝表示，自己还没想到袍哥会的人也会到这儿来，便对李芙贞说道："你是否能再给我介绍点袍哥会的事？"

李芙贞点点头："我知道，了解袍哥会，是了解四川近代社会的必修课，所以就对袍哥会的历史比较关注。"

周昌渝点点头。

李芙贞微笑着说："袍哥会的情况说复杂也不复杂。以四川方言词汇为例，袍哥无论清水浑水，都有一套内部使用的'切口'。"

周昌渝不明所以地问："切口？"

李芙贞连忙解释："即隐语，俗称江湖黑话。浑水袍哥虽然人数不多，但他们使用的切口有些至今还保留在方言词汇中。尽管这些切口已经渐行渐远地远离了我们，但研究其产生发展和演化的历史，对我们把握语言的使用和传播规律还是大有裨益的。"

周昌渝佩服对方："那你是研究过了？"

李芙贞伸出筷子夹起根泡椒凤爪边嚼边说："如'点水'就是出卖同伙，'划盘子'就是毁人容貌。由于人数众多，清水袍哥使用的不少'切口'，在现在已不再是隐语而是公开使用，逐渐成为通用的语言而保留在四川方言中。"

周昌渝听得有滋有味、敛声屏息，佩服的神情溢于言表。

李芙贞若有所思地告诉周昌渝："胖老板神秘地告诉我，洋芋奶还向客栈的茶房打听徐泽祥的下落。我问徐泽祥跟袍哥会有来往？胖老板说，'是茶房告诉我的。这件事啊，就跟你一个人说，特高课的课长请茶房喝茶了，我看呀茶房是为了保命，把自己洗得干干净净。'听胖老板介绍后，我才知道怪不得胖老板心动过速，原来是吓的。"

李芙贞目不转睛地望着周昌渝，接着又说："胖老板跟徐泽祥是发小。后来我问胖老板，徐泽祥跟袍哥会看来有生意上的合作？胖老板说，'何止是徐泽祥，咱处州还有人跟袍哥会有生意上的来往呢，由于不了解具体情况，就不好多说了，免得祸从口出。'"

周昌渝从李芙贞口中获悉了重要的情报，这是不是李芙贞故意泄露给他的呢？周昌渝在暗自揣摩。

李芙贞又继续说道：“胖老板走后我回寝室，想起从龙泉教会医院图书室拿来的那本旧书，里面就有记载四川袍哥会的历史，我就研究了一番。”

听到这话，周昌渝提出要李芙贞说说那些袍哥会的黑话。李芙贞侃侃而谈：“袍哥会的一些切口至今还在普遍使用，如‘散眼子’就是散漫无组织，‘臊皮’就是伤了面子，‘乘火’就是顶住，‘天棒’就是无法无天的人，‘吃通’就是到处行得通，‘抽底火’就是揭露底细，‘关火’就是能起决定作用，‘落教’就是按规矩办事，‘操社会’就是凭自己本事去闯荡打拼的意思。”

周昌渝放下筷子满脸疑问：“操社会？”这使他不由得回想起西街口杂货店内与蒙脸女子格斗的场景。

李芙贞发现周昌渝在目不转睛地注视着她，就问：“你还没看腻呀？”

他俩一直聊着袍哥会的黑话，直到结账前李芙贞说要去龙泉给患者动心脏手术时，两人这才依依惜别。

翌日，礼拜天。周昌渝到天主教堂偷看正在做弥撒的李芙贞，他不想打扰她。周昌渝想起陈裕树的话，苏联红军远东情报局一般是独当一面，他们的情报员基本都不跟我们交换情报，也许李芙贞就是远东局的人呢？想到此，周昌渝轻轻地拉开门悄悄地走了。

同样的时间，郑单鹏刚一走进洋行偏房，倪少慧就站起身来。郑单鹏说：“我听到了一个重要消息，龙泉曾先生这下彻底惨了。”

两人聊起曾跟他们做过香菇生意的曾先生。倪少慧以为他被奸细杀害了，龙泉可是国军控制区啊。郑单鹏说：“曾先生和骰子王赌博，一个晚上骰子王赢了曾先生八百银圆。”

倪少慧一愣：“骰子王又冒出来了？这个人就像乌鱼一样老潜伏在水中，一张口就吞下一条肥鱼。上个月曾先生还来过电话，说有把七星剑要给你看。”

郑单鹏认为：“曾先生手中的七星剑可是清末民初的宝贝呢。”

聊这聊那，但他俩最惦记的还是徐泽祥的下落。提起徐泽祥，郑单鹏尽显烦恼神态：“徐泽祥就像被羁押在地窖里一般，怎么就没有一点风声呢？”

倪少慧还是认为：“王立宇失踪了，哥弟帮也无影无踪了，整个山城似乎风平浪静了。”

郑单鹏想到的是，山雨欲来风满楼，便轻轻地摇了摇头。

倪少慧见状忙问道：“你发现什么了？”

郑单鹏说：“我发现，周昌渝经常进出河堤株式会社。”

周昌渝步履沉稳地跨入河堤株式会社大门，前来拜访河堤三郎，河堤三郎热情招待着周昌渝。

才喝两杯茶，河堤三郎就提起骰子王钟根海的事："骰子王赢了龙泉曾先生八百银圆后，整个人就像在空气中蒸发了。"

周昌渝问："你找他干什么？"

河堤三郎嘿嘿一笑实话实说："我通过你收购来的龙泉剑和龙泉青瓷，都存放在仓库里了，我想用这批货作为筹码，跟钟根海玩一把。但就是找不到这个骰子王。"

周昌渝知道河堤三郎要他帮忙寻找钟根海，就随口说："好吧，我有他踪影就告诉你。那我想问你，你知道徐泽祥吗？"

河堤三郎点点头："这个徐泽祥可是处州的大富豪啊，很多人都想在他身上做文章。"

周昌渝却说："他的商贸公司还欠我八十块大洋呢。我听说徐泽祥被人绑票了，也不知道是谁接的财神。"

河堤三郎神秘地说："这个徐泽祥听说是哥弟帮的财神爷，但不是皇军在羁押他。"

周昌渝心里明白了：你这个河堤三郎不可能再有实情告诉我了。

河堤三郎去拿剑要让周昌渝鉴定。

周昌渝等河堤三郎一走，就伸手把桌子上摆放着的那本笔记本拿起来，连忙翻阅。笔记本上记载着河堤株式会社的人员名单，这名单中有三个是中国人的姓名：徐振昌、何同兴、徐显庆。

听到木屐声，周昌渝顺手合上笔记本，把它放在原来的位置上。河堤三郎走进房间，把一把陈旧的龙泉剑递给周昌渝。周昌渝用手摸一下剑刃就放在榻榻米上了。

河堤三郎问怎么样？周昌渝说："估计这把剑是上个月锻造的，无非是做了旧而已。"

河堤三郎听后大惊失色："我以为捡到了便宜货，看来又上当了。"

见到河堤株式会社特务名单上的徐振昌、何同兴、徐显庆三个中国人的名字，周昌渝头脑中早就打上了大大的问号，怎么和龙泉剑历史名人同名同姓呢？是巧合还是另有隐情？原来这是河堤三郎故意放的诱饵，同时也为试探周昌渝，故意要敲打周昌渝一下，好让他明白。

从河堤株式会社出来，周昌渝在中山路百货公司寻找线索时，意外地遇到来买毛线的李芙贞，李芙贞非要问他喜欢哪种颜色的毛线，他说喜欢米色，李芙贞买了毛线后又提出要请周昌渝吃饭。周昌渝提出请她到外婆家酒店里就餐，她显得很高兴。因为李芙贞已发现特高课的特务在用相机偷拍他俩，她需要得到这种机会，这是她工作的需要。但谁也不知，李芙贞这回可是真正地爱上了周昌渝。

饭局中两人聊起剑，李芙贞问："传说中的龙泉剑你能想象出来吗？"

周昌渝笑着比画着说："大概就是这种形状，宽度和长度不会有太大的差异。"周昌渝还告诉李芙贞，他为感谢龙泉教会医院院长帮他治疗毒伤，曾送给了院长一把龙泉剑。周昌渝刻意埋下伏笔，好让对方知道，龙泉教会医院也是我周昌渝的地盘。男人嘛，有时也总爱在对自己钟情的女人面前显摆着什么。

李芙贞告别周昌渝后，回到处州教会医院简单收拾了一下，便在修女陪同下去了龙泉的教会医院，修女帮李芙贞提着的行囊里，藏着一只信鸽。

途中，信鸽"咕咕"直叫，修女才知道她提的行囊里有只鸽子。但修女什么也没问，只是说："李大夫，你走了这鸽子怎么办？"

李芙贞告诉修女，这事自有安排，还提出希望修女帮她准确地查一下英国军事代表团的驻地，修女点头答应。

龙泉教会医院的顶楼上，有个老虎窗，李芙贞把那只信鸽养在顶楼里，院长看到顶楼窗口的鸽子，就向上帝祈祷，说这是上帝派来的天使。

为了能让那只信鸽识别老虎窗，李芙贞在老虎窗外挂了一面绣有一把龙泉剑图案的旗帜。喂食时，李芙贞摇晃着手中的旗帜，以便信鸽更快熟悉那面旗帜。喂完食后，她就把信号旗插在老虎窗外，然后放鸽子去飞翔。

黄昏时，修女把英国军事代表团的地址告诉了李芙贞。那只被放飞的信鸽也如愿地飞回来了，还带来了三只野鸽子。这下把李芙贞乐坏了，她找木匠定做了鸽子笼，让四只鸽子栖息在笼里，并下楼跟那个修女说："我回处州时，请你上楼帮忙喂一下鸽子。"

修女听说楼上的鸽子还带来三个同伴也乐了，痛快地答应了李芙贞。

李芙贞没有告诉修女，自己带来的那只鸽子是信鸽。信鸽是万不得已的时候才启用的，但这次走时必须要在途中放飞那只信鸽，看它是不是能回到龙泉教会医院的楼顶老虎窗来。

英国军事代表团驻地客厅布置得像英国休闲别墅的风格。兰斯德彬彬有礼地接待着李芙贞，把她让到沙发上坐下，热情地寒暄着。李芙贞心里很清楚，此时兰斯德的所有热情还是冲着冯小姐来的。

李芙贞回来后，在龙泉教会医院楼顶与信鸽嬉戏玩耍的修女见到她便问："兰斯德是不是喜欢上你了？"

李芙贞回避了这个敏感的话题，转而教修女怎样把纸条写好放入信鸽的脚套，修女饶有兴趣地跟着学了起来。

李芙贞还是不放心那只信鸽，她做完手术后就捧着那只信鸽坐着兰斯德的吉普车，来到龙泉与云和的交界处，把那只信鸽放飞了。兰斯德从吉普车上下来，欲握手告别，而李芙贞只是不紧不慢地说了一句："如果那个冯小姐有线索了，你一定要第一时间告诉我。"

李芙贞就这样走了。信鸽盘旋后往另一方向飞走了。李芙贞辨别了一会儿方向，突然感到一阵揪心，因为信鸽飞的那个方向，不是处州教会医院的方向。李芙贞转身发现兰斯德，还依依不舍地注视着她的身影。

李芙贞回到处州的教会医院，匆匆来到阁楼打开鸽笼，发现龙泉放飞的那只信鸽正在啄食。李芙贞嫣然一笑，自言："你果然还是认得这里啊。"

李芙贞对信鸽有信心了，她把窗外的标志旗插上，那面旗帜上同样绣着一把龙泉剑。

完事后，李芙贞看了下腕上的手表，就匆匆去打电话，对方是佐藤次郎。佐藤次郎约李芙贞去日军驻地。李芙贞绕道从司令部后门溜进佐藤次郎的办公楼。

佐藤次郎告诉李芙贞："你的上司是大野松夫，等他站稳脚后你就直接与大野松夫联系，凡是重要情报先给我，副本给大野松夫。你这段时间的任务是继续截听浙南游击纵队和川渝堂的电台来往电文，这些敌人近段时间活动得非常猖狂。"

李芙贞说："川渝堂到处布满爪牙，这个徐泽祥估计也是被廖怡平手下羁押的。"

佐藤次郎嘿嘿一笑："这种人就像米糠榨不出油，所以我也就眼开眼闭，一直也没再找徐泽祥的羁押地点。"

李芙贞说："会长也一直没给我电话，估计他在酝酿别的事。"

佐藤次郎透露："大野松夫正在为龙泉剑和龙泉青瓷的事忙碌着，郑菲娜就像跟屁虫跟着大野松夫也在捣鼓这事。你要防范河堤二郎，他满脑子都是要发横财，他甚至还有想亲自去龙泉淘剑的冲动，简直是朽木不可雕！"

李芙贞听到此处，脱口说道自己也刚从龙泉教会医院做手术回来。

佐藤次郎听后忙摆摆手："你的情况不同，你去龙泉医院是教会医院间的手术合作，与他去的性质就不同了。”

龙泉天主教堂里，夹着皮包的副官从偏门进来后掩上门。陈式正微笑着示意神父接着说。神父看来对袍哥会已经吃透了：“哥老会成立的标志是开山堂，即一个哥老会独立组织的成立仪式，最早在四川的开山堂一般被认为是清道光年间。”

陈式正接话：“嗯，大约是1848年。”

神父像历史学家那样自信：“对。永宁郭永泰开荩忠山，始有山水香堂，以延平郡王招讨大将军印信相号召。据后来袍哥首领人物的记述，会盟者即达四千余人，不久荩忠山哥弟遍及各省，而开山立堂者尤以四川为最。”

陈式正侧身用狐疑的目光注视着神父。

副官很识时务地站在讲台边等待陈式正的吩咐。

神父接着说：“哥老会产生之后，在各地迅速发展，南方所有省份和北方部分省份都有它的组织，总的来看，哥老会的发展有三个特点。”

陈式正钦佩地说：“您在研究中国近代史，已经是中国通了。听您这么一说，我就不要去翻书橱了。”

神父侧身奸笑：“你匆匆来教堂，心里肯定带着事来的。”

陈式正坦然一笑：“是呀，处州城里日本鬼子枪杀了一个袍哥会的人。”

神父感到蹊跷：“袍哥会的人到处州来干什么？”

陈式正说出实情：“据我的情报部反馈的信息，那个叫洋芋奶的人到处州是来找龙泉剑的。这种捕风捉影的事，却震撼着整个处州。”

神父得意地说：“中将阁下，您的情报部门火候还差些，我从教徒口中获悉，日军特高课课长在香菇客栈缴获了一台新的电台。”

陈式正惊叹：“看来您能当我的情报部顾问了。”

神父又吐露，香菇客栈的老板去年还到这告解厅来忏悔过。陈式正不解：“处州不是有天主教堂吗？”

神父神秘地一笑：“这个叫何玉茹的客栈老板特意到龙泉来忏悔，他倾诉自己的罪行请上帝赦免他，所以我记住了他的姓名。在上帝面前，我不能告诉您他的罪行，因为上帝已经赦免他了。”

陈式正沉下脸注视着道貌岸然的神父。

……

掌灯时分，王丽珊和葛祥龙蒙脸进入陈掌柜当铺，用蒙汗药先后把陈掌柜和陈夫人迷倒，葛祥龙强奸了已神志不清的陈夫人，随后两人逃之夭夭。等天亮陈掌柜看到陈夫人的贴身衣物被凌乱地扔在地上，便号啕大哭起来。陈夫人发现自己失身就要上吊，被陈掌柜救下，两人抱头痛哭。陈掌柜以为是龙泉剑招来的祸，陈夫人想到可能是自己打过王丽珊一个巴掌的后果，真的是哑巴吃黄连有苦说不出。

连日来，陈掌柜一直惊魂未定、心跳异常，此时的他正躺在医院诊断床上接受检查。李芙贞手拿听诊器在听陈掌柜的心跳。检查后，陈掌柜跟李芙贞说实话："李大夫，我不瞒您说，自从蒙面大盗到当铺来打劫后，一到晚上我的心就慌兮兮的，倒下睡呢又翻来覆去睡不着。"

李芙贞针对陈掌柜失眠的症状开了一服药，让他睡前喝上一服。

陈掌柜承诺李芙贞："睡眠好了，我送您一把能珍藏的龙泉剑。"

李芙贞推托说："这个就不必了，你有这个心就好了。我是职业医生，患者送我礼品就是贿赂我了。按道理说你应该去看内科，好在我上医科大学时也学过内科。"

陈掌柜还是说："我当铺的那把剑，您什么时候过来一趟，我让您看看。"

怕引不起李芙贞的关注，陈掌柜又煞有介事地说："日本人和川渝堂都惦记着好剑呢，您没听说袍哥会吗？为了一把龙泉剑把命都丢在杜鹃花舞厅的厕所里了。"

李芙贞问："你听谁说的？"

"吴淑蕊的姘头小白脸葛祥龙，听说吴淑蕊是共党的叛徒，被哥弟帮追杀后就在处州消失了。这个小白脸又攀上了王丽珊，王丽珊是杜鹃花舞厅的交际花，我都认识，呵呵。"陈掌柜扬扬得意地说道。

李芙贞追问："是这个小白脸亲眼看到的吗？"

陈掌柜起身时似乎胸口也不疼了："何止他一个人，那天晚上整个杜鹃花舞厅的客人都看到了。是日本人的特高课女特务击毙了那个叫洋芋奶的袍哥会小子的。"

李芙贞边送陈掌柜边问："就是为了那把龙泉剑？"

陈掌柜说："这龙泉剑烫手啊。那我走了，您有空就到我当铺来。"

教会医院阁楼盥洗室里，李芙贞在冲澡，莲蓬头的热水喷在她的肩膀上。玻璃上沾满水珠，水珠像蚯蚓一般慢慢滑下来。

李芙贞想起与兰斯德一起在龙泉家乡菜馆吃饭时的情景。兰斯德举起青瓷小酒杯向李芙贞敬酒，李芙贞提出："喝下这杯酒，你是否聊聊冯小姐的事？"接着李芙贞又问："冯小姐和你一起喝过酒吗？"

兰斯德说："我们在一起喝的是威士忌。"

李芙贞一步一步从兰斯德口中套出冯小姐的基本情况，兰斯德一口咬定："李大夫，那个冯小姐绝对是您的孪生姐妹。"

李芙贞心想，遗憾的是你至今也不知道她的名字。

兰斯德突然想起来："那天是上海报馆记者聚会，冯小姐穿着职业女装。对，她还背着一个鼓囊囊的皮包。她笑的时候那副整齐迷人的牙齿跟您一模一样。"

李芙贞欣然地一笑说："这么说冯小姐也许就是报馆的记者喽？"

穿着睡衣的李芙贞坐在案桌前做着笔记。摊着的笔记本上能见到以下一串德文："冯小姐大概是上海报馆的记者，那个鼓囊囊的皮包内估计是照相机。红房子西餐厅。"

西街木楼里，滨野和郑菲娜在搜查王立宇的住所，遗憾的是没有发现可疑的东西，郑菲娜用万能钥匙打开房间里的橱门。

木橱内放着铜铸的关公像和各种青瓷罐盘。滨野满腹狐疑地自问："怎么没有剑？"

滨野把铜铸的关公像用力抱住后，慢慢地从木橱里挪出来。郑菲娜踩上木凳伸手敲橱顶的木板，滨野从工具袋里取出撬棍递给郑菲娜，郑菲娜手握撬棍把橱顶的木板撬开。郑菲娜把橱顶的木板取掉扔在地板上，从隔层内取出一把带鞘的剑。滨野接过那把带鞘的剑，自言："是否是龙泉剑？"

滨野在阁楼上翻出一本线装书。他打开轻轻读着："1644年，清军入关，清朝取代了明朝政权以后，对于汉族采取武力镇压手段，引起了民间'反清复明'的起义斗争，打出'驱除鞑虏、反清复明'的旗号，各省各地的组织名称五花八门，其中规模最大的要算'天地会'。后来天地会中，又分出一股叫'哥老会'，道光、同治两朝以后，哥老会逐渐流入四川，在当地统称为'袍哥'。"

郑菲娜爬上移动木梯说："课长，那把剑是否是龙泉剑？"

滨野合上那本线装书递给郑菲娜，沉着脸说："别高兴得太早，剑要鉴定过才能确定。"

同一时间，廖怡平急急忙忙地敲了一下姗妹房间门就推门而入。神态疲惫的姗妹半卧在床上望着进来的廖怡平。廖怡平说："我去应氏诊所了，应大夫告诉我西街木楼门口停着两辆日军的摩托车。"

姗妹惊异："西街木楼？是不是王立宇的家？"

廖怡平说：“据街坊说，二楼老房子住着王立宇，这个男人神出鬼没，也许是兔子不吃窝边草，他看到街坊邻居总是憨厚地微微一笑。”

姗妹就问：“那日本人为什么到现在才去王立宇的窝点呢？特高课的情报一向都是很灵的。”

廖怡平坦言：“从这点迹象看，我就担心日本人要下功夫寻找徐泽祥了。”

姗妹不无担心地问道：“那诊所楼上的徐泽祥你准备怎么办？”

廖怡平下了新的指示：“等你身体恢复后，你就去郊外找个隐蔽的老屋。”

姗妹却说：“我的身体又不是开刀动手术，我明天就可以化化装出门的。”

廖怡平认为再不转移徐泽祥，被日本人找到就麻烦了。姗妹追问：“应大夫还跟你说什么了？”

廖怡平说：“应大夫看到日军搜查王立宇的家，就想到诊所楼上的事，跟我说话也哆哆嗦嗦了。”

姗妹支起身穿外衣。

廖怡平正想问时，姗妹边穿鞋边说：“这件事不落实将前功尽弃。”

新亚洲洋行里，倪少慧边脱风衣边说：“我在西街口看到滨野和郑菲娜坐着三轮摩托车扬长而过。后面几个女特务骑着自行车紧紧跟着摩托车走。”

郑单鹏问：“抓住谁了？”

倪少慧告诉对方：“摩托车的斗舱里堆放着木箱和用床单裹着的东西，没发现有人绑着。听街坊邻居说日本人抄了王立宇的家。”

两人纳闷地在议论，日本人是怎么找到王立宇窝点的？倪少慧认为：“鬼子暗地里找还算有人性呢，我受的一枪就是公开的较量。”

郑单鹏咬着牙承诺：“只要你活着，这一枪我们就要还回去。”

倪少慧说：“我在琢磨日本人抄走了什么，又是箱子又是用被单裹着的。”

郑单鹏认为：“王立宇不可能有电台，是不是吴淑蕊又抖搂出什么了？”

倪少慧总感到，锄奸行动让吴淑蕊逃脱了实在是太遗憾，这条美女蛇不知道还要咬多少人呢。郑单鹏说：“远东情报局不是来电了吗，要我们再找机会除掉吴淑蕊。”

倪少慧很无奈地想着，日本人究竟把那条美女蛇窝藏到哪儿了。郑单鹏却很自信地说：“吴淑蕊屁股受枪伤后就消失了，日本人不可能白给她饭吃，她还是要回报日本人的。我早已做了计划，只要吴淑蕊的踪影在处州出现，我就会妥善地了结她。”

倪少慧暗示对方："我有预感，滨野在下功夫找徐泽祥的下落。"

郑单鹏表示："你跟我想到一块了。"

第二天的下午，提着帆布包的姗妹走进川渝堂办公室，然后把帆布包放在椅子上。坐在案桌后大靠背椅上的廖怡平，正在审阅着收到的密电。姗妹汇报着工作："我去了两个点，有一个点我到四周都查看了，环境比较安全。"

第十七章　巧周旋藏而不露　费思量迷雾难解

廖怡平和姗妹两人一唱一和，抱怨重庆方面有事没事频频来电，情况不明胡乱指挥。廖怡平所关心的是中共浙南游击纵队的头目是谁？他们的武装力量盘踞在哪个山坳里？他们的电台设在哪里？他们的活动，是否牵涉到党国高官和政府要员？姗妹也认为这才是他们的主要任务。

廖怡平告诉姗妹："桌上还有一份电文，我按你的密码翻译出来了。"

姗妹苦笑着说："瘟官多告示。看多了就麻木了。"

廖怡平说："居然要我们寻找龙泉剑！"

姗妹惊呆了："重庆也要那把龙泉剑？怪不得袍哥会也到这里来寻找龙泉剑呢。"

正当川渝堂的廖怡平为不断收到上峰那些没有含金量的情报信息恼火时，王丽珊给廖怡平送来了一枚"开心果"。在她的介绍下，廖怡平与郑菲娜相识了，过去一贯不太近女色的廖怡平，被郑菲娜那苗条中夹杂着性感的身段，那典雅中掺杂着现代感的举止差点迷倒。

李芙贞在郑单鹏口中知道此事后说："郑菲娜是哈尔滨派来的，她可不是一般的间谍，廖怡平这下难免不陷入桃色陷阱了。"

郑单鹏点头同意，停顿片刻接着又说："日军特高课滨野已怀疑你了。别以为你叔叔佐藤次郎是司令官就很安全，他手下的情报机构可是盘着几条毒蛇，郑菲娜就是其中之一，最近特高课又从关东军引进一个能讲汉语的机要员。我已破译了日军的电文，你在德国学的东西怎么没发挥作用呢？"

正当李芙贞不得其意、感到纳闷时，郑单鹏告诉她："我龙泉生意的伙伴是天主教徒，他为人憨厚，我从他口中获悉王立宇就躲在龙泉天主教堂内。"

为此，李芙贞猜测王立宇是右腿受枪伤，肯定是去龙泉教会医院治疗了。李芙贞决定用信鸽传递情报，要龙泉的修女把王立宇的藏身地查明。

信鸽带来情报，龙泉的修女告诉李芙贞：“龙泉教会医院里曾经住过右腿受枪伤的男人，但患者的姓名是王天宝，说是打猎受伤的。现在那个叫王天宝的患者下榻地不明。”

李芙贞分析后确认，王天宝就是王立宇。为此李芙贞写好纸条折叠后，花钱叫小乞丐把纸条塞在古玩斋的门缝里。

周昌渝获悉王立宇在龙泉后，即先告诉了陶阿秀，为此陶阿秀很开心。开心的理由是，陶阿秀认为王立宇在龙泉有女人。

情感旋涡中的女人有时嗅觉最灵敏。陶阿秀的感觉还真的没错，此时的王立宇确实是在龙泉暗娼夜开花家里洗澡，有夜开花的精心呵护，难怪特高课也好、川渝堂也罢，甚至包括周昌渝、陶阿秀在内，都找不到王立宇啊！夜开花心里也清楚，不是她夜开花，王立宇不要说养伤了，不知道早被什么人给逮去了。看着王立宇伤情渐好，慢慢开始能走能跑了，夜开花心里反而不踏实了，再三叨叨：“等你恢复健康后千万别扔掉我啊。”

自打恭井到特高课报到后，滨野给他下达的任务就是与周昌渝交朋友和打探王立宇的下落，无奈两个人都不是安分之辈，还真的不是太好找。这天，闲来无事的恭井来到教会医院，功夫不负有心人，他终于找到了李芙贞。李芙贞很有礼貌地请他吃饭，他激动得腿都发抖，趁吃这顿饭，李芙贞想从恭井口中套出徐泽祥的羁押地，问题是这个恭井可是一问三不知。

李芙贞这才感到，特高课把这个消息封闭了。饭后恭井把一支金笔放在李芙贞手上，没说什么就走了。李芙贞屏息敛神地凝视着恭井的背影，露出苦笑。

李芙贞想起她从柏林回日本到达东京机场，想不到来接的人是她的同学恭井，恭井已留起当时流行的长发，使李芙贞一下子认不出来。尤其让她感到疑惑的是，恭井怎么知道她今天到达呢？身为特工的李芙贞对什么事都疑心重重，恭井的一句话使李芙贞的疑惑解开，原来是佐藤次郎叫恭井来接的。李芙贞认为，恭井在特高课，这是难得的机会，只要耍个手段就能够利用恭井。想到此，李芙贞不禁露出了微笑，对恭井也有了一些好感。

一辆特高课的三轮摩托车飞驰而过，滨野驾驶着摩托车，斗舱里坐着郑菲娜。摩托车一直驶到周氏渊剑堂门口停下，两人几乎同时跳下车。郑菲娜从斗舱里取出带鞘的龙泉剑，滨野从斗舱里提起两瓶清酒走了进去。

周浩臣笑盈盈地走到门槛前，看一眼摩托车上插着的太阳旗。女扮男装的郑菲娜妩媚地一笑，还是显露出是个女人。滨野提着两瓶清酒对周浩臣礼貌地点点头。周浩臣略微躬身伸手示意："太君，您请进。"

滨野和郑菲娜前后走进店堂。滨野是来鉴定从王立宇家中搜来的那把剑的，周浩臣早有防范意识，做好了应付的准备。

滨野将那把带鞘的龙泉剑放在周氏渊剑堂的茶几上，然后问周掌柜："据我了解，你是龙泉剑的传人，就不要再客气了。"

周浩臣坦言："我做剑一直是打下手，也许我人笨，我父亲和爷爷都没教我关键的秘诀，比如说剑的蘸火时长和温度，至今我都后悔呢。"

滨野问："那把剑上刻着周氏渊剑堂的牌子，不会是其他剑铺锻造的吧？"周浩臣冷静地应对："剑看上去是周氏渊剑堂锻造的，问题是我们周氏渊剑堂出品的剑都有暗号，我在这把剑上没发现标的暗记啊。"

郑菲娜要求周掌柜拿把样品给他们看看。周浩臣起身从剑柜的木格子里随便取来一把带鞘的剑，把剑拔出来递给滨野。滨野拿着那把剑上上下下地查看着，好像也看不出什么名堂，见状周浩臣指出："您看到没有，太君，我们正宗的周氏渊剑堂的剑，剑尖都有鱼纹影子。"

滨野若有所悟："哦，这就是你们周氏渊剑堂的暗记？"

周浩臣不紧不慢地说："是的，但锻造这把剑的前辈已经不在世了。"

滨野明白了手中的那把剑是赝品。周浩臣接着又说："包括我现在销售的所有剑，都是各家剑铺放在这里营销的。"

郑菲娜追问："那周昌渝跟你是什么关系？"

周浩臣露出奚落的神态："我是他的堂叔，这小子从小不好好学，是个不务正业的人，后来去从军了，也没听说有什么业绩，无非就是能画几张仕女画。"

滨野与郑菲娜见套不出关于周昌渝的任何有价值的信息，两人眼神交流了一下，滨野递上了两瓶清酒说："我以后还要拿剑来让你鉴定。"周浩臣回赠了一罐龙泉茶叶，滨野表示了感谢，随后便告辞。

此时，正在大港头的周昌渝意外碰到了威廉，这个威廉即便剥掉皮，周昌渝也还是能认出。那还是在抗战前夕，由于一个很偶然的机会，周昌渝认识了那个英国巡捕房的威廉。而眼前的威廉，则是逃到处州的落魄者。处州是沦陷区，威廉即使从上海到了处州，依然还处在穷困潦倒的地步。威廉想要周昌渝帮他，周昌渝告诉威廉，英国军事代表团在龙泉设有代表组，组长兰斯德中校手下缺个用人，你去龙泉吧。

威廉刚越过分界线，就被清剿共产党的中将指挥官陈式正手下官兵擒拿。威廉受不了酷刑，交代了周昌渝的背景，陈式正闻声即下令，秘密逮捕周昌渝。由于周昌渝在处州，而处州是日军占领区，陈式正鞭长莫及。

陈式正立即与兰斯德中校联系，兰斯德想起这个有过一面之缘的威廉，以为威廉是某个情报机关的间谍，趁机要挟陈式正，陈式正只能把威廉释放。

周昌渝与陈裕树又见面了，陈裕树问周昌渝："暗杀栗河惠子事件有结果了吗？"

周昌渝回答说："正在调查中。"

陈裕树突然哀叹了一声。周昌渝估计陈裕树想到徐泽祥仍然下落不明，干脆打破沉默："政委，我们这么千方百计地在寻找徐泽祥，万一徐泽祥有意外了呢？"

陈裕树拍拍周昌渝的肩，沉重地说："我已做好了最坏的打算，那就是徐泽祥已经不在人世了。"

周昌渝点点头："无非你是说出来了，我昨夜还想到徐泽祥是否已被敌方秘密杀害了。"

陈裕树暗示周昌渝千万别惊动王立宇。周昌渝点了点头接着又问道："苏联红军远东情报局潜伏在处州的代表，只是暗中跟我联络及交换情报，为什么不露面呢？是否是个外国人？"

陈裕树说："这是上级领导的安排，我也不知道远东情报局的代表是谁。这是分界线，谁出事了都不会牵涉到对方，但你要记住我们的目标是一致的。"

由于周昌渝与陈裕树接头时，曾提起过自己小时候的事，分手后周昌渝情不自禁地回忆起了自己小的时候，那时他还叫阿咪。

阿咪的父亲收到冯家祥的一封信，信上说冯家祥在哈尔滨倒卖青瓷很不顺利，阿囡也很想阿咪。父亲是龙泉人，在处州人头熟，哈尔滨人参便宜，生意很好做，但冯家祥举目无亲，他问阿咪父亲是否能带着阿咪到哈尔滨来做笔生意。几天后阿咪的父亲携带十几把龙泉剑拖着阿咪去了哈尔滨，没想到冯家祥的家在哈尔滨郊外。那天还下着鹅毛大雪，父子俩踩着大雪找到冯家住宅时，眼尖的阿咪看到穿着对襟长袍棉衣的阿囡站在茫茫的雪地里翘首张望着。正当阿咪犹豫时，阿囡吹起了那个铜哨子，阿咪情不自禁地跑上前去一把抱住了阿囡。

去了东京后已改名叫李芙贞的冯霞囡，现如今已成了真正的孤儿。她时常躲在处州教会医院的卧室阁楼上，默默地想着自己去世的父母和小伙伴阿咪，有时拿出那张和阿咪的合影呆呆地凝视着，有时推开阁楼的小窗发疯般地吹着铜哨子。

与陈裕树接头后回来的周昌渝，快步走进了周氏渊剑堂。周浩臣见到周昌渝连忙沏茶，周昌渝说：“堂叔，我这是路过。还是那句话，有人惦记着龙泉剑传人的事，你口风一定要紧，千万别泄露我们周家还有造剑的作坊。”

周浩臣连忙不住地点着头：“我晓得我晓得，前几天陈掌柜也曾经来吩咐过。”

周昌渝见堂叔头脑非常清醒，露出了一丝宽慰的笑容，茶也没喝就走了。

周昌渝刚走，李芙贞驾着轿车来到周氏渊剑堂。

此时的李芙贞脑海里闪现出她六岁时和十岁的阿咪手牵手在楼道里玩耍的情景，那时的阿咪脖子上挂着一枚铜哨子，阿囡一手搭着阿咪的肩膀，另一手拿起他脖子下的那枚铜哨子吹着玩。

周浩臣出门冲着李芙贞和蔼地问：“你找谁？”

李芙贞在车内摆摆手，然后就开车走了。周浩臣百思不解，自言：“这不是教会医院的李大夫吗，怎么经常到这儿来晃一下？”想到此，周浩臣又抬头把目光投向前方，凝视着远去的轿车。

周昌渝和河堤三郎打得火热的消息很快传到了川渝堂。廖怡平听手下特务汇报后愣了：“周昌渝怎么会跟河堤三郎搅和在一起呢？他跟河堤三郎是什么时候成了朋友的？是自然相识的还是有人介绍的？如果有人介绍的，那个人又是谁？”

特务详细说了这几天跟踪周昌渝的事，包括鸡毛蒜皮的事也汇报了。廖怡平心很烦，挥一挥手，示意手下可以走了。

来人走后，廖怡平关上办公室的门，往写字台后的皮椅子上一屁股坐下，点上一支烟边抽边沉思着：“河堤三郎是何许人也，刚到处州为什么有人在他眼前，就把他的爱人栗河惠子枪杀了？是不是要杀鸡给猴看？如果这是个警告，那么这只猴子显然就是河堤三郎了。但他的真实身份到目前为止还是一片空白，这对他廖怡平来说简直就是渎职。”廖怡平早有打算要去河堤三郎株式会社，但拜访一个人总要有理由吧，何况他还是个潜伏在川渝堂的军统特务，就这么直接去，或许还没到河堤三郎株式会社的门口，看门的人就知道他是谁了。就像过河一样，要想与河堤三郎交往，至少得要有座桥吧，但那座桥目前就连桥板都还没找到呢。

廖怡平想到可以用洽谈生意的理由去拜访河堤三郎，那河堤三郎也许就是与他平起平坐的特工头子，也就是说那不成了两个冤家相向而坐了吗？

想到此，廖怡平把烟掐在烟灰缸里，翻开了笔记本，拿起钢笔写下：周昌渝和河堤三郎。在笔记本的另一页写着曹剑青，廖怡平又在曹剑青的名字后面打了两个问号。军统的计划是先派曹剑青潜伏在哥弟帮，等摸清哥弟帮所有内部机构后，再开杀戒或者收编哥弟帮，这也是戴笠的指示。廖怡平心有余悸地想，自己曾得意扬扬地向戴老板拍下胸脯，如果现在戴老板打电话来，自己怎么回答是好呢？

廖怡平在王立宇的名字后面同样也打了个问号。他从抽屉里取出一封信函，揭开信封后倒出信笺，那信笺是毛笔小楷写就，能见到以下一些字："王立宇是哥弟帮帮主，骁勇善战，枪法精准，带领哥弟帮出生入死，神出鬼没。他讲哥们义气，见人彬彬有礼，杀人时也不露出凶相，是日本特高课和日本驻处州商会、樱花会馆追杀的对象。王立宇却不屑一顾，经常出入娱乐场所和酒店及茶楼，看到漂亮女人就想拈花惹草。他贪财贪色，被川渝堂和日本特务几次设下桃色陷阱却多次化险为夷。"

廖怡平伸手拍拍那张信笺，自言自语道："呵呵，杀人也要按顺序杀，你王立宇不是好吃的果子，那我就把那颗果子摘下来泡在酒里，那果子谁都不吃，就让它先留在罐子里吧。"

廖怡平把那张信笺放入信封，他在琢磨寄到上海的那封信。徐太太怎么不跟香菇客栈的胖老板何玉茹联系呢，难道不想赎徐泽祥了？想到这儿，廖怡平脑海里浮现起吴淑蕊的形象。她现在会不会正忍着枪伤在跟鬼子厮混？看来大野松夫救走吴淑蕊，是有长远计划的，这个计划就是要让吴淑蕊跪倒在他大野松夫面前，做大和民族的间谍，再次打入我方来窃取重要情报。那吴淑蕊目前究竟又躲在哪儿呢？是日军宪兵司令部还是大野松夫的寓所？廖怡平想起这个吴淑蕊就一阵头疼。

廖怡平转身从酒柜里取出洋酒，启开瓶盖倒上一杯一仰脖子灌到肚里，心情才有些许平静。廖怡平转身去问姗妹，已转移到教会医院东阁楼的徐泽祥的情况，姗妹还是告诉廖怡平："各种药剂都用了，这个人由于麻醉剂过敏排泄缓慢，还是处在昏迷之中，好在心跳频率没问题。"

廖怡平认为："徐泽祥重新住进教会医院，反而不会引起别人的怀疑。因为徐泽祥曾经是从那里出去的，一般人不会再想到他竟然会重新返回，又住进教会医院东阁楼里来了。"

此时，廖怡平突然感到派曹剑青去卧底是自己的失策，因为他对曹剑青很了解，曹剑青一贪财二贪色，但木已成舟，眼前这步棋已经无法收回了。曹剑青虽然不在了，但廖怡平也没感到太大的失望，因为他有两个人握在手中，一个是共党的叛徒吴淑蕊，另一个是被他软禁的徐泽祥。虽然吴淑蕊目前在日本人手里疗伤，但她迟早会走投无路，返回我方。想到这里，廖怡平欣然地一笑，我至少可以在这两个人身上拓展军统在处州的地盘。但廖怡平万没想到，教会医院的外科大夫李芙贞竟然真的就是日本间谍。他曾经怀疑过，但没有确凿的证据。

李芙贞在教会医院东阁楼里，发现有神秘病人住着。东阁楼里的徐泽祥是化名的病人，再说李芙贞也不认识徐泽祥。所以现在虽然查明这个东阁楼的病人叫王家仁，但万万没想到，其实这就是她寻找多日未果的徐泽祥。

徐泽祥表面上是住院，实际是被羁押在东阁楼。东阁楼内外都是暗携手枪的军统特务。李芙贞悄悄观察了东阁楼，作为外科医生，她有权力巡视病房，但东阁楼是闲置的贵宾疗养点，李芙贞没有权力进入。李芙贞认为软禁在东阁楼的病人，肯定不是一般的人物。通过耐心的调查，她从护士小张口中套出，那个王家仁其实就是徐泽祥。那徐泽祥为什么又会被羁押在教会医院呢?

廖怡平接到电话，温特纳将采购来的进口药剂注射在徐泽祥身上，徐泽祥一个小时后苏醒了，现在正用其他药物让他恢复常态。

廖怡平放下电话得意地一笑。因为他已吩咐下去，徐泽祥完全恢复后立即转移，另外的羁押地廖怡平早已准备好了，启用只是时间问题。为了确保万无一失，廖怡平还亲自出门去巡视了新的羁押地环境。

同样令廖怡平欣喜的是，吴淑蕊果然不出所料秘密回到川渝堂的办公室。廖怡平热情招待了吴淑蕊，两个人密谈了一个下午，一个新的阴谋和新的合作正式萌芽了。

功夫不负有心人，经过不懈的努力，周昌渝终于揭开了处州长途汽车站枪杀阴谋的面纱，他从阿聿口中套出王立宇枪杀栗河惠子的真相，这样周昌渝也好向陈裕树交代了。

与此同时，上海地下党情报机构也发来密电，向陈裕树指示：“要团结温州港口林景泉，密切关注日军电台，注意截获日军的密电。他们用的是一次性解码系统，我方正在想办法找到解码本。”

第十八章　精心策划劫人质　得而复失又成谜

李芙贞把徐泽祥已化名王家仁，羁押在教会医院东阁楼的详细情况，用信鸽送到新亚洲洋行的楼顶，倪少慧听到信鸽的叫声，随即上楼从信鸽脚踝里取来纸条。郑单鹏收到这个重要的情报后，立即派倪少慧把情报用变通的方法送达古玩斋。周昌渝获悉徐泽祥的落脚点后，连忙派黄敬丰再次寻找钟根海。

这次黄敬丰没有扑空，钟根海得到情报后，连忙赶到哥弟帮驻处磋商。钟根海率领八个汉子，化装后埋伏在教会医院。

是夜，化过装的周昌渝也在教会医院，亲自指挥营救徐泽祥的行动。钟根海那帮人分工明确，前后有序，行动迅速地与持枪的川渝堂守卫进行搏斗。这些男女特务没想到来人居然都是些武艺高强的民间杀手，化装成老太太的钟根海等八人制伏了男女特务，成功地营救出徐泽祥。

但行动中，温特纳看到了化过装，且用黑布裹着脸只露一双眼睛的周昌渝。周昌渝也万万没有想到，徐泽祥的成功营救是李芙贞提供的情报。

川渝堂里，廖怡平在睡觉时接到电话，那简直就像是听到了噩耗一般：徐泽祥被不明身份的人劫走了！

闽浙赣三省边区绥靖指挥部中将指挥官陈式正，在龙泉城镇北河街寓舍也接到了报告，气得把茶杯都砸了。沉思后，陈式正拿起电话，紧摇了几下电话柄，接通了龙泉县警察局局长的电话。他怒不可遏地命令警察局局长："务必把此事调查清楚，宁可错抓一百，绝不放过一人！"

警察局局长小心翼翼地告诉陈式正："中将阁下，处州是沦陷区，您和我都无法去那边抓人啊。只要这些嫌疑人一踏进龙泉地盘，来一个我抓一个。"

周昌渝完事后回到古玩斋时已是凌晨，他刚躺下黄敬丰就来敲门。黄敬丰告诉周昌渝，排门缝隙里塞进来一张纸条。周昌渝接来纸条一看，顿时惊呆了。纸条的内容是："徐泽祥在逃往大港头途中被不明身份的人劫走，这些人中有个身材姣好、戴着头套的女人，握着手枪在指挥这次绑架行动，我方一人牺牲。”

周昌渝问黄敬丰，这纸条塞在门缝里多长时间了？黄敬丰说他是临睡前去检查排门发现纸条的。周昌渝连忙计算时间，好确定这个情报是不是假的。照理说钟根海护送徐泽祥也快到大港头了，按时间推算，周昌渝现在也根本无法找到钟根海。

钟根海的护送队伍是在去大港头的山沟里，遭到河堤三郎和郑菲娜一伙的伏击。钟根海一看情况不妙，就叫徐泽祥自己选择往哪里跑，没想到郑菲娜一方早有准备，徐泽祥逃去的那条路，有河堤三郎的手下早已挖好的陷阱，徐泽祥在匆忙中踩入陷阱，被郑菲娜和她的手下活擒。郑菲娜哈哈大笑：“徐泽祥，你永远逃不出我的手心！”

河堤三郎和郑菲娜把徐泽祥秘密转移到处州庆辉骨科，看来郑菲娜早已准备在这个骨科医院里羁押徐泽祥了。

翌日，黄敬丰在廊桥按约定时间等待，果然等来了化过装的钟根海。钟根海手持导盲棍，缓慢地往桥面走来。由于钟根海的伪装天衣无缝，再加上又戴着墨镜，黄敬丰压根就没有认出这个名震一时的骰子王。接头暗号对上后，黄敬丰终于从钟根海口中获悉，昨天晚上营救徐泽祥成功后，在去大港头的途中遭到日本特务的袭击，徐泽祥再次被绑架。

钟根海告诉黄敬丰：“这段时间我老被人算计，叫你大掌柜别再来找我，我怕有尾巴跟着我而连累你们。”黄敬丰回到古玩斋后把此事向周昌渝作了禀告。

为此，周昌渝惴惴不安，手拿抹布不由自主地一直在打扫店堂，黄敬丰见状赶忙拦着要自己来做这种事，被周昌渝拒绝。周昌渝也不跟黄敬丰说话，只是示意他坐在柜台后多看看剑和青瓷类的书籍。黄敬丰坐在椅子上，一手搁在柜台上一手托着下颌，根本看不进书中的内容，不时看周昌渝来回忙碌着。那夜，周昌渝天没黑就上楼去睡觉了。黄敬丰端着盘子去敲周昌渝房间的门，请他吃口饭再睡。周昌渝就是一句话：“我不饿！”

那夜黄敬丰失眠了，眼前不时闪现陶阿秀明媚的笑脸和婀娜多姿的身影。

周昌渝收到陈裕树的密文后，提着一箱青瓷绕道来到温州林景泉的港务办公室，传达陈裕树的指示。他俩担心的是敌特围捕徐泽祥，而目前也没有徐泽祥的确切消息，是否被擒拿还有待最后的证实。林景泉希望周昌渝通过河堤三郎的关系，获取准确消息。

周昌渝以谈日货销售为由，去了处州河堤株式会社，刺探来的情报是，徐泽祥至今没被逮捕。林景泉接到周昌渝打来的电话后松了一口气。

川渝堂里，廖怡平知道无休止地推卸责任是没用的，眼前必须派人盯守处州地域的所有出口，决不能让徐泽祥逃出处州，逃出处州也就意味着龙泉剑也被带出处州。但廖怡平没想到，龙泉山区与福建只有一山之隔，况且深山老林到处是通往福建的小道，廖怡平的手下怎么可能堵住徐泽祥的脚步呢？

廖怡平提出了三个方案，一是派人监视处州抗日救国会；二是摸清哥弟帮常驻地址；三是弄清徐泽祥背后究竟是谁在支撑着。不管是日本人还是共党，都必须斩草除根。廖怡平命令吴淑蕊，哥弟帮的帮主王立宇一旦在处州出现，如不能活擒，就当场击毙。击毙后要登报，不管他是不是共党，这泡屎必须要拉到共党头上。

李芙贞监听到了廖怡平的行动方案，这才感到川渝堂的手段实在是太阴险、太毒辣。

李芙贞去女神美发厅做头发，偶然发现曾被 M1924 步骑枪击中胸部的女人倪少慧也在做头发。李芙贞完事后躲在暗处等待那个倪少慧，但倪少慧却从另一道门溜了。李芙贞从窗口看到倪少慧，便一直跟踪而去，直到倪少慧进入新亚洲洋行。李芙贞这才明白，那个倪少慧是郑单鹏的手下。剩下的疑团是，究竟是谁持 M1924 步骑枪击伤了这个倪少慧？如果子弹再偏一寸，倪少慧可就死在枪下了。

李芙贞不敢明地里过问此事，即使问了，郑单鹏也不会告诉她实情。也许这个倪少慧就是苏联红军远东情报局的特工，但是否是双重间谍呢？倪少慧是否跟周昌渝有牵连？或者说是郑单鹏与周昌渝联络的线人？太多的疑问，使李芙贞陷入困惑之中。

与此同时，周昌渝也在尽力寻找徐泽祥的藏身之处，为的是尽快营救徐泽祥。周昌渝极度谨慎，从不在古玩斋里的电话中泄露自己的另一身份，通话内容非常单一，那就是买卖仕女画及古青瓷。这点即使李芙贞也都非常佩服。周昌渝心里清楚，要找到徐泽祥的藏身处，还得从河堤三郎那里打开缺口。

古玩斋店堂后的起坐间里，周昌渝热情地在劝河堤三郎喝酒。河堤三郎听到周昌渝说“双脚扛个肚”，感到很不解。周昌渝告诉他，这是龙泉歇后语，意思是单身汉。河堤三郎对龙泉歇后语特别感兴趣，又问还有其他什么歇后语。周昌渝又说了“青蛇钻蔑篱”，意思是不死也要脱层皮。河堤三郎把那些歇后语都一一记了下来。周昌渝猛然想到河堤三郎真的把这个山城当成家了，也就是说河堤三郎不单要窃取龙泉剑和龙泉青瓷的铸造秘诀，而且还要收集这里的民族风情，这个入侵者连歇后语都要记下来，看来真的是想打持久战了。

廖怡平手下的几个特务，为了监视古玩斋内河堤三郎和周昌渝的举动，只能迫不及待地装作古青瓷的爱好者，到店里装模作样地欣赏古青瓷，但两个特务却竖着耳朵在偷听柜台后那间起坐间里的谈话。当他们听到河堤三郎在哈哈大笑，已感到偷听没什么意思了，便知趣地走了。

就在河堤三郎品味安仁鱼头，欣赏古玩斋的各种古青瓷时，李芙贞神秘地来到日本驻处州宪兵司令部。李芙贞把徐泽祥关押在庆辉骨科的情报，向宪兵司令佐藤次郎作了汇报。

佐藤次郎说："徐泽祥的事让郑菲娜去处理吧，我暂不插手，你也可直接与大野松夫联系。这段时间你的重要任务是继续截听浙南游击纵队和川渝堂的电台来往电文。我的东京朋友松山寿花了三个多月时间，耗费了大量经费，终于研制成功了世界上第一件可投入实际使用的，能够隐藏在摩托车、自行车甚至让伪装成路人的特务携带的移动式无线电信号测定仪。"

李芙贞想要知道这种信号测定仪是否已在滨野手中，便委婉地问佐藤次郎。佐藤次郎从抽屉里取出一部信号测定仪递给李芙贞，同时告诉她，滨野手中也有一部。这说明日军情报机关已经像章鱼的触角那样伸向处州各个区域。据佐藤次郎说，特高课的信号测定仪已探测到川渝堂的电台频率。至今信号测定仪还没有锁定浙南游击纵队的电台。李芙贞听到这里心情顿时放松了不少，因为佐藤次郎没有提起新亚洲洋行的事。

李芙贞将日军启用移动式无线电信号测定仪的消息，用信鸽传递给了郑单鹏。郑单鹏得到这个情报后顿感事态严重，因为这样一来日军就可能随时抵达洋行搜查。郑单鹏连忙与倪少慧磋商，把电台转移到住在郊区的三七开的老房子里。

吴淑蕊是在精心谋划一番后出门的，她要调查清楚那个带着杭州口音的男人。自从离开王丽珊住宅后，她不敢再直接到王丽珊家去了，她约王丽珊在一家较隐蔽的茶馆里见面。

王丽珊边喝茶边向吴淑蕊阐述自己的遭遇。王丽珊这种舞女是不会到古玩斋去的，做她们那行的女人，个个都是下半夜睡觉中午起床，随便吃一点东西，就开始像泥瓦匠那样粉刷自己的脸。王丽珊不认识周昌渝，只说了那个男人的基本长相和穿戴，有杭州口音，颏唇沟上有小胡子。吴淑蕊听了王丽珊的描述后心惊肉跳，浙南游击纵队居然派杭州口音的男人来收拾她。想到这，吴淑蕊认为这偏僻的茶馆也很危险，不由自主地放下端着茶杯的手，伸进坤包握住了手枪。王丽珊看出吴淑蕊要走了，就掏钱买单。没等服务生过来，吴淑蕊感觉似乎门外就有杀手等着，起身就往茶馆的后门溜了。

走出后门，吴淑蕊还是提心吊胆，她干脆把手枪从坤包里取出来握在手上，用坤包掩盖手枪后，坐上黄包车匆匆地走了。吴淑蕊要进一步了解那个杭州口音的男人。吴淑蕊在天黑后才找到了小白脸葛祥龙，立马问道："找王丽珊的那个男人是谁，你是否认识他？"

葛祥龙再三表示不认识他，他描述的那个杭州口音的男人与王丽珊说的差异不大，但葛祥龙隐瞒了黑帮威胁他的事。他其实能回想起那个讲杭州口音男人的容貌，但也许那个人是阿聿的顶头上司呢，谁也不想惹这个麻烦。

吴淑蕊的担心和警惕是对的，虽然她不知道，但共产党正在策划除掉重新回到处州的吴淑蕊的计划。与此同时，浙南游击纵队也在实施一条"请君入瓮"的妙计。但这是机密行动，所以陈裕树把会议的地址安排在设有电台的货船内。周昌渝从古玩斋出来后，绕道抵达温州海边的货船，正是要参与这次重要会议。

会议的另一主题是再次寻找徐泽祥的羁押地。另外有人提出来，为什么几方面人马都对徐泽祥这么感兴趣，是否徐泽祥身上还有其他极机密的情报？敌方一次次转移徐泽祥的羁押地，他被我方营救后又遭窃持，这似乎有点像玩过家家的感觉。

龙泉剑虽然还是个谜，但眼前的事是要营救徐泽祥。很多事不是说行动就能行动的，等待的日子是艰难的，陈裕树急，周昌渝心里一样急。

会上，周昌渝问陈裕树，钟根海在哥弟帮能左右那帮兄弟吗？陈裕树说这事只能边走边看，哥弟帮如果公开打出浙南游击纵队的旗帜，那日本人和军统的枪口就会集中在哥弟帮身上。

陈裕树提示周昌渝，千万别惊动从日寇手中逃脱的王立宇。目前的一个重要任务是要营救徐泽祥，吴淑蕊叛变后靠钟根海一个人是左右不了哥弟帮的，王立宇领导的哥弟帮虽然有江湖习气，但他毕竟能指挥哥弟帮。

会后，周昌渝到达刘慧芸的秘密租住地，刘慧芸不去参加会议也是为了回避哥弟帮中万一突然出现叛徒而牵连到整个党组织，周昌渝和刘慧芸一直为这件事而烦恼。周昌渝认为，郑菲娜、吴淑蕊不可能把徐泽祥送到庆辉骨科去，再说庆辉骨科的大夫俞庆辉，也是倾向中共的人。

根据陈裕树的统一策划，经过充分的酝酿，周昌渝在画室里画出了营救徐泽祥的方案和图纸。周昌渝到达刘慧芸从上海回来后秘密居住的杏仁巷宅邸，把营救方案的图纸交给刘慧芸，想让这个见多识广的才女来把把关。果然，刘慧芸出的主意使周昌渝感到意外，周昌渝连忙按刘慧芸的思路重新修改营救方案。

周昌渝临走前，刘慧芸把五个茶叶蛋塞在他的衣袋里。周昌渝轻轻拍了拍刘慧芸的肩要转身离开，临行前又叮嘱她，如果找不到他，就到鼎盛汽车修理厂，暗号照旧，刘慧芸默默地点了点头。

周昌渝走了，但还是下意识地回头去看了一眼刘慧芸。刘慧芸示意让他走。周昌渝才走出门槛关上门。

周昌渝将方案和图纸放在鼎盛汽车修理厂，以试驾出厂汽车为由，把方案和图纸送到钟根海手中。

通过哥弟帮的内线钟根海的运作，方案和图纸终于送到了王立宇手中。王立宇对那份方案和图纸非常认可，多次问钟根海，我们哥弟帮上面是否还有一个情报部。钟根海回避了这件事，虽然王立宇知道陈裕树是共产党，可陈裕树是文人，写不出这种方案也画不出这种图纸。他也认为哥弟帮上头还有几个智囊团，这智囊团中肯定有像诸葛亮那样的人物，但这个人绝不是陈裕树。

王立宇反复研究方案和图纸后，对钟根海更有成见，甚至怀疑钟根海是浙南游击纵队的人，因为浙南游击纵队都是单线联系。钟根海与王立宇单线联系，就是不想让他知道自己的上线是谁。王立宇猜测钟根海的上线绝不是陈裕树，那中间这个人是谁？这个中间人就是“诸葛亮”！

化过装的王立宇住进香菇客栈。胖老板何玉茹发现这个人是王立宇后即打电话给滨野。滨野吩咐何玉茹要外松内紧，他要马上派人逮捕这个毒蝎子。放下电话，滨野亲自率领郑菲娜和手下特务前后堵住香菇客栈门道，但没抓住王立宇。滨野拍拍胖老板何玉茹的肩，非常平静地一笑：“你的，是我的朋友。”

滨野和郑菲娜通过种种手段，找到了老街当铺陈掌柜另外的库房。就在那夜，郑菲娜和手下女特务洗劫了陈掌柜的秘密库房，找到了传说中的七星剑。

当天夜晚，周昌渝趁下雨去看了庆辉骨科，借口说胃不舒服咨询了俞庆辉。就医后周昌渝楼上楼下都踩了点，走到大门口时，他还是认为这是个私人诊所，军统不可能把徐泽祥送到这里来。庆辉骨科在处州中山路，是一座典雅的二层楼公寓。但周昌渝万万没想到，吴淑蕊的表哥就是俞庆辉。撑着雨伞的周昌渝站在雨中十几分钟，才发现这个诊所连晚上都有患者就医。敌人究竟是否会把徐泽祥转移到此处？周昌渝反复思量。

下半夜，周昌渝和刘慧芸经过精心化装，再次潜入庆辉骨科寻找徐泽祥的关押位置。刘慧芸在外面放风，周昌渝翻墙进去，落地就感到整个庆辉骨科都阴森森的。使周昌渝失望的是，整个庆辉骨科，连茶水房都找遍了，根本没有徐泽祥的影踪，更没有任何持枪的人在医院内巡逻。

第十九章　敌猖狂再次得手　设计谋酒后起底

周昌渝出来后，和刘慧芸一前一后警觉地离开了庆辉骨科。在岔道口，刘慧芸想让周昌渝跟她去租住地，周昌渝还是把刘慧芸陪到杏仁巷宅邸门口，说了几句关心的话才独自回去。

河堤三郎通过商界的朋友私下与廖怡平沟通，想重金托廖怡平杀了王立宇。这王立宇可不是谁都能杀的人，廖怡平手头有整套谋杀王立宇的方案，那份方案放在案头都已有几个月了，这时他才意识到，不是他廖怡平一个人想杀王立宇。这次收到重金又可以借刀杀人，何乐而不为呢？但廖怡平和他的手下没有一点王立宇的线索。

河堤三郎还通过其他渠道，找到英国军事代表团龙泉组的威廉，他与威廉交朋友目的就是要威廉收集与王立宇有关的情报。没想到威廉看不起河堤三郎，虽然收了重礼也只是敷衍一下这个日本人。威廉把河堤三郎要杀王立宇的事向兰斯德中校作了禀报，威廉从此被兰斯德中校器重。

河堤三郎的一举一动早已被李芙贞的手下盯梢，手下把河堤三郎在庆辉骨科后院隔壁民房里的行踪，向李芙贞作了汇报。李芙贞当天晚上与郑单鹏接头，由于怕感情上的节外生枝，李芙贞谈完河堤三郎的事就匆匆离开茶楼绕道去庆辉骨科后院隔壁民房踩点去了。李芙贞发现民房二楼窗口有人在向窗外偷窥。好在李芙贞是行内人，在观察二楼窗口时，早已有防范意识而没使偷窥的人发现她是来踩点的。

哥弟帮的所有成员对徐泽祥事件已忍无可忍，王立宇和他的哥弟帮队员也早已摩拳擦掌。营救徐泽祥的方案是：为了防止敌人怀疑俞庆辉是内应，哥弟帮采用翻墙撬窗而入的营救方法，再把俞庆辉夫妇绑起来，并要在不伤害俞庆辉的情况下打他一顿。

去庆辉骨科营救徐泽祥的行动预计在午夜进行，王立宇的专横独断差点影响了整个计划。钟根海新提出的两个行动方案立马被王立宇否定，但钟根海几乎是打下门牙往肚里咽，他不可能告诉王立宇那两个新方案是周昌渝制订的。周昌渝曾叮嘱钟根海，营救徐泽祥的行动中必须要见机行事。哥弟帮是王立宇说了算，钟根海只能是配合这次行动。

虽然遇到两个女特务疯狂的挣扎和反抗，使整个营救行动横生枝节，但哥弟帮和王立宇、钟根海等人最终还是按周昌渝制订的方案和意外情况应对措施进行营救，行动顺利、圆满凯旋。徐泽祥告诉钟根海，其实我早醒了，就是没力气对付看守。

哥弟帮营救了徐泽祥，李芙贞对此并不感到意外，心想这下滨野和日方就怕难以拿到龙泉剑了。静下心后，李芙贞对这一事件却耿耿于怀，她突然想到自己撤掉已布置的手下是件多么鲁莽的事。李芙贞在阁楼的洗印室里，望着庆辉骨科的照片，冷静地思考着。她重复回放着庆辉骨科的电话录音，最后认定这个俞庆辉是共党的内线，她要再仔细观察这个俞庆辉，看能不能从他的嘴里再抽出一串人。

从庆辉骨科撤退回来的路上，一个被押解的樱花会馆保镖阿三说出的话对王立宇触动很大："你可以得势一时，但却不能得势一生。"王立宇听到后鼻子轻轻一哼，但内心却为之一怔，不由自主地想到，自己曾与阿聿合作杀人，当时阿聿给他一条"小黄鱼"要他杀一个戴夏威夷金丝草帽的女人。

哥弟帮押着保镖阿三钻进弄堂口的汽车，汽车载着徐泽祥在中山路上疾行，继而拐向了瓦窑路，驾驶员在车内的后视镜中发现有一辆小轿车在跟踪。他们就打开车门一脚踢下那个阿三，扬长而去。王立宇知道那是川渝堂的车在跟踪，说明他们也早已监视了庆辉骨科。

就在哥弟帮营救徐泽祥的时候，周昌渝正在河堤三郎株式会社陪河堤三郎喝酒。

周昌渝是特意算好时间去找河堤三郎的，他要错开这个时间差，让河堤三郎无意中成为他不在现场的证人，从而使徐泽祥被哥弟帮劫走后，没人会怀疑周昌渝是这次事件的主谋。周昌渝也不是盲目地就去河堤三郎株式会社的，河堤三郎多次打电话邀请他去商谈收购龙泉剑的事，他一直借口忙，其实他要选择在营救徐泽祥的那天晚上才去拜访河堤三郎的。

河堤三郎从不吐露大野松夫及特高课布置给他的任务，他在周昌渝面前就是一个地道的商人，开口闭口聊的都是生意经。等生意经谈腻了，酒也喝得差不多了，河堤三郎才会问问龙泉宝剑及龙泉青瓷的种类和一些牛头不对马嘴的问题，这也不奇怪，他毕竟是日本人。但周昌渝心里清楚得很，无论再怎么守口如瓶，你河堤三郎来处州的目的谁还不清楚？你从特高课的大门走出来，还能不领任务？那任务执行起来对处州的老百姓还能有好？自打你们这帮人来了以后，绑架、抢劫，甚至是暗杀发生得还少？

大清早，陈掌柜去了自己的秘密库房，才发现库房早已被洗劫一空。这下陈掌柜才体会到什么叫人财两空，真的是祸不单行。陈掌柜不想告诉夫人翠菊，再刺激她她就要发疯了，总不能让她再次上吊吧？陈掌柜坐在空荡荡的库房门槛上，烦闷地吸着烟。

当天下午，陈掌柜喝了点酒就去老朋友周氏渊剑堂的掌柜周浩臣那里诉苦。周浩臣劝陈掌柜干脆转行算了，陈掌柜坦言："这是祖宗留下来的当铺，我转行雷都要打死我。"

陈掌柜的遭遇引起周浩臣的警惕，因为周浩臣知道这事不是川渝堂干的就是日本人干的。要把陈掌柜的七星剑偷走，盗贼肯定是有线索有目标的。

滨野获悉被救走的徐泽祥人没跑远，暂躲藏在处州城内哥弟帮的一个临时聚会点，他便指挥郑菲娜、河堤三郎及手下特务，采用突然袭击的手段，击毙了哥弟帮的外围人员，又把徐泽祥绑架走了。一手策划此次绑架行动的滨野，这回长记性了，他把徐泽祥羁押在三间头的深宅大院里，并安排了樱花会馆的三个女特务日夜看守着。

黄敬丰去春雨茶馆向茶楼掌柜要茶叶，说店里的大掌柜已付了钱。掌柜把茶叶交给黄敬丰后，黄敬丰转身就准备下楼梯。就在这时，河堤三郎匆匆跑过来，一把拽住黄敬丰的胳膊，要黄敬丰做个证人。原来是骰子王钟根海通过阿聿介绍，想跟河堤三郎大赌一把，阿聿约了几次，河堤三郎终于约到了钟根海这个骰子王。

听说骰子王曾在龙泉与人玩骰盅赢了八百大洋。河堤三郎垂涎欲滴，想把那张八百大洋的银票从骰子王手中再赢过来。通过茶馆掌柜作为居间人，河堤三郎告诉骰子王，自己的赌注是一把龙泉剑。河堤三郎不是傻瓜，他在大阪时也会玩骰盅并有绝招。黄敬丰知道河堤三郎常来古玩斋，找自己做证人，其实也就是让他当个旁观者。但令河堤三郎始料不及的是，这次猜骰盅及抛骰盅，他都运气不佳地败在了钟根海这个骰子王手下。阿聿倒是渔翁得利了，因为阿聿与钟根海早已谈妥，钟根海赢了要把百分之十的提成给阿聿。愿赌服输的河堤三郎，迫不得已只好灰溜溜地把龙泉剑交给钟根海。黄敬丰亲眼看到河堤三郎输掉时的狼狈神态，心想，这辈子干什么也不能赌博，你看河堤三郎平时那副目中无人的样子，转眼间就这副德行了，简直是判若两人！

回到古玩斋，黄敬丰对周昌渝说："表哥，河堤三郎输掉的财产，我几年也赚不来。"

周昌渝拍拍黄敬丰的肩膀，微笑着说："你别把自己估计得这么低，也许你以后就是龙泉的大富豪呢。"

其实这赌博的事，周昌渝早已知道，钟根海曾与周昌渝通过气。钟根海把赢来的剑无偿交给周昌渝，让周昌渝把货转卖掉，所得款项捐给浙南游击纵队，以此来表达自己对党组织的忠诚。

由于徐泽祥再次遭人劫走，周昌渝憋着一股气，这种倒霉的事怎么会屡次发生呢?！他要出门寻找骰子王钟根海，把情况调查清楚好向陈裕树汇报。周昌渝找了三个地方都没找到钟根海。

廖怡平丢了徐泽祥后，秘密拜会了大野松夫。两个谍报机关头目会晤，绝不会给处州带来好的变化。大野松夫和廖怡平彼此都把该说的话说了一半：廖怡平想在大野松夫口中套出"龙泉剑"行动的真实目的，狡猾的大野松夫则闭口不谈"龙泉剑"行动；廖怡平想从大野松夫口中弄清是不是日本人绑架了徐泽祥，那更只能是廖怡平的一厢情愿了。两人边喝茶边谈，焦点还是放在浙南游击纵队上。大野松夫想从廖怡平口中套出川渝堂掌握的哥弟帮情况，廖怡平也只是说点鸡毛蒜皮的事，两个人各自都有所保留。

李芙贞窃听到了这次秘密拜会的内容，她把廖怡平秘密拜会大野松夫的事告诉了郑单鹏。郑单鹏说："这是大事，你把录音带复制一份给我。"

李芙贞办完事来到教会医院阁楼的寝室，这阁楼有两层，顶层还有个老虎窗，李芙贞经常透过老虎窗瞭望街面。此时，趴在阁楼老虎窗窗口的李芙贞，从口袋里摸出铜哨子，轻轻地吹起来。但李芙贞万万也没想到，周昌渝同样是一直在处州到处打听冯霞囡。而周昌渝也万万没有想到，冯霞囡早已改名叫李芙贞了。

教会医院李芙贞寝室阁楼有扇暗窗，窗户外是铁栅栏，长期挂着深绿色的厚窗帘。李芙贞有个习惯，进入卧室就要走到窗户边用一只手揭开窗帘往外窥视一番，这也许是作为间谍的她时刻防备对方的手段，有时候她在窗口缝隙边一站甚至就是十几分钟。这种习惯有时到外面，也会情不自禁地表露出来，即使到樱花会馆或河堤三郎的株式会社那里，她也总喜欢默默地边喝茶边思考着什么。

这天，李芙贞来到河堤三郎的株式会社，河堤三郎热情地起身把她迎进屋内，寒暄了几句后，便开口求援："为什么哥弟帮要暗杀栗河惠子，是不是栗河惠子得罪了哥弟帮？或者栗河惠子勾引了哥弟帮内的哪个男人？李大夫能不能帮我拆解个一二？"

李芙贞说："你别想那么多，杀栗河惠子的用意很明显，那是神出鬼没的哥弟帮迎接你到处州的礼物，如果我拿着那束鲜花，那倒下的就是我了。"此时，她刻意隐瞒了栗河惠子是戴上自己的软边夏威夷金丝草帽而成了暗杀目标的事实。

李芙贞说："哥弟帮派人寻找王丽珊，就是为了搜索那个背叛了他们的吴淑蕊。"

河堤三郎对这个吴淑蕊不感兴趣，咬着牙说："我要把枪杀栗河惠子的凶案查个水落石出，就是倾家荡产也要把那个凶手置于死地。"

话虽然这么说，但河堤三郎毕竟是个文化商人，也是个好客的日本人，更何况李芙贞是栗河惠子的知音，因此他吩咐仆人设下酒宴招待李芙贞。他想到，任何人喝了酒就会兴奋，你李芙贞也不会例外，我可以在酒席间和你聊得更深入一些，甚至弄不好还可以套出你的真实身份呢。

可这如意算盘河堤三郎算是打错了，他充其量也只能算是个业余的特务，而李芙贞是苏联红军远东情报局培养出来的特工，他俩不在一个数量级上。河堤三郎不出意外地又喝醉了，李芙贞从河堤三郎的口中掏尽了他所有的秘密，包括栗河惠子死后他为了报仇投奔特高课的所有细节。李芙贞认为，河堤三郎不可能掌握日军的高级机密，这种人最适合的还是去推销他的太阳啤酒。

河堤三郎喝多了喜欢说同一句话："我没喝多，我酒量好着呢。"

李芙贞把他的酒杯拿走，他就干脆拿起太阳啤酒的瓶子对着吹。李芙贞后来干脆也不拦着，要喝就让他痛痛快快地喝。李芙贞心里明白，你河堤三郎也就是个酒囊饭袋，根本不是个干事的料，即使把整个大阪的财产都搬过来去买官，天皇也不会给你颁个中佐军衔的。

李芙贞离开客厅，推开半掩着门的书房。走进书房，她望着挂在墙上的那幅栗河惠子的仕女画，真的太逼真了，就连眉毛和头发都栩栩如生，就像长上去的一般，那和服的线条也好似刚熨烫过。李芙贞被那张仕女画迷住了，心想，这样的仕女画在处州恐怕只有周昌渝才能画得出来，她走到那幅仕女画下，仔细一看，果不其然就是周昌渝的落款。李芙贞伸手轻轻地抚摸那幅仕女画落款上周昌渝的名字及朱印，默默地念着："周昌渝！"

李芙贞转身环视书房时猛然想到，喝酒时河堤三郎多次提起郑菲娜，郑菲娜居然对河堤三郎有意思？那她为什么不到河堤三郎株式会社来安慰河堤三郎呢？李芙贞的眼前闪出郑菲娜那妖冶的身影，她对郑菲娜的妖冶根本就谈不上嫉妒，因为她很明白，日本间谍有多种类型，风骚的间谍在世界间谍史上已经如恒河沙数，多你一个郑菲娜也改变不了这段历史。

酒后的河堤三郎为失去情人栗河惠子一直在哭泣，并啰啰唆唆地重复着他和栗河惠子的浪漫史。等河堤三郎完全醉倒后，李芙贞一边拉住河堤三郎的前胸衣襟摇晃着，一边问他："徐泽祥关押在哪里？"

河堤三郎默默地念叨："郑菲娜还有吴淑蕊这帮人狼狈为奸，联手把徐泽祥羁押在庆辉骨科后院隔壁的木楼里。"

李芙贞再次问河堤三郎："你刚才不是说徐泽祥已经被你转移了吗？"

河堤三郎醉眼蒙眬地伸出三个指头："在三间头。"

李芙贞在琢磨，三间头是村庄名呢还是地段名？她突然想起护士小张是三间头人。

李芙贞见河堤三郎趴在桌子上睡着了，起身离开。她拿起电话，摇了几下电话柄接通了教会医院护士小张的电话，李芙贞知道小张今晚值班。电话里小张告诉李芙贞，三间头是深宅大院，我就住在大院边的木楼里。李芙贞放下受话器就明白了，这三间头就是羁押徐泽祥的地方。

徐泽祥被羁押在三间头的秘密，还被一个人打探了出来，那人就是钟根海。此时的钟根海爬进古玩斋后院，学着鸟叫与周昌渝接头。

周昌渝看到失踪多日的钟根海感到蹊跷，但钟根海带来的情报却使周昌渝惊喜，那个惊喜是徐泽祥被羁押在三间头深宅大院里。

钟根海再三承诺："绝对不会错，那深宅大院的主人是好赌的人，他要我教他玩骰盅，无意中泄露他家被一帮人霸占了，书房里关着一个中年男人。"

第二十章　徐泽祥刚出狼窝　骰子王又入虎口

周昌渝化装后连忙和钟根海一道，召集哥弟帮的五个兄弟在凌晨抵达三间头，早已等候在三间头的刘慧芸也蒙着脸只露出一双眼睛。钟根海没问周昌渝这个女人是谁，他知道既然蒙着脸总归有蒙上脸的道理，还是不打听为好，即使问了也不会有结果的。

钟根海冒险地先翻进墙头，然后打开墙门的门闩让周昌渝和刘慧芸及哥弟帮的兄弟们走进深宅大院。刘慧芸的任务是放风，她警惕地举着手枪在深宅大院巡查。

徐泽祥戴着脚镣躺在床上。一个女特务上厕所时听到有动静就去窗口窥视，发现有人影就赶紧去报信，正在睡梦中的两个女特务突然听到有人进大院，就立马起身拔枪隐蔽在角落。周昌渝和钟根海等人看到情况异常干脆破门而入，一场生死搏斗在深宅大院房间与走廊之间展开，最后钟根海腹部受重伤，周昌渝和刘慧芸擒拿住一个女特务作为活口，另两个女特务一死一重伤。留作活口的女特务交代了羁押的基本情况后，被周昌渝绑在柱子上，刘慧芸这才扶着徐泽祥走出大门。

周昌渝和钟根海终于又一次成功地救出徐泽祥。这次周昌渝只能挑起重担，他和刘慧芸亲自送徐泽祥到龙泉下樟村，并和徐泽祥一道翻过大山走出龙泉与闽南交界的山道。临别前徐泽祥紧紧搂住周昌渝并在他耳边承诺："我一定会回来，"少顷又吩咐周昌渝，"你好好对待刘慧芸"。徐泽祥转身又握住刘慧芸的手："你什么时候结婚，大哥送你厚礼。"

日方的战地情报是极其保密的，河堤三郎又故技重演，但遗憾的是那份战地情报的诱饵，再也没能让来河堤株式会社喝茶的周昌渝多看一眼。河堤三郎早在那份战地情报上做了手脚，当周昌渝告辞离去时，河堤三郎拿起那份假的战地情报点燃烧了。

河堤三郎秘密地拜访了大野松夫。大野松夫答应了河堤三郎的条件后，便着手注资特务机关“河堤株式会社”。河堤三郎向大野松夫承诺，栗河惠子死在哥弟帮枪下，血债要用血来还。

河堤三郎走后，大野松夫用拐杖轻轻敲一下地板，李芙贞就从另一个房间走了出来。大野松夫吩咐李芙贞：“别忘了你是日本人，你的任务更重了，你要帮我看住河堤三郎，他是个游手好闲的浪人。圣战我看有点变味了，他居然把栗河惠子摆在第一位。战争就是要死人，谁都要做好这个思想准备。”

送走了徐泽祥，周昌渝在回古玩斋的途中，偶然发现陶阿秀坐在王立宇的小轿车里。周昌渝从侧面看过去，发现陶阿秀在甜蜜地笑，虽然小轿车一晃而过，但那小轿车就像一把明晃晃的刀在周昌渝眼前划过。周昌渝担心的事终于让他亲眼见到，他气得紧紧握着拳头，就像哑巴吃黄连有苦无处说。他跳下黄包车干脆走着回去，也许是他心烦，好像这样溜达着回去就可以解除心闷似的。

就在周昌渝往古玩斋方向走时，李芙贞赶到了春雨茶馆，她的目的是要弄清楚那个跑堂钟根海在茶馆中的实际身份。李芙贞对钟根海的怀疑更深了，因为钟根海已经在处州消失了。李芙贞望着摩肩接踵的人流，突然看到周昌渝的身影。周昌渝的身影就像块磁石吸住了她，她的脚下意识地一直往那个男人背影的方向追去，也许是来往的人太多，那个男人的背影一下子消失了。她往人流中急切地寻找着，但没能再找到周昌渝。她蹲了下来，深深地叹了一口气，迷茫地望着前方。

周昌渝进了古玩斋。黄敬丰见周昌渝进来就从柜台内绕出来准备帮忙，周昌渝挥手示意不必。黄敬丰转身离开时，眼尖的周昌渝发现柜台上放着一包火柴。周昌渝走到柜台边拿起那包火柴。黄敬丰说那包火柴是一个顾客点好烟后顺手放在这儿的。周昌渝把火柴盒抽出来，把盒内的火柴杆倒在手掌心一数，有七根半火柴杆。

周昌渝推敲着，重新数了一下火柴杆。黄敬丰赶忙说：“表哥，我刚才取一根掏耳朵了。”

周昌渝望着黄敬丰，然后问那个遗忘火柴的人是何模样。黄敬丰描述了那个戴礼帽的男人的形象和穿着。周昌渝心里有数了，是自己运气不好，代号 8∶30 到店里来联络了，也不知道下次什么时候能再来。

周昌渝走进画室关上门，拿出一只瓷罐，里面是显影水，他把那只火柴盒拆开，放在显影水里，全神贯注地盯着瓷罐里显影水中的火柴盒。渐渐地火柴盒上显出一行字：龙泉剑内情不明，8：30。

如同周昌渝紧盯着显影水中的火柴盒一般，樱花会馆也在密切关注着共产党的叛徒吴淑蕊。日本人想要重新包装吴淑蕊，所以暗地派特务先要观察她一段时间。李芙贞和她的手下通过跟踪吴淑蕊，明确无误地知道吴淑蕊已住进了庆辉骨科。由于李芙贞的上司明确指示她别插手吴淑蕊的事，所以她拍了几张庆辉骨科的照片后，就下令让手下撤离，她的目的只是跟踪吴淑蕊，详细了解她的所作所为。

庆辉骨科往来的电话被李芙贞窃听了，每一通来往电话都有记录及录音，她把男女的录音全分开，经过音质分辨初步分析出男女的年龄，通话内容则更不用说了，她要在这些普通的通话中找出蛛丝马迹。但她感到前期工作做得不太理想，原因是用户终端电话噪音太大，电话的录音中掺杂着“哧哧”声。她想到要提高窃听质量，就必须从处州电话局的设备终端下手。想到这里她就摊开笔记本，把首先要办的事记下来。

李芙贞在笔记本中看到“吕秀珍”三个字，便在后面打上问号，再写上“徐泽祥”。她突然想到，如果派手下跟踪吕秀珍，也许能找到哥弟帮外围的嫌疑人，但目前下命令已经迟了，人家吕秀珍不是傻子应该早隐藏起来了。李芙贞的猜测是有道理的。

徐泽祥的太太吕秀珍，为自己老公的失踪而到处找人打听，始终没有一丝信息。吕秀珍是不会甘心的，她到古玩斋找周昌渝问徐泽祥的去向，组织上已经告诉周昌渝，这是机密，因而他不可能告诉吕秀珍。周昌渝说：“徐泽祥是我原来的上司，但我现在是商人，又喜欢这个行当，你也知道商人是不关心政治的，我只要不去当汉奸，每天能过着得过且过的日子就谢天谢地了。”

周昌渝说了些不痛不痒的话后，又赶忙安慰吕秀珍。吕秀珍想想也对，周昌渝是商人，来问他就像问城隍庙里的菩萨，吕秀珍告辞后坐上轿车走了。

轿车抵达重新装修后刚开张的天蝉旗袍店，陶阿秀看到那辆熟悉的车，就知道吕秀珍来了，忙放下手头的活立马去门口迎接。下车走过来的吕秀珍，双眼像桃子般的红，陶阿秀看到她那副样子，就知道她的丈夫还没找到。陶阿秀也没说什么，只是伸手挽住吕秀珍的胳膊往店里走。

天蝉旗袍店后间，陶阿秀的帮工连忙沏茶倒水招待吕秀珍，还没等陶阿秀坐下，吕秀珍就迫不及待地说起了徐泽祥的事。

陶阿秀其实并不太了解徐泽祥，只是听王立宇说起过，看到她这么伤心，就打岔说要帮她做件旗袍，又说了一大堆安慰的话，然后又热情地安排吕秀珍吃午饭。

陶阿秀准备的午餐很丰盛，吕秀珍拿起筷子勉强地吃着，陶阿秀几次递手绢给她擦眼泪。看到她这副神态，陶阿秀不免联想到自己，女人不少是弱者，习惯于靠着男人这棵大树。陶阿秀突然想到，自己靠的树如果是枯树或者是即将要死的树那就倒霉了，她也知道很多女人是缠树的藤，没树这藤也爬不上去。但藤的根基一定要牢固，土质要好还要风调雨顺，唯有这样这藤才好紧紧地缠住那树，并能在那树上开出自己的小花。

郑单鹏派人送条子给古玩斋的周昌渝，那纸条是用隐形墨水写成的。由于墨水是有毒的，会腐蚀金属制成的钢笔，因此郑单鹏写条子时用的是羽毛笔。条子的内容是：王立宇昨夜和郑菲娜住在酒店，王立宇肯定已出卖了哥弟帮的机密，此人必须除掉。

精心化装后的周昌渝抵达那家酒店，但差了一步，王立宇和郑菲娜早已不见踪迹。使周昌渝没想到的是，他刚走出酒店就差点中了暗枪。

与此同时郑单鹏也来到教会医院，借看病与李芙贞碰面，并把王立宇的情况告诉了李芙贞，他要李芙贞想办法除掉王立宇。但李芙贞和手下根本就没找到王立宇的影踪，似乎王立宇在处州消失了。

王立宇绑架了到处州旅游的日本海关官员，以为那个官员知道龙泉剑的事，只是后来看到实在榨不出油才把他放了。海关官员愤怒地向大野松夫投诉，语言之中根本没把大野松夫放在眼里。王立宇的这次行动，同时也说明了哥弟帮已获悉龙泉剑的事。

大野松夫紧急召见李芙贞，用责备的口吻说："这么重要的事，你却没有窃听到一点有用的消息？"

李芙贞告诉上司："我窃听到的哥弟帮所有电话都是暗语，处州辖下的龙泉与云和目前没有被我们控制，也无法了解这电话安装的地址。再说我们人手也不够啊。"

大野松夫想了想也是，便说："要想办法派人打入处州电话局。"

李芙贞通过关系找到了阿聿，阿聿给她介绍了处州电话局的施先生。

施先生知道李芙贞要窃听电话线路的目的，收了金条，就答应照办。

李芙贞与郑单鹏互通情报有一条原则，她不能去新亚洲洋行。为了弄清那个神秘的胸部中枪的女人是何方人物，她通过收买女神美发厅的美发师，获悉那个女人叫倪少慧，是上海人。她通过跟踪倪少慧，找到了她的寓所，并看到郑单鹏夜半潜入她寓所，没十分钟，郑单鹏就从石库门出来。李芙贞确定她和郑单鹏不是情人关系，但这两人绝不是同事关系，那倪少慧的实际职业是什么，就成了谜。

周昌渝是否也有女人呢？李芙贞也说不准，但她实在太想知道。于是她坐上黄包车又一次来到古玩斋，看到画室亮着灯。李芙贞瞄一下手表，已经下半夜了。她期盼这时周昌渝推窗瞭望，但只有他走动的身影，而不见推窗的动作。楼下呆呆地驻足了半晌的李芙贞只好悻悻而归。那夜，李芙贞辗转难眠，她干脆起床给周昌渝打起了毛衣。

廖怡平在川渝堂的所有通话都被李芙贞手下窃听了，她以为把这些情报交给上司，就会得到嘉奖，没想到大野松夫苦涩地一笑："你的工作很出色，但这些消息对我们的龙泉剑计划却用处不大。"

廖怡平这边暂时消停了，日本人的目光自然就聚焦到王立宇身上。这天，郑菲娜提出要悄悄带着王立宇去杭州执行任务。王立宇没想到这是郑菲娜设的圈套，但狡猾的他还是脱开了郑菲娜的掌控。王立宇哪里知道，他这是逃得了和尚逃不了庙，川渝堂的廖怡平和日本特务早已撒开了一张更大的网，准备派人跟踪并抓捕王立宇。

李芙贞早把这个抓捕计划向大野松夫作了汇报，大野松夫对她说："你必须要捷足先登。"

李芙贞用药水写好字条后放入信鸽的脚踝铜圈里，把信鸽放飞了。郑单鹏从信鸽身上取来情报，获悉李芙贞已去杭州执行逮捕王立宇的行动。郑单鹏额上沁出冷汗，他认为这是次冒险的行动，因为他听说王立宇的功夫即使在整个华东也算是一流的。

戴墨镜的李芙贞化装后，趁机率领樱花会馆小姐率先到达杭州，通过技术手段对王立宇作了定位，并亲手逮捕了王立宇。李芙贞真的是借刀杀人，完事后当夜就率领手下驾车返回处州，受到了大野松夫的表扬。李芙贞完成了一次漂亮的一箭双雕。

郑单鹏听到王立宇被捕，反而感到祸闯大了，郑单鹏认为，没把王立宇杀死，就像打蛇没打死，有被反咬一口的可能性。李芙贞费力不讨好，感到非常郁闷。

郑单鹏收到苏联红军远东情报局的密电，内容是日军一列装满军火的列车已经南下，根据预测，此列车到达地不是杭州，也许日方是在摆迷魂阵。

郑单鹏派人去古玩斋，手下回来向他禀报，周昌渝不在处州。郑单鹏把破译后的密电告诉李芙贞，李芙贞愣了。郑单鹏心里明白，周昌渝是去杭州执行护送徐泽祥去武昌的任务去了。李芙贞想起周昌渝说过，他在河埠盘下来一家鼎盛汽车修理厂。

李芙贞在教会医院阁楼里，翻开处州地图找到了那条街，然后到鼎盛汽车修理厂找周昌渝，厂里的当班告诉李芙贞，周昌渝去外地收购古青瓷去了。李芙贞问具体是什么地方，当班说做这种古青瓷生意风险很大，老板不会告诉我们，我也在找老板，他还没把买汽车配件的钱给我呢。

李芙贞心底暗自佩服周昌渝的安排真可谓天衣无缝。她对他突然的离开感到心情复杂，有些难以言状，更多的是牵肠挂肚、忧心忡忡。

周昌渝刚回到处州就收到郑单鹏派人送来的情报，那情报是王立宇背叛了。情报中的另外内容就是要想办法除掉王立宇，对装满军火的列车南下一事则只字未提。

王立宇失踪了，也没到新的天蝉旗袍店来。由于街坊四邻都知道陶阿秀跟王立宇有染，旗袍店的生意顿时一落千丈，来做旗袍的顾客屈指可数，绸缎店和布店的老板也都来要债，搞得旗袍店无法开门。无奈之下，陶阿秀又来到古玩斋。

由于黄敬丰知道陶阿秀与王立宇的暧昧关系，他对陶阿秀也不像过去那么热络了。但陶阿秀还是厚着脸皮帮古玩斋买菜做饭，周昌渝看到陶阿秀那副落魄的样子还是于心不忍，总是百般呵护着陶阿秀，这反而使陶阿秀心酸不已，时常跑到二楼自己的房间里偷偷哭泣。

周昌渝闻声来到二楼安慰陶阿秀，陶阿秀趁机告诉周昌渝，她没让王立宇得逞。周昌渝回避了这个话题，只是问陶阿秀，王立宇在与她同在天蝉旗袍店的时候，有没有发生过什么意外的情况。陶阿秀把记忆中的事都告诉了周昌渝，其中包括王立宇跟郑菲娜有一腿的事，周昌渝终于从陶阿秀口中收集到了王立宇的部分劣迹。周昌渝把那些事在与陈裕树接头时作了汇报，陈裕树认可了周昌渝这种为人处世的方式。

周昌渝在教会医院意外碰到了李芙贞，两人就像老朋友那样寒暄着。李芙贞非要留他吃饭，盛情难却的他便随她而去，他也想趁机多了解这位神秘的美女。

钟根海到茶楼去表演骰子，正在众人喝彩时，滨野中佐在远处一挥手，特高课的便衣们蜂拥而上，立马把钟根海擒住，茶楼的顾客们吓得目瞪口呆。钟根海叫嚣："河堤三郎还是不是个守规矩的人啊？是他三番五次约我赌骰盅的，茶楼的掌柜就是证人！我是拿着八百大洋与他对赌的，赌钱总归有输赢，他输了，就这样报复我啊？也太不讲信用了吧。”

不管钟根海怎么辩解自己的所作所为，特高课的便衣们还是像老鹰抓小鸡那样，把正在挣扎的钟根海拖出茶楼，带回特高课。茶楼的掌柜无奈地跑到窗口去看。

恭井又到教会医院来找李芙贞了，李芙贞不想再搭理这个唯唯诺诺的特高课少佐，借故说外科有病人转身就走。恭井跑上前，轻声说龙泉剑计划变了。李芙贞闻声一把把恭井拖进外科办公室。李芙贞问他：“你为什么要告诉我？”

恭井说：“因为我爱你，怕你走冤枉路。”李芙贞哭笑不得。

恭井接着说：“特高课通过跟踪，逮捕了哥弟帮的骰子王钟根海，那个人原来是赌场的老千，处州沦陷后成了茶坊的跑堂。”

李芙贞猛地想起周昌渝和那个人的照片。李芙贞用婉转的口吻，示意恭井想办法放了他。这是讨好李芙贞的机会，恭井说：“我会想办法的。”

对龙泉剑计划可能会发生变动的事，陈裕树和周昌渝都没有收到密电，陈裕树埋怨周昌渝：“我们不能总是完全依赖苏联红军远东情报局的情报线索，何况苏联红军远东情报局在处州的代表还没有公开暴露身份，是男是女都不知道，跟我们联系都是单线或者是通过邮递员，这种情报特别容易泄密。王立宇背叛，你我都非常危险，我俩暂时尽量少见面。另外，你要利用陶阿秀与王立宇的关系，尽量劝导陶阿秀去跟王立宇再次接触，这样你就能在陶阿秀口中获悉这个人渣的动向。”

陈裕树刚走，周昌渝就从街坊口中获悉骰子王被特高课抓走，顿时焦急万分，真的是一波未平一波又起。而钟根海足智多谋，根本不怕滨野中佐，反而要特高课交出抓人的证据：“你说我是哥弟帮，你有什么凭据？你把证人找来，我就是一个骰子王，我以玩骰子为生，也就是个赌场的老千。”

恭井对滨野中佐耳语一番，滨野中佐想想也对，何况自己也没有看到过这个骰子王的手艺。就在这时大野松夫打来电话，说他要亲自到特高课来提审那个骰子王钟根海。

大野松夫到达后，面不改色的钟根海又重复老话，道貌岸然的大野松夫冷峻地凝视着钟根海，等他说完后示意滨野中佐拿张平桌过来，要钟根海表演玩骰子。

钟根海从恭井手中接来整套的骰子工具，卖力地表演着。大野松夫被钟根海的高超技艺震撼了，但他依然是面无表情，临走前下令，别打他的手，先羁押几天再说。滨野中佐明白上司的意思了，那意思就是不能给骰子王上刑。

大野松夫亲自去了羁押骰子王钟根海的牢房，示意手下跟班在门外守候，自己就平易近人地坐在骰子王面前的木凳上，与骰子王寒暄。他要骰子王提供龙泉青瓷的传人及龙泉宝剑的传人情况。钟根海知道自己的档案早已被日本鬼子解密，就坦率地跟大野松夫说：“我是流浪艺人，靠赌博为生，曾因在上海赌场做老千，差点被黑帮砍掉右手，随后才逃到处州来，我真的不知道剑和青瓷的传人情况。您如果放我出去，我愿意做您的下线，把剑的传人和青瓷的传人是谁，摸得清清楚楚再来告诉您。”

尽管日方没有掌握吴淑蕊跟钟根海的确切关系，但大野松夫仍不打算释放骰子王钟根海，他要观察一段时间再做决定。

第二十一章　心相印羞口难开　迎考验生死度外

陶阿秀去特高课找王立宇，滨野说：“你不是旗袍店的老板吗？你去找郑菲娜吧，她也许知道王立宇在哪里。”

陶阿秀回来告诉周昌渝，她没找到郑菲娜，所以王立宇的去向目前还是下落不明。周昌渝明白了，王立宇目前仍处在隔离状态。

廖怡平通过河堤株式会社的日本特务得知，到杭州逮捕王立宇的那个戴墨镜的女人，就是教会医院的外科大夫、樱花会馆的“墙外花”李芙贞！他早有疑心，这次算是拿到了确凿的证据。拿着李芙贞的照片，他的手在颤抖。

廖怡平随即请来郑单鹏吃饭并商谈此事，郑单鹏揶揄廖怡平：“你不早就信誓旦旦地要与日军联合围剿王立宇吗，这回却让樱花会馆的小姐逮住了王立宇，你的脸面还往哪里放啊？”

廖怡平问：“那个戴墨镜的女人是谁？她为什么捷足先登到杭州呢？”

郑单鹏苦涩地笑着说：“这个女人是谁不重要，重要的是你与日本人较量的后果，你公开联合日军，以后怎样回重庆？”

王立宇背叛后，大野松夫任命他为绥靖部特别行动队队长，这个职务与河堤三郎平起平坐了。河堤三郎本来一直想杀王立宇，现在反而与王立宇在同一楼层办公，这使河堤三郎愤怒到了极点。愤怒之余，河堤三郎也更加烦闷了，王立宇没几个礼拜就收拢了处州境内的一帮地痞和汉奸，势力与他完全不相上下。王立宇也知道河堤三郎已经知道他的情人是自己杀的，相信他随时都有可能报复，想到此王立宇不禁打了个寒战，自我防范意识立马大幅提升。

当天夜晚，李芙贞到了古玩斋，遗憾的是周昌渝不在店里。李芙贞在周昌渝画室里发现一张小纸，纸上写着：提灯牌色精（地址：天津北门东泰丰里三号，电话号码 00640391，电报挂号 9565）。过目不忘的她记住了小纸上的所有内容。回到教会医院阁楼寝室，她把小纸上的内容记在笔记本里。李芙贞怀疑周昌渝是军统的人，作为苏联红军远东情报局的特工，战斗在反法西斯一线的她，非要把周昌渝是何方人物调查清楚不可。

李芙贞请郑单鹏吃饭，饭局中她想从他的口中套出周昌渝是否跟军统有关系。李芙贞的执着，使郑单鹏反而对她产生了某种戒备心理，于是便婉转地回避了周昌渝的事。交谈中，李芙贞感到郑单鹏对她还是没有死心。李芙贞想，与其藏藏掖掖、躲躲闪闪，不如干脆直接把话挑明了，于是她告诉对方，自己有男朋友了。郑单鹏听了顿时一愣，但没好问是谁，他太了解李芙贞了，知道问了也是白问。郑单鹏只好转移话题，说他最关心的还是龙泉剑行动，李芙贞同样还是让他吃了闭门羹。当然，这倒并不能怪李芙贞，因为她也确实没有摸到龙泉剑计划的底牌。

廖怡平回到了处州，当即在新宅邸里召开会议。会议的内容是，要把哥弟帮所有成员的住处查清楚。当然他心里也很明白，偌大的处州，手下就这么几个人，要摸清哥弟帮所有成员的落脚地，谈何容易？但领导动动嘴　下面跑断腿啊，既然廖怡平的命令下了，他手下的川渝堂特务们也只好硬着头皮去完成。

廖怡平来到杜鹃花舞厅找到王丽珊，王丽珊对这位不速之客的登门造访感到意外。廖怡平拍了拍王丽珊的肩，轻声对她说："等客人走了，晚上到我这里来。"没等王丽珊点头答应，廖怡平已把五块大洋塞到了她的手中。

当天晚上，王丽珊特意洗了澡来到廖怡平的办公室。但没想到的是，廖怡平只是要王丽珊向他提供陌生客人的情报。

王丽珊答应了此事，但还是风情万种地想纠缠廖怡平。好一个廖怡平，只见他兵来将挡、水来土掩般地见招拆招，硬是用各种变通的方法打发走了这位舞厅老板娘。此时的廖怡平哪还有心思跟这种女人鬼混啊，摆在他眼前的情况是，陈裕树等人及哥弟帮依然神出鬼没，川渝堂对他们的动向却毫不掌握，这样下去一些预料不到的事情随时都有可能会发生。到目前为止，一直没能查到哥弟帮成员的住处不说，连自己精心安排的卧底曹剑青也都死了，这个消息已经被叛变了的王立宇坐实了。他感到自己也太失职、太无能了，想到此便一屁股瘫坐在软椅上。传回的消息没有一个是捷报，原以为王立宇能为军统所用，目前却成了军统的对手，廖怡平顿时感到自己在处州连脚都快伸不开了。

河堤三郎果不其然多次预谋要杀王立宇，但都是以失败告终。

恭井捧着花到教会医院外科办公室找到李芙贞。李芙贞从他的神色中窥测到，恭井十有八九是放走了骰子王钟根海。恭井果然轻声说："我做了手脚，钟根海在放风时杀了河堤三郎的手下潜逃了，特高课正在追查河堤三郎的纰漏。”恭井趁机吹嘘：“这种嫁祸于人的事我从小就学会了。”

当晚，李芙贞请恭井吃了晚餐。李芙贞多次伸筷子夹菜给恭井，恭井乐得老是咧嘴笑。在这个气氛中，李芙贞问恭井：“你问钟根海了吗，那个剑青是谁？”

恭井想起他曾在监狱里问钟根海，钟根海在他耳边嘀咕：剑青是廖怡平安插在哥弟帮里的卧底曹剑青。李芙贞终于把剑青这个人物解密了，她脑中又一次闪现出当时的场景：

枪响后，身受枪伤的栗河惠子惊慌失措地扔掉鲜花，转身就跑向停车场，一头钻进奥斯汀轿车，瞬间拔枪还击，但没过多久又中了一枪便瘫倒了；火光晃过栗河惠子的脸，那双单眼皮的眼睛像死去的鲫鱼眼那样已经合上了；早已跑回奥斯汀轿车内的李芙贞，趴在车内，举枪瞄准了一个头戴礼帽、身穿黑纱褂的男人，拿着手枪戴着礼帽的王立宇大声提醒这个男人注意自身防护；只见黑纱褂男人还没反应过来就中弹倒地，那顶礼帽随着倒地的身躯跌落到地上打着转转。

李芙贞深深地叹了口气，注视着正在大口吃牛排的恭井，脑中又闪现出善后时的情形：两张旧的大班桌上，各躺着半裸的栗河惠子和黑纱褂男人的尸体。滨野中佐陪着李芙贞在两具尸体边走动。李芙贞取出相机从各种角度拍摄这两具尸体。滨野叮嘱道：“你要查清这个男人的身份。”

李芙贞看到恭井喜欢吃牛排，伸筷子又夹一块牛排给恭井。恭井兴奋得喝醉了酒，唱歌给李芙贞听。

钟根海杀人潜逃给特高课又添了桩烦心的事。根据钟根海杀人潜逃的时间和地点，滨野一直在绞尽脑汁地拆解分析，他甚至怀疑此事跟大野松夫有关，难道大野松夫已经收下了这个骰子王，作为龙泉青瓷研究所或龙泉剑制作研究所的密探了？铜墙铁壁的牢房连只麻雀都飞不进去，是谁把凶器交给了骰子王，使骰子王能够杀了看守后逃之夭夭？滨野打电话给手下，那个特务进来描述的还是原来案发现场的情况，但多了一个细节，那就是大野松夫曾经到过骰子王羁押的牢房，像老朋友一般与骰子王聊天。那个手下说，会长只叫他守候在门外，所以没有听到具体的聊天内容。滨野翻开案卷，拿起笔在“大野松夫”四个字后面打了个问号。

晚餐后，李芙贞在回医院的途中顺便绕到古玩斋。在她的要求下，周昌渝挥毫弄墨画了一双美女的眼睛。由于宣纸上那双眼睛很像她，她笑得更甜了，似乎感到今天是这辈子最开心的日子。画桌上放着周昌渝的一个精致的钱包，李芙贞如果去翻那个钱包，那她的命运将迅速改变，因为钱包的夹层里是她和周昌渝童年时的合影。

此时此刻的周昌渝，也被李芙贞的美貌与柔情迷住了，两只眼睛含情脉脉地注视着她。李芙贞也有种异样的感觉，她怀疑自己已经坠入了情网。她也感到周昌渝对她有意思，眼见着两人即将干柴遇烈火时，李芙贞感到好像有个声音在提醒自己要自持，于是便借口说要去教会医院巡房而告辞走了。

李芙贞走后，周昌渝鬼使神差般地竟然也去了教会医院，看到李芙贞在医院里上班，这反而使周昌渝感到尴尬。周昌渝往外科手术室走去，他特别希望能亲眼看到李芙贞在给病人做手术。周昌渝轻轻地推开手术室的门，他不敢进去打扰医生和护士。刚做完手术的李芙贞正在“下妆”，她在水槽里清洗着沾有污血的橡胶手套，取下口罩摘掉白帽子后，用眼神暗示周昌渝稍候。

李芙贞在手术室门口特意装出惊讶的样子说：“我听温特纳说，昨晚医院里来了一个身受重伤的日军，旁边的日军在叫嚷，那个士兵是骰子王杀的。”

周昌渝顿时愣了一下，他在想她为什么要突然说起这件事呢？没等周昌渝开口，李芙贞接着又说：“这个骰子王据说跟你关系不错，你怎么一点都不感到奇怪呢？”

周昌渝微笑着回答：“我和骰子王交情不深，他骰子王是职业赌棍，我是脚踏实地的商人。”

李芙贞接着问周昌渝：“你怎么不关心那个受伤的日军呢？”

周昌渝说：“自打日本人入侵处州以来，每天都能听到死讯，我是商人，对这种死讯已经麻木了。我关心的倒是骰子王，我跟他还有债务上的事呢，那些货如果卖不掉，就成了三角债了，这下我倒霉了，骰子王杀人逃掉，我的银票他早带走了，想找他也不可能了。”

李芙贞示意：“你先待着，我收拾一下就过来。”周昌渝心领神会地点了点头。

周昌渝在教会医院的走廊里遇到了院长温特纳。温特纳那犀利的目光和那独特的鹰钩鼻，使周昌渝想起自己曾用枪顶着那个德国佬获取口供时的情景。周昌渝斜视着温特纳远去的背影。

李芙贞从手术室出来，看到周昌渝等在走廊里，就亲切地叫了他一声。虽然周昌渝爱着李芙贞，知道李芙贞也爱着他，但此时的他还是清醒地保持着克制。他深情地望着李芙贞，良久轻声地说：“我还有事先走了。”

李芙贞站在原地没动，她认为周昌渝只是说说而已，没想到他真的走了！

捧着一束花的恭井，看到李芙贞在追一个男人，傻眼了。此时的李芙贞只有一个念头，恨不得立马追上周昌渝，能够再亲热地与他待在一起，哪怕一小会儿也好。周昌渝在墙角转弯处停下脚步，回眸看到李芙贞尴尬的神色，两人顿时都愣住了。恭井见李芙贞站住了，便捧着花朝李芙贞走来。李芙贞看到恭井脱口而出："对不起，我不喜欢这种花。"神色尴尬的恭井默默地捧着花走了，没走几步还是忍不住地回头瞟了周昌渝一眼。

周昌渝装作没看到眼前的这一幕，李芙贞走到他身边解释说："病人家属都想送我花。"

周昌渝心里明白，那个男人明摆着在迷恋着李芙贞，无非李芙贞不承认、不接受而已。两人就这么站着又聊了起来。交谈中，周昌渝还是被李芙贞的美貌深深地吸引了，不由自主地跟着她来到她的阁楼房间，有点难舍难分的感觉。

李芙贞在教会医院阁楼的寝室居然有一间书房。她用钥匙打开橡木门，寝室里布置得井井有条，墙上挂着几幅她在德国读书时的照片。周昌渝发现，朝南的窗口窗帘有条缝。李芙贞把糕点和咖啡放在茶几上，示意周昌渝与她一起坐在软沙发上。她从衣柜里取出一件新打的毛衣，递给周昌渝说："你试一下，看合不合身？"

望着周昌渝穿上自己亲手织好的毛衣，李芙贞甜甜地笑了。周昌渝忍不住说："你笑起来特别迷人，使我想起儿时的回忆。"

李芙贞把周昌渝拉到穿衣镜前，示意对方照镜子。周昌渝站在穿衣镜前欣赏身上的毛衣，就在这时李芙贞从背后趴在周昌渝身上，用双臂紧紧地搂住周昌渝温存着。李芙贞说："我这间寝室还少了一件挂件。"

周昌渝把李芙贞的话接上："少张仕女画？"

李芙贞开心地笑了。

衣柜门半掩着，如果全打开的话，就能看到里面挂着一枚铜哨子。

两人分手时，李芙贞恋恋不舍地约他礼拜天晚上一起吃饭，周昌渝心领神会地点了点头。

周昌渝走到院子里忍不住转身回望窗口时，发现李芙贞的双目仍在凝视着他。周昌渝走了几步又回头，她还是没离开窗口。周昌渝感到自己真的爱上了李芙贞。周昌渝突然发现，另一个窗口同样有双眼睛在注视着他，那人正是温特纳。当周昌渝再去注意那个窗口时，那个窗口的窗帘"唰"地拉上了。就在这时，周昌渝突然听到哨子声，当他转身寻找哨子声时，那哨子声却消失了，他感到一阵的怅然和迷茫。

在安仁镇廊桥接头点，周昌渝暂时没把他和李芙贞交往的事向陈裕树汇报。但陈裕树似乎看出了什么苗头，试图从另一角度与周昌渝沟通，周昌渝最后还是掩饰了那段感情。在回龙泉的路上，周昌渝在想，与其向组织汇报，还不如自己快刀斩断那缠绵的情丝。

李芙贞回到龙泉教会医院阁楼洗印室，把显影过的胶卷用定影药水处理，再把一张张照片从水盆里捞出晾起来。李芙贞仔细辨认各种黑白照片，做好笔记后锁门落闩，然后又与龙泉教会医院院长交代完工作后才离开医院。她这是去龙泉邮电局打长途电话，那电话是打到天津的，准确的地址是天津北门东泰丰里三号，电话号码是00640391，电话都通了，对方以为她是订货的，问她提灯牌色精要哪种型号的。

李芙贞特意说，我是处州周昌渝的手下，他订了多少货？对方说我们不认识周昌渝，但处州方面的生意我们是经常做的。这个线索断掉了，可李芙贞并没有死心。经过周密的侦察及研究，李芙贞终于发现所谓提灯牌色精上的电话号码的真实含义，0391是周昌渝在龙泉的秘密寓所西街关王庙391号，0064是大港头后山槐树村陈裕树秘密据点的门牌64号。

西街关王庙391号寓所已人去楼空。经过调查，李芙贞的疑虑又打消了，因为据邻居说，391号寓所搬家的时候都是古书和瓶瓶罐罐，作为做古玩生意的周昌渝一兔三窟很正常，毕竟那些东西都是前朝遗老的文物，也许一个古青瓷就能让一个处州市民吃一年呢。

使李芙贞感到讶异的是，周昌渝居然有陈裕树的地址。这说明周昌渝跟陈裕树有联系，所谓联系就是一伙人，也许就是上下级的关系？周昌渝经常在处州玩失踪，难道真的都是去外地买瓶瓶罐罐了吗？

李芙贞突然冒出一个可怕的念头，周昌渝就是中共党员，会不会已经在执行一次任务时死在对方的枪下了呢？处州地区这么大，别说死一个人，死十个人也难找出尸体。想到这里，李芙贞不寒而栗，情绪顿时低落，她隐瞒了调查电话号码00640391的事，连郑单鹏也没告诉。

日本陆军省情报部发来密电，密电内容是怀疑李芙贞是潜伏在其情报部的苏联红军远东情报局的特工，要求找个合适的机会，考验李芙贞。佐藤次郎收到密电后考虑了一天才交给大野松夫。凑巧特高课获取了一条情报，那情报是陈裕树将在明天上午到龙泉大街桥头茶楼与人接头。

北河街的陈式正中将也获悉陈裕树将在龙泉大街桥头茶楼附近出现的情报，那年代虽然是国共联合抗日，但陈式正坐镇龙泉实际是为了清剿共党，他只能暗地里执行这次谋杀行动。

这天上午，李芙贞突然接到大野松夫的密令，要她和吴淑蕊到大街桥头茶楼暗杀军统要员，大野松夫给她看的却是陈裕树的照片。

恭井在特高课获悉李芙贞要去执行一项特别冒险的任务，就骑摩托车赶到处州教会医院，但没能找到李芙贞。憨厚的恭井着急得快哭了，因为他不知道行动的确切地点，上哪里才能找到她呢?

处州跟龙泉相差几百里路，何况路况不是很好，龙泉是国统区，这对陈式正中将来说，只要画地为牢，就能稳扎稳打，处死浙南游击纵队政委陈裕树，对陈式正来说，如同自己的眼睛里拔掉了一根刺。

李芙贞清楚得很，这是日本军方又一次在考验她。她如果不去参加这次行动，那身份势必暴露无遗。如果去，就要面临着自己亲手举枪来杀害战友的局面。尤其是明明是要自己和吴淑蕊一起去暗杀那个军统，为什么非得指定要自己开枪呢？显然是醉翁之意不在酒。

化装后外观有了很大改变的李芙贞，万万没有想到，这次要暗杀的对象是浙南游击纵队政委陈裕树，尤其是保护陈裕树的人是周昌渝，放风的是刘慧芸。这哪里是考验人啊，这明明是在叫人下油锅受煎熬嘛！就在李芙贞左右为难、举棋不定、恍惚抽枪之际，早已看到李芙贞的周昌渝，为了保护陈裕树，迅速果断地朝李芙贞背后开了一枪，李芙贞顿时摔倒在地。枪声一响，周围顿时大乱，精心化过装的周昌渝趁乱逃脱，在弄堂里找到接应的刘慧芸，刘慧芸马上推开墙门把周昌渝拉进来后关上墙门。

周昌渝感到惊讶，情不自禁地问刘慧芸：“你在龙泉还有落脚点啊？”

刘慧芸急忙地说：“赶紧换衣服，我们从后院走，先到云和我外婆家去避避风头。”

国民党的军队和龙泉警察局的探长听到枪声顿时手忙脚乱，他们手中都是上好的武器，连匣子枪都是崭新的，但目标找不到了。大街桥头茶楼内外一片混乱，奔跑的商人大声叫嚷：“这日子没法过了，咱龙泉还没沦陷呢，光天化日之下就拔枪杀人了，政府军队连个毛贼都没抓住，老百姓哪儿还有安全感啊！”霎时间人心惶惶、乱作一团。

陈式正陆续接到国民党军队方面的连长和警察局探长的禀报后，下令封锁龙泉通往外界的所有道口及溪间走道，折腾了大半天，持枪的国民党军队和便衣特务们连只蛤蟆都没抓住。

天蒙蒙亮时，刘慧芸和周昌渝筋疲力尽地抵达云和刘慧芸的外婆家。但不管怎么敲门就是没人开。正当刘慧芸感到蹊跷时，周昌渝早就爬树翻墙进入了小院。打开院门后，刘慧芸疾步走进外婆的房间，发现外婆正患病在床。周昌渝问刘慧芸村里是否有郎中，在刘慧芸的引导下，周昌渝背着老外婆去村北郎中家。由于是出工的时辰，刘慧芸领着一个男人背着老外婆急急忙忙一路小跑地走向村北，被出工的村里人全看见了，这下可好，刘慧芸有男人的事在村里顿时传得尽人皆知。

在刘慧芸和周昌渝的精心照顾下，刘慧芸的外婆很快痊愈了。没想到外婆病一好就开始张罗刘慧芸的婚姻大事，害得刘慧芸在周昌渝面前老是羞羞答答地红着脸。

李芙贞凌晨返回处州，在大野松夫面前脱下了防弹衣，随手扔在沙发上。大野松夫看到李芙贞脖子上挂着白金项链，项链下的坠子是桃核形的。

大野松夫提起防弹衣仔细查看了弹痕："芙贞啊，这是德国的防弹衣，如果是日本造的那你命就丢了。吴淑蕊向我汇报，说朝你开枪的人好像是周昌渝，你现在该清醒了吧，这个身份不明的周昌渝，看来是想要你命的。好好休息几天，好好想几天，然后再来向我汇报。这次行动我不要听过程，我要的是结果。"

李芙贞点点头，随手把项链的坠子塞入胸口。在回教会医院的路上，李芙贞想，如果真的是周昌渝开的枪，那就证实他就是中共特工，自己用婉转的手法提供给古玩斋的情报那就值了，以后也可以给苏联红军远东情报局有个交代了。

日军处州宪兵司令部情报科向日本陆军省情报部禀报，李芙贞没任何纰漏。

第二十二章　周昌渝陷入虎口　李芙贞挺身相救

周昌渝是龙泉人，他和刘慧芸一起，绕道越过封锁线从云和到达处州。由于刘慧芸有任务要去上海，两人在车站依依惜别。周昌渝以为那一枪打死了李芙贞，就躲在古玩斋二楼画室里画闷画。想起李芙贞时，就提笔画那幅穿和服的仕女画，但那和服只是打了个轮廓。周昌渝也很喜欢李芙贞，边画着仕女画，脑子里边闪现出李芙贞那丰姿冶丽的身影和中枪后倒下的形象。周昌渝非常压抑，像头被囚禁的雄狮在二楼走廊来回踱着步，他想起那首古人为廊桥作的诗就念起来："风帆叶叶漾中流，两岸疏林绘晚秋；横锁彩虹分玉镜，钟灵不亚古槎洲。"

周昌渝想起自己十岁时，与阿囡在廊桥上拍照留影，此情此景虽过去多年，但总是历历在目、挥之不去。那时周昌渝的父亲还是周氏渊剑堂的老板，父亲的形象也在眼前浮现。突然间他似乎想起了什么，立马往储藏杂物的那间屋子走去，用钥匙打开铜锁，推门进去后随手关门落下门闩。只见他从木橱的顶层夹层里取出那把珍藏的龙泉剑，用手轻轻地抚摸着，来回地用衣袖擦拭着。

陶阿秀匆匆来到古玩斋，黄敬丰告诉陶阿秀，表哥不在。陶阿秀说自己有特别重要的事要告诉他。黄敬丰只能说："表哥在杏仁巷 391 号，就是你曾经去闹过的那个宅邸。"陶阿秀知道黄敬丰在损她，也只能憋着气去杏仁巷 391 号找周昌渝了。

当周昌渝从陶阿秀口中获悉，王立宇已被日军任命为绥靖部特别行动队队长时暗暗吃惊。陶阿秀也从周昌渝的神态上看出，他与王立宇已是水火不容了，这时陶阿秀才明白自己刚到处州时，为什么周昌渝会那么忙。

等李芙贞一走，大野松夫就开始研究周昌渝了。只见他往大班桌后的软椅上一坐，翻开桌上的案卷，第一页就能看到案卷里贴着周昌渝的照片。周昌渝的简历估计也是从其他案卷里抽来的，大小不一、规格不同。大野松夫拿起放大镜翻到第二页，审阅着周昌渝在十九路军特务营时的档案。良久，又合上案卷，闭目凝思了片刻，猛地怒目圆睁，欠身伸手拿起受话器……

夜静更深，宪兵们包围了杏仁巷391号，逮住了周昌渝，挎着德国M1924式7.92毫米毛瑟步骑枪的恭井把他从楼梯上押下来。周昌渝看到柜台边的黄敬丰脸色都发白了，便暗示黄敬丰别紧张，黄敬丰迟疑地点点头，但还是忐忑不安地望着周昌渝。

王立宇听廖怡平说，周昌渝被宪兵抓了。他怎么也想不明白，周昌渝怎么得罪了宪兵司令部。王立宇想趁这个机会一定要抓住徐泽祥，廖怡平曾告诉他，徐泽祥未能逃离处州，但处州行动没有抓住徐泽祥。廖怡平手下去云和和龙泉寻找徐泽祥也一无所获。王立宇认为不杀死徐泽祥后患无穷啊。

郑单鹏打电话给李芙贞，说周昌渝被宪兵司令部抓了，李芙贞听后愣了。

周昌渝被宪兵抓走后，黄敬丰如同心被掏空了似的，就这么趴在柜台上一夜未眠，天蒙蒙亮时黄敬丰才终于入睡。没想到，此时蒙着面的郑菲娜早已潜伏到店内，她悄悄拉开柜台的抽屉取出一串钥匙，悄然离开去了库房。郑菲娜试了几把钥匙，最后终于打开了库房门，几经曲折找到了那把藏在木箱内的龙泉剑，郑菲娜用随身带着的药水擦在龙泉剑上，剑面没有任何变化，郑菲娜把手电筒关了又把那把剑重新放回木箱内，然后离开了库房。郑菲娜来到二楼画室边的杂物储藏间，用钥匙打开铜锁，推门进去后随手关门落闩。郑菲娜经过摸索，最后认定龙泉剑应该是在木橱里面，她把手伸进木橱的顶层夹层里取出了那把珍藏的龙泉剑，整个神态变得异常亢奋。她把那把龙泉剑包好后随身带上，重新回到店堂柜台边。由于太劳累，黄敬丰仍在酣睡。郑菲娜把那串钥匙放入原来的抽屉里，回眸再看一眼趴在柜台上的黄敬丰，然后从灶头间后窗跃出，再把窗门合上，一切都是那么细致入微、不留痕迹。此时，天已微白了。

恭井到教会医院，把周昌渝被宪兵抓走的消息，用幸灾乐祸的口气告诉了李芙贞，并说自己亲自参加了这次行动。李芙贞气得挥手直打恭井的头。恭井见势不妙便自我开脱地说："抓周昌渝是司令部想霸占古玩斋的古青瓷。我认为周昌渝迟早是大和民族的朋友，我是谁你以后也会知道的。"

李芙贞没再搭理他。恭井自知没趣便悻悻地走了。恭井走后，李芙贞反复掂量着他所说的话。思考再三，李芙贞去了樱花会馆，从那里换上中佐的军装，又驾车离开了樱花会馆。

佐藤次郎正在听特高课课长滨野中佐的汇报。

佐藤次郎严肃地说："周昌渝的事你们特高课不要管，管好你们自己的事。"

滨野中佐连声说着“哈伊”，然后便悻悻地离开。

李芙贞刚一关上门，佐藤次郎就亲切地笑着说：“事情过去两天了，怎么一直不给我打电话？你不急我还急呢。”

为什么佐藤次郎会说你不急我还急呢？难道周昌渝真的是军统或者是浙南游击纵队的双重间谍？李芙贞感到芒刺在背，她往沙发上一坐，迷惑地望着佐藤次郎。

佐藤次郎不愧是她的长辈，知冷知暖地拍拍李芙贞的手背，然后在她身边坐下，老谋深算的佐藤次郎当然一眼就看出李芙贞的来意。李芙贞当然是为周昌渝的事来的，她要等待佐藤次郎先开口告诉她结果。

佐藤次郎嘘寒问暖、东拉西扯，恰恰就是不提周昌渝，他要等李芙贞先说。

佐藤次郎毕竟是陆军少将，李芙贞只好先简单地汇报了暗杀陈裕树失败的事。

佐藤次郎似乎对这件事已经不太关心了，他明确表示自己关心的只是李芙贞伤势的轻重。李芙贞表示了感谢，并礼貌地向佐藤次郎告辞，佐藤次郎还是没提周昌渝的事，这下李芙贞急了，快到门口时忍不住说道：“将军阁下，我想知道周昌渝案情的进展。”

佐藤次郎拍拍李芙贞肩上的中佐军衔肩章：“你是我培养出来的特工，但我看出来你耐心还是有限的，干你这行工作心要像铁一样硬，你肩上的担子是非常重的。”

李芙贞“哈伊”一声后转身欲走，佐藤次郎轻轻说了一句：“如果周昌渝已被秘密处死，你想说什么？”

李芙贞严肃地表态：“那我也要知道结果。”

佐藤次郎沉着脸说：“你是帝国陆军省情报部的中佐军官，别以为你是外科大夫，你死了也是帝国陆军省的将士。”

李芙贞再次“哈伊”一声，然后迈着标准的军人步伐走了。佐藤次郎注视着这个倔强的侄女的背影，直到她在走廊拐弯处消失。

日本驻处州商会会馆，大野松夫拉上窗帘后，用钥匙打开大型保险箱，那把龙泉剑斜搁在保险柜内，剑外面用红绸裹着。大野松夫打开红绸，把那把剑握在手中嘿嘿一笑，然后挥起龙泉剑做出几个刺杀的动作，“啧啧”点头、喜不自禁，然后把红绸取来裹上龙泉剑，再把龙泉剑放在原处并锁上保险箱。

大野松夫在保险箱前踱着步，然后往大班桌后的软椅上一坐，把放在桌面上的两本册子拿过来，打开其中一本册子，上面分别用日文和汉文写着“日本国龙泉剑制作研究所筹备方案”。大野松夫离开软椅绕到大班桌外，伸手拿起另外一本册子随手翻开，册子上分别用日文和汉文写着：“日本国龙泉青瓷研究所筹备组。”大野松夫想到了什么，拿起笔在白纸上写下“河堤三郎、郑菲娜”。

李芙贞打电话给洋行的郑单鹏，约他见面。在咖啡厅里，李芙贞开门见山，请求郑单鹏想办法营救周昌渝。郑单鹏直截了当地问：“周昌渝是不是你的情人？”李芙贞点头默认了。

郑单鹏严厉地批评她：“搞我们这行的是冷血动物，你怎么能动真情呢？”

李芙贞默默地流着泪。看在老同学的面上，郑单鹏勉强答应她去想办法营救。临走时郑单鹏说：“我这可是虎口拔牙啊。”

李芙贞送郑单鹏出门时，郑单鹏悄声地在她耳旁轻语：“周昌渝如果死了，你一定要嫁给我！”

李芙贞忍不住挥手一巴掌打在郑单鹏脸上，随后扬长而去。郑单鹏一直凝视着李芙贞的背影，此时的他已再清楚不过，李芙贞对周昌渝的情感已无法改变。周昌渝是隐蔽战线的同盟，虽不能正面交往，但毕竟也还是战友啊。郑单鹏摸了摸被打过的脸，默默地去了酒吧。

刘慧芸从上海秘密回到处州，到达古玩斋后从黄敬丰口中才知道周昌渝被日军宪兵逮捕了，这真是塌天的大事，刘慧芸坐在行李旁含泪吃着饭，几乎无法下咽。

这时陶阿秀也来到了古玩斋，看到刘慧芸在灶头间含泪吃饭就问出什么事了。黄敬丰走过来一把拽开陶阿秀，为此两人争吵起来。黄敬丰无奈之下才说：“你知道出什么大事了吗？我表哥被日军的绥靖部特别行动队抓走了！”

陶阿秀为之一怔：“绥靖部特别行动队？”

黄敬丰用手戳着陶阿秀：“我告诉你，队长就是王立宇。王立宇是在泄私愤呢，我表哥犯了什么法？！你还有脸到这儿来吗？还问人家伤心什么？”

贤惠的刘慧芸还是劝架，弄得陶阿秀抱着刘慧芸痛哭连天。陶阿秀哭自己又哭周昌渝，因为周昌渝目前是陶阿秀唯一的靠山和能说心里话的男人。

林景泉的温州船舶公司截获了日军的密电。林景泉花重金请法国的解密专家破译了那份电报，电报内容居然是日军一列装满军火的列车即将到达杭州湾。林景泉见破译了密电，异常兴奋，连声说道：“这回可真的是有钱能使鬼推磨了。”

林景泉派手下到处州古玩斋与周昌渝联系，从黄敬丰口中透露的只言片语中，才知周昌渝已被处州日本宪兵司令部秘密抓走，这使林景泉焦急万分。

郑单鹏几经曲折找到从上海休假回来的威廉，用金钱贿赂他，要他去疏通大野松夫，并告诉他，那个商人周昌渝就是个倒卖龙泉剑和古青瓷的文物贩子。最后，郑单鹏还信誓旦旦地拍着胸脯对他说："仕女画对我郑单鹏来说不值钱，但你如果喜欢他的画，他出来我就叫他画两幅给你。"

这个喜欢仕女画的威廉去拜访了大野松夫。大野松夫收到了金钱，又结交了这个英国军事代表团驻龙泉代表组的雇员，感到非常开心。他趁机想刺探兰斯德中校的情况，威廉也不是傻瓜，编了几个故事就打发了大野松夫。威廉一举三得，谁也不会想到周昌渝被逮捕个中的猫腻。威廉回到龙泉立即向兰斯德中校禀报周昌渝被日军羁押的事。

兰斯德中校当天晚上就到达北河街陈式正的寓所，清剿共党的中将陈式正闻声却沉默不语，只是在客厅来回踱步。兰斯德一针见血："中将阁下，据我所知，您早就想拿下那个周氏渊剑堂的传人周昌渝。"

陈式正神秘地一笑，示意兰斯德中校喝茶，然后走到兰斯德跟前，轻声说："那个周昌渝在跟河堤三郎做生意，是不是触犯了日本人的利益，我也琢磨不透，大野松夫为什么羁押周昌渝呢？"

兰斯德中校提起大街桥头茶楼的伏击事件，话语中略带贬低陈式正的口气。

陈式正是个要面子的人，反而哈哈一笑："我要抓的是条大鱼，那些虾兵蟹将让他们自取灭亡吧。"

兰斯德中校感到再坐着已没什么意思了，便起身告辞。

临走前陈式正提起李芙贞，并公开挑明兰斯德中校和李芙贞的热络关系。

兰斯德中校非常坦诚，出门时向陈式正坦言："像李芙贞这样的外科专家，能在几家教会医院为患者服务，真是上帝派来的天使啊。"

陈式正正要送客时，兰斯德中校侧身微笑："中将阁下，报纸上说骰子王钟根海杀了日本人逃出魔窟，你曾问我是否见过骰子王，那我现在告诉您，那个骰子王就是龙泉人。杀了日本人，骰子王成了英雄。我对你们中国这种玩骰盅的人感到好奇，如果能亲眼看到骰子王在摇晃骰盅的一刹那，想必会很刺激的。"

陈式正问："按你的意思，你想亲眼看一下骰子王的技艺？"

兰斯德点点头。

陈式正走到门槛外还是说了句："我的身份让我必须回避这个江湖把式。"

兰斯德中校学会了中国人的礼节，此时也来了个拱手作揖，就算告辞了。

陈式正没等兰斯德走远就自言："钟根海还在我的黑名单上，以玩骰盅为幌子走南闯北，哼，总有一天会将他绳之以法！”

陈式正回到办公室就吩咐副官：“你打电话告诉警察局局长，两天内必须把骰子王钟根海秘密逮捕。”

夜深人静之时，日本酒店门外戒备森严。大野松夫和佐藤次郎穿着和服在榻榻米上对坐着喝酒。

佐藤次郎把周昌渝的那本案卷“啪”地扔在大野松夫面前，大野松夫轻松地一笑，然后翻开案卷第一页，那页能见到周昌渝的照片边已盖上一个宪兵司令部的章。

……

周昌渝被处州宪兵司令部无条件释放。大野松夫在宅邸里为周昌渝压惊，作陪的有河堤三郎和两个日本姑娘。大野松夫在酒酣耳热时问周昌渝：“据说有把龙泉剑，你能跟我说说那把剑吗？”

周昌渝喝了一口酒，放下酒杯就讲了起来：“战国早期钢铁剑，名龙渊，欧冶子为楚王而铸，后落于伍子胥之手，唐时李渊之剑，后传于李世民，其后千年下落不明。”

大野松夫听后激动得伸手拍拍周昌渝的肩，用赞美的口气说：“你不愧是周氏渊剑堂的传人。”

周昌渝呵呵一笑：“那是我父辈的事，我现在已经不做剑了，只是做剑和青瓷的买卖，闲下来就画画仕女画，人啊，心收了什么事都看得淡了。”

大野松夫还是提出要周昌渝想办法找把好剑给他。周昌渝不好推托，便说找机会吧。

大野松夫有点恳求似地提出，希望周昌渝讲讲中国宋朝的战争与兵器。

周昌渝为此暗暗惊异不已，心里在想，大野松夫对中国宋朝的战争与兵器都在研究，那自己作为一个中国人，特别是作为一个龙泉剑的传人一定不能失了面子。见到周昌渝一副胸有成竹的样子，大野松夫嘿嘿一笑：“还请您指教。”

周昌渝轻车熟路地说：“宋太祖赵匡胤因‘黄袍加身’建立了自己的王朝，在拥有绝对权力后又怕军队统帅拥兵造反不敢重用武将，所以宋朝提倡‘崇文抑武’，社会文化气息浓郁，科学技术登峰造极。军事著作《武经总要》更可谓总结前朝、影响后代。”

大野松夫狡黠地一笑，频频点头示意继续。

周昌渝接着说：“众所周知，北宋是建立在五代十国的历史发展演化基础上的，战争形式的变化，战斗需要的变化，促使冷兵器也在不断地发展与融合。我们从《武经总要》中详细记录的冷兵器中可以看到，当时格斗兵器仍以传统的枪、刀、斧、棒为主，此外增加了鞭、锏等砸击类兵器，这些兵器大多是从边陲少数民族的优秀兵器发展而来。”

大野松夫真的是中国通，插话说：“《武经总要》中详细记录并绘图的枪多达9种，长刀更是以‘刀八色’影响后人，大家耳熟能详的偃月刀、眉尖刀、凤嘴刀、戟刀等，都是这个时代出现的。”

周昌渝顿时感到，大野松夫在与自己论剑了，便端起酒杯抿了口酒继续说：“然而遗憾的是，元朝替代了宋朝后，宋代宝贵的冷兵器被大肆破坏，时至今日已经很难见到宋代的各式原物冷兵器了。宋朝在和蒙古的战争中，又不断推广使用新型斩马刀来对付北方敌军的铁骑。斩马刀刃长3尺，柄长1尺，是一把双手持握的兵器，专门砍杀身穿铁甲的敌军和战马。这种刀型明清一直广泛使用。”

大野松夫说：“剑在此时已不是战争的主要兵器，你们古书中也只记载了两款，可见宋剑的价值已转向收藏。这种剑你的古玩斋有收藏吗？”

周昌渝摇摇头微笑说：“龙泉有名家会制作‘荷叶宋剑’。”

大野松夫暗暗吃惊，疑问：“荷叶宋剑？荷叶宋剑是宋代保存至今的刀剑中装具及剑身相对保存最为良好的一个制式，我听说被贵国一位大家收藏。后人经过对原物的长时间细致观察与细心研究，并加以精心锻造方始有仿品问世。”

周昌渝再次奉承大野松夫：“你能知道此事，说明你已经是龙泉剑的研究专家了。那我给你补充一点，此剑有着儒雅之美的同时，其荷花、荷叶造型的装具更是有着极好的寓意。圣洁的荷花为和平、和谐、合作、合力、团结、联合的象征，以荷花的高洁象征和平事业、和谐世界的理想追求。荷花也是友谊的象征和使者。此剑古朴、脱俗，大儒大雅的独特气质及上成的锻造工艺，让很多收藏者对它爱不释手，更是馈赠亲朋好友的上品。此剑所具有的传统古朴味道值得细细品味，其复杂而精细的剑身锻造工艺更是为世界各国广大刀剑爱好者所青睐。”

第二十三章　精心设计捉放曹　未雨绸缪巧安排

周昌渝说完，用犀利的目光注视着大野松夫。大野松夫也知道这次论剑已然败在了周昌渝的手下，但他还是诡异地一笑，心想你这个周昌渝，得意得也太早了点，尽管你在剑和青瓷方面都是专家，但你的知识结构总会有瑕疵的，而且这种瑕疵也终将会暴露出来的，到那时看你怎么收场。大野松夫心里这么想，脸上却露出虚伪的笑容。他举起酒杯边向周昌渝敬酒边说："很好，昌渝君，你的知识实在是渊博，我得好好学习和研究。"

周昌渝能在晚宴上举杯，很大程度上是因为李芙贞没把周昌渝的所作所为全部写进那封案卷里，这是作为嫌疑人的周昌渝自己所不知道的。但令李芙贞也始料不及的是，这次周昌渝能出来，从根本上讲是因为抓周昌渝本身就是大野松夫一手炮制的"冤案"。实际上，佐藤次郎之所以下密令逮捕周昌渝，完全是大野松夫在暗中策划和推动的，他和佐藤次郎有个口头合作协议，一人装红脸一人扮白脸，以这种形式来感动周昌渝，渐渐地让他为日本帝国服务，让他成为龙泉剑制造研究所的顾问，也正是因为如此，日军才不杀周昌渝而把他放了。

酒兴上来后，大野松夫拿出夫人的照片给周昌渝看。周昌渝答应给大野松夫画张仕女画，并说裱好再送来。大野松夫先表示了感谢，接着又说："你是日本帝国的朋友，河堤君公司的贸易也是靠你拓展的，你对日本帝国在处州的贸易发展大大地有功。"

使周昌渝奇怪的是，大野松夫和河堤三郎都从来不提宪兵逮捕他的原因。

大野松夫趁两个日本姑娘载歌载舞时，借口上洗手间到书房给李芙贞打了个电话，他告诉李芙贞，周昌渝已在我的宅邸里喝酒了。

正在教会医院外科室值班的李芙贞，放下电话就关上了门。她从衣柜里取出一瓶未开启的洋酒，拧开瓶盖，猛喝了几口，然后跑出值班室直奔阁楼。李芙贞在房间里取来铜哨子就往木梯上去，推开平台的门望着星空，把那枚铜哨子塞在嘴里发疯似地吹着。

温州的林景泉还在为周昌渝被逮捕一事而奔忙着。这天，他亲自到那艘设有电台的货船上找到陈裕树。陈裕树也说出了心里话：“我其实也一直在找周昌渝，但一直不见他的踪影。那个黄敬丰也不知道联络我们的地址，所以周昌渝被宪兵秘密抓捕后，我们都蒙在鼓里。”林景泉担心的是日本人的酷刑使周昌渝蜕变，陈裕树也对此表示担忧并作出指示：为防万一，电台必须转移。

林景泉主动为陈裕树提供另一艘较大的内海货轮。陈裕树要林景泉想办法了解周昌渝的羁押地。

李芙贞在古玩斋门口等到了周昌渝，二话不说猛地扑上去紧紧抱住了他，把头埋在他的怀里久久不松手。周昌渝想请李芙贞进店里坐，李芙贞根本不听，就是这么一直抱住他抽泣着。突然间，她推开周昌渝转身走了。周昌渝丈二和尚摸不着头脑般地惊呆在原地，眼睁睁地看着李芙贞渐行渐远的背影。

李芙贞把周昌渝被宪兵司令部释放的事告诉了郑单鹏。郑单鹏说：“周昌渝也许已经蜕变了，你要对他随时保持警惕。”李芙贞反驳道：“你不是花钱请英国军事代表团驻龙泉代表组的雇员威廉去当说客了吗？周昌渝是我的男朋友，我非常了解他的人品。”

郑单鹏反诘道：“环境造就人。随着环境的改变，人品也会改变的。”

郑单鹏悻悻而去，走了几步回头看着她又说：“干我们这行绝不能儿女情长。”

周昌渝在画室里踱步，忽然想到了什么就走出画室，往杂物储藏间走去。周昌渝用钥匙打开铜锁，推门进去后随手关门落闩。他把手伸进木橱的顶层夹层里，想取出那把珍藏的龙泉剑，然而他的手仿佛就像触电一般从夹层里抽了出来，整个神态变得木然。

钥匙一直在自己身边，莫非是哪个高手偷走了龙泉剑？

周昌渝顾不得已是凌晨就叫醒了黄敬丰，他向睡眼惺忪的黄敬丰问道：“我被鬼子抓走后，有谁来过古玩斋吗？”

黄敬丰是个憨厚的年轻人，一看这架势，知道一定发生了什么，赶忙揉揉眼回答说：“表哥，没有人来过店里。你被宪兵抓走了，所有的客户都像躲瘟疫一样回避我们，谁也不来了。只有刘慧芸和陶阿秀来过店里，陶阿秀那夜没住在这里，刘慧芸住了一夜就含泪走了。”

周昌渝感到这事可不一般，便不再问了，龙泉剑神秘失踪的消息必须保密。黄敬丰见状说道：“表哥，你有什么事只管跟我说。”

周昌渝心里明白，那把龙泉剑落到日本人手中了。来偷龙泉剑的肯定是个高手，而且是趁黄敬丰晚上熟睡时下的手。周昌渝对神色迷茫的黄敬丰交代了任务，要他绕道去趟温州海域，并把线路图画在黄敬丰的肚子上。黄敬丰临走时，周昌渝给他一瓶水，告诉黄敬丰："如果出事，你就把那瓶水倒在腹部，然后用手使劲揉，这样你就能逃过一劫。"

黄敬丰带上两个粽子走了。

周昌渝趴在二楼窗口，望着匆匆离去的黄敬丰，直到背影消失。

古青瓷专家李源麟，蜗居在一条铺满青石板的长弄堂内，准确地说是石库门排房最里面一间。在那间满是格橱的狭小空间里，古青瓷和线装书杂乱无章地堆放着。

对那条青石板长弄堂，周昌渝再熟悉不过了，十九路军溃散后绕道处州时，他一个礼拜有三个晚上就在李源麟身边度过。周昌渝是过继给李源麟的儿子，因此他非常孝顺这个孤老头子，每当看到李源麟他就会想起自己的父亲，当然这是周李两家的家事，个中缘由只有两家的亲戚知道。李源麟对待周昌渝，根本不是一般人想象中的那样疼他，而是一不高兴就揍他。李源麟的理由是：棒头出孝子，筷头出败子。

周昌渝踩着青石板，想起李源麟多次用桌上的戒尺敲打自己的头。是啊，没有继父的戒尺敲打，我也不会在古青瓷鉴别上小有建树。周昌渝推开石库门的木门，走进小天井，那棵熟悉的葡萄树结着一串串葡萄。葡萄树下遗弃着七八只赝品青瓷，他在那赝品青瓷边歇步观望。他认出，其中一个青瓷是自己收进后才知道打眼的，最后还是李源麟识破了那只青瓷，并掰开揉碎般地讲给他听。

提着点心和水果的周昌渝，不敲门就直接进入那间狭小的蜗居地，因为他知道自己的养父耳朵早聋了。进门就能看到陈旧窗帘边，已经年逾古稀的李源麟坐在破旧的藤椅上，就像一尊人物雕塑。李源麟以为周昌渝是敲过门进来的，这是周昌渝从他微笑的神态里看出来的。看到这个萎靡不振的古青瓷专家，周昌渝为自己没有经常照顾拜访而顿感内疚。他把一篮水果放在木凳上，把点心放在书桌上，用手势招呼养父过来吃点东西。耳朵早聋的李源麟慈祥地点点头。

李源麟用手拍拍身旁的一把凳子，示意周昌渝坐下。

周昌渝从口袋里取出一只古青瓷牡丹纹粉青釉笔筒，递给李源麟。李源麟接来笔筒后，另一只手取来放大镜，对着笔筒琢磨着。随后李源麟搁下放大镜，说起古青瓷他就有精神了："这是李君义的作品，既是一位制作生活用瓷的熟练工人，又是富有探索精神的古青瓷研究者。这个人我认识，民国初年成功研烧出仿古龙泉青瓷精品。”

李源麟随手从木格里取来一只青瓷放在桌上，示意周昌渝拿起来看。

李源麟神秘地一笑：“李君义研烧出的仿古龙泉青瓷，经我的手传到上海。呵呵，那些仿古青瓷精品送往上海后，上海古董商好多人看不出真假，竟然以古董的价格来收呢。”

周昌渝微笑着点点头。李源麟双手捧着笔筒爱不释手，兴奋地介绍着：“你看，那笔筒是使用弟窑白泥制胎，器身用牡丹纹装饰，口部一圈回纹，通体粉青厚釉，器型端庄古朴，置于书桌案头，赏心悦目，为文房雅玩之上品。”

周昌渝临走前，李源麟拉住他的胳膊耳语几句，然后从旧书中抽出一封信交给周昌渝。周昌渝打开那封信才知道刘慧芸在找他，他就掏出火柴把那封信在铜脸盆里烧了。李源麟似乎什么都不知道，只是说一句：“昌渝，那个送信来的女人，是个大家闺秀，你别放弃机会啊，都这么大年纪了，干什么事我不管，总要留个后代啊。”

周昌渝就是不明白，刘慧芸怎么能找到养父的宅邸来了呢？

而周昌渝这次到养父家的一个重要原因，是提醒养父李源麟把研究古青瓷的所有秘诀配方手稿尽快转移，并暗示李源麟，日本人正计划窃取古青瓷的秘诀及配方，我们必须要有警惕性，提早做好防范准备。周昌渝和李源麟秘密协商后，把古青瓷的秘诀及配方藏在一只大青瓷瓶中，放入干燥剂等民间防潮的偏方，然后深埋地下。

案桌的抽屉里，周昌渝叫李源麟重新做了一份假冒的古青瓷制作秘诀及配方，以防日本人搞突然袭击来抄家。此事处理完，周昌渝才如释重负地离开。

周昌渝拜访李源麟是有原因的，一是为了避开被日本人释放后的时间差。他是个很精明的人，随时随地在防备有人暗中算计他的脚步；二是告诉李源麟，周家珍藏的那把龙泉剑神秘失踪；三是看望养父顺便请教一些古青瓷的事，姜毕竟还是老的辣啊。

这回真的让周昌渝猜对了，廖怡平的确是派了手下特务一直盯梢到李源麟的住处才回去。周昌渝其实知道有人在盯梢，但故意不回头查看，他要让盯梢的人知道他身正影不斜，就是一个买卖古青瓷的商人，他要让盯梢的人回去有个交代，那就是周昌渝没有反侦查能力，也不是做贼心虚的人。

两天后，黄敬丰回到处州的古玩斋，告诉周昌渝，温州海边的那艘设有电台的货船消失了。周昌渝马上感到形势非常严峻，但另一个念头突然在他脑海里闪现，连他自己都惊了一下，敌方也许缴获了那条货船，更可怕的是陈裕树可能被捕了。

李芙贞终于鼓足了勇气，再次来到古玩斋，羞涩地向周昌渝表达了自己的爱意。周昌渝收到这既在情理之中又在预料之外的表白，内心怦然一动，情不自禁地上前双手捧住李芙贞的双肩，一把将她揽入怀中。周昌渝的眼眶充盈着泪水，李芙贞更是滚烫的泪水不住地往下掉。相拥良久后，周昌渝在李芙贞耳畔轻声地说："给你画张仕女画吧。"李芙贞高兴得不住点头。

吃饭时，李芙贞还是忍不住问了周昌渝："宪兵司令部为什么逮捕你后又放了你？"

周昌渝觉得这是一个自己也说不清的事，只好说："现在这里是日本人的天下，良民和他们是没有办法问为什么的。"

两人心照不宣，相视一笑。

从周昌渝处回来后，李芙贞给处州电话局的施先生打电话，施先生受宠若惊。

李芙贞约施先生在茶楼见面，施先生收下了用手绢裹着的金条后再三承诺："你有什么事只管吩咐。"

李芙贞还是要求施先生偷接国军中将指挥官陈式正的电话线，施先生满口答应："包我身上，明天就办妥。"

李芙贞看到施先生在吻裹金条的手绢，感到恶心，说了句客套话后便告辞了。

当天晚上，李芙贞在教会医院的阁楼里窃听了陈式正打给廖怡平的电话。李芙贞想，这个施先生果真是个汉奸。

周昌渝从李芙贞口中获悉，骰子王钟根海已经逃出日本人的魔爪，那钟根海肯定会按约定的日子去廊桥了。

黄敬丰按照周昌渝的安排，在阴历初十按原先约定好的时辰去安仁镇廊桥与骰子王钟根海接头，目的是向钟根海打听陈裕树的消息。没想到黄敬丰刚出处州城就被川渝堂的手下特务盯梢，经验不足的黄敬丰一直不知道背后有人跟着，黄敬丰踩上廊桥就看到了钟根海，老于世故的钟根海看到黄敬丰身后有尾巴，这时那个化过装的姗妹踩上廊桥就掏出手枪。

化装成算命瞎子的钟根海眼疾手快拔出手枪朝姗妹射击，姗妹看到钟根海边开枪边逃。她躲在桥柱边就朝黄敬丰开枪，身上没枪的黄敬丰躲开子弹后只能跃身跳下廊桥，整个身体几乎飞了起来。好在黄敬丰会游泳，没被激流吞没。

姗妹跑到廊桥中间正想拔枪对激流中的黄敬丰开枪时，被悄悄走上台阶的钟根海从后开枪射击，姗妹一闪故意倒地。钟根海看到特务姗妹倒在桥面后，没细想就转身离开廊桥。

黄敬丰回到古玩斋把情况告诉了周昌渝，周昌渝问："是谁帮了你？"

黄敬丰坦言："跟我接头的人戴着帽子还有胡子，估计化过装，我没认出来。"

周昌渝拍拍黄敬丰的肩，安慰他："你大难不死，必有后福。"

王丽珊半夜潜入廖怡平的办公室，一进门就告诉廖怡平，周昌渝被日本人释放了。见到王丽珊冒着风险跑来递消息，廖怡平心头一热，这位不近女色的军统特务竟怦然心动地准备留她过夜。王丽珊犹豫了一下，想起王立宇午夜要来自己的住宅，就婉言告别了廖怡平。

王立宇溜进王丽珊的住宅，王丽珊告诉王立宇："今夜舞厅里出现死去的洋芋奶，吓了我一跳。我多看了他一眼，他竟然走过来邀请我跳舞，并说他是洋芋奶的亲哥，叫番薯苗，这下我明白了，这个亲哥是来复仇的。番薯苗给女人花钱很大方，我跟他跳舞时套出他是袍哥会的人。番薯苗向我打听洋芋奶的下落，我没说洋芋奶死在杜鹃花舞厅里，他反而说，'据我所知，我弟弟就死在你的舞厅厕所里'。"

王立宇边脱衣服边搂着王丽珊说："看来袍哥会是来报复日本人的。"

王丽珊推开王立宇，显得有些胆怯。王立宇往床上一坐："你别把番薯苗来这里的消息泄露出去，滨野是我的对手，如果那个袍哥会的番薯苗暗杀了滨野，我的日子就会好过些。"

几天后，周昌渝去温州海边寻找联络点的货船，他侥幸地发现有艘较大的货船桅杆中段挂着一条男人裤衩。那是新联络点的暗号，周昌渝神色显得有些亢奋，他抵达了那条新的货船，陈裕树在船舱里与周昌渝相见后，激动地一把抱住了他。两人寒暄了一番后，陈裕树推开船舱的移门，示意周昌渝看舱内。周昌渝把头探进舱内，一双女人的手伸出来一下搂住了周昌渝的脖子，陈裕树见状忍俊不禁。

原来是正在舱内发电报的刘慧芸，这意外的相遇使周昌渝那天兴奋得多喝了几杯绍兴黄酒，刘慧芸和陈裕树轮番向大难不死的周昌渝敬酒。这时周昌渝才发现，刘慧芸其实也是很妩媚的女人，他对刘慧芸的好感更加深了一步。而陈裕树也趁机撮合这对年轻的战友。

从温州海边回来之后，周昌渝带着黄敬丰与林景泉联系，林景泉告诉周昌渝："温州码头所有来往货物我都有数，估计日本的那趟军火列车还没抵达杭州湾。

第二十四章　番薯苗复仇寻主　变节者自食其果

周昌渝的预料果然很快在他离开养父家没过多久就应验了。在周昌渝离开石库门赴温州时，大野松夫命令滨野带着河堤三郎和郑菲娜及便衣特务，突然到李源麟住宅抄家。好在李源麟早已未雨绸缪，郑菲娜从抽屉里搜出那些早已备好的古青瓷秘方时，河堤三郎喜不自禁。见他这种神态，滨野立即狠狠地瞪了他一眼，用眼神示意他这种事要特别冷静。

郑菲娜和河堤三郎两人手忙脚乱地翻阅制作古青瓷的秘方，河堤三郎还是忍不住表现出那种亢奋的神态。滨野他们把李源麟书橱里的有关古青瓷的书籍也顺手掠夺走了。但这帮人万万没想到，那些古青瓷书是李源麟故意放在书橱里的，这些书虽然看上去较旧，其实是上海杂牌出版社东拼西凑，为招揽古青瓷爱好者而摘编的。滨野他们更不可能拿到珍贵的古青瓷器皿，因为周昌渝早已把那些古青瓷转移到郊区的荒冢里。正是李源麟与周昌渝未雨绸缪、有备在先、配合得好、防范得妙，才没使大野松夫的整个计划得逞。

周昌渝从温州海边回到古玩斋后，从黄敬丰递过来的纸条获悉，李源麟宅邸被东洋人抄了。他虽表现得非常愤懑，但却没再去李源麟处关心过问，这一做法也是跟李源麟合计好的。使周昌渝感到纳闷的是，究竟是谁把抄家这个消息传递给自己的？一问黄敬丰，才知还是那个小乞丐把纸条送来的。

温州的林景泉花了重金，把新截获的日军机密电报又交给法国人去破译。但万万没有想到的是，所谓的法国专家把那份密电还是交给了李芙贞来破译。电报内容是："装满军火的列车星期五到达杭州湾。"这份电报的内容仍然是虚假的，但林景泉不了解真相，他到龙泉找到周昌渝秘密的寓所，要周昌渝把这份电报内容马上转送给陈裕树。周昌渝说："陈裕树不是在温州吗，你叫我到哪里去找？"

林景泉愣了一下，只能说："陈裕树上个礼拜已离开温州，我估计就在龙泉。"

龙泉是周昌渝的故乡，周昌渝送走林景泉后就到大港头槐树村 64 号找陈裕树，但64号是铁将军把门。就在周昌渝悻悻然地准备离开时，陈裕树突然从树林中闪出来。周昌渝这才恍然大悟，陈裕树真的不是等闲之辈，所以能做我的上司。

陈裕树知道了军火列车的事，即吩咐周昌渝，要他租间离四等小站口近一点的楼房，潜伏在四等小站附近，随时跟林景泉保持联系。

大野松夫拿到“装满军火的列车星期三到达杭州湾四等小站”的机密电报后，立即召见李芙贞，要她潜伏到四等小站去，并要她的手下窃听处州浙南游击纵队的所有电话。李芙贞心里有底，因为在破译法国人拿来的密电时，她把列车到达时间刻意推迟了两天。李芙贞想要顺利地办妥军火列车事宜，中间还必须要搬掉一座障碍物，那就是中共的叛徒吴淑蕊。

大野松夫告诉李芙贞，浙南游击纵队的两部电台都在我特高课的监听之中。

李芙贞从恭井口中获悉，大野松夫拿到了龙泉古青瓷的所有秘方，感到惊异不已。经过细致询问，恭井详细叙述了滨野带着河堤三郎和郑菲娜及便衣特务去李源麟宅邸翻箱倒柜的事。李芙贞内心为之一怔，但她并不了解周昌渝和李源麟早已有所准备，也更不知道这个古青瓷专家李源麟还是周昌渝的养父。

李芙贞想起童年时自己的父亲，为做生意把古青瓷卖给日本人而被蒙骗，弄得倾家荡产。从骨子里憎恨日本奸商的李芙贞冷静分析后，即用变通的方法把这个情报送达古玩斋。李芙贞在执行任务时，为了甩掉身后的尾巴，不经意地进入到一个院门，没想到那个院子竟是施先生的家。正当李芙贞为意外撞上了电话局的施先生而惊诧不已时，那位贪得无厌的施先生以为艳遇到了，竟然笑盈盈地迎了上来，没想到李芙贞当即就果断地拔枪除掉了这个汉奸。

滨野在半夜溜到王丽珊住宅门口，用暗号敲门。王丽珊刚打开墙门就吓呆了，她看到一支手枪戳着滨野的后脑，番薯苗用枪顶着滨野的头押着滨野进了院子。番薯苗说：“我明人不做暗事，我就是袍哥会的，你杀了我的弟弟洋芋奶，你把龙泉剑拿出来，我就饶你一命。”

没等滨野反击，他的手枪就已被番薯苗缴获。番薯苗要王丽珊拿绳子把滨野绑起来，王丽珊无奈之下只得去取绳子绑滨野。经过讨价还价，滨野答应番薯苗，把自己手中的那把七星剑交出来。滨野把钥匙交给王丽珊，并伸出颤抖的手写下了用以通行的手令。

王丽珊拿了滨野写的手令，在特高课滨野房间里取来那把陈掌柜库房失窃的七星剑交给番薯苗，番薯苗这才转身离开院子，消失在黑夜中。

等番薯苗走后，王丽珊连忙解开滨野身上的麻绳，滨野松绑后挥手就一个耳光打在王丽珊脸上。王丽珊竟嘤嘤地哭了，万分委屈地说：“你在舞厅里对我甜言蜜语，我相信了你，对你投怀送抱。那个袍哥会的番薯苗我也不认识，也不知道会盯梢在我家门口，你竟然不问青红皂白就打我？！”

滨野转身，王丽珊走出墙门，望着滨野悻悻而去的背影一声长叹。

廖怡平的手下截获到日军的密电，一知半解地破译后连忙交给廖怡平。廖怡平拿出重庆前两天发来的电报一对照，震惊了。重庆的来电明确指出，廖怡平严重渎职，身为军统处州情报站站长，却忽视了日军装满军火的列车到杭州湾四等小站的具体时间。寥寥数语的电文，有如一股千钧之力，顿时使廖怡平陷入生死抉择之中。他想到郑单鹏，这个姓郑的神秘莫测，看来必须去找他，此时已顾不得许多，只能热脸去贴他的冷屁股了。

最终，廖怡平的设想没能兑现，因为他没找到新亚洲洋行的郑单鹏。

大野松夫任命河堤三郎为龙泉青瓷研究所所长。兴奋不已的河堤三郎宴请郑菲娜和他的手下，由于兴奋过度河堤三郎喝醉了酒，郑菲娜示意河堤三郎的爪牙们先走。那帮爪牙们刚走，河堤三郎就匆匆关上木门，趁酒性搂住郑菲娜要亲热。郑菲娜却娇嗔地推开了河堤三郎：“你要告诉我龙泉青瓷研究所的具体位置在哪里，我才答应你。”

河堤三郎喃喃自语：“这是大野松夫的机密，告诉你，大野松夫正在筹备龙泉剑制作研究所呢。”

郑菲娜最后还是用美色套出，龙泉剑制作研究所所长就是她自己，这使郑菲娜兴奋不已。精明的郑菲娜继续给河堤三郎灌酒，直到他呕吐倒地后，才若无其事地离开，去了特高课滨野那里。

特高课起坐间里，滨野正坐在榻榻米上以酒浇愁，见郑菲娜来，忙招呼她一起来喝两杯。滨野喝高了，自言自语地说：“我一个堂堂的课长，居然被袍哥会的番薯苗缴了枪，还把你送来的那把七星剑给丢了，这成何体统？！”

郑菲娜再三劝慰道：“你人能回来已经是运气很好了，你可不了解袍哥会。知道皇军为什么打不进四川吗？其中就是和袍哥会的武装在重庆周围顽强抵抗有关。”

滨野眼睛红润地举起酒杯不停地灌自己，郑菲娜也不再劝他，只是同情地望着他，陪着他排解愤懑的情绪。滨野还是惦记着那把有编码的德国造手枪，那把手枪跟着滨野已经三年了，滨野本身就嗜好枪，那把鲁格 P-08 式手枪是大野松夫在大连驻防时送给他的。郑菲娜说可以再去弄一把同一型号的手枪来，滨野无奈地摇摇头表示无法搞到。郑菲娜出了个馊主意，那就是拿滨野手中的龙泉剑到上海从黑市上交换一把鲁格 P-08 式手枪。滨野担心会耽误日常工作，但也还是认为这个方法才是唯一的捷径。滨野拿出四把龙泉剑要郑菲娜选一把去换那种型号的手枪。

郑菲娜找了个借口告辞了滨野，因为她早已与大野松夫约好时间，晚上还要去拜访上司。

大野松夫在商会会所召见了郑菲娜，由于郑菲娜在河堤三郎泄露的信息中得知，自己将被任命为龙泉剑制作研究所所长，心中有底的她此刻故作镇静。大野松夫召见的内容果然是任命郑菲娜为龙泉剑制作研究所所长，并提出了具体的工作部署和筹备计划。

郑菲娜本以为龙泉剑制作研究所会设在樱花会馆内，不料却被大野松夫否定了。她这才知道龙泉剑研究所和龙泉青瓷研究所都设在商会会所内，无非是分开办公而已，其实两个研究所的掌控权都在大野松夫手中。本来，龙泉剑研究所所长的有力竞争者还有一个吴淑蕊，论资历、论能量，她郑菲娜和吴淑蕊几乎是难分伯仲，也正因为如此，郑菲娜心里老是不踏实，直到大野松夫明确说她是龙泉剑研究所所长的时候，郑菲娜一颗悬着的心才彻底放下。

不是不报时候未到。叛徒吴淑蕊哪里知道，此时她面临的已不是能否加官晋爵，而是能否保命的问题了。李芙贞窃听到周昌渝要除掉哥弟帮原政委叛徒吴淑蕊后，便趁机混入了吴淑蕊下榻的那个酒店。

处州古城一条偏僻的大街上，昏黄的路灯映衬着天空的弯月和稀落的星光，在偶尔路过的汽车车灯照射下，街区景物忽闪忽现。一辆黑色小轿车，悄悄地从后街的旧洋房侧门驶过来，沿着一条不太被人注意的小巷，朝老西门开去。

开车的正是叛徒吴淑蕊。她眼圈下的雀斑已被水粉遮盖，唯有在迎面驶过的车辆灯光的照射下，肉眼才能看出几粒斑痕若隐若现。在她身旁，坐着小白脸葛祥龙。趁吴淑蕊专心开车的机会，他神不知鬼不觉地转过头来，朝车后瞄上几眼，似乎在观察着什么。吴淑蕊的黑色小轿车后，竟然果真有一辆“雪铁龙”在跟踪。

吴淑蕊的黑色小轿车到了老西门，“雪铁龙”也跟到了老西门。她把车子停在处州旅馆外边的西街口，那辆“雪铁龙”也滑进了街口的阴影里。驾驶“雪铁龙”的是精心化过装的黄敬丰，他在颏唇沟上贴了胡子，周昌渝还在他的右手腕上画了把龙柄的斧头，这样如果有人看到会以为是黑衫帮的人。

黄敬丰身边坐着同样化过装的刘慧芸，她的左颊上特意粘上了一颗美人痣，秀发已被一块黑色的布裹了起来，看她的服饰就像是银行的职员，但整个打扮却不伦不类，因为手上还套了副白手套。

他俩奉命跟踪吴淑蕊，准备在方便时干掉她。周昌渝早已买通了吴淑蕊的情人葛祥龙，黄敬丰和刘慧芸也从茶房那里知道了吴淑蕊和葛祥龙订下的那间套房。两人进行了简单的分工，黄敬丰由旅馆后边沿墙溜到吴淑蕊套房的窗下，顺水管爬上二楼阳台，刘慧芸则迅速切入二楼走廊，准备实施正面攻击。

黄敬丰爬上二楼阳台时，吴淑蕊已把窗帘拉上，只不过还没有完全拉拢。黄敬丰可以通过窗帘的缝隙，隐约地看到房间里的情况。

吴淑蕊迅速脱去衣服想要睡觉。她刚要把手枪塞在枕头下，一下勾起了葛祥龙的心理阴影。葛祥龙一看到手枪就不禁想起第一次与吴淑蕊合房时的情景，那是在莲花酒店里，吴淑蕊持枪威逼利诱地办了他。想到此，葛祥龙连忙说："你把枪放在这儿我情绪都没了。"

吴淑蕊看着到手的小白脸，只能把手枪放在沙发上。这正中了葛祥龙的计，他对吴淑蕊早已厌烦。在他眼中，吴淑蕊是个女流氓，他要趁这个机会甩掉她，重新再去找一个情投意合的女人踏踏实实地过日子，跟吴淑蕊在一起，每天总是处在朝不保夕的提心吊胆之中。

就在吴淑蕊和葛祥龙缠绵的当口，房门"砰"的一声被踢开了。

刘慧芸沉着地冲进套房，手中的短枪对准了床上的两个人。吴淑蕊反应不算快但也不算慢，她立刻起身想跳下床去抓沙发上的那支手枪，只听刘慧芸声色俱厉地喊道："别动！我的组织委员，你敢动一动，我就开枪，让你去见阎王。"

用布蒙着脸只露一双眼睛的李芙贞，手中捏着鲁格 P-08 式手枪，趴在窗外。她听到房间内有声响就在窗棂外偷听，看来自己已来迟了一步。好在对方也是要杀吴淑蕊的，李芙贞先把手枪上了膛，等待机会出击。

吴淑蕊在床上犹豫了片刻，刘慧芸已疾步来到沙发边把那把左轮手枪抄到手上，随手插进了后腰。李芙贞在窗口缝隙窥视到刘慧芸的脸，这么说这个女人肯定是浙南游击纵队的队员或者是哥弟帮的女枪手了。

此时，浴室的门被推开了一条缝，吴淑蕊本能地朝浴室的门口看了看，浴室里似乎早有埋伏。阳台里的黄敬丰当机立断拔出了手枪，枪口对准了浴室那道门缝。

"别搂着我，我现在已怀疑你是帮凶！"吴淑蕊火了，使劲地掴了葛祥龙一巴掌。气得葛祥龙一用劲，便将她掀倒在床下地毯上。她到了这一步，便也顾不上什么廉耻了，对着刘慧芸大声喝道：“你是怎么一回事？女人也来捉双黄鸡？你想看就坐着看吧！”

刘慧芸顿时一阵脸红，赶忙接着说：“我们是哥弟帮的，这下你明白了吧。”

刘慧芸到底是个女人，面对一个全裸的女人说话，不可能死盯着她。

吴淑蕊钻的就是这个空子，她见刘慧芸说话时，枪口偏离她的身位，就出人意料地大吼一声，从地毯上跃了起来，那只脚直踢刘慧芸握枪的右手手腕。

刘慧芸的手枪被震飞到天花板上，但很快又落了下来，吴淑蕊干净利落地抢到了手上。到这地步她已忘记了自己尚且衣衫不整，唯一惦记的只是寻找机会枪杀对方。

浴室的门也“砰”地被撞开，一个举着一支半自动步枪的保镖冲出来，对准刘慧芸说：“哥弟帮的小姐，请把手举起来。想对我们河堤株式会社的人下手，没那么方便吧。”保镖一边示意吴淑蕊去穿衣服，一只手已朝刘慧芸的后腰间摸去，他这是想要去取刘慧芸腰间的那把左轮手枪。窗外的李芙贞握着手枪，随时准备开枪。

阳台方向突然传来“啪”的一声，那扇通往阳台的玻璃门上出现了一个孔洞。

黄敬丰为掩护刘慧芸已开枪了。保镖手上的半自动步枪立时掉在地毯上，他的手腕被打穿，取枪的手也本能地缩了回来。阳台的门被撞开，黄敬丰出现在卧室里，枪口对准了吴淑蕊。保镖并不死心，猛地起身，一头朝黄敬丰撞过去。黄敬丰没想到保镖中枪后还能来这么一招，他在躲闪之际，不得不调转枪口，把这家伙打趴在地下。就在黄敬丰的注意力转移之际，吴淑蕊手中的枪却响了，正射中黄敬丰的腹部，黄敬丰下意识地一只手捂住伤口，倒下了。黄敬丰这才醒悟过来，他刚想调转枪口来对付吴淑蕊时，吴淑蕊发现机灵的刘慧芸也在这一刹那把后腰上的左轮手枪掏了出来，她便猛扑上来一把扣住了刘慧芸的脖子，并且用刘慧芸的身体遮挡住了自己，同时又向黄敬丰射出了一颗子弹，那颗子弹与刚才的伤口只差三公分。黄敬丰想挣扎起来，但第二颗枪弹伤得太重、流血更多，他陷入了昏迷。

刘慧芸被吴淑蕊扣住脖子，已经难以喘过气来，眼看着这次锄奸任务就要泡汤，自己也会凶多吉少。

戴着顶礼帽、套着黑头套，只露一双眼睛的周昌渝，一直握着手枪侧身站在门外。正当他要不顾一切地推开门冲进屋准备开枪时，只听“啪”的一声枪响，扣住刘慧芸脖子的吴淑蕊突然一声惨叫，整个人倒了下去。

周昌渝大吃一惊，持枪的手不由得碰到门上。

刘慧芸挣扎着转过身来，有点不相信眼前的事实：黑布蒙脸只露着一双眼睛的李芙贞出现在卧室门口，手中的鲁格 P-08 式手枪枪口还在冒着青烟。刘慧芸似乎猛地想起了什么，却只见握着手枪的李芙贞转身疾步走了。门外的周昌渝也没认出蒙着脸的李芙贞。

此时，一楼大厅和二楼楼梯口已一片喧哗，枪声惊动了整个旅馆。周昌渝推开隔壁房间的门，刚闪身而进又发现了李芙贞的身影。李芙贞拿着枪跑到房间门口挥了一下手。刘慧芸完全蒙了，这个蒙着脸的人是谁？而葛祥龙似乎对蒙脸人也似曾相识，但一下记不起来。李芙贞以坚毅的口吻说道："撤！我从阳台，你们从走廊，趁混乱之机，快撤！"李芙贞吩咐完，已率先向阳台方向疾步而去。

刘慧芸和已经穿好衣服的葛祥龙急急忙忙地冲出了卧室。只见每个楼层里的住客都拥向楼梯，他俩在混乱中和那帮住客一起往楼梯下逃，等到达旅馆门口，葛祥龙没跟刘慧芸打招呼就自己溜了。刘慧芸看到楼下乱糟糟的一帮男女正在纷纷议论刚才发生的事，她往雪铁龙轿车停泊的方向快步走去。

周昌渝从窗口看到刘慧芸脱险后，就从隔壁的房间里出来，走进刚才吴淑蕊的房间。他连忙把门反锁，蹲下身愧疚地望着躺在地上的黄敬丰。他想起自己十七岁时背着六七岁的黄敬丰在湖边奔跑的快乐景象，禁不住泪水涟涟。但他干的这个工作不相信眼泪，必须要克制住感情。此时，黄敬丰也睁开眼睛说了句："表哥，我还活着。"

周昌渝连忙把黄敬丰背起来，打开房门迅速离开，他要以最快的速度避开即将到达的日军宪兵和伪警察。周昌渝的目的达到了，旅馆的锅炉房门打开了，周昌渝背着受枪伤的黄敬丰进入后迅疾关上门。他把黄敬丰放在麻袋上，再一次呼唤他醒来，虽然呼唤的声音很轻，黄敬丰还是睁开了眼、嘴唇抖动着。周昌渝对黄敬丰说："你躺着别动，我会找医生救活你。"随后，默默地流着泪的周昌渝迅速离开并关上了门。

处州旅馆枪响不久，樱花会馆的李芙贞团队也在一个街口聚在一起。李芙贞亲自率领手下包围了庆辉骨科，正在睡梦中的俞庆辉被李芙贞秘密逮捕。俞庆辉还想抵赖什么，李芙贞把一沓照片扔在俞庆辉面前。李芙贞逗趣地说："你看一下照片中是谁？"俞庆辉看到照片中自己和周昌渝的身影顿时愣住了。

李芙贞明人不做暗事地说："自从你把电话打到天蝉旗袍店开始，你就暴露了自己的身份，明白了吗？”

俞庆辉说：“我不明白，病人到我诊所，我给病人的家属打电话是理所当然的。”

李芙贞说：“这个理所当然，在你到了冰冷的石板地上解释就不一样了。”说完，李芙贞严厉地瞥了一眼俞庆辉后扬长而去。

第二十五章　受考验内心挣扎　再寻仇老板跳楼

三个樱花会馆小姐虽然手指甲上涂着蔻丹，但抓起人来就像武夫那样有力，她们没几下就把俞庆辉五花大绑地捆了个结实，并在他的嘴里塞进一大团白纱布，也许是鼻孔透气不爽，弄得他双目充血、眼球外凸。俞庆辉似乎感到末日来临。

俞庆辉就这样秘密地被李芙贞抓走了。整个街上行人和车辆寥寥可数，载着俞庆辉的轿车，在星光稀淡的黑夜里快速地行进在街道上。

同样的夜晚，老街当铺的后院，袍哥会的番薯苗翻墙而进，他径直走到房间门口敲门，吓得陈夫人裹着被子发抖。陈掌柜安慰夫人："翠菊，咱们家早已是一只脚棺材里，一只脚棺材外了，到这时候怕也不顶用了。"

陈夫人声音颤抖地问："那会是谁呢？"

这时，只听得门外传来声音："陈掌柜别怕，我是来当东西的。"

陈掌柜打开房门，番薯苗把一支鲁格 P-08 式手枪递给陈掌柜，轻声说道："这是德国造。"

陈掌柜这才长长地吐出一口气："这么大老晚的，想吓死谁呀！本当铺不当手枪。"

番薯苗耍无赖非要把手枪当在这儿，并提出要三块大洋。这可真的是牛魔王开黑店——要人命啊，陈掌柜只好花钱消灾收了那把手枪。

等番薯苗走后，陈夫人拿起枪，欣赏起来，兴头之上竟然还要陈掌柜教她怎样使用手枪。由于陈掌柜年轻时一度混过黑社会，对手枪还是有点内行，就教陈夫人怎样使用手枪。陈掌柜没想到陈夫人把那支手枪没收了，并说："我翠菊这辈子也要杀个人。"陈掌柜吓得跪下求她："翠菊，你不会杀我吧。"

陈夫人一见自己的丈夫这副屃包样，立马气不打一处来："给我起来！告诉你，你别床里勿困倒地里困，自找苦吃。"

吓得陈掌柜又赶忙蹦起身，一边口中咕咕哝哝直说"好的好的"，一边直掸裤脚上的灰。

……

化过装的骰子王赶着马车把受枪伤的黄敬丰送到教会医院，温特纳拒绝接收这个腹部有枪伤的黄敬丰。骰子王钟根海无奈之下掏出手枪顶住温特纳的头，温特纳只能打电话给李芙贞。刚回到教会医院阁楼准备洗澡的李芙贞，接到电话后马上想到自己除掉吴淑蕊前那个倒下的古玩斋店员黄敬丰。李芙贞本以为黄敬丰中弹已死，想到黄敬丰与自己是同一战线的人，就赶紧下楼奔向手术室。

李芙贞在手术室抢救腹部中弹的黄敬丰。由于黄敬丰流血过多而且一根肠子被子弹击断，既要输血又要把肠子接上，李芙贞虽然是胸外科专家，在柏林医科大学实习时也做过接肠手术，但也许是时间长了的缘故，这个手术对李芙贞来说有点生疏，费了两个小时才把腹部的伤口缝合。李芙贞认识黄敬丰，在做手术时她脑海里不时闪现这个小伙子曾经生龙活虎的画面。李芙贞想，此时的周昌渝完全是晾在竿子上的衣服，暴露在了阳光下，无非是日本人暂时还没有逮捕他而已。

绥靖部特别行动队办公室的电话响了，正在吃夜宵的王立宇接到特高课课长滨野的电话，才知吴淑蕊已遭暗杀。滨野中佐要王立宇立即召集特别行动队抵达处州旅馆，寻找蛛丝马迹。王立宇放下电话后心中已认定是陈裕树杀了吴淑蕊，所以在没到达处州旅馆前就拿起电话连续不断地与手下通话，没几分钟就布下大网，欲抓捕枪杀吴淑蕊的杀手陈裕树。

由于吴淑蕊被哥弟帮枪杀，日本宪兵司令佐藤次郎立即把大野松夫、河堤三郎以及与他勾结的廖怡平都叫到莲花酒店，密谋到天亮。他们拟出了三个方案，准备全面追捕，彻底摧毁中共地下党和处州抗日武装哥弟帮。

拂晓时分，那帮人各自走了。佐藤次郎拍拍大野松夫的肩膀，两人又密谋了半天。佐藤次郎说："华东派遣军司令部向东京求援，上面指派了著名的无线电专家松山寿前来上海指导工作。你知道松山寿是谁吗？"

大野松夫得意地一笑："我的老朋友了，他已发明出性能强大的袖珍式无线电测向仪，据说要交给上海宪兵队特高课使用。你的意思我懂了，这里是山城，谍报人员活跃，我也要向松山寿要一台袖珍式无线电测向仪，这是世界上第一台袖珍式无线电测向仪，也是我们大和民族的骄傲！"

佐藤次郎情绪低落地告诉大野松夫："你想法是好的，但我很遗憾地告诉你，这事遇到了重大挫折。松山寿亲手制作的袖珍式无线电测向仪，首先在上海投入使用，我们的特高课对此行动高度保密，连七十六号头目李士群、丁默邨也毫不知情。本指望能查出‘神秘幽灵’，竟然没用几天，就遭遇了上海公共租界警备部组织的各巡捕房应急情况演习。午夜时分，各巡捕房中西捕探全体出动，抓捕了那些深更半夜还在马路上游荡的可疑分子，其中就有特高课派出侦测无线电信号的六个便衣特务，连同正在使用的六件袖珍式无线电测向仪也一块儿给没收了。”

大野松夫一愣，连忙接话：“这事怎么我没有得到任何消息呢？”

佐藤次郎接着告诉大野松夫：“次日，虽经日本宪兵队向公共租界交涉，被捕的特务得以获释，可是那六件弥足珍贵的仪器却没了。这样一来，对‘神秘幽灵’的侦测工作只好被迫暂停了。东京陆军总部应我们华东派遣军的请求，再次向松山寿下达了制造袖珍式无线电测向仪的指令，但这事还不知道什么时候能完成。”

大野松夫边踱步边自言：“我会想办法联系上松山寿。呵呵，他也要我送他龙泉剑和青瓷瓶罐呢。这种袖珍式无线电测向仪不到手，我们就无法把敌方的电台一网打尽。”

佐藤次郎尽管把情况说得非常详尽，但还是隐瞒了已经到手两台袖珍式无线电测向仪的内情，两台袖珍式无线电测向仪已经给了滨野和李芙贞。

廖怡平感到，日方始终不提军火列车的事绝非偶然。他心里明白，这趟军列日方早已安排得天衣无缝。他想到，这回别说军统难插手，浙南游击纵队恐怕也别指望能得到什么。接下来的情况表明，廖怡平过分高估了自己，这种藐视浙南游击纵队能力的想法，也正是他即将走到末路的前兆。此时的他突然想起，那个教会医院的李芙贞，为什么不出席这么重要的会议？难道那个李芙贞正在筹备接应军列的事吗？就连郑菲娜这段时间也不见人影，是不是也聚在一起在等待军列呢？廖怡平越想，心中的问号越多，突然间产生一种感觉，日军表面上把自己当回事，实际上是内外有别、高度戒备的。

他廖怡平没有大野松夫的智商高，大野松夫不让李芙贞参加这种会议是他的策略，就像佐藤次郎不让郑菲娜公开露面一样。

大野松夫回到宅邸就看到李芙贞坐在沙发上，看来她很累，她在等待大野松夫，所以大野松夫匆匆赶了回来。大野松夫说：“就在你去围剿庆辉骨科的当口，陈裕树派人在处州旅馆枪杀了吴淑蕊。王立宇的特别行动组到目前为止没有勘查到任何细节，这是一次有计划的谋杀行动，共党和哥弟帮估计在某个地方正在庆贺呢。吴淑蕊原来就是哥弟帮的共党政委，这个人投奔我们后，非常忠诚，唯一的缺点就是喜欢和男人睡觉，这次永远醒不过来了。”

李芙贞轻蔑地说：“将军阁下，死的人醒不过来了，但死一个吴淑蕊马上就会冒出另一个‘马淑蕊’，我是不在乎这种共党的叛徒，就像一只狗，它认识的只有几个人，找到那几个人后，这只狗只能待在家里吃闲饭了。我想听听您对周昌渝的看法。”

大野松夫露出一丝狡猾的坏笑，接过话题说：“周昌渝的所有底细特高课专门成立一个专案组去调查了，调查周昌渝原本是滨野中佐亲自操作的，所以周昌渝在关押期间滨野中佐想插手，但被我阻止了。你要我说说对周昌渝的看法，我还想问你呢。我有一张画在叫周昌渝画，你去他店里时留心一点。我还想要你汇报一下周昌渝对你的态度，我也想知道你对周昌渝的爱有多深。”

李芙贞霎时感到胸闷，她在想，这个大野松夫也实在太老辣了，这哪是在分析情况，这分明是在抄她的底牌嘛。想到自己对周昌渝的爱，这是悬崖上的爱情，分分钟都是燕巢于幕，既无法言表也无法形成文字，这种事是男女两个人自己的隐私，多半是只可意会不可言传，也许一个人永远地离开了，另一个人就把这种秘密终生背负在身。

大野松夫见李芙贞没吱声便换了一个话题说：“上次在大街桥头茶楼楼梯口倒下的一幕，你还没忘吧，那次行动目标就是陈裕树，你失败了，你要从失败的地方重新爬起来。那次是陈裕树的人背后开的枪，目标就是要置你于死地。”

“滨野通过目击者的口供，排除了开枪的杀手是周昌渝的可能，但杀手是陈裕树的人则是不容置疑的。”大野松夫停顿了片刻，注视着李芙贞的面部表情，然后接着说：“这次你可以复仇了，我要让你用自己的枪亲手打死陈裕树。”

李芙贞若有所思地说：“切西瓜我首先要找到下刀口，就像给病人动手术一样，先要观察病人的血压等各方面的症状，然后才能拿起手术刀。”

大野松夫表示理解，默默地看着李芙贞，这目光似乎有点看不腻对方的味道。

李芙贞感到很为难，让自己亲手杀死陈裕树，这事自己实在是不适合做，于是便问：“将军阁下，怎么没见郑菲娜？郑菲娜跟王立宇是什么关系我很清楚，是不是他俩另设爱巢在天天重温旧梦？王立宇是非常了解陈裕树的，也非常熟悉哥弟帮活动的范围和躲藏的隐蔽点，他任绥靖部特别行动队队长后为什么没抓住一个哥弟帮的队员呢？我甚至怀疑他对皇军不忠，他应该和郑菲娜联手起来消灭处州哥弟帮才是。”

大野松夫爽朗地笑着说：“李芙贞，我手中只有一盘棋，却两只手在下。除日本驻处州商会以外，情报机关是双重领导，宪兵司令部的佐藤次郎老是插手我们商会的事，这点我也不怕你传话到他耳朵里去。”

李芙贞之所以要在大野松夫面前提郑菲娜的事，是想从上司嘴里套出郑菲娜的消息。其实李芙贞已经窃听到郑菲娜的电话，她心里明白，郑菲娜可是没有闲着，此时正在筹备那列军火到杭州湾四等小站的安置工作。

李芙贞走出大野松夫宅邸时，太阳已有一竿子高了，她感到又困又累又饿。这饿，她想到可能是一直喝茶水引起的，于是便用钥匙打开轿车门，开车去吃早餐。在发动引擎前，她首先把手枪从腰间取下放在副驾驶座上，然后把坤包盖在手枪上。她已经有预感，自从她穿上中佐军装几次曝光后，就没有了过去那样的平安日子。她必须要提前出手，对谋杀她的人决不能手软。在车启动时，她下意识地伸手去摸了一下手枪。

李芙贞感到时间还早，就驾车去了教会医院看望昨天她亲自动手术的病人黄敬丰。护士小张说，那个男人看来背景还挺复杂，天一亮就被那个古玩斋的老板转移了，是不是我们处州还有其他医院呢？悬着心的李芙贞反而感到是好事，这下温特纳这个包袱也可以卸下了。

处州的天气就是变幻莫测，上午还大太阳晃晃的，中午的时候就下起了太阳雨，阳光中细雨纷纷。也许是光线的作用，天空中还出现了彩虹。周昌渝没打雨伞，正往一条老街走去。他按约定的时间和地点到公用电话给陈裕树打电话，在约好的那根电线杆旁边，陈裕树就等在公用电话亭里，听到铃声他即拿起受话器。周昌渝告诉陈裕树，吴淑蕊终于被杀了，但就连他自己都感到不可思议的是，那个开枪的人究竟是谁到现在也不能确定。但陈裕树还是紧接着追问道：“那个杀吴淑蕊的人到底是谁呢？”

他们的这次通话被已到达教会医院窃听室的李芙贞窃听到。她窃听到双方在讨论杀吴淑蕊的人是谁。但周昌渝在电话里没有谈到购买电台、药品、武器制造设备的事。后来的通话中，周昌渝用的是暗语，交谈的内容是关于军火列车到达杭州湾四等小站的具体时间，这种暗语交谈就是在现场也根本听不懂，这是让李芙贞始料不及的。另外用暗语交流的内容是关于黄敬丰的，周昌渝说：“我暂时把受枪伤的黄敬丰转移了，因为黄敬丰已经暴露，怕军统和鬼子来找麻烦，店里还设了灵堂。”

陶阿秀听邻居说古玩斋的雇员死了，有点将信将疑，邻居见状又对她说，古玩斋还设了灵堂呢。这下陶阿秀有点相信了，她立马放下手头的活，把天蝉旗袍店打烊后搭辆黄包车赶到古玩斋。看到店堂侧间香火袅袅，黄敬丰的照片披着黑纱，陶阿秀走进门槛就站不住了，声泪俱下进而失声痛哭。

周昌渝出来扶起陶阿秀，陶阿秀情不自禁地搂着周昌渝大哭，从她的哭声中，周昌渝才知道黄敬丰曾经也爱着陶阿秀。

这天，日本宪兵司令部收到一封通报信，佐藤次郎看了那封信后非常愤怒。信是袍哥会洋芋奶的哥哥番薯苗写的，番薯苗详细描述了打劫滨野和王丽珊，以及缴获鲁格 P-08 式手枪，缴来滨野盗窃来的七星剑的过程。佐藤次郎这才感到，有必要立刻查清大日本皇军是怎么得罪了四川袍哥会的。他打电话叫来滨野责问此事，滨野在司令面前只能详细坦白经过并恳求佐藤次郎原谅他的过错，以后一定将功赎罪。滨野当天就送佐藤次郎一把从陈掌柜当铺窃来的龙泉剑，佐藤次郎收到那把剑后对此事不再提起。

大仇未报，番薯苗岂能善罢甘休？先是滨野吃了个哑巴亏，之后宪兵司令部又当了回缩头乌龟，但番薯苗还是没罢手。这天夜晚，番薯苗走进香菇客栈，茶房一看是死去的洋芋奶，就吓得两腿直发软瘫倒在地上。番薯苗一把拽起茶房说：“你没想到吧，我是洋芋奶的哥哥。”

茶房这才回过神来。番薯苗让茶房就这么跪着讲述了洋芋奶的遭遇，茶房被番薯苗屈打成招，说出胖老板何玉茹住在回廊尽头的阁楼偏房里。

番薯苗一脚踹开房门，何玉茹正在床上和王丽珊亲热，突然有人进来，吓得没穿衣服的王丽珊裹起被子滚下床，而何玉茹看到洋芋奶的脸，以为鬼来了就推开木窗跳楼，好在何玉茹跳下去摔在葡萄架上晕了过去，保住了一条小命。王丽珊从被子里露出头偷窥来人是谁，看到是番薯苗就猥琐地暗示对方，而番薯苗用手枪戳着王丽珊的嘴威胁道：“只要你活着，我就还会来，我弟他是冤死在你舞厅里的，只要他大仇未报、阴魂不散，我就常来常往、不依不饶。”

胖老板何玉茹清早被人抬到教会医院，他是因跳楼摔下去胸口撞在葡萄架上而受重伤，李芙贞闻声急忙参与抢救工作。从茶房口中，李芙贞知道了内情，等抢救结束后李芙贞告诉茶房：“袍哥会可不是一两个人，你们倒霉的日子还在后面呢。”原本就惊魂未定的茶房听到这句话，当即晕倒在医院走廊里。

抢救完病人，李芙贞离开了医院，准备找郑单鹏通报情况、沟通信息。李芙贞来到郑单鹏住处的弄堂口，碰到从弄堂里出来的倪少慧，她发现倪少慧故意回避她，也就装作没看见一般，两人擦肩而过。李芙贞来到郑单鹏的书房，向他通报了吴淑蕊已被暗杀。郑单鹏冷静地说：“这个女人早已被列入苏联红军远东情报局的锄奸名单，我们现在关注的重点是那辆列车，另外就是要协助哥弟帮炸毁卸下来的鱼雷。”

李芙贞皱了皱眉头说：“我不认识哥弟帮的人。”

郑单鹏苦笑着反诘：“那你至少认识周昌渝吧。”

“周昌渝是哥弟帮？”李芙贞反问道。

郑单鹏淡淡地回答：“有的事还是你自己去辨别吧。”

李芙贞见状只好转移话题：“列车的事，通过破译密电，我对情况已知一半，至于军列上运载的是什么武器还是解密不了，但我已知这些武器是准备用来攻击东南亚国家的。”

……

午夜后，周昌渝来到廊桥，他看了下怀表后发现约定时间已过，转身就走了。按约定的时间，钟根海会到达廊桥的，他过去接头从来都是很守时，但此时却不见踪影。周昌渝顿时心生疑虑，吴淑蕊曾经是钟根海的情妇，是否钟根海获悉吴淑蕊被锄掉而怀恨在心，趁机脱离组织了？想到此，周昌渝顿生警觉之心，他匆匆走下廊桥的台阶，正当他要离开时听到了鸟叫声，这是钟根海联络的暗号，周昌渝明白了，忙疾步往荒草地走去。

在杂草丛中，鸟叫声又出现了，周昌渝往鸟叫声方向走去并掏出手枪。钟根海从杂草中爬过来，轻声说：“你快趴下，我在这儿。”

周昌渝连忙趴下，用手撩开杂草就看到钟根海爬了过来，钟根海告诉周昌渝：“桥上国军巡逻队刚刚走过，我估计还要过来。”

周昌渝对钟根海说：“吴淑蕊被我们灭掉了，你什么感觉？”

钟根海苦涩地一笑：“这是我心里的一根刺，你帮我拔了我心也就不疼了。”

周昌渝问他任务完成得怎么样，钟根海从口袋里摸出一个牛皮纸信封，递给周昌渝。周昌渝望着钟根海说：“我就怕你死在龙泉。”

钟根海笑着说：“信内就是陈式正下令逮捕我党同志的名单。我看了名单，明白都是吴淑蕊为了活命提供给陈式正的，吴淑蕊真的是罪该万死！”

周昌渝把那封信揣在怀里说：“警察局局长还是站在我们这一边的。”

钟根海警惕地提醒周昌渝：“我们只能这样趴着，等巡逻的国军走过，我们才能离开廊桥。”

周昌渝和钟根海趴在草丛中悄悄说话。钟根海把大野松夫曾到他羁押的牢房看他的事告诉周昌渝，周昌渝听了钟根海的叙述后，顿时感到鬼子的手段太阴险狡诈了，居然要骰子王去搜集龙泉剑传人和龙泉青瓷传人的所有材料。这说明大野松夫到达处州的一个重要目的，就是要窃取龙泉剑和龙泉青瓷的祖传秘方。但周昌渝绝对没想到，大野松夫早已在商会会所内成立了日本国龙泉剑制作研究所和龙泉青瓷研究所。

周昌渝提醒钟根海："你现在是杀了日本人的通缉犯，你只能戴着假面具在处州和龙泉活动，每一步都必须小心谨慎、如履薄冰。"

钟根海也承认自己的处境，但作为一个乐观主义者，他坦然地说："不单鬼子要杀我，军统也要置我于死地，那我干脆来个鱼死网破，我绝不会跪着做人。"

接着，两人改变了联络的时间，并改用了一套背靠背的暗号，如果一方失约肯定就是出事了。周昌渝到目前为止已经完全信任和器重眼前的骰子王钟根海了。

天亮前，周昌渝和钟根海相互握手告别、各自东奔西忙。周昌渝照着陈式正的黑名单，挨个地迅速通知了所有的地下党员必须尽快转移。

周昌渝完成任务后与陈裕树碰面，陈裕树听完汇报后，激动地紧紧拥抱着周昌渝，口中喃喃地说："昌渝同志，谢谢你，谢谢你！"

周昌渝又告诉陈裕树："通过你的关系，刘慧芸化名叶淑静在《大中华通讯社》处州分社任编辑，那个《大中华通讯社》指导官恭井是我们的人，恭井一直在暗中帮助刘慧芸。"

陈裕树还是对刘慧芸在魔窟内工作有些担心，因为《大中华通讯社》毕竟是鬼子的传媒机构。两人分手前陈裕树吩咐周昌渝："你与刘慧芸接触要慎重加慎重，千万别出任何纰漏。"

尽管处处细致入微、谨慎从事，陈裕树的下榻处还是被特高课找到了蛛丝马迹，大野松夫闻声后就打电话把李芙贞叫了过来，再次当面又把这个艰巨的任务交给了李芙贞，并告诉她："这次你可以复仇了，我要让你用自己的枪亲手打死陈裕树。"

第二十六章　巧应对智送情报　刘慧芸虎口脱险

李芙贞派教堂的修女化装后，送出了大野松夫要谋杀陈裕树的情报。那个修女到达古玩斋，趁新店员阿翔不注意就把一盒火柴扔在柜台后转身走了。周昌渝得到情报后立刻派阿翔与钟根海联系，经过钟根海的告警，陈裕树改变线路逃离处州。

李芙贞已经窃听到郑菲娜的电话，确定了她正在筹备军列到达杭州湾四等小站的接站工作。必须除掉郑菲娜，李芙贞忙赶到新亚洲洋行，把这个计划告诉了郑单鹏。郑单鹏说："你跟远东情报局的想法一致，这个艰巨的任务就交由你去完成。"在与郑单鹏相互道别之时，李芙贞眼睛一瞟，突然发现楼梯口站着倪少慧，这个倪少慧究竟是郑单鹏的什么人？李芙贞心里默默地揣测着，也没有再问，便径直走了。

酒吧里，周昌渝在等林景泉手下的人，那人知道军火列车什么时候到达杭州湾四等小站。列车到站卸下军火后将要运载大批的龙泉剑和龙泉青瓷离开，这也是周昌渝必须要阻止的重要任务。

那个倪少慧早已等候在酒吧了。化过装的倪少慧看到了周昌渝，但由于李芙贞也在，她便侧身悄悄走了。坐在角落的周昌渝看到了李芙贞在悠闲地边喝酒边看手中的一张照片，李芙贞笑得很甜，周昌渝也乐得在一旁静静地望着她。

周昌渝发现，李芙贞把那张照片塞入小包后，从胸口摸出项链的坠子，双手轻轻打开，周昌渝估计那坠子里肯定是照片。

由于至今还没有面对面地与郑单鹏接触，所以周昌渝还是不了解李芙贞的真实身份，至少没有得到正规途径的证实。他的任务很重，要监视列车到达杭州湾四等小站的动向，还要关注日军积存的大量龙泉剑和成箱的龙泉青瓷，所以周昌渝无暇顾及其他，只能刻意回避李芙贞。

喝得微醺的李芙贞恍惚间看到周昌渝的身影走出了酒吧，她赶忙也放下杯子拿起钱包追了出去，此时周昌渝已无影无踪。

倪少慧在弄堂口盯着周昌渝，等周昌渝走来时，她把一只香烟盒扔在地上然后朝弄堂走去。周昌渝看到烟盒后连忙四处张望，见没人注意就捡了起来，看来今夜去酒吧没有白等。烟盒里有个小织物，周昌渝回到古玩斋后把织物浸泡在硝酸盐、苏打水和淀粉混合的溶液中，再烘干织物，字迹显现，原来是用阿拉伯数字拼凑起来的密码，那密码是郑单鹏请安珍破译的列车到达杭州湾四等小站的时间。

正当李芙贞四处张望，搜索着周昌渝的身影时，大野松夫打来电话，问她去周昌渝的店里没有。

李芙贞说："我要想好了再去，有的工作我要有个结果再向您禀告。"

大野松夫又指示："你要注意寻找骰子王钟根海，据特高课提交上来的案卷，我还是认为骰子王是共党的情报员。一个玩骰子的居然有匕首还敢杀看守，竟然还说自己是艺人，艺人敢这么杀人吗？"

李芙贞听后"哈伊哈伊"地说了几声，才听到对方口气软了下来。大野松夫总体上对近段时间李芙贞的工作状态还是比较满意的，他要李芙贞去古玩斋的另一目的，是想了解他夫人的那张仕女画是否已经动手在画了。

李芙贞在窃听室常能窃听到各式电话。她窃听过周昌渝的电话，但他的暗语一直使她处在困惑之中。她用各种解码的手法去分解他的暗语，但最后的结果都是走入"死胡同"。一次偶然的机会，李芙贞还窃听到了恭井用暗语打电话，这使她感到不可思议，她没把这件事向大野松夫禀报，而是接着窃听恭井的工作电话和家庭电话，她已经能确定恭井至少是个双面间谍，也很可能是反战同盟会的人，但没有确切的证据，她无法向大野松夫捅破这件事。如果确定恭井是反战同盟会的人，李芙贞不单不会揭穿反而会去帮助掩饰的，因为反战同盟会是受苏联红军远东情报局保护的，这是郑单鹏亲口告诉李芙贞的。李芙贞对恭井的一举一动开始更加关注了。

使李芙贞震惊的另外一件事是，《中华通讯社》处州分社的编辑叶淑静原来是潜伏在日方的中共特工刘慧芸。李芙贞是在滨野中佐口中偶然获悉的，既然特高课已准备暗地里去抓捕刘慧芸，李芙贞也就没再向大野松夫汇报这件事，她趁机直接向宪兵司令佐藤次郎告密，这是为了掩饰她的苏联红军远东情报局的特工身份。佐藤次郎听后更加信任李芙贞，这个宪兵司令直接给李芙贞下达手令，要她严密监视刘慧芸的一举一动，必要时亲自逮捕刘慧芸。有了这个手令，李芙贞顿时放开手脚了，她也不跟大野松夫和滨野联系，独立操刀准备向那刘慧芸开刀，这样她可以在行动中刻意设计出破绽让刘慧芸逃脱。

不怕贼偷就怕贼惦记。恭井就像走进迷魂阵，进口和出口都是李芙贞手下的人，但这位《中华通讯社》的指导官自己却毫无察觉，根本没有任何防备，以为自己做的事一直都是一帆风顺。

这天，恭井说他过生日，邀请刘慧芸到寓所吃长寿面。刘慧芸愉快地接受了邀请，并送去了一个标有“生日快乐”的蛋糕。恭井热情招待，生日聚会中大家都玩得很开心。再好的聚会也有散席的时候，刘慧芸见时候不早了便礼貌地起身告辞，恭井说：“叶女士，我去厨房烧水沏茶，稍后一起喝茶。”

刘慧芸明白这是恭井特意安排的另外一个项目。刘慧芸想到，他会不会是有重要情报提供给她？刘慧芸随着恭井朝书房走去，进了书房只见恭井转身就掩上门，又用钥匙打开书桌的抽屉，从抽屉里取出一份案卷。恭井意味深长地说：“我这四邻都是日本人，其中不乏在特务机关工作的家伙，而我弄到一份重要情报，是绝不能带到办公室去的，所以才把你请到这里来。另外，我也想交你这个朋友，将来有什么紧急的事情，我可以打电话通知你，或者请你到我家里来谈，岂不更加安全？”

刘慧芸神色有点紧张地望着恭井，恭井笑了笑，转身从案卷里取出了一张地图。这是一张日本人绘制，但却请人用中文标明的日本军用地图，图上标有“日在华中兵力部署图”的标题。一见这幅地图的名称，刘慧芸便觉得周身血液都加快了流动的速度，强烈的念头在她大脑中闪现。这张图太难得，太重要了！特别是在处州孤岛里，弄一张机密性很强的日本兵力部署图，那简直比登天还难！

刘慧芸手拿着地图微微有点颤抖，但还是屏住了呼吸，她看清楚了：南京，熊谷第十五师团；苏州，广野第十二师团；杭州、嘉兴，第二十二师团；处州，刘慧芸看得很仔细，也有点不大相信，整个处州周围只驻有日本一个师团，而且兵力还分散部署在浙闽交界。她想，可见日本鬼子兵源不足、兵力枯竭，如果没有汉奸，没有伪军，那处州地区每个男人吐唾沫，岂不是能把整个师团的兵力给淹没？！

恭井启开一瓶太阳牌啤酒倒入酒杯呷了一口，然后示意刘慧芸赶快看战略地图。

刘慧芸看到沪杭及宁波地区部署了日本 3 个师团，而且兵力大部集中在杭州与宁波，处州地区外围驻有 1 个师团，看来是对付国军驻扎在云和县和龙泉县周围的兵力及浙南游击纵队的。

“你看清楚了没有？”恭井高兴地笑了，小声地对刘慧芸说：“淑静小姐，日本天皇曾在昭和十二年宣称三个月便可灭亡中国，那个年代日军军部报告，对华兵力的投入已达30余个师团。这图上我数了数，共计是27个师团。也就是说，他们说的三个月灭亡中国的计划早已破产，而且现在兵力已陷入困窘阶段。军国主义分子们表面十分强大，实际上已变得非常虚弱。说句真心话，在整个中国战场上，日方已无什么大兵团、大力量可供调动了。那辆军火列车即将到达杭州湾四等小站，上面装的是海外购买来的军火。你看那个地点就是储藏龙泉剑和龙泉青瓷的仓库，大量的货积压在仓库里，大野松夫肯定要把这些货运到上海的港口，然后再用日本的邮轮运到东京。”

恭井说完示意刘慧芸取出相机拍摄那张地图。刘慧芸从坤包里取出相机，镜头对着那张地图，连续拍了三张照片。

刘慧芸把相机放入坤包，转身禁不住一把攥紧了恭井的手，激动地说：“恭井先生，中国人民就是抗战胜利一百年后，也不会忘记你们这些诚心帮助抗战的日本在华朋友，决不会的！”

恭井听后，亲切地拍了拍刘慧芸的肩膀说：“叶小姐，你这话就见外了，我是日本反战同盟的负责人之一，早已加入了共产国际，大家是一家人，请不要再说这种见外的话。重要的是，你要设法把这张地图送到你们党的领导人手中，关于军列的事我尽力了，具体的方案只能由你们自己安排了。”

没等刘慧芸开口，恭井又坦率告诉刘慧芸：“在处州的日本商会内，大野松夫已经成立了龙泉剑制作研究所和龙泉青瓷研究所，并在悄悄地四处寻觅龙泉剑的传承人和制作青瓷的大师。大野松夫来处州前就已有一份完整的窃取龙泉文化遗产的计划，就像日军在云南要窃取云南白药的秘方一样，表面上比较平静，实际上暗地里早已兴师动众了。”

听了恭井的介绍，刘慧芸这才明白了大野松夫来处州的目的。刘慧芸想，这么重要的胶卷如果还是安装在照相机里，路上遇到日本人和“抄靶子”的，那就完蛋了。恭井也怕出事，他和刘慧芸商量怎样把胶卷带出去。

恭井落落大方地说：“你去洗手间吧，只能藏在体内了。”

刘慧芸听懂了，脸上顿时飞出一片红晕，但她还是毅然决然地走进洗手间关上门，将胶卷藏在只有女人能藏的隐秘地方。

恭井还是不放心，非要开车送刘慧芸。刘慧芸说：“那就送到我住的弄堂口吧。”

恭井开车将刘慧芸送到她住的秘密公寓附近的弄堂口，等刘慧芸下车后，恭井才驾车回自己寓所。他们的所有行程早已被李芙贞设桩跟踪了。

李芙贞拍下恭井和他的轿车，以及刘慧芸秘密公寓的照片。

刘慧芸关上公寓的门，第一件事就是要到洗手间把那卷胶卷从体内取出来。她认为这么重要的胶卷放在公寓里不安全，急忙换了一套衣服，手中拿着一幅仕女画溜出了后门，连夜把那份高度机密的胶卷和军火列车将要抵达杭州湾四等小站的秘密情报送到河埠的鼎盛汽车修理厂去。

刘慧芸在想，已经午夜了，路上如果碰上日本鬼子那就麻烦了，她又从后门走进房间，再又重新把那卷胶卷放入自己的体内后才启程。

一个多小时后，她才到达鼎盛汽车修理厂。修理厂一片漆黑，只有昆虫的鸣叫声，整个气氛使人毛骨悚然，刘慧芸怀揣一把左轮手枪，把手伸进怀里随时准备应付意外事件。她走到大门立柱边，借着微弱的光线看到有盏马灯挂在立柱边，这是表示周昌渝人在这里的暗号，虽然马灯没有点火，但她双目中似乎看到了光亮。就在这时，手电突然照在她的胳膊边，在手电亮起的同时，周昌渝干咳了两声。刘慧芸最熟悉周昌渝的生活习惯了，她感到周昌渝就在前面。手电熄了，周昌渝就在角落里站着。刘慧芸走上两步问：“你在等谁？”

周昌渝幽默地说：“我在等军统和日本特务。”

刘慧芸知道周昌渝在揶揄自己，就伸手拉了一下他的胳膊。周昌渝和刘慧芸消失在黑暗中。

周昌渝先给联络人打了个电话，有人接他连夜到达大港头。蜗居在山上草寮里的陈裕树立即帮周昌渝冲洗出胶卷，下半夜时日本军用地图的照片全冲洗出来了。陈裕树仔细地一张张审阅后，立即叫周昌渝发报，把这机密情报通过密电发到浙南游击纵队和各个游击队中队长手中。

电报发出后，陈裕树担心的是刘慧芸，他叫周昌渝连夜返回处州去刘慧芸的秘密公寓，并幽默地说你俩在一起不会出什么事的。但在一起不会出什么事却有意外，这意外陈裕树是没有想到的。

日军特高课和樱花会馆小姐经过几天跟踪，终于查到刘慧芸的秘密住所，宪兵司令部还是在怀疑李芙贞的真实身份。半夜李芙贞接到逮捕刘慧芸的命令，她心里明白，这是日本人又一次在考验她。

李芙贞派樱花会馆的小姐到达刘慧芸的秘密公寓前，周昌渝已早十分钟抵达公寓了。刘慧芸刚躺下，听到周昌渝进来后就说：“我累了，你到书房沙发上休息吧，不会有什么事的，你也早点睡，对我老像对小孩一样关心，我都有点过意不去了。”

周昌渝不让刘慧芸再说话，走过去把她的房门关了起来。

刘慧芸突然打开房门，周昌渝从刘慧芸的眼神里就知道她还有要紧的事没说，就示意对方说。刘慧芸说恭井告诉她，处州日本商会大野松夫已经成立了龙泉剑制作研究所和龙泉青瓷研究所，并在偷偷地四处寻觅龙泉剑的传人和制作青瓷的大师。大野松夫来处州前就已有了要窃取龙泉民间文化遗产的全套计划，虽然日军目前已无能力派兵占领地势独特的云和与龙泉，但这个计划是没有变的。

周昌渝听后，把骰子王在廊桥下草丛里告诉他的话，也简单地透露给了刘慧芸。周昌渝还说，他得到这个消息后已做了两手准备，其中一手就是让龙泉剑的传人和目前仍坚守在窑洞前烧青瓷的青瓷大师都隐蔽起来。刘慧芸认为目前也只能是这样了。两人说来说去总感到有说不完的话，周昌渝还是关心刘慧芸：“明天再说，你早点休息吧。”

周昌渝刚走进书房掩上门，就听到连续不断的敲门声，他感到出事了，赶忙往刘慧芸的房间跑去。此时，刘慧芸已打开了房门，两人迅速简单商量后，刘慧芸连忙收拾有关材料提起布袋，在周昌渝的协助下爬上老虎窗，躲到屋顶上去了。

在这个当口，李芙贞指挥着一帮特务踹开了房门，进入刘慧芸的秘密寓所。

周昌渝躲在卫生间的窗外墙沿边，借着微弱的灯光窥视正在抄家的特务们。

刘慧芸秘密寓所没有地下党的任何痕迹，但多一事不如少一事，她就握着枪在屋顶等待最后的时刻。樱花会馆的小姐们持着枪翻箱倒柜，但毫无所获。

李芙贞发现卧室里的被子还热呢，她揣测刘慧芸刚刚离开这个寓所。李芙贞故意大声说：“这个女人刚走，被窝还是热的！给我里里外外地搜！”

机灵的刘慧芸在爬上老虎窗前用手势暗示周昌渝，周昌渝故意把厨房的后窗推开了，并在窗边挂了一条绳子。这个假象使李芙贞的手下上了当，往这根绳子爬下去踩了个空，掉进一楼的大水缸里，那个手下先摔个半死，后又差点淹死。

周昌渝亲眼看到了李芙贞的另一面，她温柔的甜笑都成了周昌渝的幻觉。

李芙贞轻盈地爬上老虎窗，就在她举枪瞄准刘慧芸时，周昌渝举枪朝一个女特务开了一枪，女特务往前冲了两步倒下，这枪声顿时使李芙贞知道这楼里可不是只有一个女人。就在李芙贞犹豫的几秒钟，刘慧芸早已离开屋顶在另外一户人家的阳台上躲避片刻后爬下了楼，打开院子的门朝小弄堂逃去。

李芙贞和几个女特务往周昌渝躲避的墙边开枪，周昌渝沿着下水道管子爬到地面，把一只烟盒朝亮着灯的窗口扔进去，二楼的李芙贞看到烟盒以为是炸弹，一脚把它踢到楼梯边。几个女特务朝地面的周昌渝黑影猛地开枪，周昌渝边步步为营地开枪反击，边趁着天黑消失在夜幕中。

双方枪战草草收场，失败的是李芙贞，因为她手下一个小姐重伤了。

樱花会馆小姐们七手八脚地把受伤的女特务临时包扎了一下，立即送往教会医院。

李芙贞对那个从楼下扔上来的烟盒还是很感兴趣，她上楼梯到二楼去找那个烟盒，这么长时间没爆炸就说明不是炸弹，她走到烟盒边伸手把它捡了起来。

第二十七章　排隐患智送情报　巧处置痕迹不留

李芙贞来不及细看带回来的烟盒，因为自己的手下必须抓紧抢救。她亲自用医疗钳把受伤的女特务身上的弹头取出来，用线缝合了伤口，安排好那个重伤员后才回到自己的寝室。去寝室也是她的烟幕弹，她不想让另外几个手下知道教会医院还有窃听室。

在那间窃听室里，李芙贞掏出了烟盒。这是一种叫“美丽牌”香烟的烟盒，她把里面的东西倒了出来，有一颗新螺丝和裹着黑色硬纸的一盘微型录音带。李芙贞明白了，烟盒里不放铁螺丝就扔不上来，她手拿着螺丝苦涩地一笑。她很清楚，这种录音带只有德国才有，这个把烟盒扔上来的人难道跟德国方面有关系？

李芙贞把那个烟盒里的微型录音带放入微型录音机里，然后按下播放键。录音机放出温特纳的说话声：“我们德国做军火生意的公司收买了上海海关一个科长，走私了一批轻武器。由于到港后原来接头的人被军统暗杀了，这批货又不是日本人的，只能返回德国。但这件事被外科大夫李芙贞觉察到了，海轮虽然离开上海港了，但这是极为机密的走私事件，不可为外人所知，因此必须要尽快将李芙贞灭口。”

李芙贞这才恍然大悟，她眼前闪出夏威夷软边金丝草帽，闪现出戴着帽子的栗河惠子胸部中弹后瘫倒在车内的身影。李芙贞重新听了一遍录音后喃喃自语：“黑影人这是在冒着生命危险递送消息啊，难不成他是周昌渝？”

用数张照片拼起来的那张高度机密的日本军用地图，摊在陈裕树的桌子上，手拿放大镜的陈裕树在研究地图上标的一个个大圈小圈。

陈裕树紧急处理完一系列的事情后，在大港头木材仓库召开了一次重要的会议。会议的内容是军火列车将抵达杭州湾四等小站 D 区 6 号仓库。但谁也不会想到，李芙贞早已把本来是星期三到达杭州湾四等小站 D 区 6 号仓库的军火列车改成了星期五到达。

会后，周昌渝按自己的任务去杭州湾四等小站6号仓库不远的楼里，拿着望远镜去监视军火列车，也许是日子还没有到，6号仓库没见列车的影子。

军火列车还没到达杭州，周昌渝有时间安排亲朋好友去黄敬丰的墓地。周昌渝通知了陶阿秀，陶阿秀派女帮工到上垟镇源底村把敬丰妈接来一起去了处州郊外的荒冢。周昌渝、陶阿秀和敬丰妈前后到达黄敬丰的墓前，敬丰妈抱住墓碑就痛哭连天，谁劝也没用，最后还是陶阿秀把她拉开墓地。其实，敬丰妈后来知道了儿子没死，为了儿子黄敬丰能平安在世，平时在村里从不暴露黄敬丰还活着，这回在墓地也是豁出去地大哭特哭，似乎哭得越悲恸，儿子就越安全似的。

周昌渝怅然地望着姨母默默流泪。他想，如果敬丰被军统和鬼子再次找到藏身地，那敬丰就真的没命了，那姨母的号啕痛哭也就成真的了。作为表哥，一定要把敬丰保护好，他还要帮助敬丰在上垟镇源底村成家立业呀。看到姨母这么伤心的样子，他很内疚，因为他都没能告诉姨母黄敬丰现在藏匿在哪里，但这是机密，是绝对不能告诉她的。

周昌渝在墓前，放了一堆纸钱，划火柴后点燃，随着火苗的蹿起，纸钱像火蝴蝶一般扑腾起来。陶阿秀也往坟头上插上香，点着后默默地祈祷着。

周昌渝扶着自己的姨母，望着那几束香火，香火的烟雾缭绕在墓前。陶阿秀和敬丰妈忍不住又哭出声来，周昌渝此时想到自己的母亲曾说过的一句话："来一根脐带，去一根裤带，人生就是这么短暂。"

周昌渝双目湿润，望着远方。他想，如果没有李芙贞，敬丰也许真的就离开人世了。李芙贞曾几次送药过来，看来李芙贞把周昌渝看得一清二楚。周昌渝走过去扶着姨母，在她耳边轻声说："敬丰的伤痊愈了，这事你连陶阿秀都不能泄露啊。"

敬丰妈含着泪笑了，周昌渝在她耳边细语："你必须要把我珍藏在起坐间阁楼里的那几百把剑都想办法转移到后楼柴间阁楼上去。"

敬丰妈频频点头："这件事你不要再跟我解释了，我知道日本人的探子盯上龙泉剑了。"敬丰妈猛然间又想起什么，就对周昌渝说："前一阵子村里来过穿着长衫戴着礼帽的掮客，走街串巷想要买剑和青瓷，由于村里人怕这个人是日本人的探子，连招呼都不跟他打，看到这个人，家家户户都关门落闩。"

周昌渝说："这个情况很重要，多亏你告诉我。"随即吩咐敬丰妈："你回村里后转告三姑六婆，要他们的男人别为了贪点小便宜把自己的命丢了。"周昌渝甚至还告诉敬丰妈："日本人不单要剑和青瓷，而且还要剑和青瓷的制造人，你明白我的意思就好，叫乡亲们千万不要当汉奸。”

傍晚，一向习惯伫立窗前瞭望和凝思的李芙贞，正拿着望远镜瞭望时，镜头里突然走进了两个人，定睛一望，原来是陶阿秀和恭井，只见两人在说着什么，好半天才散去。这两个人怎么搞到了一起？李芙贞拉上窗帘放下望远镜沉思着，她想这个陶阿秀看来也跟抗日组织有联系，因为恭井可能是反战同盟的人。今天要办的事很多，她心里一团糟，她的本职工作是个大夫，救死扶伤是自己的天职，压根就不想杀人，但事情往往就是这样，你越不想杀人对方却越要置你于死地，有时你被逼上梁山只能拿起武器去灭掉对方。

今夜是中国阴历的初一，初一的月亮就像根豆芽，挂在天上没有什么光亮。李芙贞喜欢初一的月亮，每次看到初一的月亮，她就会算自己到中国有多少日子了。她下楼来到教会医院食堂，吃了点夜餐，在回医院寝室时，发现温特纳卧室的窗口亮着灯。这个德国佬习惯在晚上记工作笔记。李芙贞走上楼梯时不再想什么，她要好好睡一觉，这样才有精神做关键的事。

午夜时分，李芙贞起床了，她撩开窗帘看外面，月亮依然还是像根豆芽般地挂在天空。她笑了，因为她已做好了充分的准备，如果有意外她就开枪，她也知道夜半的枪声会很瘆人，但还是把手枪上了膛然后插在腰间的皮带上。

李芙贞把寝室的门轻轻打开，朝温特纳房间的窗口看了一眼，窗口还是有灯光。也许这个德国佬睡着了没关灯。

院长温特纳穿着睡衣正准备躺下，他伸手关台灯时卧室的门被钥匙打开了。没等温特纳来得及到枕头下去摸枪，李芙贞已按住温特纳的那只手。

枪管戳着温特纳的头，他感叹：“吃我们这碗饭最不甘心的是冤死。”

李芙贞从口袋里摸出一颗小药丸塞在温特纳的口中。她“扑哧”一声笑了：“我不会让你冤死，因为有人给了我你要杀我的录音带。”

李芙贞脸色惆怅地凝视着温特纳，只见他口中渐渐流出了污血，双目圆睁着但眼神已渐渐凝住。

明枪好躲，暗箭难防。温特纳的问题一天不解决，李芙贞的身边就如同放置了一枚定时炸弹，随时会趁人不备地引爆。来自温特纳的威胁彻底卸掉了，李芙贞也就可以专心地与郑菲娜过招了。

这天中午，大野松夫在商会起坐间宴请河堤三郎和郑菲娜，宴请的理由是庆贺龙泉青瓷研究所和龙泉剑制作研究所初具规模。大野松夫很明白，在这个问题上，必须要长远谋略，绝不能杀鸡取卵。郑菲娜汇报她已派人去龙泉寻找剑铺的传承人，她很遗憾地告诉大野松夫："剑铺是有几家，但生产的都是普通龙泉剑，如果按您的要求生产，没有一家能把剑锻造出来。"

为了避免大野松夫责骂，郑菲娜留了根尾巴，她派下面的人召集了三个愿意为日本人服务的所谓剑铺的人，其实这种小汉奸无非就是龙泉城里的地痞流氓及为了混口饭吃的小混混，根本不是剑铺的内行人，充其量也就是个打杂的临时工。有了这三个滥竽充数的工匠，大野松夫要是有什么特殊的要求，好歹也有人出来抵挡一阵了。

想到此，郑菲娜得意地向大野松夫报喜，内容是目前已收购了五百把龙泉剑。其实这种剑只能卖给外行人，制作这些龙泉剑的人也都是那些曾经当过打铁匠，为了生存而转行造剑的普通人。

河堤三郎也没闲着，他滔滔不绝地向大野松夫汇报了龙泉青瓷研究所的发展规划及目前状况，由于河堤三郎是商人出身，做事说话善于报喜不报忧。

大野松夫总感到这两人的心不在研究所。大野松夫还是拿出从李源麟宅邸抄来的古青瓷制作秘诀及各种配方文本，那文本是手抄本，大野松夫对照手抄本自己又重新用毛笔工工整整地抄了一本。当着这两个人的面，大野松夫坦然地告诉他们："我有这本秘诀，如果你们招来的人是帮蠢材，我回日本后会亲自培养出一批青瓷制作专家。"

听大野松夫这么一说，郑菲娜感到一阵失落，因为至今她手里还没有一个真正能制造出仿古龙泉剑的专家。为了掩饰自己工作的失败，郑菲娜很有心计地说了一句："龙泉稍微有点名气的剑铺工匠都找不到了，何况龙泉是国民政府管辖区，我手下人活动的手脚本身就不方便。"

大野松夫也不想这顿宴席白请，于是又说了些鼓励的话，气氛才缓和下来。

太阳的光芒穿过厚厚云层中的稀薄处，像把利剑一样斜插向大地。一辆插着太阳旗的日本军用三轮摩托，载着郑菲娜与河堤三郎，从处州日本商会的大门出来，一路呼啸而过。行走在大街上的黄包车夫见状赶忙避让一边，回望着绝尘而去的三轮摩托，回过脸来猛地在地上啐了一口，然后又继续赶路。黄包车夫一路小跑着来到古玩斋，将车往古玩斋门口一停便径直走了进去。那个黄包车夫趁观赏古青瓷之机，把一卷胶卷塞在青瓷瓶内没说什么就离开了。周昌渝感到这个车夫有来头，就检查了刚才他摸过的青瓷瓶，发现瓶内有东西。周昌渝捧着那只青瓷瓶转身就往楼梯上走去。

二楼画室里，周昌渝从青瓷瓶内倒出一卷胶卷，双手拉开胶卷一看，原来是日本在浙东南的军用地图。

用照片拼接起来的那张高度机密的日本浙东南军用地图，同样摊在陈裕树的桌子上，手拿放大镜的陈裕树在研究地图上的各种标记。林景泉手下也给陈裕树送来了温州港所有码头的新标志图。

随着军火列车将抵达杭州湾四等小站D区6号仓库的时间临近，陈裕树立即在大港头草寮里召开重要会议布置相关工作。

李芙贞接到苏联红军远东情报局的密电，要她干净利落地与有关抗战组织合作，或者亲自采用变通方法，炸毁列车运载过来的准备用来攻击其他国家军事基地的鱼雷等军火。为掩人耳目，李芙贞把列车到达D区6号仓库的时间从星期三改成星期五。

列车星期三准时到达了杭州湾四等小站，更准确地说是停靠在四等小站附近的隧道里，离D区6号仓库还有一段距离。成箱成箱的军用武器和弹药从火车上卸下来，进行作业的全是武装到牙齿的日本军人。日军白天不干活，到了晚上才小心翼翼地作业。所以，无论是先期抵达杭州湾四等小站附近小楼隐蔽起来的李芙贞，还是随后赶到离D区6号仓库不远处的木楼里的周昌渝都一时无法打探到火车的任何确切消息。他们所面临的任务，是先要确定火车的停靠位置，然后还要了解那批军火转移到哪儿，以及日方打算什么时候把成批的龙泉剑和龙泉青瓷装上列车。

这几天，周昌渝的脑子里，不时地冒出“龙泉剑”三个字来。当天晚上，他找出浙南老地图，寻找杭州当地各个洋房的具体位置，这简直是大海捞针，但功夫不负有心人，最终他还是找到了那片西班牙样式的洋房区，拿起笔做上了记号。

也正是在军火列车到达杭州湾四等小站的节骨眼上，温特纳服毒自杀了，这不仅在处州引起了不小的轰动，更引起了日本特高课的警觉，生怕有什么危险的信号夹杂其间。佐藤次郎怀疑是李芙贞暗杀了温特纳，于是打电话给李芙贞，约李芙贞来办公室见他。李芙贞说出各种理由，认为温特纳是患有严重抑郁症的病人，他是自己太痛苦才结束了自己生命的。

大野松夫提交给佐藤次郎的验尸报告，其中有一条，温特纳服毒自杀的小药丸是德国制造的。另一条还特意注明，在温特纳的卧室里，有各种治疗抑郁症的进口药，那些药除了一盒是法国产的，其他的那些药物都是德国原装进口的。其实这些治疗抑郁症的药品，都是李芙贞毒死温特纳后重新布置的，没有丝毫纰漏。

佐藤次郎是在看了验尸报告后才约李芙贞来办公室的。听李芙贞这么一说，和特高课从教会医院调查来的情况基本吻合，佐藤次郎向大野松夫交代，温特纳的死就这么定性了，把温特纳患抑郁症自杀的事向天主教教徒们公布，就不会弄得满城风雨了。

教徒们在天主教堂里为温特纳默默地祈祷，李芙贞也参加了这个宗教仪式，李芙贞看到郑单鹏和倪少慧也各自站在教堂里为温特纳祈祷。

一波未平，一波又起。这边教会医院院长温特纳刚刚服毒自杀，那边龙泉教堂的修女通过信鸽又带来了噩耗。李芙贞在阁楼里听到信鸽的叫声，连忙把信鸽脚踝铜套里的纸条取出来，看到了修女写的内容后焦急万分，原来龙泉下属的小梅、查田相继发生了鼠疫，目前已死亡 36 人。教会希望李芙贞能到龙泉来协助其他大夫治疗已感染的百姓，最后几个字写的是："十万火急，急盼！"

李芙贞连忙与教会医院的医生通气，医生和护士们都说他们也听说了，问题是处州是沦陷区，龙泉是国统区，这会给救治工作带来一些麻烦。李芙贞和龙泉的兰斯德中校通了电话，兰斯德中校也希望李芙贞能带几个医护人员到龙泉来救治那些无辜的百姓。

李芙贞不再犹豫，安排了一个内科医生和一名护士，与他们一起带上了各种消毒药水和药剂，连夜坐马车赶往龙泉去防止鼠疫扩散、抢救被鼠疫感染的病人。李芙贞一行三人星夜兼程，翌日就到达了疫区，和龙泉的医护人员共同处理鼠疫，得到了当地乡绅和百姓的赞扬。

李芙贞一行救死扶伤的义举，使兰斯德中校大为赏识。为此，他特意安排了一桌酒菜，宴请李芙贞等一众医护人员和陈式正的副官等要员。

散席后，兰斯德中校请李芙贞留下来喝咖啡。李芙贞也正想找兰斯德中校聊聊。他们的聊天以冯小姐为切入口，但兰斯德对冯小姐的所有情况介绍还是和原来的一样。李芙贞坦言："我要抽出时间去趟上海红房子西餐厅。"

兰斯德就把西餐厅老板的联系地址和电话告诉了李芙贞。李芙贞刚喝第二口咖啡，兰斯德中校就聊起盟军的一些事来吊李芙贞的胃口。李芙贞心知肚明，你兰斯德中校想套我的口风，那就来吧。李芙贞微笑着问："兰斯德中校，龙泉不是大上海，英国军事代表团怎么会派一个直辖的军事组驻扎在龙泉呢？听你的口气，你认为我这个外科大夫是不务正业，那么我想请问，你能说出我的正当职业是什么吗？"

兰斯德中校坦言："我的主要任务是窃取日军的机密情报，我不说其实陈式正都知道，为什么英国要派一个军事代表团到这儿，虽然是小组，那也是小题大做啊。咱俩开门见山吧，我不可能到这个山沟里来就是为了拍一些风景照的，那无非是我障人耳目而已，就像你一样。”

李芙贞机敏地反问：“那你到底要我提供什么呢？”

兰斯德中校用手指敲敲桌面后，提出了所要情报的细则。

李芙贞答应了他，并从他手中意外地交换来日军军火列车的情报。那是“恩尼格玛”密码机解密了的日军密电，兰斯德中校说：“那些密电一般都会送到英国的阿伦·图灵工作室进行译码。盟军的专家夜以继日地工作，截获、整理、破译各国尤其是德国的军事情报，并把破译的情报直接报送给英国最高指挥部门。”

李芙贞微笑着频频点头。兰斯德中校最后揭底：“日军的密电已破译，那列火车装载的是鱼雷。”

从此，兰斯德中校与李芙贞成了朋友外的盟友。

陈式正的副官也来参加了那天的饭局，他一直关注着李芙贞席间的言语，回去后就向陈式正作了禀报。陈式正一直怀疑李芙贞是日本特务，这下那个嫌疑被悄悄取消了。

处州的日军在全力以赴忙于军火列车任务的同时，对龙泉剑和龙泉青瓷的研制任务也一直没有放松。自从大野松夫的龙泉青瓷研究所成立后，河堤三郎的工作也遭遇挫折。他在处州的山沟建造了一座青瓷窑，工匠们用李源麟提供的古青瓷制作秘方，烧出来的青瓷不是破裂就是有气泡，甚至色彩也不像名家烧出来的青瓷瓶罐那样生动诱人。河堤三郎还是把出窑后的十个各种形状的青瓷，亲自送到大野松夫的商会办公室。大野松夫先伸手一个一个地检查这些青瓷瓶罐，然后用蔑视的目光盯着河堤三郎。河堤三郎没想到大野松夫提起一个青瓷罐，一下砸到他的脚边。河堤三郎知道，此时再说什么也是多余的了，只能是默默地承受着。

连日来，浙南游击纵队为完成迎头痛击日军军火列车的重大任务，也在做着各项准备。周昌渝采购到了所需要的电台、药品和武器，他告诉陈裕树：“这些东西全藏在大港头木排里，表面上都是山货，但这些东西要尽快转移，以免夜长梦多。”

陈裕树不放心的是拉船的纤夫，这些纤夫如果有一人走漏消息，那顺流而下的那些货物就成了国民党或者日本鬼子的战利品了。周昌渝向陈裕树承诺，纤夫都是自己人，虽然他们没加入共产党，但他们的心都跟我们连在一起。周昌渝还告诉陈裕树，庆辉骨科的俞大夫神秘失踪了。

第二十八章　螳螂捕蝉雀在后　是奸是忠难定论

陈裕树为俞庆辉的失踪而担忧，他要周昌渝通过河堤三郎或到古玩斋来的那个苏联红军远东情报局的三七开，打听到俞庆辉的关押地并设法营救，周昌渝表示一定竭尽全力完成任务。

陈裕树在想，那辆列车怎么还没到杭州湾四等小站？深感纳闷儿的他，万万没想到列车此时已停靠在D区6号仓库外的隧道里了。

周昌渝宽慰陈裕树："杭州湾四等小站D区的日本鬼子戒备森严。这说明，那辆火车肯定已经到了杭州。"

陈裕树和周昌渝估计，日本人这会儿正在找寻储备武器的仓库、策划具体的运输方案。这天，为了将功赎罪的滨野带着郑菲娜和手下特务，用婉转的手段秘密地将周氏渊剑堂的周浩臣请到大野松夫的商会。大野松夫热情地招待周浩臣，并在榻榻米房间里安排艺妓歌舞助兴。大野松夫以交朋友的形式与周浩臣闲聊，就是不提龙泉剑铸造的秘诀。周浩臣心知肚明，今夜是回不去了，只能见机行事地随日方的安排来逃过这场灾难了。

大野松夫早已安排好了漂亮丰满的青楼女来陪周浩臣，周浩臣是个有定力的人，虽然青楼女用各种手段诱惑周浩臣，他还是以上了年纪、身体欠佳为托词不与其做男欢女爱的事。为了能瞒过大野松夫，周浩臣向青楼女承诺，等他出去后你来周氏渊剑堂，我给你五块大洋。为此，青楼女隐瞒了周浩臣过夜的细节。

翌日，大野松夫还是信守承诺让周浩臣回了周氏渊剑堂，大野松夫还一直把周浩臣送到大门口，老朋友般地与周浩臣握手道别。如此客气的大野松夫，其实早已安排好了长远的计划。那计划就是要用软刀子，让周浩臣主动献出龙泉剑铸造秘诀。

周浩臣走出日本商会后绕道来到古玩斋，把自己的遭遇告诉了周昌渝，周昌渝这才知大野松夫为窃取龙泉剑铸造秘诀又有了新的策略和方案。经过与周浩臣细致的谋划商量，周昌渝让周浩臣从库房后窗离开古玩斋。由于有了周昌渝对付日军的方法，周浩臣的脊梁骨更挺了。

拿着钱包的李芙贞突然来到古玩斋，她看到柜台内站着的是个陌生的新店员阿翔，就对那个阿翔一笑算是打了个招呼，然后径直往木楼梯上跑。二楼画室里，周昌渝边画仕女画边琢磨着什么，突然心有灵犀的他放下毛笔走出画室往楼梯口而来，相向而视的两对目光里，映入的是对方那张迷人和灿烂的脸庞。李芙贞不顾一切地扑过去，紧紧地搂住周昌渝，周昌渝也毫不犹豫地张开双臂，紧紧地把她拥入怀中，但他的眼神里突然间溢出难以言状的光来，李芙贞赶忙把脸贴在他的脸上，泪水断线似地沿着鼻翼流了下来。

李芙贞手中的钱包不经意地落在地上，钱包的一半自然地打开了。此时的周昌渝，如果捡起钱包那就能看到童年时的他与冯霞囡的合影照片，但现实就是现实，没有如果。那个钱包后来还是李芙贞自己顺手捡起的。周昌渝只是轻声地说了一句："这个钱包挺漂亮。"

李芙贞来古玩斋有无数次了，有时是为送情报而来，有时是为找寻儿时的记忆而来，唯有这一次是毫无任何目的、信马由缰地来古玩斋。初恋中的男女，开始一般都是两条腿听从大脑的指挥，而一旦出现大脑听从两条腿指挥的情况，就意味着已进入难舍难分，即将瓜熟蒂落的阶段了。

正当周昌渝与李芙贞如胶似漆地相处在一起时，不识时务的新店员阿翔敲门而入，他是来送信的。信是林景泉托人送来的，内容是："大港头木排里的山货已经全部运送妥帖，让古玩斋大管家放心做下一步的买卖。"

周昌渝看信后，一颗悬着的心终于放下了。每到关键时刻，林景泉总能把事情办得既漂亮又及时，周昌渝打心底里涌出了一股对林景泉的好感。正当林景泉高效率地配合浙南游击纵队开展工作的时候，他压根都没想到，死神竟然如此迅速地向他靠近。

郑菲娜把王立宇叫到自己的洋房，要王立宇不惜一切手段除掉林景泉。理由是林景泉控制着温州港口，其中一个仓库就离那个四等小站较近，那辆军列的到来是极为机密的事，决不能让任何人知道这个消息。更何况，大野松夫也已经开始在怀疑温州港口的林景泉是共党的奸细了。

王立宇为了讨好郑菲娜，通过金钱从一个剑铺商人处购得了一份龙泉剑铸造工艺秘诀，声称要亲手交给郑菲娜。郑菲娜拿到了铸造龙泉剑的工艺秘诀后，对王立宇极尽奉承，一通甜言蜜语下来，听得他很是享受。

随后，郑菲娜匆匆赶到大野松夫商会的办公室，把这份铸造龙泉剑的工艺秘诀交给大野松夫。郑菲娜为了显示自己的能力，没说这份龙泉剑铸造工艺秘诀是王立宇提供的。为此，大野松夫当场大大地夸赞了郑菲娜一番，并要郑菲娜在处州买下一家铁匠铺，精心研究制造龙泉剑。

没有等龙泉剑制造出来，郑菲娜又接到了大野松夫的秘密电话，这个会长要亲自交代一件机密的任务。郑菲娜放下手头的活，坐上黄包车去了处州日本商会。她在路上还在琢磨，大野松夫为什么这么急着召见自己呢？到达商会后郑菲娜才知道，因为林景泉是著名人士，处死他会牵扯到日本和中国汉奸汪精卫的关系，连浙江省伪政府也不愿意让林景泉死。所以郑菲娜得到大野松夫的指示，在军火列车停靠D区6号仓库前，要王立宇秘密除掉林景泉。

郑菲娜用美色诱惑把王立宇拉上了床，王立宇完事后才知郑菲娜这次与他约会的真相。王立宇虽然已经是汉奸，但也怕引起公愤，那样就会出力不讨好，因此不愿意去温州林景泉别墅干这伤天害理的事。

郑菲娜给王立宇出了各种主意，其中一条就是让他潜伏到林景泉别墅去，在林景泉到家后把他突然抱起来扔出窗外，造成林景泉自杀的假象。

暗杀林景泉的计划是日本处州宪兵司令佐藤次郎少将和驻上海的华东派遣军司令烟俊上官共同密谋策划后确定的。郑菲娜正式接到这个密令后，采用性贿赂的办法逼使王立宇去执行这个任务。王立宇清楚地知道，林景泉已是在劫难逃，自己更是早已被人家利用，这次无非是日本人用借刀杀人的手段让他去当杀手而已。这种事王立宇只能亲自下手，他专程去了温州的林景泉别墅，先潜伏了下来，天黑后翻院墙进入别墅，在林景泉洗澡时把他从三楼卧室扔出窗外，制造了自杀的假象。完事后，王立宇当天晚上在绕道逃往处州的途中，被早已等候的郑菲娜接上吉普车，翌日凌晨回到了处州。

王立宇边吃早餐边向郑菲娜叙述行动过程。那一夜郑菲娜还是用肉体回报了心神不定的王立宇。

处州、杭州及宁波的大小报纸都刊登了林景泉自杀的消息。

林景泉死亡的消息传到李芙贞耳中，她窃听到郑菲娜与王立宇的电话，得知了处州宪兵司令佐藤次郎和大野松夫的谋杀计划。黑帮头目阿聿对林景泉很崇拜，看到报纸后就派手下去秘密调查此事。他让手下用金钱收买有关人员及樱花会馆的女特务得到了一些线索，最后又对这些情报进行分析。他认为，王立宇这段时间凑巧去过温州港，林景泉的死应该跟王立宇有关。

周昌渝也从报纸上看到林景泉自杀的新闻，感到闷闷不乐。周昌渝认为，林景泉是个心境开朗的人，不会轻易自杀。

林景泉的死引起重庆国民党政府的愤怒，但鞭长莫及。万分焦急的郑单鹏也在洋行里踱步，作为双重间谍的郑单鹏要找个借口想办法除掉廖怡平。他向重庆上司发了密电，密电内容是廖怡平早已成了日军的奸细，并把廖怡平和大野松夫密谈的录音带托人带到重庆。他用词激烈，要政府严惩廖怡平。重庆的军统头子对廖怡平也已失去信心，当即派出亲信秘密抵达处州。重庆方面下达了 A 级密令，要用变通的方法处死廖怡平。

林景泉的死也引起了阿聿的强烈不满。知道了凶手是王立宇之后，怒不可遏的阿聿更是铁了心要处死王立宇。王立宇也知道，自己现在的位置来之不易，离开这个位置马上就会有人背后开枪。王立宇更明白，他的命掌握在几方人马的手里，抗日武装、川渝堂军统及陈式正中将，随时都有可能派人暗中谋杀他，所以王立宇出门办事都小心谨慎。

阿聿约了王立宇几次，王立宇总是敷衍阿聿，理由就是公务繁忙脱不了身。阿聿再次约王立宇，王立宇也知道处州不是他一个人的地盘，便答应了阿聿的约请。王立宇亲自开车去处州郊外的一家竹篷酒店，阿聿和他的助手听到汽车声就从酒店大门里出来躲在两边。二姨太叼着一支香烟轻浮地走出来，车里的王立宇看到二姨太穿着旗袍，婀娜多姿地走着，顿时双目亮了，透出贪婪的光。王立宇一兴奋便忘记了一切，正当他推开车门下车向二姨太打招呼时，阿聿当机立断举着手枪对准一脸奸笑的王立宇，朝他的前胸开了一枪。

王立宇的死震动了处州。陈式正中将因王立宇这颗眼中刺被拔除，少了一个惹事的人物，一时高兴地喝了两杯酒；英国军事代表团龙泉代表组的兰斯德中校，闻声打电话给陈式正表示祝贺，但说话中带有嘲讽的口吻："你们这下去除了一个罪大恶极的汉奸，真乃大好事啊。你们国民党不是联合共产党共同抗日吗？新四军、八路军的帽徽不都是国军的帽徽吗？"陈式正心想，你们英国人不也是脚踩两条船吗，臭来个什么劲啊，但想反诘什么却欲言又止，气得那夜没睡好觉。

最高兴的还要数河堤三郎。那夜，他喝醉了酒，搂着艺妓，高兴地唱起了北海道小调。

尽管有人高兴，有人幸灾乐祸，也有人为之惋惜，但是谁也琢磨不透，王立宇究竟是被谁枪杀的。日军认为是中共特工干的；郑单鹏听到这个消息后认为是周昌渝干的。周昌渝与李芙贞见面后，也想从她口中套出王立宇的死因；而李芙贞则认为是黑帮和日本人下的手，因为林景泉的死，必须有个替罪羊，更何况日本人不想让中国人知道龙泉剑的内幕。

陈裕树在与周昌渝接头时，也问起王立宇的死因，周昌渝一时竟哑口无言。

王立宇死后，陶阿秀新开的旗袍店生意也一落千丈。更倒霉的是，就在这个节骨眼上，一帮正义的老百姓冲进旗袍店，来了个打砸抢。穷困潦倒的陶阿秀提着行囊来到古玩斋，新店员阿翔由于不认识陶阿秀，只是拿了把凳子让她在店堂里坐着。

陶阿秀低声细语地和阿翔聊着天，阿翔警惕性特别高，边敷衍着边忙自己的事。陶阿秀渴了自己到柜台里面倒水喝，阿翔连忙阻止陶阿秀。这下陶阿秀生气了："我又不是汉奸，我是你大掌柜的同村人，大掌柜不在，你至少要给我倒杯水喝啊。"

阿翔倒了杯开水递给陶阿秀，顺便告诉对方："我们掌柜忙生意上的事，这几天不回来，你喝杯水就走吧。"

陶阿秀还是赖着不走，她直言不讳地说："楼上我有房间，房间衣橱里还有我的衣服呢。"

阿翔以为陶阿秀是周昌渝的女人，就让她进堂屋嗑瓜子。

陶阿秀嗑了一会儿瓜子后，把行囊提到楼上去了，阿翔很无奈地望着走上楼梯的陶阿秀直摇头。没等阿翔细想，陶阿秀已下楼，并对阿翔谦恭地笑笑说："我去市场买菜，过去来店里也是我打理厨房烧菜做饭的。"

阿翔真的以为陶阿秀就是周昌渝的女人了。

陶阿秀从阿翔口中获悉了周昌渝与李芙贞的关系，心顿时凉了。而就在这时，坐着黄包车的李芙贞来到古玩斋，阿翔看到李芙贞就请她落坐。陶阿秀看到李芙贞却拦在门口问她："你是不是周昌渝的女人？"

李芙贞干脆利落地回答陶阿秀："是的，我正准备嫁给周昌渝呢。"

李芙贞说完，头也不回地坐着黄包车就走了。

等了一天周昌渝的陶阿秀终于在傍晚等到了他。周昌渝回到古玩斋见到陶阿秀后，似乎没太多的反应甚至也没问什么，这反而使陶阿秀很尴尬。其实周昌渝心里很生气，你陶阿秀用变通的手段征服了王立宇，把王立宇的骨髓吸干后又来投靠我周昌渝，我古玩斋又不是慈善机构。

想归想做归做。周昌渝随后还是热情地对待陶阿秀，陶阿秀也明白，王立宇是作为汉奸被人杀了，是谁杀的虽然是个谜，但肯定是正义的人或者是抗日的哥弟帮下的手。王立宇死了，陶阿秀知道后没有哭泣，她似乎解脱了。那夜，她回到歇业的天蝉旗袍店独自坐在桌板前，望着半成品的旗袍谴责自己。门外要债的人拼命敲门，陶阿秀不敢熄灯，只能悄悄走到二楼窗口去偷窥要债的人。陶阿秀完全处在内外交困的状态，她躺下后还是辗转难眠，起床穿戴好后又去了古玩斋，周昌渝再次让陶阿秀住在二楼的房间里。但当陶阿秀想再次找周昌渝聊聊时，劳累一天的周昌渝已睡下了。

王立宇的死终于可以让林景泉九泉之下瞑目了，阿聿为此也终于舒了口气，但他尚未完全吐出的郁闷之气又堵上了胸口，因为有人暗中要打他儿子的主意。

龙泉城关中学，提着藤箱的高中生周仁翰向同学告别后坐上黄包车去车站。龙泉汽车站门口，一辆吉普车开了过来，在周仁翰身边停下，没等他发觉，这个高中生已被两个便衣特务七手八脚地拖进了吉普车，特务用蒙汗药封住了周仁翰的嘴，他还没喊第二声就昏迷过去，吉普车扬长而去。

阿聿在旧洋房里，没等到放假回来的儿子，焦急地吩咐管家去龙泉城关中学打听，带回来的却是噩耗。管家告诉阿聿："老爷，我不是瞎编新闻，我打听了四五个人，有龙泉车站对面开米粉店的，还有开豆浆店的，他们都亲眼看到少爷是被两个男人、一个女人绑到吉普车上的，也没听到少爷的喊叫声，吉普车就逃之夭夭了。"

阿聿心神不定地去找二姨太，没想到二姨太和丫鬟一脸笑容地走进院子，阿聿还没张口，二姨太就害羞地告诉阿聿："我终于给你怀上孩子了，医生说已经两个月了。"

阿聿真的是悲喜交加，但他还是诉说了儿子周仁翰失踪的过程，二姨太听闻后顿时惊呆了。

连日来，阿聿完全处在迷茫之中，茶饭不思，二姨太给阿聿出了妙计，阿聿这才吃下饭。

这一天，二姨太来到古玩斋找到周昌渝，把自己营救周仁翰的计划告诉了周昌渝，并把一根"大黄鱼"塞在周昌渝手中。周昌渝把"大黄鱼"还给二姨太，说道："叫阿聿别急，虽然火烧眉毛了，可总得要先找到周仁翰的羁押地吧，不搞清楚是军统抓的还是鬼子抓的就无法营救。"

二姨太回到旧洋房，把该说的都向阿聿说了，阿聿还是担心周昌渝不把这件事放在心上，就派管家去联系哥弟帮，管家折腾了半天没找到哥弟帮的任何兄弟。

林景泉、王立宇相继死亡，阿聿因儿子遭绑架而一时无暇顾及其他，处州的日本宪兵顿时感到了一丝的轻松。宪兵司令佐藤次郎更是显得格外高兴，日本驻上海的华东派遣军司令烟俊上官也完全处在亢奋状态，两人认为这对于他们集中精力投入军列的安全保卫极为有利。鉴于大野松夫工作上成效显著、指挥有方，烟俊上官特别发给他一枚军神一等勋章，还一次性地拨了 15 万元军票，分别嘉奖郑菲娜和李芙贞。

大野松夫为了庆贺这次除掉林景泉的成功，还专门邀请了一帮人到莲花酒店舞厅把酒言欢、观赏歌舞。

周昌渝收到大野松夫的请帖后，就跟陈裕树商议，陈裕树认为这是一次极好的机会。周昌渝顺便带上给大野松夫夫人画的仕女画，出门前吩咐新店员阿翔，注意店里来往的顾客，阿翔是陈裕树挑选来的秘密党员，对此当然心领神会。

周昌渝走进莲花酒店舞厅，首先把卷轴恭恭敬敬地递给大野松夫，大野松夫当众摊开卷轴，让各位贵宾欣赏那幅仕女画，一时间周昌渝成了焦点人物。

莲花酒店舞厅内外安排了大批侦探和保镖。郑菲娜、廖怡平、姗妹等人都在舞厅内狂欢，舞厅内其他的贵宾是伪政府官员和绥靖部的便衣，安全应该是万无一失的。周昌渝理所当然地站在了大野松夫身边，日本军方和处州、杭州等地媒体记者频频给大野松夫和周昌渝拍照，周昌渝潇洒地向外地来处州的媒体记者问好致意。由于周昌渝站的位置让人嫉妒，廖怡平首先在脸上显露出了不悦的神色。廖怡平最终还是认定，周昌渝是个汉奸，这使他又一次感到了迷惑。

重庆方面的军统亲信混入莲花酒店舞厅后，也在寻找着廖怡平的身影，持枪的军统特务发现了廖怡平和化装成阔太太的王丽珊的位置，那几个军统特务准备下手除掉廖怡平。但游戏有规则，决不能把那个阔太太打死。廖怡平也是经过精心化装的，不单留着胡子而且戴着宽边的时髦平光镜，若无其事地一直在跟王丽珊亲昵地聊着天。王丽珊是职业舞女，在这种场合她更加显得婀娜多姿。

舞厅内麦克风突然响起温柔的女人声音：“大野松夫先生请您出来一下。”

大野松夫便本能地在宴会厅的餐桌边站起身来，刚准备走出去，只听“砰”的一枪，接着又“砰砰砰”三枪，一支半自动手枪弹无虚发地射向了大野松夫。王丽珊没想到自己被利用了，眼睁睁地看着廖怡平瞬间蹲下身来一个扫堂腿，把王丽珊和周围的宾客踢倒在地，举着枪趁混乱之际钻入人流逃之夭夭。

四发子弹射进了大野松夫的脑袋和前胸。周昌渝瞬间抱住大野松夫随手摸走了他腰间的一串钥匙，周昌渝搀扶着大野松夫的这个情景，迅速被各路报馆的记者用相机拍了下来。

重庆来的几个军统特务顿时愣住了，因为他们看到是廖怡平开的枪。

莲花酒店舞厅里，惊呆了的宾客半晌才惊叫起来，顷刻之间，宴会厅秩序大乱。

姗妹看到持半自动手枪的是廖怡平，他暗杀大野松夫后从楼梯上往舞台后逃，由于姗妹不知道这次意外的行动，顿时束手无策。重庆来的军统特务混进莲花酒店舞厅，本来是要暗杀廖怡平的，他们绝对没想到廖怡平会这样果断地枪杀了大野松夫。这说明廖怡平不是汉奸，重庆来的军统特务们趁乱保护着廖怡平和姗妹，安全地逃出了莲花酒店舞厅。

第二十九章　搜宝贝物归原主　炸军火酝酿计划

当天夜晚，化过装戴上黑头套的周昌渝，熟门熟路地翻墙来到大野松夫的宅邸。他戴手套的手拿着大野松夫的那串钥匙，先从厨房的窗户进入，再绕过起坐间，看到客厅的门开着，环顾一下后便往书房走去。他用钥匙打开书房的门，走进书房再把门掩上，从书房的保险箱里取出了日军各种机密文件。他把那些文件摊在桌上，一页一页地全部用相机拍摄下来。拍摄完成后，他又把所有的文件按原样放回保险箱。在关保险箱门之前，他把一只哥窑梅瓶提走，将梅瓶放在大班桌边。他又拉一下大班桌的抽屉，再把那串钥匙中的一把插入抽屉的锁孔，用手一扭将锁打开，然后拉开抽屉，呈现在眼前的是一把锃亮的勃朗宁手枪。周昌渝把手枪拿过来插入自己的腰间，然后把抽屉推了进去，故意不拿走那串钥匙，造成一个假象，让人误以为是大野松夫忘记取走钥匙了。他走到窗口往外看，见没有任何动静就离开书房走进卧室。周昌渝四处观察一番后走到榻榻米前，顺手把床头的装饰板移开，映入眼帘的是一把被红绸裹着的剑。他如释重负，伸手揭开红绸，那把龙泉剑便呈现在了眼前。

日本人由于正在处理大野松夫的后事，只是在大门外安插了两个守卫。周昌渝用黑袋提着青瓷梅瓶，腰上的皮带里插着那把龙泉剑，从原路翻墙离开宅邸。

周昌渝神不知鬼不觉地拍摄了大量日军机密文件，但他反而不急于把文件送出，有时候做事缓慢反而稳妥和安全。他要听听风声，等这几天风声过后再去暗房里洗印。

没等周昌渝把机密文件照片洗印出来，印有他形象的报纸却在处州到处叫卖。那张周昌渝扶着中弹的大野松夫的照片，在各家报纸尤其是日本陆军指导部的《新申报》上刊登出来后，周昌渝一下成了处州无人不晓的大汉奸。

那天夜里，周昌渝把所有偷拍的日军机密文件全部冲洗出来，等照片晾干时天也亮了。为了安全起见，他把所有的照片放入汽车的轮胎内，才离开河埠的汽车修理厂。

落魄无着的陶阿秀没有勇气再去古玩斋找周昌渝。在一个月光惨淡的夜晚，陶阿秀独自来到安仁镇廊桥上，她从布兜里取出准备嫁人时穿的新娘旗袍，脱掉身上的外衣，换上旗袍，掏出小镜子照照自己的脸蛋，然后把小镜子放入布兜。陶阿秀把布兜放在廊桥的木凳上，再踩上长木凳，双目凝视着远方，然后双脚一蹬整个身子跃出桥栏，顺势往桥下的水面飞去。

这个悲壮的场面凑巧被踏上廊桥的钟根海亲眼看到，钟根海转身往廊桥台阶跑去，拐到溪水河畔还是不见那个女人的身影，月光下只有潺潺的溪流画出一圈圈涟漪。钟根海感到很遗憾，望着溪流无奈地摇了摇头。

其实，钟根海以为风声过了，他是按阴历的某个日子的午夜来与周昌渝或他的手下人来接头的。他自己也明白，党组织一直在怀疑他背叛了共产党，他要再次亮相在党组织面前，表明自己是马克思主义的坚定信仰者。钟根海取出怀表看了看时间，那接头的时间已过，他仰脸看了看廊桥，廊桥上没有人影，于是便悻悻地离开了。

翌日，报纸上又刊登了佐藤次郎接见周昌渝的照片。报纸的另一版面刊登了天蝉旗袍店陶阿秀在廊桥自杀的新闻。陶阿秀留下的那个布兜里，有张遗书，上面只有寥寥数字："周昌渝，我下辈子再干干净净嫁给你。如果还有来生，我在廊桥等你！"

捣鼓龙泉剑和古青瓷的商人周昌渝，一下子成了处州市民口诛笔伐的坏人。蜗居在书房里的李源麟放下报纸，边咳嗽边骂着涎皮赖脸的门生，口中的假牙都滑到嘴外。

周昌渝接过假牙，放在李源麟手上，李源麟看到他就像看到阎王。他疾言厉色地喝道："滚！你这个汉奸，我没有你这个儿子！"

周昌渝的另一只手把那只从大野松夫处抢来的哥窑梅瓶放在李源麟的怀中。李源麟就像抱住自己失踪后找回来的儿子一般，激动地搂着那只梅瓶："这么说你是从大野松夫家里夺来的？"李源麟用怀疑的目光盯着周昌渝。

周昌渝点点头说："爹，我看到那只哥窑梅瓶就知道您的东西被大野松夫讹走了。您不要给我说过程了，您把它收藏好、传下去。我也不告诉您这只梅瓶是怎么到我手的。"

李源麟盈着泪水念叨着："我捧到梅瓶就晓得见不到你了，不管你要去哪儿，记得时常差人到处州来，带个口信也好。你做什么爹不想问，你们年轻人有自己的信仰。有个日本女特务满口龙泉话，到我这里来调查你的过去，被我敷衍过去了。我老了，人老了就会想过去，炫耀自己当年怎样，无非就是想让别人知道，自己这一辈子活得非常好。其实，活得好不好也即将盖棺定论了，我也不知道能否等到你重新回到处州来。”

周昌渝抬头发现，桌上放着有自己照片的两份报纸，他伸手翻一下报纸，再看一眼李源麟，没说什么就走了。他知道自己的养父在流泪，这是不能再回头的，他要狠心离开这间房子。他脑子里还在想着这几天报纸上他的照片。

这两份报纸刊登的照片，就像两发烟幕弹，使周昌渝的特工生涯升级了，日本宪兵和特高课，包括樱花会馆及河堤三郎株式会社特务乃至那些业余特务，都放松了对他的警惕。

李芙贞把报纸上的周昌渝照片和有关他的文字标题都剪了下来，盯着那些剪报，一坐就是一个小时，她琢磨不透：这个周昌渝到底是谁，究竟谁是他的靠山？另一个问题是，谁枪杀了大野松夫？她从特高课滨野中佐的口中也只能抹来几滴唾沫。

滨野的压力特别大，由于莲花酒店舞厅现场李芙贞和滨野都不在场，所以现场勘查的报告对他们来说没多大作用。案头文案反映线索极其有限，那么究竟是谁要了大野松夫的命呢？

大野松夫死后，设立在商会内的龙泉剑、龙泉青瓷研究所顿时成了空架子。

河堤三郎趁这个机会连忙篡改了青瓷研究所的账目，神不知鬼不觉地把主要款项收入了自己的腰包。他也知道没人再来管自己掌控的青瓷研究所了，对那些制作青瓷的所谓秘方，河堤三郎再也不相信了，他认为这个李源麟是故意把这些篡改过的青瓷秘方提供给日方的，其实是在将日方引入歧途。河堤三郎点了支烟边吸边想：如果中国人到日本来窃取类似秘方，日本人会给中国人真东西吗？

那些建在山沟里的青瓷窑是商会的不动产，拆了也换不了几个铜板，河堤三郎亲自去看了一趟，才发现这个窑就像荒冢那样盘在山沟。河堤三郎望着扔得满地的废弃青瓷瓶罐，眼前幻化出满地的骷髅，不由得为此一怔，接着打了个喷嚏，整个身子顿时感到一股寒意。河堤三郎还是捡起一个青瓷罐自言自语：“想征服一个民族看来没那么容易！”

龙泉剑制作研究所的郑菲娜也没闲着。她在处州老街弄堂口的铁匠铺里，与铁匠清算着来往账目，这个憨厚的铁匠也实话实说：“我的手艺只能铸造一般的剑，做法依照的都是你的龙泉剑锻造工艺秘诀，这种工艺秘诀考验的是手力和眼力。我虽然懂点，但跟大师的水平可是相差着千万里呢。”

郑菲娜也不能硬逼这个铁匠，非得按手头这份龙泉剑铸造工艺秘诀打造出一流的剑来。铁匠也直白地说：“剑的醮火也是一个问题，你的那份工艺秘诀没提醮火的程序和火候。”

郑菲娜只能哑巴吃黄连，现在王立宇死了，那份他提供的龙泉剑铸造工艺秘诀是哪个工匠给他的呢？这就是个谜了，她总不可能到龙泉一家家剑铺和铸造工场去问吧。大野松夫过世了，新的会长还会坚持把龙泉剑研究所延续下去吗？想到此，郑菲娜只好无奈地摇摇头打道回府了。

处州老街上，急匆匆走着的周昌渝，一眼看到对面马路上郑菲娜耷拉着个脑袋，没有了往日的精气神，再一次领略了什么叫树倒猢狲散。周昌渝这些天接受阿聿的委托，在找寻着周仁翰的下落，但一直没发现任何线索。他在想，看来只能先通过河堤三郎才有可能获悉周仁翰现在到底在哪里。想到此，周昌渝一挥手招来了一辆黄包车，坐着黄包车来到河堤三郎株式会社。那帮特务知道周昌渝是来找河堤三郎的，看到周昌渝就像看到自己的上司一般地恭敬。

河堤三郎在自己的办公室亲切地接待了周昌渝。当周昌渝说出要办的事后，河堤三郎也纳闷儿了，他握着周昌渝的手，很无奈地说：“我也不知道周仁翰的下落，但你是我在中国最要好的朋友，在你们中国有句俗语叫休戚与共，何况阿聿也是我的大哥啊，他帮了我这么多忙，他儿子失踪我能找肯定要去找了，这事我会惦记在心的。”

阿聿听到回话后心境更糟了，干脆喝酒解愁。而二姨太看法就不一样了，她认为日本人虽然是侵略者，但凡是人都有两面性，河堤三郎是不会隐瞒这件事的。

李芙贞在坐诊时遇到三七开来就诊，这个三七开从病历卡中抽出一张纸悄悄塞在李芙贞的笔记本当中。下班后李芙贞来到教会医院的阁楼阳台上，把那张纸在日光下暴晒，然后拿起那张纸通过强力光束，从不同的角度观察，原来是郑单鹏的密电，她破译后才知是要她用变通手法营救浙南游击纵队的联络员俞庆辉。

李芙贞把那张纸烧毁后随即化装，她从发报机后取出一把手枪，放入坤包后就匆匆出门，踩上自行车去了樱花会馆的后门。

李芙贞立即审讯了秘密关押在樱花会馆里的俞庆辉。

俞庆辉跟李芙贞一样都是外科大夫，他想起那个拿枪的女人，反而惊诧地问李芙贞：“我想起来了，你是教会医院的李芙贞大夫，怎么会是日本人呢？”

李芙贞带着怅然若失的神情说道：“如果你说出谁是共产党，我放你回庆辉骨科。”

俞庆辉一副死猪不怕开水烫的神态，死活就是不开口。李芙贞直奔主题：“如果你说出暗杀大野松夫的人，我马上放你走。”

李芙贞伸手抓住他的头发恶笑：“你死在这儿都没人知道，到时你的尸骨就会被扔到荒冢去，你将死无葬身之地。”

俞庆辉讪笑：“我发现你脑子坏了，我一直被你关在地下室，怎么会知道是谁暗杀了大野松夫呢？你们特务不是很会推理吗，连这点都不懂，能抓住凶手吗？”

李芙贞被他提醒了，哥弟帮没有这么大胆会到公开场合来谋杀大野松夫，那幕后指使者究竟会是谁呢？她想起案卷中记载着，有人看到廖怡平开枪的影子，单是影子还不能作为证据，确实看到廖怡平开枪那一瞬间的人又都不肯录口供。

李芙贞对这个硬骨头俞庆辉心里暗暗佩服，这种人必须要营救他。李芙贞从坤包里取出那把微型手枪，塞在俞庆辉的衣襟内。俞庆辉明白了，露出感激的目光。李芙贞轻声地对俞庆辉说：“你逃出魔窟后跟谁都不能联系，必须离开处州去龙泉，有危险时你就躲到龙泉的教堂去，那里会有人接应你。”

李芙贞转身挥手叫樱花会馆的小姐进来继续审问。其实她是为逃避嫌疑，要找一个替罪羊。

李芙贞临走时在审讯室做了手脚，半夜俞庆辉杀了守卫，从后门逃走了。

滨野和特高课特务在樱花会馆内外调查俞庆辉脱逃事件，还是没找到纰漏。李芙贞的尾巴没被滨野揪住，是因为恭井为她打了掩护。为此事，李芙贞单独宴请了恭井，乐得恭井那夜竟然失眠了。

同样失眠的，还有河堤三郎。连日来，河堤三郎由于失去了大野松夫这个上司，他主管的龙泉青瓷研究所也处于瘫痪状态，根本造不出龙泉青瓷。但收购龙泉青瓷这个计划还是不能改变的，如完不成这个计划，那大野松夫在阎王殿也不会放过他的。这个惯于被动地听指令、领任务的河堤三郎，一下子竟然开始主动思考起来了，似乎他就成了大野松夫第二。

河堤株式会社办公室大班桌前，河堤三郎摇了几下电话柄，拿着受话器不断与人洽谈收购龙泉青瓷瓶罐的生意。这几笔生意都是跟周昌渝有关，那些买卖青瓷的店铺几乎都是古玩斋的下家，每一笔买卖周昌渝都有利润分成，这点河堤三郎作为商人是很清楚的。河堤三郎心里明白，已经积存的龙泉剑和青瓷都在那个神秘的仓库里，接下来再收购的这些龙泉剑和青瓷瓶罐，要靠马车运送到四等小站，才能装上列车转道去上海港，再卸下来装船去日本。那可是大野松夫生前的承诺，河堤三郎认为自己必须要忠实履行大野松夫的遗言。

河堤三郎刚放下受话器，拿笔记下生意上的事，就看到李芙贞缓步进来。河堤三郎愁眉苦脸地在李芙贞面前踱着步，他与李芙贞磋商后做出决定，那些军火要迅速卸载转移，他要李芙贞手脚必须干净，不得有丝毫的克扣。李芙贞感到河堤三郎非常可笑，似乎大野松夫死后河堤三郎就是处州商会的会长了。

李芙贞也不跟河堤三郎计较，她暗暗地在笑，你河堤三郎是谁呢？你看到的只是我的中佐军衔，你如果知道我是潜入日军的苏联红军远东情报局的特工，那你腿都会软了。河堤三郎还是没把心结打开，似乎觉得大野松夫还活着，李芙贞已经看出河堤三郎对大野松夫是有感情的。李芙贞从河堤三郎口中获悉，处州山沟里的青瓷窑已经处在荒废状态，李源麟所谓的龙泉青瓷烧制秘方，根本就是假的。李芙贞奚落河堤三郎："做这种青瓷不是拿着秘诀就能做出成品的，手艺跟手是连在一起的，随便找几个三脚猫不可能造出名扬四海的青瓷瓶罐。"

河堤三郎似乎被说服了，只好摊出了底牌，河堤株式会社收购了大批的龙泉剑和青瓷瓶罐，到时候还是可以补回损失的。虽然河堤三郎没说出这批货的去向，但聪明的李芙贞没细想就知道，等列车卸下军火后，那列空的列车就会将这批货运走，目的地肯定是日本东京。由于李芙贞没有从河堤三郎口中套出列车目前的准确位置，随意敷衍了几句便离开了河堤株式会社。

廖怡平枪杀大野松夫的义举，激励了哥弟帮继续进行抗日活动。潜伏在各处的哥弟帮兄弟们，相聚在一起议论贴在处州大街小巷岔道口的日本宪兵司令部通缉骰子王钟根海的通缉令，通缉令上的照片比目前钟根海的形象要年轻十岁。这帮兄弟们讥笑日本人，说骰子王能在牢里杀了两个看守逃之夭夭，日本人可不是一般的废物啊。有的还说，钟根海能化装成各种各样的人，只要不玩骰子，别说抓住他，连谁是钟根海也没人能辨得清啊。崇拜钟根海的人突然间越来越多了。

廖怡平通过枪杀大野松夫将功抵罪，被重庆派来的军统特务秘密押送回重庆。他在去重庆的途中，再三对准备回上海的姗妹和押着他的军统特务吩咐："请告诉我在处州的手下，千万别上周昌渝的当！周昌渝骨子里就是共产党，日本鬼子被几张仕女画上的美女遮住眼睛了！还找什么龙泉剑，周昌渝就是龙泉剑的传人。"

姗妹安慰廖怡平："站长，你是冤枉的，我在上海等你。"

廖怡平这颗毒牙被拔除，为浙南游击纵队和哥弟帮摧毁龙泉剑计划清除了一大障碍。这天，陈裕树收到浙南根据地和苏联红军远东情报局的密电，指示陈裕树不要派兵力拿下这些军火，而是要想尽一切办法炸毁列车卸下来的所有军火。

要炸毁这些军火，当务之急是先要找到储存这些军火的仓库。

陈裕树把这个消息告诉周昌渝后，周昌渝翻开地图找出标画的各种记号，那些记号是标在浙闽交界的地段。周昌渝清楚，那个后溪村山后有个大溶洞，溶洞内有座札幌重工株式会社的仓库，经过周昌渝的踩点，日本鬼子荷枪实弹地守着的这座札幌重工株式会社的仓库，与郑菲娜那栋西班牙式洋房也就一墙之隔。

陈裕树和周昌渝经过分析后一致认为，郑菲娜日夜坚守在那座洋房，说明身上肯定肩负着重任。

一个炸毁大溶洞内军火仓库的计划，很快在周昌渝和陈裕树脑中开始酝酿。

第三十章　递情报少慧捐躯　炸军火奋不顾身

恭井到教会医院去送花，李芙贞也不再拒绝，她要从与恭井的交往中，随时了解掌握特高课的动向。恭井知道她的级别跟自己的课长一样，所以在她面前毫无保留地什么都说，这使李芙贞经常能有意外的收获，有时恭井没来她反而有点期待着他的到来。

这天，恭井告诉了李芙贞一个秘密，后溪村山后有个大溶洞，离大溶洞不远处有个岔道口，郑菲娜就待在那里的一栋西班牙式洋房里，任务是守着札幌重工株式会社的废弃仓库。

李芙贞认为这个情报非常重要。没想到恭井又摸出一张小照片，李芙贞见后问这个人是谁？恭井说："这个人叫倪少慧，曾被特高课追杀但没成功，据说是苏联红军远东情报局的特工。请你告诉她，让她立即离开处州。"李芙贞说自己不认识她。

恭井说："我这辈子就爱你一个人，我不会说甜言蜜语。但我最担心的是你，我总感到见你一次就少了一次。"

李芙贞对恭井说："战争没完没了，你是反战同盟的战士，我也很担心你呢。忘了我吧，恭井。"

恭井默默地点着头，眼眶里盈着泪水。

这次李芙贞收下了花却把一支金笔偷偷塞在恭井的口袋里，恭井看到李芙贞在低头吻着鲜花，还是欣慰地走了。走了几步后，恭井又停下来转身回眸注视着李芙贞。

李芙贞对恭井挥手示意，恭井走了。

李芙贞想到，特高课要暗杀倪少慧的事，必须要想办法转达给郑单鹏，但医院里忙得不得了，她一时走不开，只能用信鸽传递这份紧急情报了。但不凑巧的是，两只信鸽居然都没在鸽笼里。李芙贞只能放弃这一情报递送方法，硬着头皮派护士小张联络上郑单鹏，郑单鹏急匆匆地来到了教会医院。

李芙贞在外科办公室见到了郑单鹏。郑单鹏听到这个机密情报后，非常感谢李芙贞。郑单鹏要赶时间，因为倪少慧秘密发报的电台就安置在三七开居住的老屋里，这老屋离山城的市区较远，这下可把郑单鹏急坏了。

大野松夫虽然死了，但滨野对破获中共秘密电台一事却没有丝毫的放松。他拿到袖珍式无线电测向仪后，亲自坐上由宪兵驾驶的三轮摩托车，抱着无线电测向仪在处州大街小巷到处跑，用固定测向仪获取了倪少慧秘密住所的电波信号。发现这一电波信号后，滨野连忙率领特高课的特务包围了那座三层小楼，接着下令按部署分散行动，终于摸到了倪少慧正在收发电报的现场。

郑单鹏驾车赶到倪少慧的秘密住所，但还是迟了一步。听到激烈的枪战声，他就知道凶多吉少。倪少慧和三七开与滨野及那帮特务展开了激烈的枪战，倪少慧让三七开从后窗逃走，三七开还是坚持持枪与敌人混战，直到子弹打光才从老虎窗跃出，但仍然被滨野击中，趴倒在屋檐上牺牲了。滨野和特务们围捕倪少慧，最后倪少慧也因弹尽正准备自杀时，被滨野击中前胸而倒地。

郑单鹏在弄堂口看到滨野和特高课特务，拖着满身是血的倪少慧从石库门走了出来。

郑单鹏含泪调转车头，往昏暗的马路开去。

李芙贞在教会医院阁楼的寝室里突然听到敲门声。护士告诉她有个枪伤急诊，她疾步到达抢救室发现是倪少慧。奄奄一息的倪少慧悄悄告诉她："我刚收的电报，远东情报局被上海的鬼子缴了电台，估计是叛徒出卖的，你要告诉郑单鹏。你上次救了我的命，这次上帝叫我走了。"

李芙贞伸手从手术台上挽起倪少慧，对着她的耳朵轻声问："第一次向你开枪的是谁？"倪少慧嘴唇颤抖说出是鬼子滨野。李芙贞脑中闪现出挂在特高课墙上的那支德国 M1924 式 7.92 毫米毛瑟步骑枪。李芙贞噙着泪给倪少慧取子弹头，虽然她用尽全力抢救倪少慧，但倪少慧还是因枪伤过重、失血过多牺牲在手术台上。

李芙贞伸手替倪少慧合上眼帘。

李芙贞联系不上郑单鹏，新亚洲洋行的电话也没人接。在这紧要关头她听到了信鸽的咕咕声，李芙贞走进阁楼连忙写了张小纸条，塞入信鸽脚踝的铜套，推开窗户放飞了信鸽。

特高课早已怀疑处州上空来回穿梭的信鸽，滨野中佐在例行的会议上曾下令："谁见到鸽子都必须击落，不管是否是信鸽，见到鸽子就打，谁不打鸽子谁就有共党嫌疑，这就是我定下的规矩。"

滨野看到栖息在特高课屋顶的鸽子，连忙跑进办公室把挂着的那支德国M1924式7.92毫米毛瑟步骑枪取下，动作迅速地抬起步骑枪在窗口瞄准着那只鸽子扣动扳机，一颗子弹击伤了那只鸽子，它摇摇摆摆地飞走了。

由于信鸽伤势严重，没飞到新亚洲洋行屋顶就坠落在百姓家的屋顶上。

李芙贞到晚上还没看到那只放飞的信鸽，感到很纳闷儿。她有预感，郑单鹏有麻烦了，也许正在躲避什么，李芙贞在阁楼的窗口迷茫地望着远方。

经过仔细琢磨，滨野认为，透露要暗杀倪少慧这一情报的很可能就是机要员恭井，但着手调查了半天也没任何收获。

连日来，日本特高课在整个处州城采取了高压态势，日本宪兵驾驶着三轮摩托车满街跑，便衣特务抱着无线电测向仪到处逛，为的是配合龙泉剑计划的实施。为了和日本人争抢时间，连日来哥弟帮也加紧了活动，为炸毁札幌重工株式会社仓库日军军火的计划做着准备，研究各种突发情况的应对策略。由于对地形不熟悉，讨论了两天两夜，方案最终也定不下来。作为哥弟帮秘密政委的周昌渝知道这个情况后，想起安珍曾跟他聊天时的话，她过去曾是西班牙传教士的助手，或许了解那座西班牙小楼的内部结构。

周昌渝当即与陈裕树取得联系，陈裕树同意请在宁波天主教堂的安珍到处州来。而这时钟根海突然找到周昌渝，周昌渝正缺少人手去宁波联系安珍呢，钟根海来得正好。于是，钟根海按周昌渝的指示到宁波联系安珍去了。其实周昌渝也是再次考验钟根海。

安珍从宁波来到处州，带来了一张西班牙式洋房的草图。安珍给那座洋房里的西班牙传教士做过助手，知道那座洋房有地道，把地道的位置也画了出来。

陈裕树最后决定从郑菲娜下榻的洋房地道入手。

李芙贞通过收买处州城建档案馆馆长，想拿到那栋西班牙式洋房地道的进出口位置图纸。那个不愿做汉奸的馆长只能实话实说："那份图纸和其他档案在处州沦陷前已转移到龙泉档案馆了。"

李芙贞在龙泉的教会医院出诊时，也认识不少龙泉当地的官员，她想起那个警察局局长，当夜就从处州赶到龙泉，找到那个局长。经过疏通，李芙贞很快就拿到了那栋西班牙式洋房地道的进出口位置图。

为了验证图纸的真假，李芙贞找借口亲自去了趟后溪村山后大溶洞，在郑菲娜的那栋西班牙式洋房附近踩点，对图纸的标识进行验证后才如释重负。

接下来要考虑的是，找军统合作还是找哥弟帮合作，李芙贞一时还犹豫不定。李芙贞想听听郑单鹏的意见，先后到了几处落脚点找他，都没见他的踪影，她担心郑单鹏可能出事了。

修女安珍在周昌渝的陪同下，也来到后溪村山后大溶洞附近郑菲娜下榻的那栋西班牙式洋房踩点。令人遗憾的是，安珍说我做助手时不是在这栋洋房。

尽管无法与郑单鹏见面，但时间不等人，李芙贞开着轿车直接来到古玩斋。

李芙贞带着郑菲娜的那栋西班牙式洋房地道的进出口位置图，要在周昌渝不注意时悄悄放在容易找到的地方。李芙贞进门就看到周昌渝和新店员阿翔在小心翼翼地包装一对古青瓷。周昌渝转身去拿毛巾时，李芙贞把那栋西班牙式洋房地道的进出口位置图纸塞入柜台的抽屉。遗憾的是，那天郑单鹏凑巧也派人来过。周昌渝以为来送情报的是没见过面的苏联红军远东情报局的郑单鹏，周昌渝马上拿来熨斗熨烫那张图纸，显现的果然是那栋西班牙式洋房地道的进出口详细位置。

由于周昌渝拿到了位置图，中共浙南游击纵队和处州哥弟帮下定决心，当天晚上要干净利落地摧毁那批军火和日本人设在处州的特务机关，同时除掉日本女特工郑菲娜。刘慧芸再三恳求周昌渝带她参加这次行动，周昌渝与陈裕树取得联系后带上刘慧芸、钟根海、浙南游击纵队几个骨干和哥弟帮武装的三个骨干，共同来执行这项重大任务。周昌渝还特意安排钟根海先期抵达附近的树林，观察敌情。

教会医院里的李芙贞突然收到密电，获悉哥弟帮今夜要炸毁那批军火。电文明确要求，李芙贞要暗中协助哥弟帮完成这次任务。军火库内是大量的鱼雷，苏联红军远东情报局已与中共相关部门达成一致意见，那就是果断炸毁。

周昌渝和刘慧芸等人悄悄摸进了那栋西班牙式洋房，忽听到储藏室里有异样的声音，当刘慧芸打开储藏室的门时惊呆了，原来是只穿着裤衩的周仁翰，双手被绑在铜床上。周昌渝受阿聿的请求，那几天整天到处找周仁翰，谁也不曾想到，周仁翰正被羁押在这栋西班牙式洋房的储藏室里，几乎天天晚上都受到郑菲娜的折磨。但绑架周仁翰的动机还是个谜，难道是郑菲娜受人委托将他绑架来的？

周昌渝看到，光着身子的周仁翰双目早已变得呆滞，他走过去把绑住周仁翰的绳子解开，周仁翰的双手已经发青了。周昌渝问周仁翰：“你认识我吗？”

周仁翰因长期处在惊恐之中，还是显得迷迷糊糊，最后总算点点头。

由于任务在身，周昌渝就吩咐周仁翰待在这儿，很快一想这样不行，就叫周仁翰从后门逃离那座阴森森的西班牙式洋房。没想到周仁翰刚打开院子后门就被二楼窗口的郑菲娜发现，郑菲娜举起手枪瞄准周仁翰，这个还没走上社会的周仁翰，竟立时死在了郑菲娜的枪口下。也就是那声枪响，惊动了周昌渝一行。刘慧芸和郑菲娜在洋楼内枪战，刘慧芸越战越勇、变被动为主动，突然闪身一个点射，子弹击中了郑菲娜前胸，只见她中弹后从楼梯上滚落下去。

此刻，周昌渝和刘慧芸、骰子王钟根海等人，也艰难地除掉了在暗处伏击的樱花会馆另外两个女特务，然后钻入地道直达大溶洞军火库内。只见钟根海健步上前揭开排水盖，引燃了导火线将炸药扔了进去。钟根海刚转身就看到三个日本鬼子举着步枪朝他射击，钟根海中弹倒下，口中还喊着："已经引爆了，同志们快撤！"

周昌渝和刘慧芸边朝另一股接踵而至的鬼子开枪边后撤，鬼子相继中弹倒下，周昌渝和刘慧芸几乎是翻滚着出来的。

在大溶洞岔道口，周昌渝和刘慧芸相互掩护，边撤退边与守卫大溶洞的日军继续展开着激烈的枪战。枪战中，周昌渝侥幸逃生，刘慧芸为保护周昌渝顺利离开大溶洞而左腿中弹。刘慧芸要周昌渝先行撤离，周昌渝不由分说背着刘慧芸，边撤退边转身还击。刘慧芸举着卡宾枪向鬼子扫射，最后鬼子全部被后面包抄上来的哥弟帮兄弟击毙。

奔出大溶洞还没跑远的周昌渝，在背着刘慧芸快速撤离的途中，猛听到身后一声巨响，一股气浪顶了过来。他赶忙驻足回身，只见爆炸后的一串串火龙从洞口窜了出来，他连忙扑到刘慧芸身上，用身体掩护着自己的战友。等火龙在洞口消失后，周昌渝又背起刘慧芸，沿事先安排好的路线撤退。

在哥弟帮行动的同时，李芙贞也离开教会医院，驾车奔向郑菲娜下榻的西班牙式洋房。只有把那座洋房先拿下，才能确保任务的顺利完成，因为这座洋房是保护大溶洞内军火的前哨，李芙贞边开车边谋划着。

秘密返回处州的徐泽祥驾着车载着陈裕树，也秘密地参加了这次行动。当车辆行进到后溪村大溶洞不远处时，两人忽然听到前方传来巨大的爆炸声，陈裕树脸上露出了笑容，徐泽祥则怏怏不乐地低声说："不知道周昌渝是不是能回来？"说到此，两人顿时感到很压抑。

陈裕树想起行动的图纸，就吩咐徐泽祥往另一条车道拐弯，行驶不久车灯光突然照到背着刘慧芸的周昌渝。周昌渝刚想隐蔽，轿车停了下来，车门随即打开，陈裕树下车时看到刘慧芸的卡宾枪对着自己就喊:“刘慧芸!”

这一声使周昌渝的手枪也放下了，他灰头土脸，急切地说:“政委，快!刘慧芸左腿中弹了。”徐泽祥也跳下了车，立即把刘慧芸抱了起来，钻进轿车就开始包扎她左腿的伤口。此时，刘慧芸已昏迷了过去。周昌渝上车把刘慧芸抱在怀里，好让她更舒适地躺着。

那辆轿车在夜色蒙蒙的土路上很快消失了。

正当李芙贞驾驶着轿车行驶到后溪村土路时，突然听到“砰砰”两声枪响。只见左前方河堤三郎从西班牙式洋房一瘸一拐地逃了出来，他左腿受了枪伤，流了不少的血，没跑几步就倒在地上。

河堤三郎看到李芙贞驾着一辆轿车过来，就连忙撑起身望着李芙贞。李芙贞问惶恐的河堤三郎:“谁开的枪?”

河堤三郎突然处变不惊地说:“哥弟帮杀了郑菲娜，他们是来炸大溶洞军火库的。”

戴着白手套的李芙贞停下车。河堤三郎问:“半夜三更你怎么驾车来这儿了?”

李芙贞说:“我有预感，怕洋房隔壁的军火库出事，就过来了。你来得正好，你的出现使我埋藏多年的一桩心结就要了却，也解脱了你的痴心妄想!”

河堤三郎反诘:“我哪里有痴心妄想了?”

李芙贞冷冷地说:“那就挑明了说吧，你用卑鄙的手段和大野松夫狼狈为奸，妄图把龙泉青瓷工艺秘诀弄到手，不管你是否已经得手，你的罪行早已罄竹难书。”说完，李芙贞举起手枪戳着河堤三郎的头苦涩地笑:“我告诉你河堤三郎，其实你刚出现，我就已经知道你父亲就是用欺诈的手段，诈骗走我父亲大批的龙泉剑和龙泉青瓷的诈骗犯，那时我才六岁，无奈之下跟着我父亲漂泊到东京，我是谁你父亲肯定告诉过你。你们卖掉那批龙泉剑和龙泉青瓷发财后迁居到大阪，你父亲做的事已经丧尽天良，你还继续使用鬼蜮伎俩，搜刮中华民族的民间文化遗产。我在你面前和盘托出，就是要让你死得明白!”

河堤三郎听罢顿时目瞪口呆，心想:“这回真的完了，国仇家恨全集中到我河堤三郎一人头上了，看来今天是在劫难逃了。只是你李芙贞城府也太深了吧，早认出了我是谁，竟然还深藏不露地在我面前晃悠了这么久，而我怎么却毫无觉察呢?看来，我河堤三郎该死，真的该死!”想到此，河堤三郎发狂般地从地上一跃而起，猛地向李芙贞扑过来，李芙贞冷静地后退一步，举起手枪对准河堤三郎的头，“砰砰砰”连开三枪。

河堤三郎颓然倒地。李芙贞把手枪放入坤包，顺手摘掉白手套。

从大溶洞内冲出来的浓烟腾空而起，升上半空。李芙贞推开车门望着札幌重工株式会社仓库的方向，半边天全红了。她望了一眼倒在地上、鲜血满脸的河堤三郎，又戴上白手套伸手去搜他的口袋，从口袋里摸出一张后来又从大阪寄过来的栗河惠子的照片。李芙贞凝视着栗河惠子的照片，然后望着已经死去的河堤三郎自言："栗河惠子是反战同盟会的人，她也不希望你卷入这场战争！"

滨野等特务到达处州教会医院，发现李芙贞正在手术室抢救军火库受伤的日本军人。然后，滨野走出手术室在长廊来回踱步，神态狐疑地凝视着长廊的尽头。

军火库被炸后，日军宪兵司令佐藤次郎因感到自己严重渎职而心情十分沉重，接踵而至的坏消息是那列装载着几万把龙泉剑和几百箱精品青瓷的列车，在到上海的途中出轨翻车，被埋伏的哥弟帮武装成功截获。这些剑和青瓷是日本先遣军司令部要交给东京陆军总部的，日本驻上海的华东派遣军司令烟俊上官愤怒不已。这也成了压垮佐藤次郎的最后一根稻草，识时务的佐藤次郎闻讯在天皇像前剖腹自杀了。

李芙贞在清理佐藤次郎的书房时，从铜盆里未烧尽的纸灰中发现了有关自己的材料，这说明从小就宠爱自己的叔叔在最后时刻还想着她，刻意将威胁到她安全的材料烧毁。

大溶洞行动结束后，周昌渝没敢去古玩斋，而是跑到大港头的木楼里避风头去了，他必须要暂时隐蔽起来，这也是陈裕树的安排。使他欣慰的是，刘慧芸转移到浙南游击纵队的秘密诊所后，恢复得很快，已能自己吃饭了。线人传来了另外一件喜讯，黄敬丰经过种种波折，也住进了那所破庙改造的秘密诊所，正在那里疗伤。周昌渝虽然非常想念这两个人，但还有任务，只能忍痛不去探望他们。

细雨蒙蒙的一天，周昌渝和往常一样，举着望远镜在草寮里瞭望四周，突然发现一个熟悉的身影一直往草寮走来。等那个人走近了，周昌渝不由得吃了一惊，来人是阿聿！

第三十一章　有情人未成眷属　旷世缘可遇难求

背着布兜的阿聿，见到周昌渝从土道迎来就挥手示意。周昌渝迎上去紧紧搂住阿聿，欲把周仁翰的事告诉阿聿，没想到阿聿泪花都没有，只是说："我已经知道了，你已为我儿子报仇雪恨了，他在九泉之下也会感激你的。"

周昌渝问阿聿："你给我带来这么多吃的东西，我得先谢谢你。我想问一下，你是怎么知道我在这儿的？"

阿聿说："我虽然找不到儿子，但我跟你却心有灵犀，肯定能找到你的。也许你不知道，我还曾在这个草寮躲过三个礼拜呢。"

李芙贞在教会医院神秘失踪。很快，穿着日本陆军制服的李芙贞公开在特高课出现。

恭井看到李芙贞公开露面非常高兴，李芙贞要他提供郑单鹏的线索，他说特高课已布下罗网，正在到处搜索郑单鹏的身影。

一个礼拜后，戒备森严的处州长途汽车站，李芙贞和日本宪兵一起，秘密迎接日本驻处州商会新的会长大里树井。滨野早知道新来的大里树井也是少将军衔，所以见到他就毕恭毕敬。滨野在与大里树井的寒暄中，获悉大里树井还是要继续扶植龙泉青瓷研究所和龙泉剑制造研究所。滨野从大里树井口中还了解到，这两个重要的任务将交由他来执行，便暗自高兴。因为日本武士道精神就是这样，哪里跌倒就从哪里爬起来，况且这还是两块肥肉呢。暗中得意的滨野，边护送着大里树井，边在心里物色剑和青瓷研究所的掌柜人选。

前来接任的大里树井，已在东京查明李芙贞是双重间谍，这个死要面子的大里树井，计划在李芙贞生日过后秘密逮捕她。

日本宪兵们心事重重地护送新的会长往轿车走去。

在长途汽车站不远的高楼窗口里，周昌渝手拿望远镜望着李芙贞。

由于日军特高课有袖珍式无线电测向仪，设立在处州的各方电台在没有找到有效对策前，也只能暂时偃旗息鼓。这对李芙贞来说简直就是一个灾难，她感到仿佛被搁置在一个磨砂玻璃罩内，四周一片模糊，自己又无法摆脱这层模糊。

周昌渝由于炸毁了日军的军火，受到了延安的嘉奖。延安的情报机构送来了嘉奖令，并通知周昌渝，组织上决定安排他去莫斯科大学深造。陈裕树一边向周昌渝表示祝贺，一边给他下达了一个新的任务。地下情报工作人员查证李芙贞的真实身份是日本特工，组织决定，暗杀李芙贞的行动由周昌渝执行。当时，由于我党不知道李芙贞的苏联红军远东情报局情报员身份，所以李芙贞必然地被列入了暗杀名单。

接到这个命令，周昌渝刚刚喜不自禁的神色立刻石化了，作为一名党的特工人员，坚定不移地执行组织命令是他的天职，毫无疑问他要亲手结果了李芙贞；而作为一个热血男儿，要亲手处死一个与他相处已久，甚至公然向他袒露心声，表达情感的女人，他感到实在是难以下手。只要有一线希望，就应企盼着转机的出现。他想去找郑单鹏或他的手下，见一见那个从不露面的苏联红军远东情报局的线人，看看那边有什么新的内情；他又想起自己曾跟踪过的那个来送情报的三七开，或许他那里会有新的对李芙贞有利的消息，但他不知道三七开已经牺牲了。周昌渝几次在新亚洲洋行外溜达，最后一次去时，见到洋行已被日本宪兵贴上了封条。

周昌渝去周氏渊剑堂问周浩臣，是否有个日本女人来过，周浩臣说黄昏时来过，是教会医院的李大夫，她没说什么就走了。周昌渝很失望地往原路返回，在弄堂口听到一阵枪声和急速的脚步声。等周昌渝走到岔道发现，一个陌生的苏联年轻女子身中三枪倒在血泊中，这很可能说明，郑单鹏的苏联红军远东情报局机构已被日军捣毁。周昌渝边走边思考着，脸上布满了冷峻的神色。

证明李芙贞不是日本特务的线索断了，有可能挽救李芙贞生命的一切可能都在他周昌渝面前破灭，他只能执行上级的命令了。周昌渝去教会医院和李芙贞的阁楼及寝室都没有找到她，似乎她在处州消失了。其实李芙贞悄悄去了趟上海，她找到了那个红房子西餐厅老板，但还是没有查到冯小姐的任何线索，只好悻悻而回。

周昌渝通过从龙泉来的威廉获悉，樱花酒馆今夜有人过生日。威廉临走时向周昌渝表示祝贺，那是英国军事代表团龙泉组组长兰斯德中校的口头嘉奖。周昌渝还是通过各种线索查到了李芙贞的所在。

黄昏时，周昌渝提前到达日本樱花酒馆外，观察地形选择撤退路线。

苏联红军远东情报局出了叛徒，郑单鹏原先的电台已经被特高课捣毁并人赃俱获，倪少慧也为此牺牲。郑单鹏侥幸从新亚洲洋行后门逃出躲进教堂神父的房间，神父通过兰斯德中校给郑单鹏用化名办了新护照，准备让他从上海坐邮轮去美国避难。经过神父疏通，郑单鹏从水路逃到了龙泉天主教堂。由于龙泉天主教堂没有电台，无法用密电联系李芙贞，郑单鹏试图用信鸽联系李芙贞，但信鸽就是没能再回来。郑单鹏猛然想到信鸽没有回来就是凶多吉少，其实信鸽已经被滨野全部消灭。信鸽传递消息不成功，使郑单鹏非常烦恼，他想到了最糟糕的情况，那就是日军已经揭开了李芙贞的真面目。郑单鹏想带李芙贞离开处州，但已无能为力，他趴在教堂的钟楼窗口，凝视着远方，默默地流着泪。

滨野带着特高课的特务找到钟根海的秘密据点，滨野踩上咯吱作响的木楼梯，阁楼里除了破棉被和杂物外，什么值钱的东西都没有，更没有特务们想要的线索。就在这时滨野得意地笑了，只见他双手捧出一个木箱从凳子上下来，木箱被他揭开盖子，特务们也围上来看。木箱里倒出来的是几个骰盅和一大堆骰子。

李芙贞预约好生日晚宴后，并没有选择逃跑的捷径，她有预感，自己曾发给苏联红军远东情报局的那些日军侵华军事机密估计出了纰漏，那个接电报的俄国同学是苏共党员，最后发的两次密电他都没有回音，这使她不免心里发毛。尤其是郑单鹏也联系不上，她知道特高课在到处寻找郑单鹏，郑单鹏肯定是隐藏起来了，但失去了组织联系，自己就如同漂浮在大海中的一叶扁舟，汹涌澎湃的海浪不知什么时候就会把自己掀翻。

李芙贞去樱花酒馆前，先把一只箱子交给了古玩斋的阿翔，要他亲手交给周昌渝。她认为这个男人是周昌渝的死党，不会出卖她的。托付妥后，李芙贞才驾车离开古玩斋去了樱花酒馆。途中李芙贞驾着那辆奥斯汀轿车路过周氏渊剑堂门口，她情不自禁地停下车，仰脸望着剑铺的二楼。

李芙贞想起她六岁时，脚丫不小心被老鼠夹夹住了，小阿囡顿时失声痛哭。十岁的阿咪闻声从楼梯跑上来，见到阿囡左脚丫被老鼠夹夹住，阿咪双手使劲地掰开老鼠夹，阿囡连忙把左脚丫伸出去。阿咪心疼地捧住阿囡的左脚丫用嘴吹着，想以此来减轻阿囡的疼痛。

阿咪安慰阿囡：“不哭了，不哭了，哥会背你的。”

想到此，李芙贞下意识地往店堂走去，大掌柜周浩臣微笑着迎上前来。

李芙贞嘴唇一噘，表示向周浩臣打招呼。周浩臣深有感慨地说：“李大夫，您至少来这儿十几趟了，我也不想问您来找谁，但我知道咱周氏的剑铺肯定跟你有缘。”

李芙贞微笑着说："二十几年前，我就是住在您家二楼的阿囡。楼下也是开剑铺的，是不是姓周我忘了，但有个小哥哥叫阿咪，我家搬走前那个阿咪也和我在廊桥拍过几张照片呢。"

周浩臣笑了："其他的事我也不太了解，我就是阿咪的堂叔。"

李芙贞眸子瞬息间明亮起来，脸上浮现出恍然的神色，少顷又问道："那阿咪现在在哪里呢？"

周浩臣略一踌躇就答复："阿咪？阿咪就是大名鼎鼎的汉奸周昌渝啊！你没看报纸啊？周昌渝抱住大野松夫的照片，真是我们周氏家族的羞耻！"

李芙贞整个身体僵直了，喃喃自语："阿咪就是周昌渝，阿咪就是周昌渝？"

没等周浩臣缓过神来，李芙贞已转身上车关上车门驾车而去。

双手搭着方向盘的李芙贞边开着车眼前边闪现出当年的情景。那是一个严寒的冬日，下着鹅毛大雪。周家父子俩踩着大雪找到冯家住宅时，眼尖的阿咪一眼看到穿着对襟长袍的阿囡站在茫茫的雪地上，正当阿咪犹豫时，阿囡吹起了胸前挂着的那个铜哨。

阿咪情不自禁地往雪地上跑去，张开双臂抱住了阿囡。

李芙贞边开着车边默默流泪，哨音在耳畔鸣响。

郑单鹏放飞的那只信鸽果然是被滨野举着那支德国 M1924 式 7.92 毫米毛瑟步骑枪击落的。

滨野从信鸽脚踝的铜套里取出密件，那张小纸条上写着：我在廊桥等你。

滨野化装后带领特高课的特务，悄悄地潜入国统区的安仁镇永和桥，埋伏在廊桥周围，完全是一副守株待兔的状态，可没有人在廊桥出现。

生日晚宴在樱花酒馆举行，身着和服的李芙贞忙着接待她的上司和朋友。在榻榻米房间的宴席上，大里树井和几个日本人都在频频向李芙贞敬酒，李芙贞和几个日本姑娘一起在唱着生日快乐歌。侍者推开榻榻米房间的门说："李小姐，有个先生来送贺礼。"

李芙贞微嗔，放下酒杯有点迷惑地犹疑了一下，脚步还是往拉门走去。

拿着一束玫瑰花的周昌渝站在走廊的尽头，灯笼下出现女人的身影，那是脖子上挂着白金项链的李芙贞。昏暗的灯光下，她看到是周昌渝时，脚步欲往后退。

李芙贞想到，自己送去的那箱东西难道他这么快就看了？按时间来说这些东西至少要看几个小时的，他绝对没看到，那个店员阿翔恐怕都还没交给他呢。李芙贞踌躇着，用一种惊愕的眼神盯着周昌渝，似乎要从他身上窥测出某种奥秘来。

周昌渝迎上去把那束玫瑰花放在她的手中。正当李芙贞想说什么时，周昌渝的一声：“李大夫，你是日本人？”使她不由得一怔。周昌渝动作利索地拔出匕首正准备戳向李芙贞的前胸时，瞬间李芙贞背后“啪啪”响起了两声枪响，她顿时身体倾倒，口中鲜血汩汩外流。

周昌渝拔枪向开枪的滨野中佐还击，滨野往樱花酒馆正门逃去。

周昌渝转身连忙抱起李芙贞，她的嘴唇战栗着：“你没看到……我放在你店里……的箱子？”

周昌渝听到“箱子”蒙了，什么箱子放在我店里？李芙贞手中的那束玫瑰花掉在了地上：“那你抱着我。你是不是阿咪？”

周昌渝惊呆了：“我奶名叫阿咪。”

李芙贞嗫嚅着嘴唇：“把我的钱包和项链也取走，坠子里是我和你的照片。”

此时的周昌渝后悔莫及，他想到那只箱子里肯定是重要的情报，眼前的这个女子绝不仅仅是个日本女特工那么简单，一定还有重大的隐情。周昌渝把李芙贞搂在怀里，取下李芙贞的项链和钱包，连忙塞在自己的西装口袋里。

就在这时，滨野领着一帮特高课特务从樱花酒馆正门冲进来，力不从心的周昌渝只能把李芙贞暂时就这么摊放在走廊上，把那束玫瑰花放在她的胸前，然后边拔枪还击边逃离现场。

郑单鹏站在邮轮的护栏旁，冷静地观望着远处上海外滩的灯光，渐渐地邮轮越来越远。

恭井听到李芙贞被特高课杀了，顿时一股热血涌上心头，心中的女神被人残忍地杀害了，他怎么也接受不了这个事实。恭井拿起特高课唯一的那支德国M1924式7.92毫米毛瑟步骑枪，朝楼下的日军士兵开枪，他一边开枪，一边狂叫：“我让你们再说‘战争就是要死人，战争就是要死人！’”

楼下的日军反应过来举枪还击时，恭井将手中的毛瑟步骑枪往楼下一抛，猛地越过护栏从楼上纵身跳下。滨野中佐和特务们跑进院子里看到，摔死在地上的恭井右手紧紧地握着一支金笔。

周昌渝打开李芙贞的钱包，钱包内的透明夹里，那张十岁的阿咪和六岁阿囡在廊桥的合影使周昌渝诧异不已。周昌渝揭开坠子才发现，那是现在的李芙贞和周昌渝的合影，周昌渝想起了那张照片的来历。

周昌渝万分内疚地把李芙贞被枪杀的事告诉了陈裕树，恳求陈裕树派人把李芙贞的遗体转移，并含着泪说：“我要亲手给李芙贞下葬。”

浙南游击纵队通过处州工商界人士与日本人商谈，把李芙贞的遗体从日军手中要了回来，用竹排运到到龙泉来安葬。周昌渝亲手帮李芙贞穿上了新衣，眼含热泪紧紧地拥抱着她，在游击队员的一再劝说下，周昌渝才让李芙贞躺入棺材。

那夜，周昌渝守在坟头前直到黎明才走。

当天午夜，大里树井和滨野中佐、日本宪兵、特高课的特务们一起到达古玩斋，店门被踢开了，持枪的人拥进店里。滨野中佐打开电灯，除了架子和格橱还在，上面摆放的瓶瓶罐罐早已不见踪影。滨野中佐环视所有张口结舌的持枪人，绝望地摇着头。

楼上的灯被打开，滨野中佐看到画室内悬挂着一幅裱好的相貌很像李芙贞的画像，题跋上的字笔迹秀劲。

滨野中佐愠怒地用手点着落款说："周昌渝！你看，还盖着朱印。"

滨野中佐话音刚落，一把龙泉宝剑从屋顶落下来，凑巧刺在他的右肩上。在场的宪兵和特务们把目光都转移到滨野中佐的身上，那把剑至少刺进三寸，随着滨野中佐整个身体的颤抖，剑在滨野中佐的右肩上来回晃动着。滨野中佐咧着嘴叫嚣："这把不是龙泉剑！这是周昌渝放在屋梁上的暗器！"

周昌渝拿出李芙贞的钱包，打开就看到一枚铜哨子，他取出铜哨子捏在手上。夹子里有张照片，那张陈旧的黑白照片，是十岁男孩和六岁女孩的合影，男孩是周昌渝童年的形象，女孩叫阿囡，是童年时的李芙贞。项链上的坠子打开了，原来也是周昌渝和李芙贞的照片。

龙泉郊外荒冢，烟雨蒙蒙，雨点爬满刻有"冯霞囡女士"的新墓碑。撑着黑雨伞的周昌渝捧着一束百合花走到冯霞囡墓前，打开白金项链下的坠子，望着他和李芙贞的照片。周昌渝合上坠子，把那条白金项链放入西装内衣口袋里，再把那束百合花放在新墓碑前，两眼红肿、眼眶湿润的他喃喃自语："原来李芙贞就是当年的冯霞囡，我知道的实在是太晚了，请原谅小阿咪没能保护好小阿囡！你送来的那箱日军侵华的照片和材料我都已转移了。你信上说要我跟你一起远离战争去斯德哥尔摩，你的选择没有错，但是我还不能离开，我们的祖国还处在水深火热之中，请你宽恕我。我今晚就要离开龙泉去莫斯科学习了，你箱子里的照片我会带在身边，你就好好躺在这儿，如果我没死，我每年都会来看你！"

周昌渝欲哭无泪，转身把铜哨子塞入口中，发疯似地吹着。